KB198984

땡땡
자는
죽어
주세요

프리키 지음

lectori salutem!

"내 삶이 끝나면 모든 것이 끝나는 것은 아니다.
우주는 어떻게든 계속될 것이며,
나의 작은 일에도 지속성이 있다면 좋겠다."

- 에르빈 슈뢰딩거

일러두기

본 작품 내용의 일부 설정은 작가에 의해 가공된 것임을 미리 밝힙니다.

목차

프롤로그 10
#사건(N) 21
#전개1 · · · 박정민 114
#전개2 · · · 구철중 155
#전개3 · · · 박정구 206
#전개4 · · · 이수완 244
#전조 · · · 악동형제 310
#절정 393
#정리1 414
#정리2 428
에필로그1 451
에필로그2 457
에필로그3 469
* Cookie 474

주요 등장인물 설명

#김영도

불만 없이 다니던 직장에서 갑자기 강제 퇴직을 당한 후 자기를 비밀 요원이라고 소개한 J를 우연히 만나 큰 위험에 빠진다.

#구철중

작가 황철준의 필명. 등단 후 10년 넘게 온전한 작품 하나 못 낸 전업 소설가. 우등생이었던 형 황재준에게 심한 열등의식이 있다. 정기 작가 모임에서 만난 신인 작가 김정호의 소설을 읽고 그것을 소유하고 싶은 강한 욕망에 휩싸인다.

#박정구

서울 압구정동 성형외과 원장. 국가생명연구소 안면의학 상임고문. 어느 날 학회 차 투숙한 호텔 객실에서 방문한 여성을 홧김에 때려죽인다.

#김준수

과거에 잘 나가는 국가생명연구소 선임연구원이었으나 살상 무기 시제품(MCP)이 외부로 반출된 사고 책임을 지고 예하 기관인 의료 연구시설로 좌천됨.

#이수완

매우 와일드한 성격의 여자. 40대에 회사에서 조기 퇴직 후 고인의 집 청소 및 유품 정리 사업을 창업한다. 자신의 성폭행 사건 담당으로 알게 된 김석호 형사와 내연 관계이다.

#박정민

친하게 지내던 미성년자 소녀를 목 졸라 죽이고 국가재소자 플랜의 1호 대상자가 된다.

#황재준

국가생명연구소 박사연구원에서 중요한 기밀을 빼돌리고 한순간에 도망자 신세가 된다.

#이영수, 이영호

불로불사와 기이한 시공간 이동능력을 가진 초등학생 악동 형제.

#김순주

치과의사. TV 뉴스 아나운서 김나연의 오빠이며 김석호 형사와 초등학교 동창. 죽음을 목전에 두고 자기 죗값을 치르기 위해 노력한다.

#정영재(J)

기관의 비밀 요원이었으나 배신하고 경쟁 조직에 가담하여 불법적인 일을 저지른다.

#이성식(L)

기관의 비밀 요원.

#김석호, 박형식

서울 D 경찰서 형사.

프롤로그

괴상한 꿈만 꾸다 천장 스피커 소리에 놀라 잠이 깼다.
갑자기 눈이 부셔 한쪽만 실눈을 떴다.

"띠리띠리링! 띠리띠리링!"
"띠리띠리링! 띠리띠리링!"

오늘도 아침 07:30분을 가리키며 막 울어 재끼는 잔인한 알람 벨 소리.
지독한 피곤함을 느끼며 나는 감금 시설의 작은 침상에서 힘겹게 일어난다.

아- 아-

어제저녁부터 물도 한 모금 못 마셨다.
목이 찢어질 것처럼 탄다.
입술도 바짝바짝.
제대로 된 목소리는 고사하고 새된 소리만 연달아 입에서 나온다.
머릿속에서는 아직 약기운 때문인지 눈알이 앞으로

쏟아질 만큼 두통이 요동친다.

'또 끔찍한 하루의 시작!'

매일 아침이 그렇듯 나는 예전 회사에서 배웠던 응급처치 복식호흡을 떠 올리며 뱉기, 삼키기, 뱉기, 삼키기를 반복한다.

그래야 억지로라도 숨을 쉴 수 있다.

후- 스읍-

후- 스읍-

후- 스읍-

매일 같은 시각, 같은 장소에서 극심한 고통 속에 내 의식이 깨어난다.

미치겠다! 미치겠다! 미치겠다! 미치겠다! 미치겠다! 미치겠다! 미치겠다! 미치겠다!

이러다가 나도 모르게 정말 미쳐버리는 게 아닌지 겁나고 또 두렵다.

낮에는 엄청난 졸음과 피로가 몰려와 철제 의자에 온전히 앉아 있기도 힘들다.

분명 이것도 황 박사 인가 뭔가 하는 미친 과학자가

나에게 매일 먹이는 이상한 알약 때문이다.

이래서는 내가 아무도 모르게 세상에서 사라질 수 있겠구나!

내 인생이 쥐도 새도 모르게 막을 내릴 수 있겠구나!

이상하게 시설에 연행된 뒤로 아내도 전혀 연락되지 않는다.

'혹시 아내도 나처럼 안 좋은 일이 생긴 건 아닐까? 설마......!'

나는 손바닥만 한 창문 사이로 바람에 흔들리는 나뭇가지를 바라보며 어제 꼬맹이와 섹시 여자의 은밀한 제안을 심각하게 고민하기 시작했다.

***

이제 반절밖에 안 남은 막대사탕을 입으로 열심히 빠는 영호와 자신을 최정혜라 소개한 입술 피어싱의 금발 여자가 자포자기 상태의 영도 앞에 섰다.

놀란 영도 앞에서 입에 물던 사탕을 뺀 영호가 눈살을 찌푸리며 그에게 고개를 좀 낮추라는 손동작을 하더니 작은 목소리로 속삭였다.

“적어도 X월 X일 토요일 오후 5시 몇 분 전에는 인천 P 호텔 906호 안으로 아저씨가 꼭 들어가야 해. 방금 내가 말한 일시를 아저씨가 반드시 지켜야만 객실 안의 불상사를 미리 막을 수 있다고. 할 수 있겠어?”

옆에 서 있던 섹시한 스타일의 금발 여자 또한 속삭이듯이 영도의 다른 귀에다 입을 벌렸다. 여자의 달콤한 입김과 함께 귀에 닿을락 말락 하는 새빨간 혀 안에도 입술처럼 반짝이는 피어싱이 박혀 있었다. 제법 간지러웠다.

“이봐 아저씨, 정신 똑바로 차리고 내 말 잘 들어! 당신이 객실에 들어가서 머리가 깨지며 죽기 직전의 그 여자만 살려내면, 욕구불만 박 원장도 끔찍하게 죽지 않을 것이고 또 내 배에서 사산된 아기도 같이 살릴 수 있어. 물론 악동 영수의 저주로 인한 시민들의 집단 사망도 어느 정도 막을 수 있지. 나도 그 저주 메일은 두 번 다시 쳐다보지 않을 것이고.”

어느새 사탕을 다 빨아 먹고 하얀 빨대만 손에 쥐고 있던 영호가 멍한 얼굴의 영도에게 오늘 대화의 방점을 찍었다.

“내가 악랄한 우리 형을 배신하면서까지 당신에게 왜 이런 사실을 말해 주려고 할까? 사실 나는 지금 있는 암흑세계가 너무 지겨워서 미치겠거든. 형의 못된 장난 때문에 순진했던 나는 아무것도 모르고 '어둠의 집' 천막 안에 잡혀 온 것뿐이라고. 더군다나 하이에나 같은 박사가 우리 형제를 몰래 제거하려고 괴물 사냥꾼 이현수까지 불렀어. 그래서 늦게나마 결심했지. 먼저 이 피어싱 여자가 놀라 화장실에서 쓰러지면서 사산하는 태아를 살리면서 시간을 계속 역행하여 아예 아기 존재 자체를 무위로 만들기로. 동시에 내 몸뚱이가 수정란 배아 상태까지 계속 작아지고 작아지며 이 여자 자궁 안으로 이동해 착상키로. 그렇게 나는 다시 태아 생명체가 되어 열 달 후, 이 여자 배 속에서 태어나는 거야. 신나게 응애응애 하면서!"

이야기를 듣고 놀란 영도의 아랫배에 저절로 힘이 들어갔다.

"뭐? 네가 과거 시간으로 돌아가서 다시 아기로 태어난다고? 바로 이 여자 뱃속에서?"

"응! 그러려면 아저씨 도움이 절대 필요해. 우리 형제는 평행 세계의 시공간을 마음대로 이동할 순 있지만 과거 사실을 우리 손으로 직접 바꾸기는 어려워. 그러니 아저씨가 저 여자가 충격으로 화장실에 쓰러지며 사산되는 아기를 살려 준다면, 그 아기 대신 내가 저 여자의 자궁 속으로 뚫고 들어가는 거지. 원래 여자의 자궁이나 내가 있는 천막 속 암흑세계나 다 비슷한 환경이거든!"

그러면서 꼬맹이가 피어싱 여자의 몸을 그윽한 눈길로 쳐다보았다. 시선을 의식한 여자의 양 볼이 빨개졌다.

"잘 알겠지? 그러니 이젠 아저씨가 잘 생각해 보고 선택할 차례야!"

그리고 꼬맹이 영호와 피어싱 여자가 강조했던 날짜인 오늘.

능력자 영호의 도움으로 무사히 과거로 역행한 김영도는 지금 인천 P호텔 객실 906호 문 앞에 잔뜩 긴장한 표정으로 서 있다.

과거로 돌아오자마자 영도는 제일 먼저 소설가 지망생인 아들 정호가 '서울 지역 정기 작가 모임' 참가를 위해 집에서 외출하려는 것을 간신히 막으며 못 나가게 했다.

덕분에 어디 버려진 창고 안에서 총에 맞아 머리가 터져 죽은 채로 이미 발견되었어야 할 아들놈은 아직 멀쩡히 살아있다.

하지만 객실 문을 열고 들어가 내가 여자의 목숨을 구하고 나서 정호에게 다시 문제라도 생기면 어쩌지? 또 이 끔찍한 소용돌이에서 간신히 빠져나온 나까지 다시 원위치 된다면?

……불행히도 영도가 영호와 피어싱 여자를 만나고 난 뒤, 같은 막대 사탕을 입에 물은 영수가 나타나 그를 다그쳤다. 영악한 영수는 조금 전 우리 셋의 이야기를 다 듣고 있었다. 여자의 입술 피어싱 안에 마이크로 도청기가 달려있었다는 것도 대놓고 알려줬다.

"아저씨, 여기서 간이고 눈알이고 다 적출당하기 싫으면 과거로 가서 쓸데없이 이리저리 휘젓지 말고 가만히 있는 게 좋을 거요. 아니면 내가 사지를 몽땅 절단한 다음에 황 박사가 환장하는 네덜란드 밤거리에 아저씨를 던져놓을까? 게이분들이 선물이라고 무척 좋아하겠다. 그죠? 거기다가 아저씨가 준 권총으로 내가 아저씨 아들 머리통을 추가로 날려버릴 테니. 아, 이것까지는 몰랐나? 원래도 창고 안에서 저주 메일을 읽은 아드님이 내 총에 맞아 죽었어. 그러니 이젠 아저씨가 잘 생각해 보고 선택할 차례야!"

꼬맹이 영호가 이미 상세히 설명해 준 대로 이 문을 열었을 때 은색 소화기를 머리 위에 번쩍 들고 있을 어떤 남자의 추악한 얼굴이 벌써 영도의 머릿속에 그려졌다.

"휴우……"

그는 크게 한숨을 쉬며 손으로 몇 가닥 없는 머리카락을 마구 감쌌다.

미친 척하고 지금이라도 객실 안에 쳐들어가서 이성을 잃은 그 원장을 어떡하든 제지하면 당장에 죽을 뻔한 여자를 구하고, 덩달아 피어싱 여자가 임신했다는 뱃속 아기도 살리면서 지금도 계속 사망자가 나오는 저주 메일의 확산을 얼마간 멈출 수 있다.

하지만 만약 그렇게 했다가 일이 잘못된다면 하나밖에 없는 아들 정호가 끝내 저주를 피하지 못하고 창고 안에서 비참하게 죽게 될 것이다.

'그만! 그만! 이제 다들 나에게 그만 좀 해. 이 정도까지 만신창이로 만들었으면 되었잖아. 악착같이 다니던 회사에서 잘린 것만으로 이미 돌아버릴 지경이라고!'

한참이나 머리를 싸매던 영도가 드디어 결심하였다. 그리고 다시 고개를 들어 굳게 닫힌 906호 객실 문을 슬픈 눈으로 바라보았다.

그가 드디어 혼란스러운 '분산'을 겪는다. 설령 이게 독배라 하더라도!

***

정부 직속 국가생명연구소 김준수 박사는 외부로 무단 반출된 핵무기 설계 프로그램 칩을 되찾을 목적으로 동남아에서 최초 발견되어 연구소로 밀반입된 특이종 벌레를 개량한'인면충 뇌 연결 프로젝트'를 본격적으로 가동하였다.

숙주 인간의 DNA가 삽입된 인면충을 목표물에게 몰래 주입하여 서로의 신경망을 각성(숙주의 뇌신경과 목표물의 뇌신경을 원격 연결)시킨 뒤 숙주의 의식 뇌파 싱크로를 목표물과 일정하게 맞춘다. 그러면 그들의 시야를 통해 보이는 장면들이 다시 숙주의 뇌를 통해 연구시설 관제실의 대형 모니터에 영상으로 투영된다.

만약 인면충이 주입되고 시간 이동 등으로'분산'현상을 겪은 사람은 원 세계와 갈라진 세계까지 듀얼 라이브로 모니터에 보이며, 주입된 사람들의 '분산' 영상이 마치 'ZOOM 라이브'처럼 동시 송출되는 것도 가능하다.

물론 이런 '분산'현상이 인위적으로 만들어진 원인은 평행 시공간을 자유자재로 건너갈 수 있는 꼬맹이 악동 형제의 말도 안 되는 능력 때문이다.

즉, 시간 이동한(된) 인간(물체)의 과거 모든 질서와 현실이 파괴되고 의도되지 않은 N차의 새로운 세계가 갈라져 나오게 된 것이다.

이렇듯 국가생명연구소에서는 김준수 박사의 주도로 목표물의 원래 세계와 분산된 평행세계의 상황을 비밀리에 관찰해 오고 있었다.

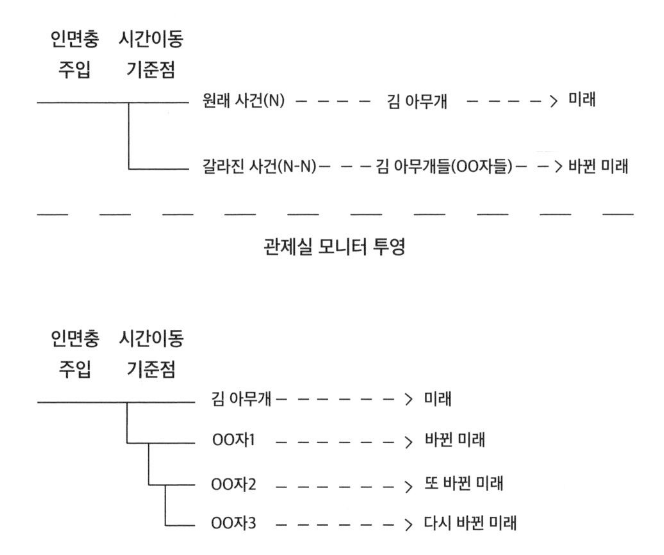

*분산 : 세계가 여러 갈래로 흩어짐(김 박사 명명). 시간 이동 시 새롭게 갈라지는 사건의 평행세계.

***

……오늘도 김 박사는 관제실의 푸른 모니터를 바라보며 깊은 생각에 잠긴다.

'몰래 반출한 그 칩을 황 박사는 도대체 어디에 숨겼을까? 또, 박사의 애인 김나연은 과연 누가 죽였을까? 설마 그 살인자가 재준의 칩까지 이미 가져간 걸까?'

평행 세계의 여러 목표물의 화면을 유심히 지켜보던 김 박사가 그중 어떤 인면충의 파란색 자폭 버튼을 고심 끝에 눌렀다.

이윽고 화면 속에서 움직이던 한 물체의 머리가 터졌다.

#사건(N)

· · · 지옥의 군상들

1.

흐릿한 불빛에 음침함 마저 감도는 서울 D 경찰서 지하 1층 취조실.

살집이 제법 있어 보이는 형사 한 명이 금방이라도 울음을 터뜨릴 것 같은 살해 용의자 김영도를 답답하게 쳐다보고 있었다.

"형사님, 제가 J를 안 죽였다니까요. 정말이에요. 제발 좀 믿어주세요! 예?"

반복되는 철야 근무와 불규칙한 식사로 불어난 군살 때문에 여름철만 되면 땀을 비 오듯 흘리는 김석호 형사는 맞은편 김영도가 계속 같은 소리를 하는 통에 한쪽 눈썹을 찡그렸다.

방금 김영도가 말한 살해당한 남자 J, 정영재.

일정한 주거 없이 반평생을 은둔해 온 지명수배 사기범인 정영재의 살해 용의자로 경찰에 연행된 김영도는 오늘 오전 조사가 시작된 후부터 자신의 무죄를 완강히 주장하고 있었다.

"제가 J하고 그 아파트 앞까지 차로 이동한 건 사실입니다. 하지만 J가 30분이 지난 후에도 안 오면 201호로 바로 도우러 오라고 저에게 지시했어요. 그래서 차 안에서 기다리다가 시킨 대로 거길 들어간 것밖에 없는데...”

본청에서 매년 실시하는 집기 재물조사가 끝나자마자 경무계에서 바로 교체한 최신 스탠드형 에어컨은 분명 쾌속으로 잘 돌아가는데, 이상하게 오늘 취조실 열기는 김 형사가 참기 어려울 만큼 후끈후끈했다.

마침 어떤 넉살 좋은 형사가 김영도에게 근처 식당에서 점심으로 배달시켜 준 특 곰탕 뚝배기 빈 그릇이 한쪽 구석에 너저분하게 놓여 있었다. 이제 정년이 슬슬 다가오는 김 형사는 정작 자기는 점심도 굶어가며 취조에 최선을 다하고 있는데 저 과대망상증 살인자에게 도대체 비싼 특 곰탕 주문이 웬 말인지. 요즘 TV 방송만 틀면 흘러나오는 인권이란 단어는 도대체 누구에게 해당하는 거냐며 혀를 찼다.

“참고로 형사님, 이건 일급 대외비인데 사실은 제가 미국 중앙정보부 정식 비밀 요원 테스트까지 통과한 몸이라고요. 다시 말해 지금 이 어둠침침한 경찰서 취조실에서 형사님들께 조사나 받은 사람이 아니란 말입니다!”

얼굴색 하나 안 변하고 그런 말을 잘도 내뱉는 김영도를 바라보는 김 형사의 볼에 이제는 미세한 경련까지 일었다.

'뭐야 이 양반이. 진짜 보자보자 하니까 어디서 경찰에게 사기를 치려고 그래! 더군다나 중앙정보국도 아니고 무슨 중앙정보부? 거짓말하려면 상대에게 용어나 제대로 써가면서 그럴듯하게 하든가.'

그때 김영도가 마치 수족관 야외무대 공연 나온 물개처럼 손뼉을 여러 번 쳤다. 그러더니 김 형사를 기쁜 눈으로 쳐다본다.

'흥! 이번엔 또 무슨 구라를 치려고?'

"형사님, 그럼 제가 이번 사건이 단박에 해결될 수 있는 아주 중요한 목격 정보를 알려드리죠. 그날 그 시각에 제가 차 안에서 J를 기다리고 있다가 그 변두리의 허름한 아파트 앞에서 과연 누구를 보았는지 아십니까? 누가 봐도 미인이라고 할 만한 어떤 여성이 현관문 밖으로 헐레벌떡 뛰어나오는 것을 두 눈으로 똑똑히 목격했어요. 그리고 그 여자가 누구인지 드디어 제 머릿속에 떠올랐다, 이겁니다. 그 K 방송사 9시 아침뉴스 진행하는 여자 아나운서 있잖아요, 왜 가슴도 끝내주고. 아, 이름이 뭐였더라..."

멍하니 그의 진술을 듣던 김 형사는 어이가 없었다. 하지만 간신히 평정심을 유지하며 마치 엄청난 목격 사실을 특별히 털어놓았다는 듯 의기양양한 태도를 보이는 영도에게 다시 물었다.

"그래요? 진짜 당신이 그 여자 아나운서가 아파트에서 뛰어나오는 것을 차 안에서 목격했다고요? 흠. 만약 정영재 씨의 사망 추정 시간대에 여자 아나운서를 목격했다는 당신 말이 사실이라면 당신의 무죄를 증명해 줄 중요 단서가 될 수도 있겠네요."

피곤함에 절은 김 형사가 대충 뱉은 말을 듣고 표정이 환해진 김영도가 냉큼 맞받아쳤다.

"형사님 그렇죠? 일단 그것만 확인되면 제가 J의 살인범이 아니라는 것이 앞으로 계속 증명될 것입니다. 그러니까 저 말고 그 여자 아나운서를 당장 불러서 조사해 주세요. 만약 여자가 이러한 낌새를 눈치채고 어디 해외로 멀리 도망치면 어떡합니까?"

잠깐 무언가를 생각하던 김 형사가 한 손으로 수염이 무성한 턱을 만지며 떨떠름하게 말했다.

"저기... 그런데 이를 어쩌나. 우리가 당신 요청을 그대로 이행하기는 어렵겠는데?"

간만에 기가 살았던 김영도의 표정이 순식간에 어두워졌다. 나름대로 기대가 컸던 탓에 갑자기 말까지 더듬었다.

"혀, 형사님. 왜, 왜요? 아... 상대가 명색이 메이저 방송사 뉴스 아나운서라 지금 저하고 차별하는 겁니까? 감히 제가 누군 줄 알고 계속 이러시는 건가요. 좀 전에도 말했지만 저는 미국 중앙정보부 비밀 요원 테스트에 합격하여 국내에서 활동하게 된 귀한 몸이라고요. 형사님들과 같이 나라를 위해 공적 업무를 수행하는 중요 인물이란 말입니다!"

기가 찬 김 형사가 바지 뒷주머니에서 2주일 전에 아내가 챙겨준 손수건을 꺼내 이마의 땀을 닦았다.

'아... 오늘 날씨는 유독 더 더운 것 같네. 이 망상증 살인자의 답 없는 취조를 빨리 끝내고 시원한 생맥주로 컬컬한 목이나 축이고 싶다.'

고개를 좌우로 작게 흔든 김 형사가 '민주 경찰이 사람을 차별합니까?'라고 소리치며 얼굴이 발개진 김영도에게 답했다.

"김영도 씨, 제 말 잘 들으세요. 지금 당신이 진술한 아침 9시 뉴스 진행자 김나연 아나운서는 바로 어제, 차량에 그만 충돌사고를 당해서 OO 대학병원 중환자실에 입원해 있다고요. 더 안타까운 건, 현재까지 아무런 의식조차 없답니다."

정말 남의 일처럼 담담하게 말하는 김석호 형사와 옆에서 취조 내용을 열심히 기록하는 같은 팀의 젊은 피, 박형식 형사의 얼굴을 연달아 훑어보며 김영도는 방금 들은 말의 의미를 깨닫고 낯빛이 변했다.

2.

'아이고... 아침부터 푹푹 찌는 날씨에 또 어디서 시간을 때워야 하나?'

20년 가까이 무탈하게 다니던 마케팅 회사에서 갑자기 긴급 구조 조정 대상자가 되었다. 그래서 며칠 전 강제 명예퇴직을 당한 김영도는 축 처진 어깨와 함께 긴 한숨을 쉬었다.

하지만 영도는 평소 아침과 다름없이 진한 남색 양복을 갖춰 입고 한 쪽 모서리가 닳은 검은색 가죽 서류가방과 함께 터벅터벅 아파트를 나섰다.

조금 전 식탁에서 아무것도 모른 채 자기 앞에서 방실방실 웃는 아내 얼굴 보기가 힘들어서 아침도 먹는 둥 마는 둥 하며 거짓 출근을 한 것이다.

지금도 거실 TV를 크게 틀어 놓고 아침 설거지를 묵묵히 하고 있을 아내 정순에게는 강제 퇴직을 당했다는 말을 아직 하지 못했다. 아니, 잘렸다는 이야기를 꺼내려고 막상 아내 앞에 서면 이상하게 입술이 떨어지지 않았다.

요새 자신이 회사에서 잘렸다는 것을 더 늦기 전에 아내에게 말해야 한다는 심한 압박감 때문인지, 밤에 아내하고 거사를 치르는 중간에 갑자기 아랫도리가 흐물흐물 해지며 발기부전까지 찾아와 한껏 달아오른 아내 얼굴 보기가 민망했던 적도 한두 번이 아니었다.

'그래도 하나뿐인 아들놈 정호 대학 공부까지 끝내려면 최소한 3~4년은 월급쟁이 생활을 더 해야 했는데...'

갑작스러운 자금 위기로 인한 회사의 긴급 구조 조정과 강제 퇴직이라는 전혀 예상치 못한 상황이 외벌이 가장인 그에게 그만 발기부전 이상의 직격탄을 날린 것이었다.

안 그래도 찌는 날씨에 하필 어두운색 양복을 입고 나온 바람에 벌써 목 언저리에서 굵은 땀방울이 하나둘 생겼다. 땀 때문에 짜증이 두 배로 솟구쳤다.

어쨌든 텁텁한 목구멍이나 먼저 축이자는 심정으로 에어컨이 시원찮은 버스를 타고 내려 무작정 발길을 돌리다 마침 눈앞에 보이는 동네 시장의 허름한 24시간 국밥집에 들어가게 되었다.

아침이라 그런지 내부는 한산했다. 영도는 천장 한쪽에 네모난 쇠붙이 틀로 고정되어 있는 낡은 TV 화면이 잘 보이는 가운데 자릴 잡고는 주인에게 따로국밥 한 그릇과 시원한 병맥주를 주문했다.

마침 9시 뉴스 방송에서 미모의 여성 아나운서가 오늘의 사건 사고 소식을 무표정하게 보도하고 있었다.

[시청자 여러분, 밤새 안녕하셨습니까? 먼저 주요 사건 사고 소식입니다. 국가생명연구소 연구원 황모 씨가 현재 정부 1급 기밀로 분류된 군사 무기 자료를 외국 무기 브로커에 빼돌리려던 협의가 포착되어 경찰이 수사 중입니다. 현재 황 씨는 일주일 전에 연구소에 사직서를 제출한 후부터 행방이 묘연한 생태이며, 경찰은 양친이 거주하고 있는 미국으로 황 씨가 이미 출국한 것은 아닌지 출입국 관리사무소 관계자를 통하여 국외 이동 기록 등을 상세히 조사하고 있습니다……]

'쯧쯧쯧. 아이고 저 박사 양반. 하루 이틀도 아니고 저렇게 경찰 눈 피해서 오래 도망 다니기 쉽지 않을 텐데... 똑똑한 사람이 저렇게 돈만 밝히면 제명도 못 누리고 하루아침에 어디 노상에서 변사체로 발견될 수도 있다니까. 에이, 저렇게 죄짓고 마음 졸이며 계속 도망 다니는 사람도 있는데 오늘은 그냥 시원한 맥주나 한 잔 하면서 답답한 마음 달래 보자고. 혼자서 끙끙 앓는다고 없던 일자리가 갑자기 생기는 것도 아니잖아.'

전날 밤이라도 지새운 건지 매우 피곤한 얼굴의 사장이 먼저 시원한 병맥주와 맥주잔을 테이블에 툭! 내려놓고 갔다.

멍하니 TV 뉴스를 시청하던 영도가 테이블 위의 빨

간색 OO 콜라 병따개로 맥주 뚜껑을 퐁! 딴 다음, 가운데 O이트 로고가 반쯤 지워진 맥주잔에 술을 가득 채웠다.

하얀 크림 같은 맥주 거품이 컵 언저리를 덮다가 밖으로 넘쳐흘렀다. 놀란 영도가 여성 아나운서의 몸에 딱 붙은 베이지색 정장에 시선을 고정한 채 거품이 넘치는 맥주잔을 얼른 들어 바짝 마른 입가에 가져가려는 찰나,

"허허. 아직 한창이신 분이 아침부터 이런 허름한 국밥집에서 쓸쓸히 맥주를 드신다?"

도둑이 제 발 저린 것처럼 깜짝 놀란 영도는 들고 있던 맥주잔의 거품을 그만 테이블에 왕창 흘리고 말았다.

'뭐, 뭐야! 안 그래도 요즘 사는 게 참 고달픈 마당에 어떤 미친놈이 분위기 파악 못 하고 이죽거리고 지랄이야!'

영도가 인상을 쓰며 소리가 난 쪽을 슬며시 쳐다보니 사마귀처럼 뾰족한 얼굴을 닮은 상대방이 자기처럼 멀쩡하게 진한 양복을 차려입고는 국밥 한 그릇과 함께 벌써 맥주를 몇 병 째나 마시고 있었다.

피식-

영도는 한 번의 스캔으로 상대 상황을 대충 파악했다.

'자기도 어디 다니던 회사에서 잘리고는 아침부터 여

기서 술판이나 벌이는 주제에...'

그런데 그가 영도의 빈정거림을 알아채기라도 한 건지 마시던 맥주잔을 한 번에 다 비우고는 웃으며 영도에게 말했다.

"어이쿠 형씨, 난 형씨하고는 처지와 위치가 완전히 달라요. 아셨소?"

'우리 둘 다 아침나절부터 어두운색 양복 차려입고 국밥집에 앉아 술이나 마시며 죽치는 주제에 무슨 처지가 다르다는 거야? 에이! 내가 아침부터 재수 없게 이런 미친놈하고 마주하고 말이야...'

아침부터 어이가 없던 영도가 그냥 정신 나간 놈의 주정으로 생각하고 다시 아나운서의 뽀얀 얼굴이나 보러 TV 쪽으로 시선을 돌렸다. 그런데...

"저기 형씨! 이래 봬도 내가 지금 미 중앙정보부 소속 비밀 요원으로 일하고 있다오. 아, 내 대외 활동명은 제이 요. 제이. 알파벳으로 그냥 J."

순간 영도는 귀를 의심했다.

'뭐? 미국? 방금 그 말... 혹시 미 중앙정보국(CIA) 말하는 건가? 이렇게 아침부터 국밥집에 앉아 맥주나 마시는 당신이? 그것도 무슨 비밀 요원?'

퍕!

으하하하하하하!

전혀 믿지 못하겠다는 표정의 영도가 감색 양복 남자를 힐끗 보며 박장대소를 했다. 이런 영도의 생각을 아는지 모르는지 남자도 갑자기 영도를 따라 실실 웃었다.

분명 나 같은 실업자나 심신이 매우 미약한 사람들 등이나 몰래 치려는 사기꾼이 분명하겠지만, 일단 이렇게 처음 보는 사람을 대하는 여유 있는 태도만큼은 앞으로 본받을 만하겠다고 영도는 느꼈다.

남자가 알 수 없는 미소를 지으며 계속 말했다.

"그래요. 예, 맞습니다. 저는 대한민국 서울에 은밀하게 파견된 미 중앙정보부 비밀 요원입니다. 그런데 국밥집에 앉아서 지금 제가 뭐 하고 있냐고요?"

그렇게 말하던 남자가 갑자기 빨간 혀를 내밀어 위아래 입술을 훑더니 갑자기 두 손으로 머리를 정돈하려는 듯 3대7 가르마를 중심으로 머리를 이리저리 쓰다듬었다.

촉촉해진 그의 입술이 다시 열렸다.

"오늘은 미국 쪽 우리 부장님에게 제출할 월례 보고서에 도움이 될 만한 다양한 서울 정보들을 직접 수집 중이오. 예를 들면 요즘 40~50대 한국 직장인들의 밥상머리에서 주요 정치 관심사라든가, 곧 있을 국회의원 총선에 따른 각 정당의 지지 성향은 과연 어떨지 등. 그쪽도 잘 아시겠지만 한국 사람들은 친한 사람들하고 보통 밥 같이 먹으면서 정치 이야기 많이 하잖소."

푸하하하하하하!

'보니까 이 양반이 아침부터 술이 많이 되었네. 겉은 멀쩡하게 생겨서 말이야!'

영도는 속으로 비웃으면서도 저렇게 얼굴색 하나 안 바꾸고 이런 이야기를 서슴없이 지껄이는 가르마 남자에게 왠지 모를 호기심이 생겼다.

'오늘 특별히 할 일도 없는데, 이왕 이렇게 된 거...'

영도는 그냥 적당히 저 남자의 장단을 맞추어주면서 그가 실제 종사하는 일에 대해 좀 더 자세히 캐묻기로 했다. 속에서 터져 나오려는 웃음을 억지로 참으며 영도는 남자에게 최대한 진중하게 물어보았다.

"이야, 그래요? 대한민국 남자라면 누구나 한 번쯤 머릿속으로 그려보는 굉장히 멋있는 일을 하시네요. 그럼 길거리 사람들 막 염탐하면서 정치 성향 같은 거 수집하는 거 말고 혹시 007 영화에 나오는 국가 비밀 첩보 임무 그런 것도 맡아서 하시나요?"

빨간 혀로 아래위 입술을 연신 적신 남자가 잔에 남

은 맥주를 입에 싹 털어놓고는 갑자기 잔을 들고 영도가 앉아 있는 테이블로 성큼 넘어왔다. 영도의 의향은 전혀 물어보지도 않고 자리에 당당히 합석했다.

"저기... 내가 있는 곳은 첫째도 둘째도 보안이 생명이라서 내가 형씨 물음에 제대로 대답하려면 이렇게 합석을 해야겠네요. 괜찮죠? 분명 그쪽이 나에게 먼저 관심을 보인 거니까. 그럼 이것도 인연인데 우리 잔 한번 부딪칩시다. 자! 당신의 눈동자에 건배!!"

'뭐야? 갑자기 웬 카사블랑카?'

반사적으로 잔을 들어 얼른 건배한 영도가 머리를 갸우뚱하면서 수저통에서 은색 숟가락과 젓가락을 꺼내 남자의 앞에 냅킨을 깔고 가지런히 놓았다. 이윽고 테이블 위에 겹겹이 세워진 종이컵 한 개를 빼서 찬물을 시원하게 마신 그가 다시 입을 열었다.

"형씨. 이건 진짜 비밀인데, 얼마 전에 미국의 클O턴 전 대통령이 우리나라를 극비로 방문했다오. 이건 어디 TV 뉴스나 신문 매스컴에도 절대 나오지 않은 사실이야. 그때 내가 클O턴 전 대통령과 단둘이서 남대문 시장을 같이 다녀왔다는 거 아냐. 뉴욕에 계시는 힐O리 여사님 갖다 줄 한국 기념품 쇼핑하자고 갑자기 나보고 남대문 시장 좀 같이 가자는 것 아니겠어? 암튼 평소에도 우리 클O턴 대통령님은 상대를 가리지 않고 참 겸손 하시지."

처음 듣는 이야기였다.

명색이 미국의 대통령까지 지내신 분인데 한국에 방문한 내용이 TV 공중파 방송은 물론이고 인터넷 포털 뉴스나 그 수많은 신문지면 어디에도 그런 기사는 전혀 나오지 않았다.

아직 믿지 않는 영도의 얼굴 앞으로, 남자가 자기 가죽 지갑에서 사진 한 장을 착! 꺼내더니 비장하게 웃으며 보여주었다.

사진의 오른쪽 맨 하단에는 남자가 대충 설명한 방문 날짜가 하얀색으로 박혀있었다.

그리고 커다란 조형물이 보이는 남대문 시장 메인 입구 앞에서 깔끔한 사복 차림의 클O턴 전 대통령과 남자가 활짝 웃으며 나란히 찍힌 사진 한 장을!

영도는 눈을 부비면서 이 놀라운 사진을 뚫어져라 쳐다보았다.

청년 시절부터 자신이 꾸준히 해온 유일한 취미가 사진 촬영이라는 것을 오늘 처음 만난 남자가 당연히 알리 없다.

나름 DSLR 및 필름 카메라 촬영부터 손수 암실 현상과 인화까지 능숙하게 해낼 수 있는 자신이 아무리 눈을 동그랗게 뜨고 보아도 이 사진은 절대 합성 사진이 아니었다.

'이 사진은 진짜다!'

정말로 대한민국 서울 남대문시장 입구에서 미국의 클O턴 전 대통령과 이 빨간 입술의 남자가 친분을 다지며 다정하게 찍은 사진이다.

놀라움을 감추지 못한 채 영도는 맞은편 남자를 다시 보기 시작했다.

얼떨떨한 영도가 자신의 맥주잔을 한 번에 다 비웠다. 주문으로 나온 국밥도 제대로 먹기 전이라 빈속에 알코올이 쫙- 퍼지면서 머릿속이 몽롱해졌다. 오늘 이 남자를 국밥집에서 만난 것이 앞으로 자기에게 큰 행운을 불러올 것 같은 믿음이 영도에게 조금씩 생겼다.

'과연 대한민국에서 어느 정도 위치에 올라서야만 미국 전 대통령하고 남대문 시장 통을 저렇게 다정하게 다닐 수 있을까?'

마침 알싸하게 취기도 올랐겠다, 영도는 그동안 아내에게도 숨겨왔던 자신의 현재 처지에 대해 남자에게 솔직하게 고백하기로 마음먹었다.

"저... 사실은 제가 얼마 전에 회사에서 명예퇴직을 당하고 지금 재취업 자리를 구하러 이리저리 다니는 형편입니다만, 취업이 생각보다 녹록지 않습니다. 아내는 평생을 전업주부로 살아왔고 더군다나 한 명 있는 아들놈은 등록금 제일 비싸기로 유명한 모 사립대 국문과에 다니는데 정말 앞으로 어떻게 가정을 꾸려야 할지 앞길이 막막합니다."

그동안 자신을 두껍게 감싸고 있던 가장으로써의 무거운 갑옷을 이 자리에서 완전히 벗어내자 영도는 이제 더 이상 부끄러울 게 없었다.

하루에도 몇 번씩 전 세계를 쥐락펴락했던 미국의 전 대통령하고 저렇게 다정하게 사진을 찍을 정도면 이 남자는 어떡하든 당장 입에 풀칠할 수 있는 일자리 하나 정도는 자기에게 만들어 줄 수 있을 것 같았다.

영도는 대체 무슨 방법이 없겠냐고 그의 마지막 남은 자존심까지 완전히 버리면서 앞에서 사마귀처럼 눈을 가늘게 뜨고 있는 남자에게 읍소하기 시작했다.

그렇게 몇 분 동안 영도의 하소연을 잠자코 듣고 있던 남자가 갑자기 눈동자를 반짝이며 자기 얼굴을 영도 쪽으로 가까이 들이댔다.

"정 그러시다면 내가 우리 본부 쪽에 형씨 자리를 한번 부탁해 볼 수 있을 것 같은데, 방금 내가 말한 우리 일에 정말 관심이 생기긴 해요?"

워낙 다급한 입장이라 일단 읍소를 하긴 했지만 영도는 남자가 자기에게 바로 긍정적인 말을 제시할 줄은 꿈에도 몰랐다.

"예? 아유, 제가 감히 어떻게... 그런 중요한 임무를... 그래도 뭐, 꼭 시켜만 주신다면 제가 한번 제대로 역량을... 이래 봬도 제가 고등학교 때 유도부였는데 전국체전에도 매년 출전한 유서 깊은 학교의..."

영도는 겉으로 표를 안 내려 무진 애를 썼지만 기분이 너무 좋았다. 정말 생각지도 못했던 제안이었다. 그런 말을 들으니 사춘기 아이처럼 마음이 우쭐해졌다.

'이 나이에, 더군다나 영어 한마디 제대로 못 하는 강제퇴직자인 내가 미국 정보기관의 요원으로 채용될 수가 있다고? 와, 대박!'

문득 몽상에서 깨어나 보니 남자가 벽에 붙어있는 이 집 메뉴판을 갑자기 이리저리 훑어보고 있었다.

"어험. 비록 이 집이 허름해도 돼지 수육 하나만큼은 동네에서 정말 끝내주는 곳인데. 주인아주머니가 오겹살도 특별 서비스로 많이 넣어주고 말이지..."

현실로 돌아온 영도는 앞에서 비실비실 웃고 있는 남자를 보며 카운터에서 꾸벅 졸고 있는 주인에게 바로 주문을 외쳤다.

"사장님, 여기 수육 대자하고 맥주 3병 더 추가요! 그리고 여기 매운 고추하고 술국도 더 리필해 주시고요!"

영도가 메뉴판 가격도 안보고 주인에게 막 주문을 넣는 모습을 보자 남자가 빨간 혀를 내보이며 해맑게 웃었다.

"역시 형씨는 성격이 시원시원해서 좋다니까. 역시 우리 본부 비밀 요원 자격으로 충분하고도 남겠어. 자, 내 핸드폰 번호 여기서 바로 저장해요. 우리 쪽 사람들은 명함이 따로 없어서 말이야. 번호가 010.... 그리고 형씨 번호하고 지금 사용하는 이 메일 주소 나에게 바로 알려줘. 내가 우리 부장님에게 한자리 부탁한 다음에 형씨에게 상황을 바로 피드백해야 하니까."

"아이고, 여부가 있겠습니까? 제 일에 이렇게 신경 써 주셔서 진심으로 감사드립니다."

영도가 테이블에 이마가 부딪히도록 넙죽 고개를 숙였다. 그런데 빙그레 웃던 남자가 갑자기 주변을 살피더니 목소리를 작게 냈다.

"그런데 그 전에 한 가지 조건이 있어요. 형씨가 정말 우리 쪽 일을 하고 싶으면 지금 내가 주는 알약을 여기서 드셔야 해. 어? 아, 갑자기 식당에서 무슨 약이냐고? 응... 우리 정보부에서 신규 요원 채용 때마다 사용하는 신약인데 형씨가 이 알약을 먹으면 우리가 그쪽 건강 상태를 한눈에 원격 모니터링 할 수가 있어. 왜? 이봐! 그런 얼빠진 표정 짓지 말고 잘 한번 생각해 봐. 내가 우리 부장에게 어렵사리 부탁해서 형씨를 비밀 요원으로 채용했는데 혹시 그쪽이 무슨 암이나 성병이라든지, 생각지도 못한 큰 병이 있으면 추천한 내 입장이 무척이나 곤란해지거든. 그러니까 이번 참에 직장인 정기검진 미리 한다고 생각하고 내가 주는 알약, 그냥 꿀꺽 삼켜요. 알았죠?"

그러면서 남자가 양복 주머니에서 하얀색 작은 통을 꺼내더니 그 안에서 파란 알약 한 알을 빼서 눈만 껌뻑 뜨고 있는 영도에게 내밀었다.

"자- 어서! 쭉! 쭉!"

"......."

'아무리 내가 재취업이 급해도 오늘 처음 본 남자가 주는 약을 냉큼 먹어도 될까? 에이 모르겠다. 이판사판이다!'

잠시 눈알을 굴리며 고민하던 영도가 "자, 잠깐만요! 아침부터 맥주를 급하게 먹었더니 갑자기 배가 살살 아픈데 화장실 좀 다녀와서 주신 그거, 먹으면 안 될까요?"말하며 의자에서 급히 일어났다.

그리고 개방된 옆 건물 국밥집 화장실에 다녀와서 굳게 마음먹은 영도가 테이블에 놓인 클O턴 전 대통령 사진을 한 번 더 보고는 손바닥에 놓인 알약을 맥주와 함께 삼켜버렸다.

기분 탓인지 왠지 시야가 자꾸 흐려지는 느낌이 들었

다. 하지만 영도는 애써 아무렇지도 않은 듯 웃으며 이미 식은 국밥 그릇의 남은 국물을 숟가락으로 연달아 떠먹었다.

그 모습을 가만히 지켜보던 남자는 하얀 이를 드러내며 알 수 없는 미소를 지었다.

3.

“나연 앵커님, 오늘 수고 많으셨습니다. 특히 오늘 의상 포인트로 목에 걸치신 그 실크 스카프 너무 멋지세요. 그거 명품 B사 꺼 럭셔리 한정판 맞죠?”

방송사에 입사한 지 얼마 안 된 새내기 보조 작가 이혜나가 시원한 녹차 음료수병을 들고 조금 전 아침 뉴스 생방송을 마친 김나연에게 다가가 꾸벅 인사를 했다.

뉴스를 진행하면서 그동안 없던 긴장까지 한 탓일까, 나연의 입술이 바짝바짝 탔다. 그래서 음료수병을 거의 낚아채듯이 뺏어와 거칠게 뚜껑을 따고는 깜짝 놀라 토끼 눈이 된 보조 작가 앞에서 벌컥벌컥 들이마셨다.

행여나 메인 카메라에 잡힐까, 밴드도 제대로 못 붙인 목의 긁힌 상처가 그 위에 덮인 실크 스카프에 닿아서 계속 따끔따끔한 게 은근히 화도 났다.

'어찌어찌하여 오늘 뉴스 생방을 끝내긴 했는데...'

오늘 새벽, 방송사에 출근하여 초긴장 상태로 보조 작가에게 대본을 받아본 순간부터 조금 전 방송을 마칠 때까지 다행히 황재준 사망과 관련된 기사는 없었다.

자신이 진행하는 아침 라이브 방송 특성상 만약 방송 중간에라도 경찰에 도피 중인 황재준의 사망 소식이 속보로 들어온다면 방송 중간에 급히 작성된 쪽 대본을 보며 자기가 저지른 짓을 직접 보도해야 하는 최악의 상황에 직면할 수 있었다.

후.......

고개를 절레절레 흔들며 녹차 음료수를 한 번에 다 들이킨 나연의 왼쪽 가슴에서 갑자기 콕콕 찌르는 통증이 시작되었다.

본래 심장이 약하게 태어나서 항상 과도한 스트레스를 받는 일만 생기면 이렇게 심장 부근에서 통증이 한 번씩 밀려오곤 했다. 또, 매일 아침 방영되는 뉴스 특성상 새벽마다 잠을 설치며 방송사에 출근해야 하는 심적 부담감도 그동안 나연의 몸 상태에 계속 악영향을 끼쳐왔다.

결정적으로 자신이 어제 저지른 살인이 언제 어느 때 세상에 드러날지에 대한 두려움으로 나연은 지금 당장이라도 쓰러지기 직전의 피폐한 상황이었다.

***

가끔 잠자리만 같이하는 황재준 박사가 정부 기밀자료 외부 유출 혐의로 한순간에 도망자 신세가 된 후에도 나연은 그의 마르지 않는 비자금 때문에 은밀히 만나왔었다. 알고 보니 그 인간은 남성에게도 호감을 갖는 양성애자였다.

언제였더라... 두 번이나 격렬하게 했던 섹스 후에 네덜란드 산 액상 대마가 든 전자담배를 맛있게 피우던 재준이 자랑스럽게 떠든 것에 따르면, 지금 언론에서 떠들고 있는 정부 기밀자료란 바로 AI(인공지능)를 이용한 최첨단 핵무기 설계 프로그램이라고 했다.

전쟁터에서 상대방에게 끼치고 싶은 파괴력이나 피해 정도의 물리적 데이터를 이 프로그램에 입력하면 상대국의 지리적 환경과 거주하는 인구 규모에 맞는 맞춤형 핵무기 설계 내역이 뚝딱하고 도면으로 그려진다.

그래서 프로그램만 손에 들어오면 정밀 핵무기 설계, 생산을 엄두도 못 내던 여러 변방 국가가 당장이라도 세계를 큰 위험에 빠뜨릴 수 있는 우월적 지위를 얻는다는 것이다.

더군다나 설계 프로그램의 핵심인 메인칩이 없어도 제한적인 기능만으로 인간의 눈과 귀로는 도저히 분간

할 수 없는 가짜 국가 비밀문서나 각종 증거 사진 및 동영상, 목소리 녹음 위변조 파일까지 생산 가능하다고 하니 강대국인 미국을 포함하여 정말 많은 국가에서 이것을 탐낼 만하겠다는 생각이 나연에게도 들었다.

하지만 재준 씨는 어차피 미국 영주권자인 부모님이 있는 미국으로 도피 예정이고 핵무기 프로그램이 다른 국가에 유출이 되든 말든 자기는 그와 몰래 만나며 생활비 정도만 두둑이 받고 헤어질 계획이었다.

'그래. 차라리 경찰 수사가 본격화되기 전에 그가 미국으로 건너만 갔으면 우리 둘 다 아무 문제가 없었을 텐데...'

평소 돈만 밝히던 재준의 욕심이 너무 과했던 게 이번 도피 사건의 시작이었다.

무기 밀매를 주 수입원으로 삼는 동남아 지역 근거지의 모 비밀조직에서 상상할 수도 없는 거액을 미끼로 그에게 기밀 자료를 넘겨줄 것을 제안해 왔다.

결국 연구소에서 프로그램을 빼돌린 그는 미국행을 과감히 포기하고 조직으로부터 거액의 돈과 함께 그가 평소 선망하던 나라인 네덜란드로의 안전한 도피를 약속받게 되었다.

하지만 그가 돈의 대부분을 챙기고 나서도 자료를 탐내던 다른 국가 조직에서 더 큰 액수를 제의받았는지,

재준이 이상하게 핵무기 설계 메인칩 제공을 계속 미루다 자취를 감추자 이제는 비밀조직에서 그의 숨은 애인인 나연까지 접근해 돈으로 포섭하기에 이르렀다.

아는 지인의 소개로 얼굴이 사마귀처럼 생긴 조직의 남자와 점심을 같이한 뒤로 방송가에서 잘 나가던 나연의 인생은 완전히 꼬였다.

'내가 왜 그런 바보 같은 짓을 저질렀을까... 도대체 무엇 때문에... 진정 내가 무엇을 원하기에...'

'아이 씨! 힘들어. 내일 방송도 해야 하는데...'

한껏 과장해서 지른 신음으로 목이 다 컬컬했다. 옆을 흘끔 보니 재준 씨는 조금 전 섹스가 꽤 만족스러웠는지 칭찬받은 어린아이처럼 흡족한 표정을 짓고 있었다.

몇 분 후 황재준이 이불을 목까지 덮고 있는 나연을 끈적한 눈길로 또 바라보았다.

"부족하다!" 재준이 굶주린 짐승처럼 웃었다. "나연아, 한 번만 더하자!"

나연이 뭐라고 거부할 사이도 없이 다시 우뚝 선 황재준의 그것이 혀와 같이 각각의 위치에 침투했다.

'이 발정 난 매국노 새끼. 오늘 더는 안 되지! 내 몸값이 얼만데...'

나연은 급한 대로 재준의 혀가 깊이 못 들어오게 이

를 딱 붙이며 머릿속으로는 자기에게 곧 생길 어마어마한 현찰과 명품 가방을 흐뭇하게 떠올렸다.

'에라...'나연도 못 이기는 척하며 이를 열고 그의 혀를 조금씩 빨아들였다.

자신이 봐도 정말 젊고 우아하고 똑똑하고 예쁜 신참 후배들이 지금도 방송사에 입사하여 보도국 아나운서 자리를 계속 채워나가고 있다.

그래도 아직은 관록의 여신 김나연. 바로 내가 아침 9시 뉴스 자리를 굳건히 잘 지켜내고 있다. 하지만 세월이 흐르면서 언젠간 그런 잘난 후배들에게 뉴스 자리를 빼앗기고 지방 방송국 라디오 DJ 쪽으로 밀려날 게 분명하다.

대학을 갓 졸업하자마자 방송사에 바로 입사하면서 그동안 밀려난 아나운서 선배들을 수도 없이 지켜봐왔다. 실제로 지금 진행하고 있는 아침 9시 뉴스도 대학 시절부터 존경했던 아나운서 선배의 자리를 본인이 하루아침에 뺏었기 때문이다.

어린 시절부터 꿈이었던 저녁 9시 뉴스 여성 앵커 자리가 바로 코앞이었다.

조금만, 조금만 더 손을 뻗으면 금방이라도 잡을 수 있었다. 능글맞은 현 보도국 본부장이 또 자기를 얼마

나 밀어주는데...

그런 속물 본부장의 환심을 사는데 제일 좋은 선물은 뭐니 뭐니 해도 돈이었다.

그것도 오만 원 현금다발!

항상 비싼 술 얻어먹고 필드에 공치러 다닐 건수만 찾는 속물 중의 속물인 본부장에게 뇌물로 매길 현금 총알이 절대적으로 필요했다. 그 신사임당 다발이야말로 자신이 아침 뉴스에서 저녁 뉴스 자리로 바로 올라갈 수 있는 유일한 동아줄인 셈이다.

맞벌이 부부 밑에서 태어난 나연은 어릴 때 아버지가 일찍 돌아가셨고, 생계를 위해 바빠진 어머니 대신 자기보다 심장이 더 안 좋게 태어난 쌍둥이 여동생 세연을 튼튼이 돌봐줘야 했다. 그래서 나중에라도 병약한 동생까지 자신이 거두려면 방송사 저녁 뉴스 앵커라는 명예와, 삶을 더 윤택하게 해줄 많은 돈이 수중에 꼭 필요했다.

하지만 어머니의 재혼 및 새아버지 재산 증여 문제로 이미 사이가 틀어진 치과의사 오빠에게는 죽어도 기대고 싶지 않았다.

결국 나연은 자신의 오랜 열망인 저녁 9시 뉴스 아나운서로 다시 태어나기 위해 그만 돌아오지 못할 강을 건너고 말았다.

“연구소에서 자료를 빼돌린 황 박사가 메인칩을 끝까지 내놓지 않아서 막대한 금액을 지불하고도 우리는 그깟 사진, 동영상 등을 위조하는 프로그램 부가 기능밖에 활용을 못 하고 있소. 만약 당신이 황 박사가 빼돌린 그 칩만 우리에게 찾아 준다면 당신이 평생 구경도 못 할 액수의 돈을 지급하죠. 자, 이것은 우선 선금 조로...”

근처 백화점에 먼저 들러 이걸 구매하고 만나러 온 것인지 차 안에서 사마귀 남자가 자신에게 건넨, 아직 태그도 제거되지 않은 H사의 신상 명품 버킨백 안을 들여다본 순간 나연은 기겁했다.

‘와아! 이거... 오만 원 다발이 몇 개야?’

“황 박사는 아마 휴대하면서 도피할 수 있도록 프로그램을 아주 작은 칩 형태로 저장해서 보관하고 있을 것이요. 만약 당신이 그 칩만 찾아서 나에게 주면 이것과 똑같은 가방과 돈을 지금부터 당신이 몰게 될 이 신형 O츠 E 클래스 트렁크 안에 가득 채워 놓겠소. 참고로 지금 이 차 트렁크 안에도 이것과 똑같은 가방 3개가 더 준비되어 있어요. 즉, 당신의 가느다란 새끼손가락보다 작은 그 칩만 나에게 전달해 준다면 앞으로 당신이 똑똑한 의사 오빠까지 등지면서 새벽부터 아등바등 방송국에 출근할 이유가 사라진다, 이 말입니다. 자,

O츠 키 받으세요. 이미 아름답고 현명한 당신 거니까!"

그 사마귀 놈이 건네준 버킨백 속, 웃고 있는 신사임당을 본 뒤로 나연은 처음부터 엔진이 고장 난 폭주 기관차처럼 변해버렸다.

***

그리고 어젯밤.

나연은 황재준이 아직 밖이라는 것을 전화로 확인한 뒤, 키패드 비밀번호를 누르고 그가 은신처로 지내는 도봉역 근처의 오직 한 동뿐인 A 아파트 201호 안으로 들어갔다.

하지만 안타깝게도 나연은 재준을 너무 허투루 보고 있었다. 영악한 재준이 오히려 나연의 뒤를 거꾸로 미행하다가 그녀를 따라 201호 안으로 곧바로 들어왔기 때문이다.

나연을 따라 문을 열고 들어온 재준은 그녀를 놀라게 한 것도 모자라 나연이 사마귀 남자가 단둘이 만나고 있는 장면이 찍힌 사진을 그녀의 얼굴 앞에다 던져버렸다.

마침 싱크대 앞에서 붙박이 수납 선반을 이리저리 뒤지던 나연은 꽃잎처럼 거실 바닥에 떨어지는 자신의 촬영 사진을 보며 끝내 비명을 지르고 말았다.

그 모멸감을 나연은 도저히 참을 수 없었다.

그래도 내가 명색이 메이저 방송사 아나운서인데 얼굴도 반반하고 집안에 돈도 좀 있는 것 같아 몇 번 잠자리를 같이 해줬더니 이제는 나를 무슨 자기 시녀 취급하고 있어!

더 더러운 꼴 보기 전에 이 쓰레기 같은 박사 놈과의 관계를 끝내야 하는데 그러려면 나도 전별금 정도는 미리 챙겨야 하지 않겠어?

나연이 그런 생각들을 하는 와중에 팔 근육이 상당한 재준이 갑자기 싱크대 가까이에 있는 그녀에게 거침없이 다가와 가느다란 목을 있는 힘껏 조르기 시작했다.

"재, 재준 씨... 뭐 뭐야...! 컥! 컥컥!"

기도가 막히는 고통으로 표정이 일그러진 나연의 머릿속에 이러다가 저놈 손에 당장 죽을 수 있겠다는 위험신호가 크게 울렸다.

순간 나연이 싱크대를 향해 간신히 뻗어 손끝에 걸린 식칼을 재준의 목, 가슴, 배를 향해 정신없이 휘둘렀다. 놀란 재준이 그 칼끝을 피하다가 어디 싱크대 선반에 머리를 부닥친 것까진 기억나는데... 그러다 정신을 차렸을 때는 이미 몸 군데군데에서 핏물이 막 뿜어져 나오며 재준이 싱크대 앞에 엎어져 있었다.

쓰러진 재준을 본 나연은 정신이 아찔해졌다. 식칼을 쥐고 있는 손이 부들부들 떨렸다.

'진짜로 죽은 건가? 아니야. 아닐 거야. 저 넓적한 등이 미세하게 올라갔다 내려갔다 하는 것 같기도 하고... 모, 모르겠어. 너무 끔찍하고 무서워서 저 몸을 다시 만지고 싶지 않아. 재준 씨가 지금 살아있는지 아니면 진짜로 나 때문에 죽은 건지 정말로 모르겠다고! 그럼 당장이라도 구급차를 불러야 하나? 아니, 아니야. 그러면 내가 저지른 행동이 전국에 다 들통나잖아!'

뒤이어 나연의 머릿속에서 은밀한 외침이 들려왔다.

'지금 이러고 있으면 안 돼! 여기서 당장 도망쳐야 해. 이건 분명 정당방위야. 그동안 쌓아 올린 내 커리어를 이까짓 놈 목숨 때문에 한 번에 무너뜨릴 수는 없어!'

나연이 손에 들고 있던 식칼을 자기 백안에 집어넣고 현관문을 나서려는데 쓰러져 있는 재준의 등과 팔이 조금씩 꿈틀꿈틀하는 게 보였다.

"으아아악!"

나연은 입에 거품을 물 정도로 놀라며 현관문이 제대로 닫혔는지 신경 쓸 겨를도 없이 재준의 집에서 막 뛰어나갔다. 마치 뒤를 돌아보면 쓰러진 재준이 갑자기 벌떡 일어나 자신을 죽이러 쫓아올 것만 같았다.

일단 엘리베이터를 지나쳐서 바로 옆 비상계단 쪽으로 황급히 내려갔다. 계단을 내려가면서도 나연은 뒤를 돌아볼 용기가 차마 나지 않았다.

비상계단을 허겁지겁 내려온 나연이 1층 현관문을 지나 아파트 외부 담벼락 밑에 임시 주차했던 자신의 구형 제O시스 차량으로 달려가 급히 올라타고 시동을 걸었다.

하지만 기어를 주행 상태로 놓고 차를 몇 미터쯤 운전하다가 갑자기 아차! 하고 떠오른 게 있었다. 손으로 졸렸던 부분에 상처가 났는지 따끔따끔한 목 주변으로 소름이 돋았다.

재준 씨의 구형 대포폰!

철저하게 비밀 유지를 하며 만났기 때문에 자신과 재준이 은밀한 관계라는 것을 아는 사람은 당사자 둘과 재준을 통해 들었다는 그 사마귀 남자 말고는 아마 없을 것이다.

하지만 재준 씨의 구형 전화기 안에는 분명 자신과 함께 찍은 사진이 한 장쯤은 존재할 것이다. 또한 최근 통화 목록에도 분명 자기 전화번호가 제일 많이 찍혀 있을 것이다. 그리고 내 얼굴은 아침 뉴스를 시청하는 사람이면 누구나 다 알아볼 수 있는...

시발!!

갑자기 공황이 찾아와 호흡을 제대로 할 수 없었던 나연이 참지 못하고 차량을 갓길에 급히 세웠다. 떠올리고 싶지 않은 사실들이 머릿속에서 계속 떠올랐다.

'만약 저러다 재준 씨가 진짜로 죽고 뒤이어 누군가에게 시체가 발견된다면 경찰은 그의 핸드폰을 확인하고 제일 먼저 나를 찾아올 것이다. 대체 이를 어째...'

나연은 핸들에다 자기 얼굴을 깊숙이 파묻으며 통한의 눈물을 흘렸다.

차량에 탑승하면서 조수석에 내팽개쳤던 가방 안에서 미세하게 핸드폰 진동음이 들렸다. 한집에 같이 사는 세린 이모가 아직 도착하지 않은 자신이 걱정되어 전화하는 모양이었다.

겁이 난 나연이 눈을 감았다. 오금이 막 저렸다. 갑자기 오늘 밤이 자신의 27년 인생에서 제일 끔찍한 밤이 될 것 같은 무서운 예감이 들었다.

백 속에서 전화 진동음이 계속 울렸다.

빵! 빵! 빠아아앙!!

마침 뒤에서 달려오던 거대한 화물 트럭이 제대로 갓길에 주차되지 않은 나연의 차량을 보고 클랙슨을 마구 울려댔다.

4.

기적적으로 김나연의 의식이 돌아왔다는 소식을 들은 김석호 형사는 박형식 형사에게 바로 새로운 업무 지시를 내렸다.

깨어난 환자에게는 미안하지만 정영재 살인 사건이 벌어진 그날, A 아파트의 출입 여부 등에 대해 당사자인 김나연을 직접 탐문하고 오라는 지시였다.

사건이 일어난 A 아파트는 말이 아파트지 지어진 지 꽤 오래된 한 동짜리 공동주택이라 현관문 앞 관리사무소는 이미 오래전에 폐쇄되었고, 혹시나 알아본 아파트 1층 CCTV는 벌써 고장 난 상태였다.

지시받은 박 형사는 00 대학병원 환자 입원실로 한걸음에 달려갔다. 비록 의식이 깨어났다고는 하나 김나연의 상태가 또 언제 안 좋게 변할지 아무도 모르기 때문이다.

조금 후, 박 형사는 다행히 1인실 안에서 비교적 안정된 모습으로 정신을 차린 김나연을 만날 수 있었다.

"안녕하세요. D 경찰서의 박형식 형사라고 합니다. 이건 제 명함인데요 지금은 움직이기 힘드시니까 탁자 위에 올려놓겠습니다. 먼저 의식을 찾으신 지도 얼마 안 돼 경황이 없으실 것 같은데 이렇게 조사에 협조해 주셔서 감사드립니다. 며칠 전에 발생한 살인사건에 관해 몇 가지만 간단히 여쭙겠습니다."

박 형사는 작은 대답과 함께 고개를 끄덕이는 김나연의 모습에서 생각보다 얼굴에 생기가 있어 보인다고 느꼈다. 아마 형사가 직접 탐문하러 온다는 것을 전해 듣고 간단하게라도 직접 메이크업을 한 모양이었다.

병상 침대 베드를 반 정도 세운 채 앉아 있는 김나연을 지긋이 바라보며 박 형사는 들고 있는 검은색 형사수첩을 펼치고 조심스레 질문을 시작했다.

'역시 공중파 아나운서는 뭐가 달라도 다르다니까!'

사실 박 형사는 대학 시절부터 방송사 PD가 되는 것이 꿈이었다. 하지만 평생을 경찰로 사셨던 아버지의 기대를 거스를 수가 없어 어쩔 수 없이 경찰공무원 시험을 치게 되었다. 그리고 운 좋게 한 번에 합격하여 지금 이 자리에 오게 되었다.

참으로 많이 아쉬운 인생의 현재진행형이지만 그는 절대 후회하지 않았다. 하나밖에 없는 아들의 경찰 합격 소식을 들으시고 암 투병하셨던 아버지가 편안하게 눈을 감으셨으니까.

아직 미혼인 박 형사는 몇 가지 형식적인 질문을 건네면서 깨어난 지 얼마 안 되는 김나연이 현재 보여줄 수 있는 가장 아름다운 미소를 지금 자기에게 보여주는 것 같아 괜스레 마음이 설렜다.

***

김나연은 중환자실에서 깨자마자 형사가 자신을 찾고 있다는 걸 몸이 안 좋은 엄마 대신 자신을 간병하는 이모에게 전해 듣고 적지 않게 놀랐다.

'드디어 올 것이 온 건가? 재준 씨 살인사건을 조사하던 경찰이 그의 핸드폰에서 나와 같이 찍은 사진을 발견하게 되었다. 그래서 용의자로 지목된 내가 깨어나기를 기다렸다가 직접 조사하러 병원까지 방문한 것이다!'

그런데 D서 형사라고 밝힌 남자가 침대 맞은편 간이의자에 앉아 자기에게 하는 질문을 가만히 들으며 김나연은 더 충격을 받았다.

'저 형사가 말하는 A 아파트 201호 안에서 죽은 사람이, 자신이 칼로 찌른 황재준이 아니라 사마귀 남자 정영재였다!'

그리고 현재 자신이 누구의 살인범으로 지목받고 있는 상황도 아니었다.

같은 시간대에 201호를 방문한 어떤 남자가 죽은 정영재의 유력한 살해 용의자로 의심받는 와중에, 그 용의자가 아파트 밖에서 현관문을 급히 열고 나오는 자기를 보았다고 진술했다는 것이다.

그러면서 죽은 정영재란 남자와 혹시 무슨 관계가 있는지 이것저것 묻기 시작했다.

정영재? 정영재... 정영재!

사실 나연은 죽은 정영재를 익히 잘 알고 있었다. 황재준이 반출한 프로그램 원천 소스가 들어있는 그 칩을 자기에게 가져오기만 하면 엄청난 돈을 명품 백에 가득 채워서 주겠다고 그에게 은밀히 약속받았기 때문이다.

그런데 자신이 칼을 휘두른 황재준이 아니라 자신에게 달콤한 제안을 던졌던 정영재가 지금 죽어있는 것이다.

머리가 멍해지며 무척이나 혼란스러웠다.

왜 자신이 갔던 그날 그 시간에 정영재가 황재준의 집을 찾아갔을까?

혹시 내가 그 집에서 칩을 찾게 되었을 때 폭력을 써서 나에게서 가로채기 위해?

조력자인 나를 죽여서라도?

***

'어? 이것 봐라!'

나연은 병실에 들어온 후부터 계속 자기를 보며 헤벌쭉 웃고 있는 남자 형사와의 대화를 통해 지금 사건이 자신에게 유리하게 흘러가고 있음을 느꼈다.

겉으로는 계속 아픈 표정을 지으며 속으로는 쾌재를 불렀다.

오직 상식적인 말만 듣고 싶어 하는 저 피곤함에 찌든 형사 앞에서 사건에 대해 머릿속으로 짜맞춘 거짓을 그냥 말하기만 하면 되는 거였다. 그것은 나연이 그동안 지나쳐왔던 수많은 남성 앞에서 자주 해왔던 행동이었다.

고개를 작게 끄덕인 나연이 한결 편안해진 마음으로 입을 열었다.

"사실은, 제가 심장이 안 좋게 태어났어요. 그래서 돌이 막 지날 무렵 '심실중격결손증'이라는 선천성 심장병 진단과 함께 큰 수술을 받았거든요. 말씀하신 날은 저도 마침 기억나네요. 하필 그날이 생리통이 제일 극심한 날이었거든요. 그래서 내일 아침에 보도할 뉴스 대본을 컨디션이 안 좋은 중에도 검토하다가 늦게 퇴근했는데, 무리를 했는지 집까지 운전하며 오는 길에 그만 가슴 통증과 발작이 찾아와 얼른 갓길에 차를 주차했어요. 그렇게 얼마간의 휴식을 취하다가 다시 천천히 집에 돌아왔습니다. 아, 바쁘신 형사님 앞에서 말이 본의 아니게 길어졌네요. 저는 방금 형사님이 설명하신 정영재란 남자와 단 한 번도 만난 적이 없습니다. 또, 그날 A 아파트에도 단연코 방문한 적이 없습니다. 저기... 박 형사님, 제가 갑자기 피곤해서 그러는데 혹시 이 정도 대답이면 될까요?"

경찰수첩에다 김나연을 탐문하면서 했던 몇 가지 질문과 대답을 빼곡히 적은 박 형사가 대충 정리가 되자 만족스러운 표정으로 간이의자에서 일어났다.

"아이고 정말 실례가 많았습니다. 몸도 불편하신데 이렇게 협조해 주셔서 진심으로 감사드립니다. 빨리 쾌차하시어 방송에 얼른 복귀하시길 기원하겠습니다."

박 형사는 마치겠다는 인사말과 함께 절도 있는 묵례를 하며 김나연의 병실을 빠져나왔다. 그러면서 행여나 큰 소리가 날까, 끝까지 손에 힘을 주며 병실 문을 조심히 닫고 나와 통로 맨 끝에 있는 엘리베이터 입구로 걸어갔다.

입구에 다 도착했을 때쯤 박 형사가 무심코 뒤를 돌아보았는데 마침 캐주얼 정장 차림의 어떤 젊은 여성이 김나연의 병실 문 앞에서 계속 서성이는 게 보였다.

'응? 같이 일하는 방송사 동료 후배가 문병이라도 왔나?'

'김나연 탐문 마치면 딴 데 새지 말고 빨리 서로 복귀해!'라는 꼰대 선배 김 형사의 우렁찬 목소리가 아까부터 귓가에 계속 맴돌던 박 형사는 고개를 흔들며 교체된 지 얼마 안 된 최신형 엘리베이터의 하강 버튼을 미련 없이 눌렀다.

***

휴~~

질문하는 동안 내 얼굴만 쳐다보며 입이 계속 벌어져 있던 순진한 남자 형사가 방금 병실 밖으로 나갔다.

문이 완전히 닫히자 나연은 크게 한숨부터 쉬었다.

등에서 식은땀까지 흐르고 있었다. 그럼 이것으로 나에 대한 일말의 목격 혐의도 완전히 사라진 건가?

하지만 스위치를 조작해 침대를 다시 일자로 만들어 누우면서도 나연의 머릿속에는 의문이 계속 가시지 않았다.

'그럼 그때 거실에서 내 칼에 찔린 재준 씨는 도대체 어디로 사라진 거지? 지금까지 살아있긴 한 걸까?'

뭐, 어쨌든 이제 나와는 아무런 상관없는 이야기다.

이왕 이렇게 된 거 앞으로 좀 더 기운을 되찾고 살인 사건이 완전히 잠잠해질 때쯤 201호에 다시 방문해 재준 씨가 칩을 숨겨놓았을 만한 곳을 다시 봐야겠다고 생각했다.

그런데 정작 사마귀 남자가 죽어버려서 내가 아무리 용을 쓴다 한들 보상으로 약속받은 버킨백과 신사임당은 이제 못 받게 되는 건가?

아악!! 으.......

갑자기 형사가 병실에 찾아오는 바람에 너무 신경 써서 그런지 나연의 가슴이 갑자기 불규칙적으로 뛰기 시작했다.

나연은 약간 망설이다 핸드폰 통화 대신 얼른 호출벨 쪽으로 긴 손을 뻗었다.

아마 이모는 아마 조금 전까지 문밖에서 나를 지키시다가 형사가 온다니까 잠깐 식사하러 밖에 나가셨을 것이다.

치과의사인 나이 차가 많은 오빠와는 사이가 좋지 않아 안 본 지 벌써 몇 년째이다. 그래서 어렸을 때부터 나와 쌍둥이 동생을 많이 예뻐해 주시던 세린 이모가 지금까지 물심양면으로 내 앞가림을 도와주고 계신다.

그래서 이런 나 때문에 고생하는 이모가 매끼 식사만큼은 정말 마음 편히 드시게 하고 싶었다. 안 그래도 술집 여성과 바람피운 이모부 일로 요새 기분도 안 좋으신데 종종 겪는 이런 일로 걱정하실 전화를 함부로 해선 안 된다.

그때, 병실 문이 소리 없이 천천히 열리기 시작했다.

방금 나갔던 그 헤벌쭉 형사가 뭘 놓고 나갔다가 다시 온 건가? 싶었는데 꿈에도 기억하기 싫은 얼굴이 병실 안으로 성큼 들어오고 있었다.

'어? 의원 지하 주차장의... 그놈이다!!'

위기를 직감한 나연이 무선 호출 벨 쪽으로 얼른 팔을 뻗었다. 하지만 기력이 없어서 그런지 버튼이 생각보다 손에 잘 닿지 않았다.

정장의 남자가 나연이 부들부들 떨면서 누워있는 병상의 바로 앞까지 다가왔다.

"황재준 집 어딨어? 그것만 나에게 말해 주면 돼!"

그러면서 남자가 바지 주머니에서 재준 씨의 구형 대포폰을 꺼내더니 버튼 조작 후 재생되는 동영상을 나에게 보여주기 시작했다.

'저, 저건... 얼마 전에 재준 씨와 내가........'

윽! 으윽!!

전혀 생각지도 못한 영상을 본 나연의 호흡이 격하게 가빠졌다. 금방이라도 심장이 사방팔방 찢어질 것 같았다.

분명 자기 앞에 호출 벨이 멀쩡히 잘 있는데... 이 남자가 나를 죽이기 전에 내가 먼저 저걸 눌러야 하는데...

"어이, 아침뉴스 아나운서 김나연이. 대체 황재준이 빼돌린 그 칩 지금 어디 있느냐고! 내 말 안 들려? 죽다 살아나더니 이젠 귀까지 먹었나!"

으르렁하는 남자의 저음 소리가 고통으로 신음하는 나연의 목을 계속 옥죄어왔다.

'사실 나도 재준이 그 칩을 어디로 빼돌렸는지 정말 모른다고. 알았으면 내가 먼저 가지고 어디 외국으로라도 도망갔겠지. 나야말로 지금 당장에 돈이, 그 돈다발이 절실히 필요하단 말이야. 그것도 방송인이라면 누구나 선망하는 저녁 9시 뉴스 아나운서로 당장 발탁시켜 줄 큰돈이...'

남자와 호출 벨 사이를 그저 왔다 갔다만 하던 나연의 시야가 점점 흐릿해졌다.

내가 지금 이렇게 한가하게 누워있을 때가 아닌데...

재준 씨가 어딘가에 숨겨놓았을 그 칩을 찾기 위해 빨리 일어나야 하는데...

그래서 저녁 9시 뉴스 자리를 내가 꼭 꿰차야 하는데...

바로 나, 김나연이...

"시발. 뭐야 이건 또?"

나연의 얼굴색이 급격히 나빠지는 것을 보고 놀란 L이 작은 탁자 위에 있던 명함을 급히 챙겨 들고 빠른 걸음으로 병실 밖을 나갔다. 어차피 이년의 머릿속에도 인면충을 심어놨으니 다음 기회를 또 노리면 된다고 마음을 고쳐먹었다.

이윽고 눈꺼풀을 다시 올릴 수 없을 정도로 나연의 몸 상태가 매우 위독해졌다.

몇 분 뒤, 마침 나연도 잘 아는 어떤 인물이 병실 문을 또 열었다.

5.

"저기 여보. 사실은 나... 얼마 전에 회사에서 명예퇴직을 당..."

오늘만큼은 아내에게 자신의 퇴직 사실을 전하려고 단단히 마음먹었다.

아마 아내는 아침부터 안절부절못하고 자기 주변을 계속 맴돌고 있는 나의 행동을 꽤 이상하게 생각할 것이다.

그런데도 결국 비밀을 털어놓지 못했다.

구부러진 등을 보이며 오늘도 거짓 출근하려는 나를 위해 이른 아침을 만드는 아내에게 너무나 미안했기 때문이다.

'이런 무능한 내가 뭐라고 아침 일찍부터 아침까지 차리다니…….'

국밥집에서 꼬박 일주일 동안 비밀 요원 J를 만났다.

매번 만나서 수육 대자랑 맥주 몇 병을 내가 당연하다시피 접대했다. 그러다가 정확히 이틀 전부터 J가 홀연히 자취를 감추었다.

아마 내가 낸 국밥이랑 수육 대자, 그리고 술값만 해도 족히 몇십만 원은 넘어가리라.

혹시나 실낱같은 희망으로 늘 피곤한 얼굴의 국밥집 아주머니를 붙잡고 그 감색 양복 입은 남자에 관해 물어보기도 했다.

하지만 아주머니는 부스스한 머리를 긁적이며 자기는 잘 모르겠다고 먼저 손사래를 쳤다. 그러다 갑자기 손뼉을 짝 치며 가만! 그러고 보니 어느 날인가 국밥 먹으러 혼자서 노란 택시를 식당 앞까지 끌고 왔었다고 말했다. 그래서 혹시 식당 근처 운수 회사에 다니는 택시 기사 아닌가? 하고 속으로 생각했다고 했다.

'어느 날 J가 식당 앞에 끌고 온 노란 택시? 아! 제기랄...'

홀라당 속았다. 미국 중앙정보부 직원이 아니라 사실은 J가 사기꾼 택시 기사였다니!

나는 아주머니의 충격적인 말을 듣고 식당 의자에 그대로 털썩 주저앉아 버렸다. 핸드폰을 꺼내 당장 전화해보려 했으나 지금도 어디서 유유히 택시를 몰고 다니며 자기처럼 불쌍한 사람들 등치고 다니는 간사한 J의 얼굴이 떠오르면서 꺼냈던 핸드폰을 다시 집어넣었다.

'그럼 그동안 나는 호구처럼 밥값만 털린 거야? 등신같이?'

화가 치민 나는 앞에 있는 맥주잔에다 냉장고에서 꺼내온 소주병을 거꾸로 들이부었다. 그리고 정말 정신이 아득해져서 테이블에 쓰러질 때까지 깡 소주만 목구멍에 밀어 넣었다.

빈 맥주잔에 흐릿하게 비친 내 얼굴이, 오늘따라 정말 한심하게 보였다.

***

"자기도 요즘 바깥 돌아가는 분위기는 알지? 요새 경기침체다 뭐다 해서 회사 실적도 예전보다 많이 안 좋고, 또 능력 있는 후배들은 하루가 멀다고 내 자리를 치고 올라오다 보니, 그래서 이번 분기 회사 구조조정 심사에서 내가...”

영도는 아내를 보며 힘들게 꺼낸 이야기의 본론을 계속 말하기 어려워 무심코 반대쪽으로 고개를 돌렸다가 갑자기 눈이 휘둥그레졌다.

켜져 있는 거실 TV 브라운관에서 바로 J의 얼굴이 보였기 때문이다.

마침 어느 케이블 방송사의 아침 뉴스 프로에서 남자 아나운서의 낭랑한 목소리가 자료 영상과 함께 송출되고 있었다.

[어제 오후 14:00경, 인천 국제공항에서 미국의 도널드 O럼프 전 대통령이 순수 민간인 자격으로 우리나라에 극비 방문한 모습이 카메라에 잡혔습니다. 개인적인 일정을 소화하기 위해 우리나라 정부에 사전 통보 없이 방문한 것으로 보입니다. 전 영부인 멜라O아 여사도 동행했습니다. 인천 국제공항에서 보도에 이OO 기자입니다.]

자료 영상에는 인천 국제공항 지상 주차장에서 모자를 푹 눌러 쓴 미국의 도널드 O럼프 전 대통령 부부를 검은색 리무진 세단 차량까지 안내하는 어느 한국 직원의 모습이 선명하게 나오고 있었다.

불과 며칠 전까지 매일 아침나절부터 감색 양복을 차

려입고 국밥집에 나타나 실업자인 나랑 서로 아재 개그나 하면서 술잔을 기울였던 남자, J다.

이윽고 O럼프 대통령과 멜라O아 여사가 차례로 차량 뒷좌석에 탑승하자 J가 운전석에 신속하게 타더니 리무진을 출발시키는 것으로 준비된 자료 영상은 끝났다.

"그런데 여보. 정호 아버지! 바쁜 아침 시간에 갑자기 무슨 할 얘기가 있다고?"

"......!"

영도는 조금 전 자료 화면을 눈으로 보고도 전혀 믿을 수 없었다.

분명 화면 속에 미국 대통령을 모시고 떠나는 운전기사는 며칠 전까지 국밥집에서 같이 술을 마시며 희희낙락했던 J가 아닌가?

"어~ 어~ 그, 그게... 아니 뭐... 여보! 나 어쩌면, 지금보다 더 훌륭한 회사에서 좋은 제안이 들어와 그곳으로 이직하게 될 것 같아!"

아내는 이게 갑자기 무슨 봉창 뜯어지는 소리냐는 듯 가스레인지 위에서 끓인 미역국을 작은 국그릇에 옮겨 담다가 작은 눈을 동그랗게 떴다.

흐흐흐!

'미 중앙정보부 직원이라... 혹시 영화처럼 개인 권총, 뭐 이런 것도 지급하나? 그래도 말이 미국 소속 기관이

지 실제로 근무하는 곳은 서울 사무소니까 법정 연차 휴가는 제대로 다 쓸 수 있겠지?'

혼자 실실 웃고 있는 영도의 모습을 보다 못한 아내가 거실 벽시계를 보더니 미역국을 푸던 국자를 싱크대 안으로 던지고 입안에 가득 씹고 있던 미역 줄기를 밖으로 튀겨내며 고래고래 소리를 질렀다.

"여보! 얼른 아침 먹고 회사 출근 안 할 거야? 매주 월요일마다 부서장들 모이는 중요한 회의가 있다며!"

그런 아내의 핀잔에도 평소보다 아침밥을 더 여유 있게 먹으며 밥 한 그릇을 뚝딱 다 비운 영도는 검은색 양복을 입고 아무 영문도 모르는 아내 정순의 볼에 뽀뽀까지 해주며 기쁜 마음으로 집을 나섰다.

'사랑하는 여보! 그리고 앞으로 유명 소설가를 꿈꾸는 우리 아들 정호야! 아빠가 조만간 재취업을 할 것 같다. 그것도 아주 중요한 나랏일을 하는 국가 비밀 요원으로 말이지. 다들 조금만 더 이 아빠를 믿어다오. 반드시 멋지게 재기 할 테니. 아자! 아자!'

***

아파트 1층 자동 현관문을 막 통과하면서 영도는 J에게 방금 TV 뉴스 화면에서 얼굴 잘 보았다는 인사와 함께 오늘 시간 되면 국밥집에서 한번 보자는 말을 해 볼 생각이었다. 그리고 그때 부탁한 취직 문제도 어떻게 진행이 되고 있는지 이 기회에 J에게 넌지시 물어보기로 했다.

핸드폰의 연락처를 검색하여 아직 1번으로 저장된 J의 전화번호를 찾았다. 그리고 떨리는 손길로 통화 키패드를 눌렀다.

'만약 가능하다면 오늘부터라도 출근해 보겠다고 말해야지. 자칫 나 말고 다른 사람이 비밀 요원 자리를 얼른 꿰차고 들어갈 수 있으니까. 허허. 늦게나마 나에게도 이런 행운이 찾아오다니. 사람 일이란 참!'

그런데 전화기에서 대기 중 신호음이 초반에 들리다가 갑자기...

[지금 거신 번호는 없는 번호입니다. 확인 후 다시 걸어주시기를 바랍니다. 더 넘버 유 해브 다이얼.......]

'어? 뭐지?' 영도는 고개를 갸우뚱하며 다시 통화버튼을 눌렀다.

[지금 거신 번호는 없는 번호입니다. 확인 후 다시 걸어주시기를 바랍니다. 더 넘버 유 해브 다이얼.......]

'혹시 TV 화면에 J 얼굴이 갑자기 도출되는 바람에 그의 신변에 무슨 일이라도 생긴 건가? 아냐. 그건 아닐 거야...'

영도의 머릿속에는 아까 TV에서 미국 대통령을 모시고 황급히 떠나는 J의 늠름한 모습이 계속 아른거렸다.

'원래 그런 곳에서 일하는 요원이 임무를 하다 보면 본인 전화번호도 시시때때로 바꿀 수가 있지.'라고 자신을 안심시키며 일단 국밥집으로 빨리 가보기로 했다.

정말 마지막일지도 모르는 재취업 기회를 이대로 그냥 놓쳐버릴 수는 없었다. 그것도 어쩜 그렇게 멋있고 아주 은밀한 임무까지 수행하는 국가 비밀 요원을 말이다.

영도는 아파트에서 걸어서 5분 거리의 시내버스 정류장까지 그냥 뛰어가야 하나? 하고 주위를 두리번거리다 마침 아파트 담벼락 밑에서 정차 중인 노란 택시 한 대를 발견했다.

운이 좋다고 생각한 영도가 행여나 출발할까 손을 크게 흔들며 정차해 있는 노란 택시 앞까지 달려가 뒷좌석 문을 열고 빠르게 들어갔다.

거친 숨을 몰아쉬며 영도가 자신이 가려는 국밥집의 위치를 기사에게 자세히 설명하려고 했다. 그런데 그

가 듣지도 않고 갑자기 아파트 후문 쪽 음침한 골목길로 택시를 급하게 몰고 가다 차를 급정거하였다. 끼익-

그리고 그가 빠른 동작으로 앞좌석 수납함에서 권총을 꺼내 뒷좌석에서 아무 영문도 모르고 눈만 동그랗게 뜬 영도에게 총구를 겨누었다.

"너, 대체 정체가 뭐야?"

"예? 저, 저요? 아... 저는, 저..."

"그리고 J 어딨어? 지금 어디 숨었냐고!"

"아... J 요? 실은, 저도 지금 그분을..."

올빼미처럼 눈을 부라리던 기사가 한숨을 쉬며 영도에게 나지막하게 말했다.

"좋아. 끝까지 실토 안 한다 이거지. 뭐 어쩔 수 없지. 그럼 여기서 내 손에 죽어줘야겠어. 안 그래도 당신은 이미 내 얼굴을 보았으니까 말이야."

"뭐라고요? 제, 제가 지금 죽는다고요?"

"그래. 왜? 내가 지금 농담하는 것 같나. 이것도 마지막일 테니 내 대외 활동명 정도는 당신에게 알려주지. 내 활동명은 엘. 알파벳으로 그냥 L. 당신이 일주일 동안 몰래 접선한 J는 우리 기관에 큰 손해를 끼친 배신자라고. 자, 어서 눈 감아!"

영도는 아무 영문도 모른 채 그가 시킨 대로 얼른 눈을 감았다.

그러고 보니 자신을 L이라고 말한 이 다부진 택시 기사는 생긴 게 일본 만화에 나오는 킬러 고르고 13을 똑 닮았다. 어렸을 때 해적판으로 참 재미있게 읽었던 만화책인데 고르고는 임무 때마다 미인과 잠을 잤다. 이제 같은 요원이 될 몸으로써 참으로 부럽고 질투 나는 놈이다. 동시에 혹시 이게 미 중앙정보부 비밀 요원이 되기 위한 깜짝 테스트가 아닌지 머리를 굴려보기 시작했다.

'우리 집 주변에서 이렇게 정신없이 이루어지는 걸 보면 분명 내 당락을 가리는 중요한 요원 테스트일 거야. 그러니 내가 지시를 따르지 않고 갑자기 눈이라도 크게 떠서 저 킬러 역할 하신 분을 곤란하게 만들면 안 돼. 이번만 잘 넘어가면 나도 고르고와 같은 카리스마 있는 비밀 요원이 될 수 있어. 바로 내가, 늘 꿈에서나 그리던 은밀하고 위대한 국가 비밀 요원으로 다시 탄생하는 거라고!'

'찰칵! 찰칵!'

L이 손에 들고 있는 리볼버 권총의 총알 개수를 먼저 확인 후 뒷좌석에서 눈을 감고 혼자 실실 웃는 영도를 향해 동그란 방아쇠 구멍에 손가락을 걸었다.

"이렇게밖에 처리할 수 없어 매우 미안하지만, 하늘에 올라가서 나 대신 J를 많이 원망하라고. 그럼 마지막

길 편안히 가시게...?"

지지지지지지지지지지직-

갑자기 택시 운전석 문이 활짝 열리면서 영도가 그렇게 찾아다니던 J가 손에 들고 있는 전기충격기로 L이라는 남자의 목에 그대로 갖다 대었다.

으어어어어어억!

강한 충격으로 약 3~4초간 몸을 부르르 떨던 L이 고개를 핸들 쪽으로 축 늘어뜨리며 고꾸라졌다. 눈이 동그래진 영도가 운전석 밖을 쳐다보았다. 한 손에 충격기를 들고 익살스럽게 웃는 J가 늠름하게 서 있었다.

J가 무슨 말을 먼저 꺼내야 할지 갈피를 못 잡는 영도에게 먼저 말했다.

"자고로 비밀 요원이라면 다른 능력은 다 제쳐두고 입이 무거워야 최고로 유능한 요원이지. 자 김영도 씨. 조금 전 우리 비밀 요원 평가 테스트에 무사히 통과 하신 것 진심으로 축하합니다. 아, 이제 정식 요원이니 호칭도 K라고 해야 할까? 후후후."

아직 상황 파악이 제대로 안 된 영도는 머리가 멍할 따름이었다.

하지만 한 가지는 확실히 알 수 있었다. 어찌어찌하여

자신은 목숨이 위태로운 와중에도 가상의 킬러 앞에서 무작정 입을 다물었다. 그래서 본부의 감쪽같았던 테스트에 무사히 통과하였다는 것을. 그리고 이제부터 자신이 비밀 요원 K로 당당히 불리게 될 거라는 것을.

'그렇구나. 오늘 테스트를 위해서 J가 내 앞에서 일부러 사라진 거야. 난 그것도 모르고 잔뜩 의심을...'

이제야 모든 게 이해된 영도가 고개를 끄덕이며 뒷좌석 문을 열고 밖으로 내렸다. 그리고 웃는 J에게 자신이 그동안 애타게 찾아다녔다는 말과 정식 요원이 되면 꼭 물어보고 싶었던 질문을 순식간에 쏟아 내었다.

"저... 갑자기 이런 말씀을 드려 웃기긴 하지만, 비밀 요원으로 일하며 들어오는 제 월급은 제 명의가 아니라 아내 명의 계좌로 해도 괜찮죠? 이번 기회에 아내에게 아직 나도 밖에서 쓸 만하다는 것을 증명하고 싶어서요. 그리고 제 전용 권총은 본부에서 언제쯤 지급해 주실까요? 또 그리고... 국밥집에서 제가 며칠 동안 받아먹은 건강검사 알약, 혹시 조금 더 구해서 먹을 수 없을까요? 이상하게 그 약을 먹고 난 뒤부터 부쩍 컨디션이 좋아진 게, 그동안 의무감이 컸는지 매일 실패만 하던 아내와의 밤일도 계속 멋지게 해치웠어요. 헤헤!"

영도를 바라보던 J가 무언가를 골똘히 생각하더니 조금 전에 L이 전기충격으로 쓰러지면서 뒷좌석 밑에 떨어뜨린 리볼버 권총을 집어서 영도에게 건넸다.

"받아. 이제부터 이게 당신 총이야. 그리고 건강검사 약은, 오늘 저녁 작전을 무사히 수행하고 나면 내가 더 구해다 줄 테니 걱정하지 말고."

순간 얼떨떨한 표정의 영도가 곧바로 J에게 두 손을 내밀어 권총을 공손하게 받았다. 그리고 자신의 재킷 주머니 안에 신줏단지 모시듯 조심히 집어넣었다.

권총을 넣은 재킷 부분이 드디어 비밀 요원이 되었다는 영도의 자부심만큼이나 불룩 솟아올랐다. 손으로 불룩한 부분을 연달아 몇 번이고 쓰다듬었다. 저절로 어깨에 힘이 들어갔다. 분명 건강검사 약을 안 먹었는데도 기분이 붕붕 날아갈 것 같았다.

"이봐 K. 그만 감상에 젖고 혹시 다른 사람들이 보기 전에 기절한 기사 놈이나 트렁크 안으로 옮기자고. 그러고 나서 우리 아지트인 국밥집에서 점심 한 끼 때우고 사우나에서 뜨거운 물에 좀 지진 다음에 저녁에 나와 갈 곳이 있어. 자네, 운전은 할 줄 알지?"

6.

"김 형사님, 조금 전에 병원에서 김나연 씨의 진술을 확보했습니다. 역시나 정영재와는 아무런 일면식도 없는 사이고, 살인사건이 일어난 날 A 아파트에는 아예 근처도 가지 않았답니다."

김 형사는 취조실 안에서 핸드폰 스피커 기능으로 박 형사와의 통화 내용을 듣고는 맞은편에서 어안이 벙벙해진 김영도를 심각한 표정으로 쳐다보았다.

"김영도 씨. 당신을 이 시간 이후부터 정영재 살인사건 용의자에서 피의자 신분으로 전환합니다. 그리고 조서에도 적시하여 검찰에 제출토록 하겠습니다. 이제 당신은 법정에서 제대로 된 죗값을 치르게 될 것입니다. 형사 생활 오래 해오면서 내가 충고하나 하겠는데, 그나마 형기를 조금이라도 줄어보려면 첫날부터 계속 주장하는 당신의 그 특수 요원 망상부터 먼저 거짓이라고 인정하셔야 할 겁니다."

"혀, 형사님. 특수 요원이 아니라 비밀 요원입니다. 그리고 저는 미 중앙정보부에서 임명한 요원이 확실하다니까요!"

이미 자기를 살인범으로 단정 지으며 마구 일갈하는

형사 앞에서 몇 시간째 계속 같은 말만 반복하고 있는 영도는 답답해서 미칠 것 같았다.

정영재가 죽은 그날, 자신은 그의 지시대로 차 안에서 얌전히 30분을 기다리고 있었다. 그리고 형사에게 진술한 것과 같이 분명 A 아파트 1층 현관문을 헐레벌떡 뛰어나오는 아나운서 김나연을 두 눈으로 똑똑히 목격했다.

결국 약속한 30분이 지나 엘리베이터를 타고 아파트 201호를 찾아갔었고, 그 안에서 칼에 맞고 쓰러진 정영재를 발견해 자신이 먼저 경찰에 신고했다.

영도는 정말이지 아이처럼 울음이라도 터뜨리고 싶었다.

'그런데 내가 죽였다고 말하는 J, 정영재는 과연 누굴까? 도대체 그 남자의 진짜 정체는 뭐지? 그는 정말 미 중앙정보부 비밀 요원이었을까? 아니면, 내가 병신같이 속은 거야?'

7.

느지막이 사우나 건물에서 나와 20분 가까이 운전한 영도가 드디어 목적지 정차 후 시동을 끄자 J가 먼저 택시 밖으로 내렸다.

정면에는 한 동짜리 낡은 아파트가 보였다. 시간도 없는데 왜 이렇게 운전을 조심스럽게 하냐고 J가 영도에게 막 핀잔을 주며 가르쳐준 장소이다.

택시를 길가 가장자리에 주차하며 대시보드 위에 달린 동그란 바늘 시계를 보니 이미 저녁 7시를 넘어서고 있었다. 주변에 있는 몇 개의 노란 가로등 불빛만이 황량한 아파트를 쓸쓸히 비췄다.

"자네는 일단 차 안에 있어. 내가 먼저 아파트에 올라갔다 올 테니. 그런데 만약 30분이 지나도 내가 안 돌아오면 무슨 큰일이 생긴 거니까 바로 올라와서 나를 도와줘야 해. 201호야. 머릿속에 잘 외워도. 201호! 그리고 차 키 뽑아서 지금 나에게 주고."

'어? 차 키는 또 왜?'

운전하는 내내 영도가 대체 무슨 임무를 처리하러 가는 거냐고 물어봐도 J는 계속 입만 다물고 있을 뿐이었다.

아마 차 키를 달라는 것도 그가 아파트에 올라간 사이 첫 임무에 대한 중압감으로 겁을 집어먹은 내가 이 고물 택시를 몰고 혼자 내뺄 수 있을 것이라는 의심 때문일 것이다.

'정말 마음 상하는 일이 한둘이 아니군. 이제 막 요원 테스트에 통과했다고 나를 무시하는 건가? 첫날부터

단순한 운전 일이나 시키고 말이야.'

불만이 계속 쌓였지만 영도는 J가 시킨 대로 일단 차 안에서 가만히 대기하기로 했다.

차 문을 조심히 닫은 J가 엘리베이터를 타기 위해 금방이라도 기울어질 듯한 A 아파트의 음침한 현관문 안으로 사라졌다.

몇 분 후, 엘리베이터 옆 비상구 계단 문이 열리며 웬 미모의 여성이 상기된 얼굴로 아파트 현관문 밖으로 헐레벌떡 나왔다. 그러더니 어디로 정신없이 뛰어가기 시작했다.

영도는 저 여성의 얼굴이 제법 낯이 익었다. 그런데 누구인지, 어디서 보았는지, 머릿속에 바로 떠오르지 않았다.

시선을 돌려 바늘 시계를 다시 보았다.

J가 올라간 지 벌써 20분이 흘렀다. 만약 앞으로 10분을 더 기다려도 그가 나오지 않으면 드디어 자신이 요원이 되고 첫 출동할 기회를 얻는 것이다.

영도는 작게 기합을 다지며 재킷 위에 불룩하게 솟은 권총을 손으로 쓰다듬었다. 그러면서 정신 나간 사람처럼 중얼거렸다.

"곧 있으면 국가 비밀 요원으로 나의 첫 번째 데뷔 무대가 펼쳐진다. 여보, 열심히 응원해줘! 아자! 아자! 가자!!"

J가 아파트 1층에 도착한 엘리베이터에 탑승하자마자 아까부터 응답 없는 김나연의 핸드폰으로 계속 전화를 걸었다.

나연은 재준의 집 키패드 비번을 알고 있는 자기가 오늘 그 집에 들어가 재준이 숨겨 놓았을지도 모르는 칩을 직접 찾아서 주겠다고 했다.

하지만 그 여우 같은 년을 절대 믿을 수 없다.

실제로 믿었던 황재준마저 내 뒤통수를 쳤지 않는가. 돈만 받아먹고 정작 중요한 프로그램 원천 소스는 넘겨주지 않았다. 그래서 지금 그년이 찾고 있는 현장에 직접 쳐들어가서 칩을 바로 낚아챌 생각이었다.

그리고 만약의 사태를 대비한 총알받이로 아침부터 국밥집에서 신세 한탄이나 하던 멍청이 김영도를 불법 약물을 먹이고 꾀여왔다. 여차하면 저놈에게 죽은 김나연의 시체를 차로 직접 옮기라고 지시해서 살인죄를 뒤집어씌우면 된다.

김영도의 뒤를 몰래 미행하는 와중에 갑자기 나를 찾는 L이 나타난 건 정말 생각지도 않은 돌발 상황이었지만 그래도 놈이 눈치 못 채게 무사히 잘 넘겼다.

역시 그놈은 덜떨어진 소모품이다. 그저 길거리에서 공짜로 얻은 장난감일 뿐이다. 자기 분수도 모르고 허황된 꿈이나 꾸는 쓸모없는 놈. 하긴, 그런 싸구려 장난감은 세상천지에 널렸다. 국가 비밀 요원? 웃기네! 병신새끼!

그나저나 전화는 왜 안 받는 거야. 지금 황재준 집에 들어가서 찾고 있기는 한 거야? 이 시간에는 아무도 집에 없을 거라고 그년이 장담했는데...

그런데 J가 엘리베이터에 내려서 201호 쪽을 바라본 순간, 갑자기 싸한 느낌이 들었다.

201호 현관문이 활짝 열려있었다.

설마... 김나연이 칩을 찾은 다음에 벌써 내뺀 거 아냐?

마음이 급해진 J가 신발을 신은 채 201호 안으로 들어가 거실을 이리저리 살펴보았다. 그런데 갑자기 누군가가 방문 뒤에서 튀어나와 J의 복부에 날카로운 것을 찔러 넣었다.

"윽, 으윽! 너, 너?!"

"오? 이게 누구신가. 그 유명한 배신자 정영재 아냐? 이것들 봐라! 내가 그년 휘두른 칼에 맞아 죽었을 것 같으니까, 마저 내 시신 뒤처리하러 다시 온 건가? 하지만 큰 실수였지. 항상 남 뒤통수나 치려는 이 양아치 같은 놈아. 미친년 휘두른 칼에 상처가 조금 나긴 했지만 나 아직 멀쩡해. 내가 왕년에 태권도 국가대표 출신이었거든."

황재준에게 기습 공격을 당한 J가 당황해하며 아래를 보니 복부 가운데에 이미 작은 식칼이 꽂혀있었다. 식칼 중심으로 마치 물감처럼 피가 번져나갔다. 발견한 칩을 들고 김나연이 도망쳤다는 것에 너무 정신이 팔려 방심한 게 화근이었다.

그리고 정부 기관 연구원인 이 샌님 같은 놈이 자기에게 바로 칼을 꽂을 정도로 무자비한 놈이라는 것을 전혀 예상치 못했다. 이걸 전문용어로 뭐라고 하더라? 소시오패스?

울창한 열대 밀림에서 커다란 자동소총을 들고 위협하던 해외 조직 요원들 앞에서도 눈 하나 깜짝 않던 자신이 이렇게 민간인 손에 우습게 죽게 될 거라고는 꿈에도 생각 못 했다. 그나저나 30분이 지나려면 아직 멀었나?

으…….

피를 너무 많이 흘려서 정신이 아득해진 J가 다리에 힘이 풀리며 거실 바닥에 대자로 쓰러졌다. 그리고 그는 의식을 잃었다.

황재준은 집에 있는 구급약품으로 김나연의 칼에 찔린 상처를 대충 지혈한 후, 통증을 참으며 J를 찌른 식칼 및 현관문 손잡이 등 집안에 남은 자기 지문을 깨끗이 닦았다.

그리고 의식 없는 J의 옷 주머니를 조심스럽게 뒤져 보았다.

운 좋게도 주머니 안쪽에 들어있던 차 열쇠가 손에 만져졌다. 하지만 다른 도움 될 만한 것은 아무것도 없었다. 심지어 신분증을 확인해 볼 요량으로 찾았던 지갑도 전혀 보이지 않았다. 혹시나 위치추적이 될까 주머니에서 같이 나온 그놈의 핸드폰도 바로 부숴버렸다.

할 수 없이 차 키만 손에 쥔 재준이 자신의 구형 대포폰을 바지 속에 넣고 금방이라도 주저앉을 것 같은 두 다리를 간신히 일으켰다. 그리고 열려있는 현관문을 통과해 엘리베이터 통로로 절뚝절뚝 걸어 나갔다.

마침 딱 한 대뿐인 엘리베이터가 1층에서 막 올라오려 하고 있었다. 재준은 얼굴을 찡그리며 그 옆 비상구 문을 열고 계단 아래로 힘겹게 내려갔다.

8.

J가 아파트에 올라간 뒤로 정확히 30분이 지났다.

크게 심호흡을 한 영도가 차에서 조용히 내렸다. 그리고 오래전에 폐쇄된 듯이 보이는 불 꺼진 관리사무실을 지나 아파트 현관문을 열고 마침 1층에 서 있던 엘리베이터를 탔다.

2층이라 그냥 비상구 계단을 이용할까? 하다가 요즘 나이를 먹어 그런지 오른쪽 무릎이 시큰거리기도 하고 해서 그냥 타기로 했다.

진동을 느끼며 막 움직이는가 싶더니 금방 2층에 도착했다. 내려서 201호 쪽을 보니 이상하게 문이 활짝 열려있는 게 보였다.

갑자기 안 좋은 예감이 들었다. 찬찬히 생각할 여유도 없이 201호 안으로 뛰어 들어갔다.

"뭐, 뭐야! 세상에..."

불과 30분 전까지 자기와 대화를 주고받았던 J가 칼이 찔린 채 거실 바닥에 쓰러져 있는 것이었다.

외국 범죄 영화에서나 자주 보았지, 칼에 맞고 쓰러진 시체를 막상 눈앞에서 마주하는 것은 난생 처음이었다. 당황한 영도가 처음에 아무 생각 없이 J의 몸에서 식칼을 빼보려고 손잡이를 잠깐 만졌다.

그러다가 아차차... 마음을 고쳐먹고 쓰러진 J의 옆에 쪼그려 앉아 그의 코와 입 위로 얼굴 뺨을 갖다 대었다. 예전에 회사에서 농땡이 안 피우고 응급처치법 강습받은 걸 이렇게 다시 써먹다니.

그런데 시발, 숨을 전혀 쉬지 않았다.

덜덜 떨리는 손가락으로 J의 손목 맥을 짚어 보았는데 맥박도 전혀 뛰지 않았다.

"하……."

J는 진짜로 숨을 거둔 것이다. 나에게까지 극비로 한 엄청난 임무 처리를 위해 올라간 이 201호 안에서 갑자기 누군가의 칼에 찔려 비명횡사한 것이다.

이 상황을 어떻게 처리해야 할지 잠시 고민하던 영도는 일단 경찰에 신고하기로 했다. 우리 일은 철저한 비밀 유지가 생명이라고 J가 차를 타고 오면서 귀에 못이 박히도록 언급했지만 지금은 어쩔 수 없었다. 업무 사수인 그가 죽어버렸기 때문이다.

영도는 한숨을 쉬며 재킷에서 핸드폰을 꺼내 112 버튼을 눌렀다.

그리고 끔찍하게 반만 감긴 J의 눈꺼풀을 보고 영도가 얼굴을 찡그리며 손바닥으로 나머지를 덮어주었다.

9.

비틀거리며 아파트 밖으로 나온 재준이 죽은 J의 주머니에서 꺼낸 차 키의 리모컨 버튼을 주변을 향해 이리저리 눌렀다.

'삑! 삑!'

희미하게 불 켜진 가로등 뒤로 웬 빈 택시 한 대가 양쪽 깜빡이를 반짝이는 게 보였다.

'뭐야... 택시? 이 새끼, 정말 가지가지 하는구먼!'

재준은 혀를 끌끌 차며 택시 운전석에 올라타 주머니 안에 있던 액상 대마 담배를 꺼내 입에 물었다. 심신이 안정되자 중국 쪽 밀항 루트를 알아보기 위해 일단 인천항으로 차량을 움직였다.

아마 한 이불 속에서 날마다 뒹굴었던 김나연을 비롯해 내 뒤를 쫓는 조직 놈들까지 내가 핵무기 메인칩을 어디다 숨겼는지, 아마 주변을 평생 뒤지고 다녀도 찾지 못할 것이다.

그것은 이미 초소형 저장장치 안에 데이터화하고 겉을 밀봉하여 지금 내 오른쪽 어금니 자리에 심은 임플란트 치아 속에 숨겨놓았다. 그리고 김나연 그년을 사회에서 당장 매장시킬 수 있는 나와의 성관계 동영상까지 보험용으로 같이 넣었다.

이 작업을 위해 멀쩡한 어금니를 생으로 뽑고 특수제작 된 임플란트 치아로 교체하느라 눈물, 콧물 쏙 뺐던 것만 생각하면 지금도 아찔하다.

즉 너희들이 그토록 찾아 헤매는 메인칩은 어딜 가든 항상 나와 같이 움직인다는 말이다. 이 바보 같은 놈들아! 흐흐흐.

그리고 한 3~4분쯤 더 지났을까?

운전 중에 차량 트렁크 쪽에서 계속 들려오는 불쾌한 소음이 재준의 귀를 거슬리게 했다. '쿵쾅!'거리는 소음이 시간이 지날수록 더 크게 들리며 평소 작은 소리에도 민감한 재준을 더 짜증나게 만들었다.

고개를 갸우뚱하던 재준이 갓길에다 차량을 조심히 세웠다.

10.

"그러니까 본인을 J라고 부르는 정영재를 국밥집에서 우연히 만나 그에게서 국가 비밀 요원 일을 제의받았단 말이죠? 이봐요 김영도 씨! 지금 장난합니까? 뭐, 좋아요. 요새 날씨도 푹푹 찌는데 할 일 없는 남자 둘이 아침부터 식당에 모여서 맥주 한 잔 하면서 장난으로 그럴 수도 있죠. 그래서 김영도 씨는 일주일 동안 잘 만나며 서로 농담까지 주고받은 J, 아니 정영재를 식칼로 잔인하게 찔러 죽인 겁니까? 예?"

취조실의 열기는 밤이 될수록 더 뜨거워졌다.

결백을 주장하느라 점심도 제대로 못 먹었더니 당이 떨어졌는지 갑자기 머리가 어지러워진 영도가 저녁으로 나온 순두부 백반만큼은 밥과 반찬 그릇 바닥이 보일 때까지 싹싹 다 비웠다.

오늘 오후에 이어 계속되는 형사들의 야간 심문.

형사에게 자세히 들어보니 내가 만났던 J. 죽은 정영재는'특정경제범죄 사기죄'로만 벌써 전과 5범인 꽤 똑똑하고 영리한 사기 범죄자라고 했다.

그래서 혹시 내가 실직 후, 정영재와 무슨 큰 경제 사기를 저지르려고 서로 모의하다 의견이 틀어져서 그를 죽인 게 아닌지 오늘 심문에서 그것을 집중적으로 묻고 있었다.

"형사님, 전 정말 아니라니까요. 이미 말씀드린 대로 죽은 정영재랑은 그냥 국밥집에서 알게 되어 밥 몇 번 같이 먹은 게 다입니다. 그저 평범한 회사원이었던 제가 어떻게 사람을 칼로 찔러 죽인단 말입니까? 만약 그렇다면 왜 제가 그 자리에서 도망치지 않고 자진해서 경찰 신고를 했겠어요. 형사님, 전 정말 결백합니다!"

김 형사는 오전부터 계속 같은 말만 반복하는 김영도에게 진절머리가 나기 시작했다. 뻔히 범인이 눈앞에 보이는 이 살인사건을 얼른 마무리하고 가족이 기다리는 집으로 돌아가고 싶었다. 이제 체력도 예전 같지 않았다.

몇 주째 계속된 철야로 이제는 얼굴까지 가물가물한 아내와 아빠! 하며 산적 같은 자기를 두 손으로 활짝 반기는 늦둥이 자녀들의 웃음소리가 너무 간절했다. 그래서 지금도 결백하다고 호소하며 계속 울상 짓는 영도에게 김 형사가 결정적인 쐐기를 빨리 박기로 했다.

"그럼 김영도 씨. 정영재를 찌른 식칼 손잡이에 당신 지문이 버젓이 묻어있는 것은 어떻게 설명할 겁니까? 또, 당신 재킷 안에서 나온 그 권총은 뭐죠? 실탄까지 장전되어 있던데? 식칼로 여의찮으면 그걸로 정영재를 완벽하게 죽이려고 계획한 게 아닌가요? 평범한 회사원이었다는 당신이 대체 권총을 어디서 구해 온 거죠? 정식으로 수입된 총기류도 아니던데? 그리고 김영도 씨 당신, 처음부터 자꾸 이상한 망상에 사로잡혀 있길래 우리가 이상해서 억지로 당신 소변 간이시약 검사랑 모발 정밀 감정 시킨 거 기억나죠? 그거 조금 전에 결과 나왔는데, 두 개 다 메스암페타민 양성 반응 나왔습니다. 이런데도 당신, 아무 죄가 없다고 계속 버틸 겁니까?"

"그, 그건... 제가 집 거실 TV에서 무슨 뉴스 방송을 보다가 얼마 전에 방한한 미국 전 대통령을 직접 수행하는 J. 아, 아니 정영재를 화면에서 발견하고 바로 택시를 잡아타고 국밥집으로 가는데, 갑자기 택시 기사 L이 저를 죽이려고 했는데 거기서 J. 아, 아니 정영재가 불현듯 나타나며 L에게 전기충격을 가한 다음에 L이 쓰러지자 그가 소지한 권총이 어쩌다가 제 품까지 오게 되어서... 그리고 지시받은 대로 30분 후에 201호에 올라갔더니 칼에 찔린 정영재를 보고 너무 놀라서 제가 응급처치를 하려는 와중에... 아! 그럼 그를 처음 만난 국밥집에서부터 내가 받아먹은 건강 확인용 알약이 마, 마약이었단 말인가? 아이 씨!!"

자신이 생각해도 형사들을 납득 시킬만한 설명이 입 밖으로 나오지 않자 영도는 조금 전 저녁 식사로 김칫국물이 군데군데 묻어있는 책상 위에 얼굴을 파묻고 말았다.

후우.......

마치 아주 크고 깊은 늪에 온몸이 훌라당 빠져버린 것 같았다.

이제는 제발 살려달라고 외칠 기력도, 자신의 무죄를 주장할 온전한 알리바이도, 더 이상 남아있지 않았다.

'내가 회사에서 강제로 퇴직당해 쫓겨날 때도 절대 울지 않았는데...'

마침내 영도는 사고 치고 부모님께 혼나는 어린아이

처럼 취조실 안에서 닭똥 같은 눈물을 똑똑 흘리고 말았다.

11.

'아이 씨! 저 소리 되게 신경 쓰이네.'

쿵쾅거리는 후방 소음 때문에 도저히 안 되겠다 싶은 재준이 인적이 드문 갓길에 차를 세운 뒤 문을 열고 나와 차의 트렁크 뚜껑을 가만히 쳐다보았다.

'가만. 이건 분명 트렁크 속 누군가가 살려달라고 안에서 뚜껑을 계속 두들기는 신호 같은데? 혹시 나연이가 지금 트렁크 안에 갇혀 있나? 이년이 아파트에서 나에게 꼬리를 잡히고 정신없이 도망치다가 좀 전에 나를 죽이려 했던 그 양아치 놈과 뭐가 틀어져서 트렁크 안에 감금되었을 수도 있단 말이지. 놈들은 내가 아직 그녀를 끔찍이도 좋아하는 줄 아니까. 만약 나연이가 이대로 도망치면 앞으로 나에게서 칩을 찾아내기가 더 까다로워지겠지. 상황이 아주 재밌어지는걸!'

여러 가지 생각이 교차하던 재준은 특히 김나연의 그 가증스러운 얼굴이 트렁크 안에서 나타났을 때 자신이 어떤 기막힌 표정을 지어야 할까? 를 즐겁게 상상하며 트렁크 열림 버튼을 누르고 두 손으로 트렁크 뚜껑을 활짝 열었다.

"야 김나연. 네가 도망쳐봤자 어디로 가겠... 어!?"

트렁크 안에서 택시 기사 복장의 낯익은 남자가 자신을 빤히 노려보고 있었다.

"너 이 새끼 잘 걸렸다. 네가 J하고 붙어먹고 감히 우리를 배신해?"

화가 머리 꼭대기까지 차올라 얼굴이 빨개진 남자의 근육질 두 다리가 트렁크에서 튕겨 나오며 멍하니 쳐다보던 재준의 얼굴을 힘껏 후려쳤다.

퍼억!

맞았다. 정통으로.

이윽고 L의 일격을 당한 재준의 목이 뒤로 꺾이면서 땅바닥에 대자로 뻗었다. 콧김을 계속 내뿜는 L이 트렁크에서 나와 길가에 떨어진 네모난 벽돌을 번쩍 들어 뻗은 재준의 머리통을 연달아 내리찍었다.

퍽! 퍽! 퍽! 퍽!

진홍색 핏물이 분수처럼 사방으로 튀었다.

하루 종일 비좁은 택시 트렁크 안에 갇혀 있던 나머지 자기도 모르게 화를 분출했던 L이 뒤늦게 정신을 차리자 아차! 하며 벽돌을 내던졌다.

하지만 상황은 돌이킬 수 없었다. 재준의 코가 심하

게 뭉개지고 입안의 치아들이 다 부러져버렸다. 이를 악물며 내려찍은 벽돌 모서리에 머리를 심하게 부딪힌 충격으로 재준은 이미 급성 뇌진탕에 빠져있었다. 머리에서도 출혈이 계속되고 있었다.

'아... 좆댔다. 칩 위치도 못 알아내고 괜히 일만 벌였다고 김 박사에게 엄청 욕먹겠네.'

마침 의식 없는 재준의 바지 주머니에서 구형 대포폰이 흘러내렸다.

매의 눈처럼 재준을 노려보던 남자가 그의 옷 주머니를 이리저리 뒤져보았다. 아쉽게도 메모리칩 같은 것은 전혀 보이지 않았다.

결국 L은 바닥에 떨어진 재준의 검은색 폰만 손에 집어 들었다.

폴더를 젖히니 4자리 비밀번호 입력 표시 화면이 나왔다. 혹시나 하는 마음으로 '0000'을 입력했다. 현재 자신의 대포폰 비밀번호가 그것이기 때문이다.

무채색의 잠금 화면에서 환한 인물사진 배경의 초기화면으로 순식간에 바뀌었다.

'어렵쇼? 빙고!'

거기에는 분명 안면 있는 어떤 젊은 여성의 사진이 폰의 바탕화면을 장식하고 있었다.

내친김에 갤러리 폴더에 들어가 저장된 사진들을 이리저리 살펴보았다. 역시나 바탕화면의 여성 사진이 대부분을 차지했다.

저장된 동영상은 한 개였다. 뭐지? 클릭!

'어? 어라!'

바닥에 쓰러진 황재준과 바탕화면의 여성이 침대에서 전라의 몸으로 같이 뒹굴다가 서로 카메라를 보며 진하게 키스하는 동영상이었다.

'이런 미인하고 한 방에서 단둘이 그 짓을? 이 새끼 정말 부럽네!'

L은 갤러리 사진들을 화살표 버튼으로 계속 클릭하며 넘겨보았다.

어느 실내 헬스클럽 안에서 한창 웨이트 트레이닝과 러닝머신 달리기에 열중인 이 미인 여성의 육감적인 장면들이 연달아 나왔다. 저절로 입이 벌어지며 군침이 흘렀다.

손가락으로 버튼을 누르며 저장된 사진을 이리저리 넘겨보았다. 고급 인테리어가 돋보이는 무슨 의원에서 한껏 차려입은 모습의 이 여성이 의사 가운을 입은 원장으로 보이는 남자와 나란히 찍은 사진이 보였다.

"그래, 이제 생각났다! 아침 9시 뉴스 여자 아나운서!"

무슨 의원 홍보 협찬이라도 받은 듯, 의원 데스크 앞

에서 정수리 가운데가 벗겨지고 배가 축구공처럼 볼록 튀어나온 남자 원장과 어색하게 찍은 아나운서의 사진을 보자 클릭하던 L의 손가락이 본능적으로 멈췄다.

멈춘 사진의 가운데에는 목제로 짠 데스크 테이블이 있었고 그 테이블 정면에 이 의원의 상호명과 전화번호가 적당한 사이즈의 간판 글씨체로 오밀조밀 붙어있었다.

[아름다운 가슴성형, 압구정 박정구 성형외과]

'어? 이 의사 양반... 자세히 보니 우리 기관 상임고문이잖아! 흠... 그리고 이 예쁘장한 아나운서가 황재준의 숨겨둔 애인인가 보군.'

다음으로 넘기니 작은 강당에서 성인들 몇 명 모아놓고 무슨 북 토크 같은 행사를 여는 사진이 나왔다. 또 다음 사진은 작가로 보이는 어떤 비실한 남자가 책상에 앉아서 참가자가 내민 책의 내지에 비장한 표정을 지으며 사인하는 모습이었다.

유일하게 사진의 제목이 달렸는데 '구철중(철준이) 멋진 내 동생'.jpg.

그제야 뭔가를 깨달은 L이 직전의 행사 사진으로 다시 넘어가서 강당 위에 가로로 길게 붙어있는 현수막 글씨를 손가락으로 확대해 유심히 살펴보았다.

하얀 나일론 재질의 현수막에는 작가의 이름과, 북 토

크 행사 주제이기도 한 소설 제목이 검은색 글씨체로 적혀있었다.

'지하 업자에게 구입한 싸구려 대포폰 안에다 사진까지 남긴 걸 보면, 이 가슴 큰 예쁜이하고 작가로 보이는 덜떨어진 남자가 황가 놈의 칩을 대신 가지고 있을 수 있겠어!'

재준을 바닥에 그대로 팽개친 L은 택시 운전석에 탑승하여 장착된 내비게이션에다 이 성형외과의 상호를 입력했다.

나름 유명한 의원인지 바로 위치 검색이 되며 길 안내가 자동으로 시작되었다.

L이 기어를 파킹 위치에서 후진으로 바꾸었다. 그러고는 입을 크게 으르렁거리며 원래부터 자기 차량이었던 택시를 난폭하게 출발시켰다.

쿵! 쿵!

꿀렁꿀렁!

꿀렁꿀렁!

차량의 낡아빠진 타이어가 의식 없는 재준의 몸뚱이 위를 사정없이 올라탔다.

12.

“어머! 시간이 벌써 이렇게 되었네?”

이모부 찬스로 압구정역 근처 ‘박정구 성형외과 의원’에서 무료로 얼굴 축소 경락마사지 A/S를 마친 나연이 건물 지하 주차장으로 내려왔다.

아직 본부장과의 약속 시간에는 늦지 않았다.

지금부터 바로 논현역 근처 와인 바에 달려가서 나를 애타게 기다리고 있을 본부장의 비위를 맞춰야 한다.

휴.......

그 푸석한 돼지머리 본부장과 그것도 단둘이서 밤새 와인을 마실 생각하니 벌써 구역질이 나는 기분이었다.

하지만 오늘만큼은 나연도 절대 물러서지 않을 각오였다.

본부장에게 더 늦기 전에 저녁 9시 뉴스 자리로 옮겨 달라고 최후통첩을 던질 것이다.

만약 그렇게 안 해주면 자신이랑 침대에서 끌어안고 뒹군 사실을 사모님과 귀한 따님에게 그대로 알리겠다고 본부장에게 협박이라도 할 생각이었다.

이럴 때를 대비해서 저번 주 시그O엘 호텔에 본부장이랑 묵었을 때, 섹스 후 나체로 곤히 잠든 본부장의 통나무 같은 모습을 핸드폰 카메라로 몇 장 찍어둔 게 있었다.

오늘은 비장의 무기인 이 사진을 본부장 얼굴 앞에 들이밀어서라도 반드시 저녁 9시 뉴스 자리를 얻어내고 말겠다고 나연은 다짐했다.

사실 나연은 경찰에서 황재준의 살해 혐의로 금방이라도 자기를 잡아갈 것 같아 계속 불안한 시간을 보냈다. 그런데 A 아파트 201호 살인사건 용의자가 경찰에게 벌써 잡혔다는 정보를 경찰청에 자주 출입하는 친한 사회부 기자에게 우연히 듣게 되었다. 대체 어찌 된 영문인지는 모르겠으나 하늘이 끝까지 자신을 돕는 것이라 믿기로 했다.

한 손으로 다른 손에 들고 있는 버킨백을 열어서 키를 꺼내 리모컨으로 자신의 차량을 가리키는 순간, 갑자기 검은색 모자와 마스크로 얼굴을 가린 건장한 남자가 니트릴 장갑을 낀 손으로 나연의 입을 막으며 슬라이딩 도어가 열린 채 세워진 스타렉스 차 안으로 끌고 가려 했다.

놀란 나연이 방송인이 된 이후부터 어디 갈 때나 항상 분신 같이 챙겨 다니는 후추 스프레이를 백에서 얼른 꺼내 마스크 남자의 얼굴에 사정없이 뿌려댔다. 동시에 남자의 손이 닿은 목덜미 쪽에서 무척이나 따갑고 불쾌한 느낌이 들었다.

치이이이이이이익-

으아악!!

얼굴에 분사된 스프레이 가루를 정통으로 맞은 남자가 눈을 사정없이 찡그리며 나연을 붙잡은 손을 놓았다.

이때를 노리고 나연이 마침 차단기 바가 올라가 있는 주차장 입구 쪽으로 막 뛰기 시작했다. 한쪽만 간신히 눈을 뜬 남자가 도망치는 나연을 전속력으로 쫓았다. 그때 지상 주차장 입구에서 지하 주차장 아래로 급히 내려오던 어떤 승용차의 전조등 불빛이 헐떡이는 나연의 온몸을 감쌌다.

어? 아아아아아악-

건물 지하 주차장 안으로 정신없이 달려오던 흰색 그랜O 승용차는 입구 방향으로 거꾸로 뛰어오던 나연을 미처 피하지 못하고 퍽!! 하는 소음과 함께 그대로 치고 지나가 버렸다.

순간 충격으로 허공에 몸이 붕 뜬 나연의 눈앞에 주차장의 천장에서 밑바닥으로 하염없이 추락하는 자신의 비참한 모습이 흐릿하게 보였다.

차량과 충돌 시 나연의 열린 버킨백 안에서 핸드폰이

흘러나와 바닥에 떨어졌다. 그리고 마침 출차를 위해 지상 입구로 올라가려던 회색 SUV 외제차량의 두꺼운 앞바퀴가 바닥에 떨어진 그녀의 핸드폰을 사정없이 훑고 지나가 버렸다.

뿌직!

뿌지직!!

놀라서 급하게 정차한 그랜O 승용차의 앞좌석 문이 열리며 나온 어떤 남자가 눈을 막 비비며 혼비백산한 표정으로 바닥에 널브러진 그녀에게 달려갔다.

"이, 이봐! 이봐요! 제발 정신 좀 차려 봐요! 예?"

착지 시 충격으로 머리를 심하게 부딪힌 나연은 아무 대답 없이 의식을 잃었다.

13.

"안녕하세요, 1002호 사모님. 도시가스 정기 점검 나왔습니다."

아침부터 이상하게 게으름을 피우는 남편 영도를 잘 다독거려서 출근시킨 아내 박정순이 이제야 조금 쉬어 보려고 거실 TV를 켜며 소파에 앉는 순간 초인종이 울렸다.

'응? 아, 맞다. 오늘 내일쯤 점검하러 온다고 관리사무실에서 안내방송 나왔었지...'

불 켜진 인터폰 화면을 확인하니 지난달에 방문했던 자기 또래 여성이 아니라 같은 도시가스 회사 유니폼을 입은 사마귀 닮은 남자가 단말기 장비를 어깨에 메고 서 있었다. 정순의 반려견도 소리 나는 인터폰을 뚫어지게 쳐다보고 있었다.

"우리 장군이, 작은 방에 좀 들어가 있을까? 엄마가 정수기 아저씨하고 잠깐 얘기 좀 할게. 혼자 얌전히 잘 있을 수 있지? 어이구 착하다! 이 껌 물고 있어. 알았지?"

"사모님, 점검 다 끝났습니다. 특별히 가스 새는 부분도 없고 아주 정상입니다!"

그러면서 남자 점검원이 연식이 제법 오래된 냉온정수기를 이리저리 살펴보았다.

"저... 사모님, 제가 보니까 저 냉온수기 바꾸실 때가 벌써 한참 지나셨네요? 기계가 오래되면 정수 능력이 떨어지기 때문에 몇 년에 한 번씩은 반드시 교체해 주셔야 합니다."

싱크대 옆에 같이 서 있는 정순도 동의한다는 듯 고개를 끄덕였다. 비슷한 설명을 아침마다 즐겨보는 TV 정보 프로그램 방송에서 들은 게 기억났기 때문이다.

“그래서 사모님에게만 특별히 드리는 말씀인데, 이번에 저희 도시가스 회사에서 대기업‘에스O이’잘 아시죠? 같이 MOU를 맺었거든요. 그래서 기념 프로모션으로 저희가 점검하러 다니는 공동주택 가정을 대상으로 딱 일주일 동안만 기업 홍보영상을 가족분과 시청하시면, 에스O이 사의 최신형 정수기로 바로 교체해드리고, 거기에 자그마치 5년 무상사용 서비스를 지원해드립니다. 어떠세요? 이번 참에 신형으로 교체하시고 남편분에게 칭찬 한번 받아보시죠!”

사마귀 남자의 기가 막힌 말발과 액션에 홀라당 넘어가 정신이 혼미해진 정순이 어느덧 남자가 주머니에서 꺼내서 자신의 손에 쥐여준 작은 USB를 그저 바라보고 있었다.

“사모님, 이 USB를 내일 아침부터 저기 거실 TV 뒤의 포트 구멍에 꽂으신 뒤 외부 입력 모드로 변환하시어 영상 시청을 하시면 됩니다. 약 3분 분량이고요, 아마 초반에는 에스O이 기업 시설에 극비로 방문하신 외국 귀빈들의 공항 도착 영상부터 차례로 소개될 겁니다. 물론 미국의 O럼프 전 대통령님을 포함해서요. 이왕이면 내일 아침에 남편분과 다정하게 시청하시면 좋겠네요. 그럼 말씀대로 정수기 교체하러 제가 언제 다시 방문하면 될까요?”

정순은 이왕 마음먹은 김에 바로 새것으로 교체하기로 했다. 그래서 요즘 자기에게 계속 짜증만 내는 남편에게 좋은 조건에 정수기를 계약했다고 크게 자랑하고 싶었다.

앞에서 계속 실실 웃는 남자를 보고 정순이 얼른 대답했다.

"알겠어요. 내일 아침부터 지금 주신 USB 영상, 남편이랑 꼬박꼬박 시청할게요. 그러면 말 나온 김에 저 고물이요, 당장 다음 주라도 다시 오셔서 신품으로 교체해 주실 수 있나요? 설마 교체 프로모션 오늘이라도 갑자기 조기 종료되는 건 아니겠죠? 우리 주부들은 이런 돈 되는 생활 정보 정말 귀신같이 찾아내거든요!"

"아이고 정말 감사합니다. 그럼 다음 주 중에 전화 드리고 방문토록 하겠습니다. 그 전에 여기 서류에 제가 서명을 하나 받아 가야 하는데요. 사모님, 이쪽으로 좀..."

정순이 별 의심 없이 서명을 위해 남자 앞으로 가까이 간 순간, 남자가 몰래 들고 온 벌레를 장갑 낀 손에 안 보이게 쥐고 있다가 정순의 손등 위에 살며시 놓았다.

따끔한 통증이 막 가입 서명을 마친 정순의 뇌를 스쳐 지나갔다. 벌레는 입에서 끈끈한 점액을 내뿜으며 순식간에 그녀 피부에 달라붙은 다음 진피 안쪽까지 꾸역꾸역 파고들었다.

'어.......'

몇 초 후, 정순의 동공 앞에 시커먼 벌레 그림자가 아른거리더니 벌레가 발을 흔들며 그녀의 망막 안쪽으로 슬며시 기어갔다.

14.

"어이 박 형사, 지금 우리가 해결해야 할 살인 사건이 그거 말고도 산더미야 산더미. 왜 얼마 전에 정부 기밀 자료 외국에 빼돌리고 도피 중인 황재준 박사 알지? 그 황 박사도 아침에 시체로 우리 경찰서 권역에서 발견되었잖아. 아, 맞다. 박 형사도 아까 감식반에서 보내온 사진 같이 봤지? 어쨌든 지금 시간이 없다고. 시간이! 그러니까 저 A 아파트 살인범은... 저, 저, 김영도로 얼른 조서 꾸며서 검찰에 빨리 넘기자고."

근처 횟집에서 사은품으로 받은 하늘색 플라스틱 부채로 연신 부채질하던 김 형사가 맞은편 책상에 앉아 열심히 워드 타이핑을 치던 박 형사에게 크게 들리도록 말했다.

이 순간, 김 형사는 왠지 비참한 기분이 들었다.

2주 넘게 집에 들어가지를 못했더니 어느새 밖으로 숭숭 빠져나와 있는 긴 코털과 마치 산적 수염처럼 입 주변으로 지저분하게 자라있는 자기 모습이 마치 길거리 노숙자처럼 보였다. 몸 상태도 아침부터 으슬으슬 떨려오는 게 별로 좋지 않았다.

김 형사는 오늘만큼 정시에 퇴근해서 얼큰한 국물 안주에 소주 한 잔으로 지친 몸을 잠깐 달랜 다음 가족들 얼굴 보러 꼭 집에 들어가고 싶었다.

"아씨. 근데 오늘은 왜 이리 저녁까지 무더운 거야? 박 형사, 날도 구질구질한데 오랜만에 저녁 겸해서 국밥에 얼음 소주 한잔할까? 내가 시장에 아주 국물 맛이 끝내주는 국밥집 한군데 알아놓았거든. 어때? 콜?"

손 모양으로 꼴깍꼴깍 소주 마시는 흉내를 내는 김 형사의 표정을 보고 박 형사는 웃으며 살인범 김영도의 경찰 조서 작성을 막 끝냈다.

조서를 마무리하면서 박 형사는 마음속으로 확신했다.

지금도 결백을 계속 주장하는 김영도는 심문에 임하는 적반하장의 태도는 물론, 명백하게 살인을 저지를 의도로 불법 총기류 소지와 거기에 각성제 복용까지 죄질이 극히 불량한 상태였다.

또한 최근'범죄인의 자발적인 장기기증을 통한 구형의 탕감 제도'신설법안의 국회 통과 등으로 범죄인의 형량이 법안 통과 이전보다 법원에서 훨씬 더 길게 구형되고 있었다. 그 때문에 아무리 못해도 검찰 측에서 최소한 35년 이상은 김영도에게 족히 구형할 것이다.

쯧쯧.

그나저나 마우스로 잠깐 클릭해 본 인터넷 검색창 화면에서 다니던 성형외과 건물 지하 주차장에서 내려오던 차량에 치여 대학병원 중환자실에 옮겨졌던 아침 9시 뉴스 김나연이, 잠깐의 의식 회복 뒤에 다시 심장발작 쇼크로 그만 숨을 거두었다는 속보 기사가 떴다.

쯧쯧쯧.

탐문 차 마침 의식이 깨어난 김나연의 입원 병실을 방문한 게 불과 엊그제였는데, 결국 이번 사건 해결에 도움을 준 진술을 마지막 유언처럼 남기며 쓸쓸하게 생을 마감한 것이다.

'김나연이 방송할 때 짓던 청순가련한 미소는 언제 보아도 정말 일품이었는데. 그동안 남자관계도 참 깨끗했었고. 명색이 메이저 방송사 아나운서면서 우리 일반인들처럼 소탈하게 생활해 온 게 사실은 더 큰 매력이었잖아. 어쨌든 그저 죽은 사람만 불쌍하지.......'

박 형사는 내일 아침부터 김나연이 진행해 온 아침 9시 뉴스 진행자가 다른 젊은 여성 아나운서로 곧 교체된다는 냉정한 현실에 허무한 마음마저 들었다.

박 형사가 완성된 조서 출력을 위해 다시 워드프로세서 화면으로 돌아와 프린터 버튼을 막 클릭하는데, '징징-'자신의 핸드폰으로 문자메시지 도착 소리가 났다.

'저번 달 카드값이 뭉텅이로 빠져나간다는 문자구나. 아이고 내가 미쳐... 벌써 잔고 개털인데 한 달을 또 어떻게 버틴다?'

"퀵서비스입니다. 박형식 형사님 계시나요?"

커다란 헬멧을 쓴 배달 라이더가 카드값 문자를 보고 얼굴을 찌푸리며 쭈뼛 손을 든 박 형사의 책상 앞에 작은 택배 상자를 내려놓고 사무실을 나갔다.

발신인 칸에는 아무것도 적혀있지... 아, 아니다!

L?

자세히 보니 L이라는 알파벳과 숫자 0이 연거푸 4개 표시된 '0000'그림이 발신인 칸 아래에 볼펜으로 아주 작게 표기되어 있었다.

박 형사는 고개를 갸우뚱하며 일단 상자를 조심히 개봉하였다.

상자 안에는 요즘은 정말 찾아보기도 힘든 웬 구형 폴더 폰이 돌돌 말린 신문지 가운데에 쌓여 들어있었다.

바로 폴더를 열어 꺼진 핸드폰의 전원을 켜보았다. 다행히 충전은 되어 있었다.

켜짐과 동시에 4자리 비밀번호 입력 표시 화면이 나왔다.

머리를 긁적인 박 형사는 다시 상자 발신인 칸 아래의 메모 내용을 유심히 살펴보았다.

그리고 손가락으로 '0000'숫자를 키패드에 천천히 입력했다.

순식간에 액정 화면이 풀렸다.

'대체 누가 이 핸드폰을 내게 보낸 것일까? 비밀번호를 안다는 것은 폰 주인이 바로 보냈거나 아니면 습득하여 보낸 사람 누군가도 이 폰 내용을 다 살펴보았다는 건데... 그리고 왜 하필 나에게?'

궁금증을 느낀 박 형사가 열어본 폰의 갤러리 폴더 안에는 아무런 사진 파일이 없었다. 그런데 유독 저장된 동영상 하나가 눈에 띄었다.

'뭐지?'

화살표 버튼을 이동하며 동영상을 바로 재생해 보았다.

'어? 이 남자는...!'

또한 영상 속, 큰 가슴이 훤히 다 드러난 청순한 미소의 여성은 박 형사도 너무나 잘 아는 사람이었다.

헐!!

'이미 둘 다 죽은 사람인데.......'

'징징- 징징-'

아직 읽지 않은 카드값 문자메시지와 기관 개인 메일함에 신규 메일이 막 도착했다는 푸쉬 알림 소리가 박 형사의 핸드폰에서 연거푸 울렸다.

'혹시 이 영상을 기자에게 팔면 얼마나 받을 수 있을까?'

맞은편에서 간만에 정시 퇴근을 하려고 콧노래까지 부르는 초췌한 김 형사를 애처롭게 바라보며 박 형사는 살펴보던 구형 핸드폰을 은근슬쩍 자기 주머니에 집어넣었다.

잘만 협상하면 이번 달까지 밀린 카드 값이 한 번에 해결될 수 있을 것 같다. 그 생각이 드니 그는 갑자기 기분이 좋아졌다.

박 형사는 남몰래 미소 지으며 방금 수신된 이 메일을 확인하기 위해 개인 메일함을 의식적으로 로그인하였다. 모르는 발신인 이름으로 도착한 이 메일에는 본문에 메모 글과, 웬 한글 파일이 같이 첨부되어 있었다.

'혹시, 상자를 보낸 사람일까?'

박 형사가 쥐고 있는 검은색 마우스 클릭 소리는 오늘따라 더 경쾌하게 울렸다.

***

20XX년 X월 X일, 국가생명연구소 의료 연구시설 5

층 김준수 박사 집무실.

이른 아침. 김준수 박사에게 호출받은 L이 조용히 노크하며 안으로 들어왔다.

"박사님, 찾으셨습니까?"

"잠깐 거기 앉으시지요. 현 정부의 '사이클롭스 플랜' 정책을 노골적으로 반대했던 우리 박정구 상임고문 잘 아시죠? 혹시 그가, 법안이 통과되자 앙심을 품고 기밀 자료를 반출한 황 박사의 숨은 조력자가 아닌지 뒷조사를 부탁합니다. 만약 박 고문에게 확실한 증거가 잡히면 나에게 바로 보고해 주시고, 상황에 따라서는 그를 제거해도 됩니다."

굳은 표정의 L이 고개를 끄덕이며 재킷 속에 있는 리볼버 권총을 주먹으로 살짝 두드리며 박사의 집무실을 빠져나갔다.

곧바로 김 박사가 맞은편 벽에 설치된 대형 TV 모니터를 리모컨으로 켰다.

마침 K 방송사 아침 9시 뉴스 방송이 진행되고 있었다. 목에다 명품 스카프를 둘러맨 미모의 여성 아나운서가 오늘의 중요한 사건 사고 소식을 무표정하게 보도했다.

[.......국가생명연구소 연구원 황모 씨가 현재 정부 1급 기밀로 분류된 군사 무기 자료를 외국 무기 브로커에 빼돌리려던 혐의가 포착되어 경찰이 수사 중입니다. 현재 황 씨는 일주일 전에 연구소에 사직서를 제출한 후부터 행방이 묘연한 생태이며......]

뉴스를 보다가 갑자기 박사가 분노했다.

"황재준이. 감히 네가 애송이 연구원 적부터 키워준 나에게 엿을 먹여? 어디 두고 보자고. 이번에 진짜 지옥을 보여주지!"

-

*** 막간**

(영수의 노트 내용)

-

14.

~~도대체 나는 누구인가?~~

~~??~~

1.

드디어 고대하던 저주 소설 원고가 완성되었다.

그리고 원고 파일을 그의 도움으로 인터넷에 업로드했다.

이제 세상을 저주하기 위한 작업은 다 끝났다.

적어도 이정도 장난은 쳐야 우리 형제가 연구소에 들어온 보람이 있지 않겠나!

……하지만 막상 행동 후에도 어떠한 안도감이나 기쁨이 느껴지지 않는다.

분명 우리 형제는 매부리코 할아범을 피해서 지금 이렇게 바깥세상에 나와 있는데,

눈앞에서는 오직 끝없는 어둠만이 아련하게 춤출 뿐이다.

어쨌든 저주 파일의 '확인자'는 앞으로 계속 늘어날 것이다.

다음은 바로,

바로...

.

#전개1

· · · 박정민

일반적으로 여자가 남자보다 통증을 더 세게 느낀다고 한다.

남자는 통증을 느끼는 순간 뇌에서 신경호르몬 등의 분비가 온몸으로 이루어져 통증을 어느 정도 억제하는 효과가 있다는 것이다. 하지만 여자는 그런 작용이 일어나지 않아서 같은 통증을 더 세게 느낀다는 것이 이 기사의 골자이다.

이건 내가 그냥 하는 말이 아니고 유명 신문 일간지에 어느 저명한 박사님께서 직접 쓰신 기사의 일부이다.

하여 지금 나는 여성으로 태어나지 않은 것을 하늘에 정말 감사하고 있다.

혹시나 남, 여 통증 차이에 대한 내 말을 못 믿는 분이 계시면 직접 인터넷으로 검색해 보시길. 이래 봬도 나는 평범한 바닐라섹스를 선호하는 한창나이의 건강한 남자이며 언제나 긍정적인 마인드로 팩트만을 주변에 떠들고 다닌다.

그래서인지 여기 연구시설 직원들은 나의 이런 모습을 참 좋아한다. 그들은 내 하루 생활부터 향후 나의 미래 행방까지 여러 가지로 성심성의껏 도와주려고 노력하신다.

이번에도 직원 중 제일 상급자인 김준수 박사가 작년 말에 국회에서 어렵사리 통과된 법안 내용에 대해 나에게 일목요연하게 설명해 주었다.

내용이 정리된 문서를 내 손에 직접 쥐여 주며 핵심만 친절하게 가르쳐 주셨고 또, 나의 법안 가입까지 적극적으로 도와주시는 게 얼마나 고마웠는지 모른다.

2030년 현재, 국회에서 엄청난 논란 속에 통과된 이 기괴한 법안의 주요 내용은 이렇다.

살인을 저지른 사형수와 사회에 큰 죄를 지은 무기징역 죄수들이 교도소 안에서 지은 죄에 대한 반성이나 참회 등 그 어떠한 죄책감도 없이, 조금도 갱생되지 않는 악한 인간 본연의 모습으로 평생을 복역하는 것에 대한 실효성의 의문이 끊임없이 제기되었다.

더욱이 우리나라에서 살인죄의 경우 법정에서 피고에게 사형을 선고하더라도 실제 사형 집행까지는 거의 이루어지지 않아, 막상 사형 때문에 범죄를 억제하는 효과도 크게 기대할 수 없다.

이렇게 죄수들에게 가족이나 친구 등을 희생당한 유족들이 들고 일어나 어떠한 참회와 속죄도 전혀 이루어지지 않는 교도소 생활은 자기들의 아픔과 슬픔만을 더 가중시킬 뿐이라며 지역구 국회의원 사무실을 찾아가 농성을 벌이는 일이 빈번하게 발생했다.

범죄인들을 단순히 교도소에 가두는 것만으로는 그들에게 어떠한 희망도 기대할 수가 없고 추후 출소 후에도 더 강력한 범죄자로 양산되는 집합소 역할밖에는 안 된다는 것이 농성하는 유족들의 주요 의견이었다.

사실 이러한 사회적 분위기에 본격적으로 불을 지른 사망 사건이 재작년에 모 교도소에서 발생했다.

한 무기징역수가 '내 죗값을 일순간에 모두 해소하고 싶다!'라는 짤막한 유서와 함께 베개 속에 잘 접어서 숨겨놓은 철제 옷걸이를 일자로 펴서 작은 쇠창살 사이에 걸고 목을 매 자살한 사건이 일어난 것이다.

그리하여 재작년부터 범죄 심리학을 전공하는 유명한 대학 교수님들과 법조계 인사들을 T/F 팀으로 구성하여 '현재의 범죄인 갱생 제도 분석과, 참회와 속죄를 위한 효율적인 제도 개선'에 대한 연구에 착수하기 이르렀다. 특히 여러 선진 국가의 장기기증 제도를 적극적으로 참고하였다고 한다.

외국의 다른 나라들도 장기 수혜자보다는 기증자가 훨씬 부족한 형편이니, 어떤 유럽 국가에서는 죽을 때 본인의 거부 의사를 확실하게 표현하지 않은 사망자를 장기 기증자로 자동 분류하는 법이 시행중이라 것을 어느 방송에서 본 적도 있다.

결국 작년 정기국회 임기 마지막 날, 국회에서 고성과 야유가 막 오가며 야당 의원들의 퇴장 속에'범죄인의 자발적인 장기기증을 통한 구형 탕감 제도'신설법이 가까스로 통과 되었다.

그렇게 힘들게 통과된 신설법안 '사이클롭스 플랜(Cyclops Plan)'의 내용을 국가생명연구소 본원에서 왔다는 김준수 박사라는 분이 나를 찾아와 며칠 동안 친절히 설명해 주셨고, 더불어 법안 신설 후 명예로운 첫 1호 가입을 나에게 강력히 권유했던 것이다.

법안 제목에 나오는 이 사이클롭스(Cyclops)는 고대 그리스 로마 신화에 나오는 외눈박이 거인을 뜻하는 영어식 단어이다. 국회 법사위에서 처음 거론되었을 때 엄청난 범국민적 파장을 불러일으켰고 국회의원들 간에도 서로 찬반 논쟁이 오간 문제의 제목이기도 하다.

항간의 소문으로는 이 법안을 처음 입법 요청한 모 국회의원이 마블 코믹스 히어로 중에 눈에서 빨간색 레이저를 무자비하게 발사하는 사이클롭스를 엄청 좋아하는 팬이었기 때문에 그와 같은 이름을 붙였다는 설이 있다.

또, 이 법안이 실제 교정 시설의 재소자들 사이에서 자신의 형기 감면이나 완전 석방을 위해 무분별한 신체 장기 포기 등 악용을 남발할지라도, 최소한 자신의 눈 한 개 정도는 반드시 남겨 놓아야 한다는 이 법의 부칙 조항을 강조하기 위해 외눈박이 거인 이름을 차용해 왔다는 말도 있다며 박사가 웃으며 이야기해 주었다.

법 설명을 계속 듣고 있다가 지친 나머지 오늘은 그만 듣겠다고 그에게 손짓했다.

고개를 끄덕인 김 박사가 내가 갇혀있는 병실을 나가며 밖에서 문을 쇠사슬로 이중삼중 잠그자 천장의 네모 구멍에서 새하얀 연기가 모락모락 뿜어져 나왔다.

이상하게 다른 날보다 어깨도 더 뻐근하고 피곤하여 아무런 생각을 하기 싫었던 나는 천장에서 내려오는 기묘한 연기를 콧구멍으로 벌렁 흡입하며 깊은 잠의 수렁에 빠졌다.

항상 잠결에 방문하는 꿈의 신 모르페우스는 이런 인간쓰레기인 나를 무척이나 예뻐한다.

***

“박정민 씨, 좋은 아침입니다!”

쇠사슬을 풀고 병실 문을 열고 들어온 보라색 머리

여자 보조원과 그 뒤에 네모난 금테 안경을 쓴 40대 남성이 투명한 플라스틱 차트 판과 함께 내 앞으로 걸어왔다.

지겹지도 않은지 안경 쓴 남자는 나를 보며 항상 기계적인 미소를 짓는다. 여기 시설의 실세인 김준수 박사다.

여기 감금되기 전에 잠깐 머물렀던 교도소 감방 동료에게 듣기로는, 하나 있던 딸아이가 갑자기 죽고 정신병이 도진 아내가 남편인 김준수가 개발한 무슨 살상무기 시제품을 몰래 훔쳐서 딸아이가 죽었을 때 유치원 담임교사였던 여자에게 잔인하게 복수했다고 한다.

그래... 그때 나도 뉴스 기사도 보고 호기심에 유*브에 지하철 역사에서 갑자기 머리가 펑! 폭발하는 어떤 여학생의 동영상까지 찾아보면서 엄청나게 놀랐던 기억이 있다.

미국에서 힘들게 박사학위까지 마쳤다는 김 박사가 그때 벌어진 사고로 잘 나가던 국가 생명연구소 간부에서 시민들이 생전 듣도 보도 못한 이런 괴상한 의료연구시설 선임연구원으로 한순간에 좌천당했다고 하니 세상도 요지경이라는 생각이 들었다.

"잠은 편히 주무셨어요? 오늘 기분은 좀 어떠세요? 식사는 계속 입에 맞으시고요?"

어렸을 때부터 심한 알레르기 비염으로 본의 아니게 눈을 자주 비벼온 나는 덕분에 결막염이 걸려 빨갛게 충혈된 눈으로 밤마다 꾸는 괴상한 악몽을 박사에게 더듬더듬 말했다.

"그래요. 계속하여 악몽을 꾸면 충분한 잠을 잘 수가 없고 그러다 보니 부족한 수면에 따른 어지럼증과 피로감이 낮 동안에 계속 몰려오는 걸로 보이네요? 정민 씨의 말대로 꿈에서 은연중에 도출된 자아의 환각들이 현실까지 혼동을 주는 것 같고. 맞죠? 알겠습니다. 오늘부터 우리 보조원에게 기존에 드시던 약의 양을 좀 더 늘리라고 하겠습니다."

아침부터 대꾸할 힘이 없던 나는 말없이 고개를 끄덕였다.

그리고 박사가 갑자기 실실 웃으며 내 얼굴 가까이 다가와 귀에 대고 뭐라고 속삭였다.

"정민 씨. 정민 씨가 처음부터 여기에 격리되기로 결정한 그 사이클롭스 플랜 1호 가입은 분명 본인 스스로 결정하고 동의한 사항입니다. 그건 잘 알고 계시죠? 그리고 영광스러운 우리 인면충(人面蟲) 숙주 실험체 대상인 것까지."

나는 놀라며 박사에게 고개를 들었다.

"예? 제가 언제요? 그런 말도 안 되는 동의를? 도대체 제가 왜요? 왜?"

지시대로 입술에 피어싱한 보조원이 평소에 주는 약의 양보다 훨씬 더 많이 늘렸는지 다음 날에도 또 꿈을 꾸었다. 이 말도 안 되는 불쾌한 꿈을!

꿈속에 나타난 김 박사가 무표정한 얼굴로 나에게 말했다.

"당신이 정부의 재소자 방침에 적극적으로 협조도 해주시고 해서 저도 이렇게까지 안 하려고 했는데... 하지만 당신은 우리 사회에서 가장 끔찍한 짓을 저지른 범죄자 중 한 사람입니다. 거기에다 정부 신설 법률로 시민들에게 대대적으로 홍보하고 있는 이 사이클롭스 플랜에 대해서, 이 법이 처음부터 범죄자들의 건강과 안전에는 안중에도 없으며 실제로는 천문학적인 전략 핵무기 개발 비용을 충당하기 위해 해외 의료센터 등에 고가의 커미션을 받고 몰래 수출하는 장기 밀매 행위와 또, 쓸 만한 장기가 대부분 적출된 재소자들을 대상으로 비밀리에 진행하는 연구소의 인면충 실험 프로젝트까지. 당신은 지인인 박형식 형사를 통해 인터넷 뉴스 기자에게 모조리 유포하려 했습니다. 맞죠?"

오늘 하루 동안 제대로 먹지를 못해서 따질 힘조차 없었던 나는 박사의 물음에 그저 가만히 있을 수밖에 없었다.

그러다가 나는 피식하며 박사에게 일부러 과장된 웃음 동작을 보였다. 계속 못마땅한 표정을 짓는 박사가 입을 열었다,

"정민 씨, 한번 냉철하게 생각해 보세요. 당신이 시설에 들어와서 보고 들었던 모든 기억, 당신이 정부가 잘못되었다고 판단한 모든 진실들이, 어쩌면 당신이 가지고 태어난 사이코패스 기질과 개인적으로 오래 복용한 향정신성 약물의 부작용으로 인한 과대망상이라고 한다면, 그래서 정민 씨를 통해 엉뚱하게 날조되어 세상에 양산될 거짓 정보들을 만약 우리 국민들이 어떠한 여과 없이 그대로 받아들인다면, 그래서 사회 전반에 폭풍처럼 닥칠 엄청난 혼란과 각종 파장들을 과연 당신 혼자서 감당할 수 있을까요?"

"뭐어?"

저 박사 양반이 지금 나에게'너는 이 세상에서 먼지만도 못한 존재!'라고 손가락질하며 막 비아냥거린다. 그의 뒤에서 피어싱 여자가 당황한 표정의 나를 보고 깔깔깔! 비웃는다.

머릿속에서는 그동안 버젓한 인간으로 유영해 온 내 모습이 천천히 무너지고 있다!

여태까지 내가 알고 있던 모든 진실과 사실이 공기

중에서 막 날아가는 작은 먼지처럼 점점 희미해지고 있다! 없어지고 있다!

나는 갑자기 그게 무슨 개소리냐고 박사에게 목이 터져라 외쳤다.

“아니 법치국가에서 멀쩡한 사람을 마치 무슨 실험 기자재처럼 이렇게 몰래 가두고 몸속에 쓸 만한 장기까지 야금야금 적출하고는, 매일 이상한 연기나 천장에서 뿌려대면서 조금씩 심신을 죽여 나가는 게 무슨 범죄인 교화야? 이거 빨리 안 풀어? 진짜 이 새끼들이!”

순간 놀란 보조원이 병실 안에 있던 비상벨을 작동시켰는지 통로 여기저기서 시끄러운 경보음 소리가 났다. 뒤이어 병실 안으로 우당탕 들어온 검은 양복 보안요원들의 전기 충격 봉에 머리를 가격당하며 나는 그만 정신을 잃고 말았다.

머릿속에서 과거의 내 모습이 점점 지워지고 있다. 좋아했던 보라와의 소중한 기억까지 몽땅 다 사라지고 있다.

내가 살아있다는 것까지, 모두 다……

헉! 안 돼!!

이렇게 소리 질렀을까?

침대 시트에 땀을 흠뻑 적시며 눈을 떴다.

무채색으로 된 병실 천장을 하염없이 보았다. 충격봉에 머리를 맞으며 심하게 감전된 덕분에 고개를 옆으로 돌리기도 어려웠다. 갑자기 내 인생이 너무나 억울하고 서러워서 울컥 흘린 눈물이 환자복 안으로 주르륵 흘러 들어갔다.

똑똑! 똑똑똑!

어쩌면 저 박사 말이 다 맞는지도 모른다.

사람을 죽인, 그것도 미성년자 소녀를 잔인하게 죽인 이런 흉악범이 지금 정부에서 자행되고 있는 상상도 못 할 만행을 아무리 떠들어 댄들 과연 세상 밖 누가 나를 믿어줄까?

갑자기 병실 천장이 모두 거울로 보였다.

여러 개로 산산조각 난 거울 안에서는 나의 오른쪽 얼굴과 나의 왼쪽 얼굴이 서로 다투고 있는 모습이 비쳤다. 당장이라도 죽고 싶다는 커다랗고 강렬한 환상과 시끄러운 아우성에 휩싸이며 몸이 부르르 떨려오기 시작했다.

죽고 싶다!죽고 싶다! 죽고, 싶어!

천장 거울에 허연 얼굴뼈만 남은 내 오른쪽 면과 눈알이 적출되어 텅 빈 구멍만 보이는 왼쪽 면이 마치 아수라 백작처럼 어서 그러라고 끄덕끄덕, 웃는다.

앞으로 나는 내 DNA가 투여된 인면충 가면을 쓰고

이 망망대해 같은 꿈속에서 계속 헤매게 될 것이다. 하긴. 열심히 헤매다가 늘 그렇듯 천장에서 내려오는 연기를 마구 흡입하며 도저히 그 깊이를 알 수 없는 잠의 수렁에 빠지겠지.

이제 그나마 쓸모 있는 장기인 뇌만 남은 나는 인면충을 통해 김 박사가 시키는 대로 핵무기 설계 파일 유출이 의심되는 목표물의 머릿속에 파고들어 그들의 신경망을 맘껏 염탐하게 될 것이다.

'그렇다. 내가 바로 구철중, 박정구, 이수완, 김나연 등 그들의 머릿속 정신세계를 지배할 인면충 벌레의 숙주다. 나는 오직 팩트만을 말한다!'

김 박사가 개량한 인면충 벌레를 기밀 유출 의심자의 몸에 몰래 심는 역할을 한 인물이 바로 연구소 비밀 요원 J(정영재)와 L(이성식)이다.

하지만 그 둘은 처음부터 문제가 많은 놈들이었다.

결국 정영재는 다른 해외 기관에 일찌감치 돈으로 매수되며 연구소를 배신하였다.

그리고 졸지에 내가 파렴치한 미성년자 살인범이 된 것도 그 악랄한 학교 동창 '이성식'과 계속 어울렸기 때문이다.

지금의 내 모습은, 그나마 죄의식이 밑바탕에 남아있

던 자아의 세계는, 그동안 박사가 나에게 정기적으로 투여한 비인가 약물 덕분에 완전히 산산조각 났다.

아아, 보라와 지내던 그 시절로 다시 돌아갈 수만 있다면...

가능하다면, 정말 할 수만 있다면, 지금 내 남은 신체 중 유일하게 쓸 만한 이깟 머리통까지 박사에게 얼마든지 기증하련만.

앞으로 나는 또 어떻게 변할까?

아! 또 천장에서 망할 연기가 흘러나온다.

망할! 안 돼...

***

미혼인 나는 그동안 미성년자 보라에게 계속 협박을 당했다. 그래서 본의 아니게 귀염둥이 보라를 목 졸라 죽이게 되었다.

차마 말로 다 표현 못 할 내 억울한 사연을 여기에 간단히 소개한다.

[낡아빠진 파란색 아디다스 운동복을 걸쳐 입고 어느 편의점 파라솔 의자에 멍하니 앉아 캔 맥주를 마시는데, 교복 흰 티와 짧은 반바지에 앞이 터진 슬리퍼를 신고 앞을

지나가던 보라가 갑자기 나에게 말을 걸었다.

"아저씨, 죄송한데... 저기 편의점에서 OO 담배 한 갑만 좀 사다 주실래요? 대신 잔돈은 드릴게요. 아니면 혹시 심부름 후에 저에게 따로 원하는 거라도 있으세요? 말해보세요. 그것도 아니면, 지금 입고 있는 팬티라도 벗어드릴까요?"

"예."

그렇게 착한 어른의 착한 담배 심부름이 인연이 되어 서로 연락처를 교환하고 보라와 같이 밥 몇 번 먹었다. 보라는 생각과 행동만 어른스러운 게 아니라 발육도 좋아 또래에 비해 가슴과 엉덩이가 튼실했다. 뛸 때마다 아래위로 출렁여서 눈길이 절로 갔다.

어느 날은 보라가 갑자기 집을 나왔는데 잘 곳이 없다고 좀 재워달라고 간절하게 부탁해서 둘이 같이, 정말 한 이불만 덮고 잠만 잔 거 밖에는 없다. 나는 제대로 안아본 적도 없는데... 지금 생각하니 정말 억울하다.

며칠 후, 보라가 나에게 내가 평생 벌어본 적도 없는 금액의 돈을 위로금 조로 달라고 했다. 만약 돈 안 주면 납치에, 감금에, 거기에 미성년자인 줄 뻔히 알고도 매일 끔찍한 성폭행까지 저질렀다고 D 경찰서에 당장 신고하러 간다고 오른쪽 작은 보조개를 실룩하며 나에게 윽박질렀다.

마냥 착하고 순수한 줄만 알았던 보라는 나이가 거의 두

배 차이가 나는 나에게 연분홍색 헤어 롤을 앞머리에 말고 컬러렌즈 낀 눈을 시퍼렇게 뜨며 1차로 내 통장에 있는 돈을 뜯어 갔다. 그리고 돈이 떨어지자 나에게 신고하겠다고 줄기차게 협박을 일삼았다.

여기서 팩트는 보라와 잠자리는 내가 아니라, 내 원룸집을 마치 자기 집처럼 드나들던 동창인 성식이와 가진 것이다. 차디찬 거실 마루에서 몸을 비비며 자던 나는 방안에서 둘이 은밀하게 나누는 애정행각을 베개로 귀를 막으며 혼자 느낄 수밖에 없었다......]

참으로 어이없었다. 불과 얼마 전까지 희희낙락하며 자취방에서 같이 구르며 맥주에 통닭까지 배달시켜 먹을 땐 언제고 인제 와서 그런 큰돈을 당장 안 주면 경찰에 고소한다니.

순간 머릿속에서 번개가 솟구치며 홧김에 보라의 보조개 뺨을 살짝 친 것 같은데, 정신을 차려보니 보라가 방안에서 사라졌다. 간단한 소지품만 챙겨서(그때 지갑에 있던 내 유일한 현찰 13만 2천 원까지 없어졌다.) 밖으로 바로 내뺀 것이다.

그길로 보라는 자기가 거의 한 달 동안 이상한 변태놈(바로 나)에게 편의점 앞에서 갑자기 납치당해서 오늘까지 지하 골방에 감금과 성폭행까지 당해왔고, 마침 그 변태 놈(바로 나)이 낮잠 자는 사이 몰래 빠져나와 경찰서로 도망쳐 왔다는 황당무계한 스토리를 순진한 D서 경찰에게 훌쩍훌쩍 짜면서 말했다. 당연히 일사천리로 경찰이 내 지하 원룸으로 쳐들어와 나는 현행범으로 체포되어 서로 연행되었다.

연행 첫날, 장장 몇 시간 동안 형사들의 심문을 받았다. 다행히 변호사로 있는 가까운 친척의 도움을 받아 구금 상태에서 풀려났을 때는 정말 눈에 보이는 게 아무것도 없었다.

당장에 나는 압구정역 근처 어느 노래방 입구 앞에서 또래 남자들과 전자담배를 피우며 희희낙락하던 가증스러운 보라를 찾아 이면 골목으로 억지로 끌고 가, 다O소 상점에서 급하게 산 쿨 파스로 입을 막고 가시나무 같은 두 손으로 그만 목을 졸라 죽이고 말았다.

파릇파릇한 미성년 여자도 일단 죽으면 지저분한 분비물을 뿜으며 똑같은 송장이라는 것을 몸소 느꼈다. 가까이서 늘 풍기던 보라의 은은한 베이비파우더 냄새도 역겨운 트림 냄새와 함께 순식간에 증발했다.

마침 지나가던 행인이 보라가 쓰러지는 것을 목격하고 놀라 크게 소리를 질렀다. 그제야 탈출했던 내 정신도 돌아와왔고 귀에서 빨라 도망치라는 경보음이 막 울렸다.

숨을 안 쉬는 바람 빠진 고무 인형 같은 보라를 보고 기겁한 나는 그날 몰고 온 흰색 그랜O 승용차를 허겁지겁 운전하며 제일 먼저 눈에 띈 건물 지하 주차장 안으로 도망쳤다.

그러다가 일이 정말 안 좋게 꼬이려니까 하필 주차장 입구 쪽으로 막 역행하여 뛰어오던 젊은 여자 아나운서까지, 제정신이 아니었던 내가 그만 차로 치어버리고 말았다.

퍽!

쿵!!

헉헉헉헉헉헉.......

제, 제기랄!

결국 나는 고소인 살해 및 교통사고처리 특례법 위반 등의 혐의로 출동한 경찰에게 또 붙들리고 말았다. 물론 검찰에도 바로 기소되었다.

그리고 법정에서 하필 내가 과거에 모 아파트 지하 주차장에서 세차하는 아줌마를 성폭행하려다 잡힌 유사 전력이 있어 죄질이 더 안 좋다는 이유로 차마 슬기롭게 변호해 보지도 못하고 자그마치 징역 40년형을 선고받게 되었다.

참으로 웃길 노릇이다. 어차피 보라가 살아있었어도 어딘가 다른 곳에서 나처럼 어리숙하고 멍청한 어른 등이나 처먹으면서 아무 생각 없이 세상 편하게 살았을 것이다. 모든 걸 너무 일찍 깨달은 어린것들이 뭣도 모르는 순진한 어른들 제대로 골탕 먹이는 이 골 때리는 요지경 세상에 재수 없게 내가 걸려든 것이다.

법정에서 당장이라도 나를 찢어 죽일 듯이 달려드는 보라의 부모님 앞에'정말 죄송합니다! 그런데 정말 잠만 같이 잤습니다.'라는 진실한 인사와 태도를 보여드리는 것으로 나의 오랜 수감 생활은 시작되었다.

***

이제 김 박사가 나한테 열심히 공을 들이는 신설 법 설명으로 다시 돌아가 보겠다.

내가 얼마 전에 귀찮아서 수락해 버린 '범죄인의 자발적인 장기기증을 통한 구형의 탕감 제도'의 대망의 1호 대상자로 가입되었다는 이야기를 들었을 때는 어떤 제도나 규칙의 맨 앞줄에 선다는 건 참으로 기분 묘해지는 행위란 걸 몸소 느꼈다.

내가 정말로 잘한 선택인가? 하는 후회감이 밀려오기에 앞서, 다른 사형수와 무기징역수들의 시선과 관심을 한 몸에 받는 영웅이 되었으니 말이다. 다들 선불리 결정하지 못하는 중에 내가 떡하니 1호 대상자로 가입하고 이렇게 즐거운 표정을 지으니 다들 표는 안 내지만 엄청나게 부러워하는 눈치인 것만은 확실하다.

그렇게 제도가 시행되었고 나는 첫 번째 장기기증으로 그나마 제일 만만했던 신장 쪽을 신청하였다. 머리에 파란 두건이 씌워진 채로 교정시설에서 여기 의료연구시설로 바로 옮겨져 오른쪽 신장 적출 수술을 받고 바로 5년 형량을 구제받았다.

이제 내 형기는 총 40년에서 금방 5년의 기간이 줄은 총 35년이 된 것이다.

강한 마취제가 같이 섞여 있는지 아침부터 계속 해롱해롱 대며 한쪽 팔에 커다란 링거 주삿바늘이 끼워진 채 병상으로 이송되어 지금도 이렇게 누워있다.

아무래도 40년형이 35년형으로 바뀌자 내 수감 번호인 (9876)번호도 다른 네 자리 번호(2578)로 바뀌어서, 가끔 내 몸 상태를 확인하기 위해 나를 만나러 연구시설을 방문하는 주임 교도관이 따끈따끈한 새 죄수복을 나에게 다시 지급하고 나갔다.

그리고 내가 여러 장으로 된 '장기기증 서약서' 밑 칸에 일일이 서명하고 있을 무렵, 금테 안경의 김 박사가 또 슬쩍 다가와 컬러로 된 맞춤형 카탈로그를 나에게 보여주면서 당장에 내 몸뚱이로 가능한 장기기증 항목과 감해지는 형량을 자세히 읊어주었다.

[진정한 참회와 속죄의 마음을 가지고 정식으로 시행된 '장기기증에 따른 감형 제도'를 신청해 주신 박정민 님(갑자기 내 이름이 크게 불렸다!)을 대상으로 사전에 정밀 신체검사(혈액형 재확인, 바이러스 질환 및 성병, 감염 등 특정 질환 발견 시 제외) 진행 후, 그동안 사회에서 엄격하게 품질관리 되었다는 확인 차원으로 '이상 없음' 도장을 손목에 받게 되실 겁니다.

이상 없이 도장을 받게 되시면 이후부터 원하시는 수술 항목에 대해 빠른 시일 내에 수술이 진행될 예정입니다.

2578번 박정민 님, 참으로 어려운 결정 해주셨습니다. 앞으로 귀하가 사회에 또, 다른 수형자에게 보여주실 진정한 참회와 속죄를 위한 이 성스러운 결정은 피해자 유족에게 진심 어린 용서를 구하기에 앞서 충분히 의롭고 선한 행동일 것입니다. 감사합니다.

그럼 앞으로 선택하실 장기기증 항목을 나열해 보겠습니다. 참고로 수술은 대학병원급의 최신식 기계와 장비를 갖춘 최고급 의료 연구시설에서 기증을 위한 적출 수술이 이루어지니만큼 끝까지 안심하셔도 됩니다.]

- 건강한 신장 한쪽 적출 시, 부여된 형량에서 5년 구제.
- 골수, 췌장, 소장 일부 등 부속기관 적출 시, 6년 구제.
- 간(평소에 술을 입에도 안 된 싱싱한 간. 이럴 때 덕좀 보내요!) 일부 절제 시, 7년 구제.

…… …… …… ……

- 건강한 안구 한쪽 적출 시, 15년 구제.

* 첫 번째 수술 후 상태 호전 시 유사 항목 재신청 가능.
* 뇌, 심장, 폐, 적출 등은 시설 담당자에게 사전 문의.(협의하여 수술 가능)

오후가 되어 투여 받은 진통제 약효가 벌써 떨어졌는지 신장 적출 수술을 받은 오른쪽 복부 아래가 계속 쑤시고 감싼 붕대에 핏물이 계속 고여 있는 게 뭔가 심상치 않았다.

하지만 나는 내 40년형 죗값에 대한 진심 어린 참회와 속죄를 속히 이행하기 위해 다음 장기 기증 항목을 빨리 정하게 되었다.

노란색 링거 주머니 속에다 강력한 진통제나 어떠한 불법 약물도 대환영이니 이번엔 좀 더 센 걸로 넣어달라는 주문도 할 겸 머리맡에 놓인 빨간색 호출기 버튼을 눌렀다.

얼마 지나지 않아 반가운 얼굴의 김 박사가 똑똑 소리와 함께 내가 누워 있는 병실 안으로 들어왔다.

"정민 님, 남은 눈은 좀 어떠세요? 예? 아, 오른쪽 복부 아래가요? 알겠습니다. 곧 우리 보조원에게 센 거로 빨리 놔 달라고 다시 오더 넣을게요. 저 그리고... 다음 장기기증 항목에 대해 마음의 결정은 혹시 하셨나요?"

김 박사가 갑자기 앞에서 내 이름 뒤에 님 자를 붙이며 몸을 비비 꼰다. 꼭 아쉬운 일이 있을 때만 나한테 이런 모습을 보인다.

"이번에 정부 신설법을 전국의 시설에서 대대적으로 이행하자는 취지로 각 장기 기증 수술 건수마다 운영 직원에게 인센티브를 준다고 하네요. 정민 님은 지은 죄에 대해 감형이 되어 좋고, 그것을 옆에서 도운 우리에게도 인센티브로 얼마를 준다고 하니 서로 누이 좋고 매부 좋은 거 아니겠어요? 하하하."

'쳇! 결국 그런 거였어. 당신이 누이고 매부, 둘 다인 건 아니고?'

결국 나는 뇌수술을 받겠다고 김 박사에게 마지못해 대답하면서 대신 한 가지 부탁이 있다고 엄포를 놓았다.

"뭔데요? 일단 들어보고 가능한지 말씀드릴게요. 아무래도 여기는 정부가 운영하는 연구시설이잖아요, 그래도 저는 항상 정민 씨 편이랍니다. 당신이 전국에서 첫 번째로 장기기증 가입을 한 용기에 저는 정말 말할 수 없는 벅찬 감동을 느꼈다고요."

박사의 말에 나는 그저 미간을 찌푸리고 있다가 또박또박 말했다.

"이번 제 수술 전에 죽은 보라 부모님을 꼭 뵙고 싶습니다. 그래서 그분들께 제가 지은 죄를 정식으로 용서받고 싶어요. 제가 장기기증을 해서 줄어드는 형량과는 별개로 그분들 앞에서 직접 진심 어린 사죄를 드리고 싶다고요. 예? 박사님!"

박사가 순간 고민하는 모습을 보이다가 금테 안경 너머로 눈을 가늘게 뜨며 말했다.

"피해자 가족 마음속에 쌓인 울분을 풀어드린다는 의미에서 나쁘지 않은 제안인 것 같습니다. 좋습니다. 제가 연락을 취해 보죠. 행여 성사가 안 될까 봐 너무 걱정하지는 마세요. 당신이 이번에 받을 장기기증 항목을 그분들께 말씀드리면, 분명 수술 전날 당신을 꼭 보러 오실 겁니다. 약속드리죠. 그리고 면회가 끝난 뒤에는... 잘 아시죠?"

***

신장 적출 후, 곧이어 둘 중 시력이 좋지 않았던 왼쪽 눈을 적출 수술 받았다.

그 덕분에 남은 수형 기간에서 총 20년이 탕감되었다. 아직 불편한 점이 있다면 아직 왼쪽 눈이 있는 걸로 착각해서 나도 모르게 눈의 붕대를 풀고 보이는지 안 보이는지 확인해 본다는 것이다. 그러다 위아래 눈꺼풀이 봉합된 내 얼굴을 보고 나서야 아! 내가 안구 적출 수술을 받았지라고 비로소 깨닫게 된다.

박사가 적출 후 회복 속도가 빠르다고 나에게 칭찬하면서 눈구멍에 끼고 다니는 가짜 안구를 생일 선물로 가지고 왔다. 김 박사는 병 주고 약 주는 행위를 정말 기가 막히게 잘한다. 여기서 서로 이렇게 만나지만 않았다면 좀 더 재미있는 사이가 되었을 텐데.

한쪽 눈으로 생활하는 것도 이젠 견딜만하다. 이 정도까지 했으면 보라 가족들이 나를 용서해 주시려나?

내 눈 상처가 거의 아물 무렵, 박사가 또 기괴한 제안을 나에게 늘어놓았다.

"정민 씨. 원래 뇌에는 말초 신경이 없어서 우리가 그것을 아무리 지지고 볶아도 통증을 전혀 못 느끼는 거 아시나요? 당신이 이제 받아야 하는 수술 때문입니다."

"예?"

박사가 영문 카탈로그로 된 외국인 뇌수술 사진을 나에게 보여주며, 이제 나를 우리나라 최초의 인면충 숙주로 만들기 위해 내 DNA와 전뇌 조직 이식을 위한 고난도의 외과수술이 곧 실시될 거라고 했다.

과거에 자기가 미국에서 공부를 마치고 한국의 국가생명연구소로 돌아와 MCP(Mind Control Patch) 무기를 처음 개발했을 때 참고했던 '쥐의 톡소포자충 감염 후 놀랄만한 운동 능력 향상에 대한 논문 이론'을 이번에 발견된 인면충의 개량 실험에도 응용했다고 내 앞에서 침까지 튀기며 자랑했다.

김 박사가 저렇게 성과에 목을 매는 이'인면충'이 대체 뭐냐 하면, 아직 우리나라 학계에는 정식 보고가 안 된 성인 새끼손톱 길이 정도에 몸통에 8개의 가느다란 다리를 가진 징그러운 벌레를 말한다.

최초 숙주 인간의 DNA와 뇌 조직을 몸속에 빨아들이고 있다가 다른 인간의 몸으로 갈아타게 되면, 그 인간에게 위협을 느끼고 뇌 속으로 파고들어 가 원래 숙주에게 돌아가기 위해 종숙주가 된 인간의 뇌를 조종한다는 무시무시한 곤충이기도 하다.

그리고 숙주 인간의 DNA와 뇌 피질 일부를 삽입했을 때 꼭 얇은 물집같이 생긴 투명한 배를 돋보기로 보면 숙주의 얼굴이 신기하게 실루엣처럼 나타난다고 하여 박사가 직접 '인면충(人面蟲)'으로 이름 지었다고 했다.

인면충이 피부를 통해 침투한 목표물의 머릿속에서 뇌와 사이좋게 동거하는 동안 뇌의 가바 수용체를 계속 자극하여 마치 마약을 복용한 것처럼 중추 신경을 극도로 흥분시킨다. 동시에 목표물은 신기하게 자기가 벌이는 모든 행동에 대해 말로 표현할 수 없는 환희와 쾌락을 느끼고, 그 사이 인면충은 인간의 전뇌를 과자처럼 조금씩 갉아 먹는다.

궁극적으로 목표물을 뇌 없는 원숭이로 탈바꿈시키는 것이다.

그러다가 연구소에서 목표물이 쓸모가 없다고 판단되면 인면충 몸속에 심어놓은 나노 폭탄을 원격으로 터뜨리는데, 그제야 목표물에 전에는 겪어 보지 극심한 편두통이 동반되며 심지어 엄청난 통증으로 머리가 터지기 직전에 절벽에서 떨어지며 자살하는 동물까지 보고되었다고 했다.

어느 휴일 날 병실 당직을 서던 섹시 피어싱 여자에게 내게 유일에게 정상적으로 남은 긴 혀로 그녀의 가슴과 음부를 애무하며 들은 정보로는, 극비리에 연구하던 AI 핵무기 설계 파일이 연구소의 어떤 배신자에 의해 밖으로 유출 당한 상황이라고 했다.

그래서 유독 의심이 많은 김 박사가 연구소에 밀반입된 벌레들을 유전공학으로 개량하여 배신자를 찾아내려는 '인면충 뇌 연결 프로젝트'를 곧 가동한다고 했다.

결국 피어싱을 열심히 만족시킨 그다음 날, 나는 뇌 연결 모의 테스트를 받았다.

내 소중한 DNA가 삽입된 인면충을 L(이성식) 등을 통해 의심되는 배신자의 몸속에 몰래 투여하여 그들을 각성(나와 그들의 뇌를 원격 연결)시킨 뒤, 내 머리 위에다 무슨 오토바이 헬멧 같은 걸 강제로 뒤집어씌운다.

박사는 마치 무슨 끔찍한 머리 고문 기구같이 생긴 이 헬멧을 '링키'라고 불렀다.

그러면 링키 안쪽의 내피에서 날카로운 핀으로 된 수많은 전극이 동시에 튀어나와 내 두피 사이로 침습하여 순식간에 내 뇌의 신경다발과 연결된다. 다음으로 내 의식 뇌파 싱크로를 배신자들과 원격으로 일정하게 맞추기만 하면 그때부터는 내가 그들의 머릿속 기억 중추를 마치 내 집처럼 돌아다닌다.

그들의 시야로 보이는 장면들이 다시 내 뇌를 통과하여 여기 관제실의 대형 모니터에 영상으로 투영된다. 그렇게 박사는 반출된 핵무기 설계 파일을 다시 찾기 위해 모니터를 통하여 '의심자'들의 머릿속을 감시하는 것이다.

박사는 내가 이번 뇌수술만 무사히 받게 되면 남은 형량 20년을 충분히 감하고도 남기 때문에 조만간 사회로 출소하여 새로운 인생을 시작하라는 말을 내가 누워있는 병상 옆에 서 크게 팔동작까지 취하며 설명했다.

하지만 만약 내가 박사의 말대로 뇌 제거 수술을 받았는데 잘못되어 내가 영영 못 깨어나거나 아님 부작용으로 영화처럼 내 기억이 송두리째 날아가 버리면 어쩌지?

그러면 형기가 이만큼 줄어들었다는 것 자체도 아예 기억 못 하는 것 아닌가? 그럼 저 음흉한 박사 놈이 나를 또 40년 이상 여기에 잡아두고 계속 부려 먹을 거잖아. 이를 어쩐다?

엄청난 불안과 함께 어느덧 시간이 흘러 나노 폭탄 삽입 등 좀 더 끔찍하게 개량된 인면충 안에 이식될 내 DNA와 전두엽 피질 제거 수술을 받는 그날이 도래했다.

막상 수술 당일이 되니 이미 진행한 신장과 안구 적출을 경험할 때 하고는 정말 비교도 안 되는 긴장감이 엄습해 왔다. 이른 아침부터 보안요원들에 의해 한쪽 눈이 가려진 채로 큰 병실로 옮겨지기도 했다.

수술 전날까지 박사는 자꾸 괜찮다고, 정말 안심해도 된다고, 외국의 예를 볼 때 뇌 조직 일부 제거 수술의 예우는 아주 좋은 편이라고 입에 침을 발라가며 나를 안심시켰다.

이미 머리털 한 올까지 스님처럼 빡빡 밀어버린 반짝이는 민머리 형상에, 이번에는 머리색을 금발로 바꾼 피어싱 여자가 냉큼 들어와 내 민머리 두피에다 파란색 매직펜으로 무슨 선 같은 것을 위아래 좌우로 찍찍 그려놓은 상태라 지금의 내 머리통은 웃기는 일본 만화영화 원펀맨? 대충 그런 모습의 정말 왕짜증 나는 상태였다.

똑똑!

김 박사가 쇠사슬을 풀고 노크하며 병실로 들어왔다. '오늘 기분은 또 어떠시냐?'고 나에게 상냥하게 묻는다.

나는 박사의 가증스러운 시선을 일부러 피하며 내가 전에 부탁한 면회 건은 확실히 상부 허가가 떨어졌는지, 보라 가족이 나의 속죄 모습을 보기 위해 지금 이 자리에 정말 왔는지, 빨리 대답해 달라고 했다.

박사가 내 질문에 대한 대답 대신 링거 줄에 연결된 투명색 카테터에 가지고 온 이상한 노란색 주사액을 찔러 넣은 다음, 병실 창문을 가리고 있던 검은 색 커튼을 두 손으로 잡아당기며 한쪽 구석으로 몰았다.

아-

순식간에 긴 투명 유리창이 보이며 드디어 법정에서 처음으로 만났던 죽은 보라 부모님의 수척한 모습이 보였다.

어-

우리는 이제 초면이 아니기 때문에 보시다시피 여기서 영어의 몸이 되어있는 나 대신 먼저 아는 체를 하실 법도 한데 굉장히 못 볼 것을, 하늘에서 방금 떨어진 기괴한 생명체를 보고 너무 놀라 미쳐 비명을 지를 타이밍을 놓쳐버린 것 같은 표정과 몸짓을 연기하는 듯한, 살짝 찡그리기도 아니면 차라리 대놓고 욕설하는 것도 아닌, 중간에서 이러지도 못하고 저러지도 못하고 구식 안드로이드 로봇처럼 그냥 '딱딱딱'끊어지려는 애매한 동작을.......

으-

.......참다못한 보라 어머니가 나에게 소리쳤다.

"뭐라고? 우리 딸을 범하고 죽인 저런 짐승만 못한 놈을, 인제 그만 노여움 풀고 사죄를 받아달라고? 네 놈이 저지른 더러운 죗값에 대한 속죄와 참회를 올릴 수 있도록 허락해 달라고? 그 무슨 괴상한 법안이 통과 되어 네가 속죄라고 부르는 장기기증 같은 말도 안 되는 짓거리로 사형에 처할 거, 성에 차지도 않는 형량을 조금씩 줄이고 있는 네 놈이 뭐라고? 우리 보러 사죄를 받아달라고? 이 더럽고 추악한 악마 같은 새끼야! 너 같은 놈은 칼로 뱃가죽을 크게 가르고 머릿속 가죽까지 몽땅 다 벗겨서 아예 숨 쉬며 걸어 다닐 수도 없도록 국가 박물관에다 박제시켜야 해. 박제를! 그래야 거기를 오가며 사람들이 네 모습을 보고 오줌을 갈기며 실컷 비웃을 수 있는 쓸모라도 있지 않겠냐!"

역시-

애초에 나의 진심 어린 사죄를 저분들이 쉽게 받아주실 거라고는 생각지 않았다.

그래도 시설 안에 들어와 정부 법률을 잘 준수하기 위해 극심한 통증을 참아가며 이렇게 장기 기증을 통해 내 죗값을 속죄와 참회로 갈음하고, 당신들에게 약간의 구원이라도 받고 싶어 내 마지막 수술 날 이렇게 뵙고 싶다고 요청한 거였는데... 이건 아니었는데... 내가 도대체 누구 때문에 이런 개고생을 하고 있는데...

갑자기 심한 졸음이 밀려왔다.

이, 이건 정말 아닌데...

분명 보라 부모님에게 사죄를 먼저 받고 나서 박사에게 인면충 수술을 받겠다고 분명히 말했는데, 그럼 아까 들어와서 박사가 내 링거 안에 주사한 게 진통제가 아니라 엄청나게 독한 마취제였나?

그리고 여기 연구시설은 진짜로 정부가 운영하는 곳이 맞을까?

헉- 이제 이해가 된다.

정기적으로 나를 방문하는 교도관 주임이, 하루는 내가 '교도관님!'하고 부르니까 자신은 교도관은 맞는데 공무원은 아니라고. 그건 지독한 오해라고. 자신은 정부에서 일하는 사람이 아니라 단순한 하청 용역 직원이라고. 그리고 여기는 정부 감독 아래에서 정식으로 운영되는 안전하고 믿을만한 곳이 절대 아니니 기회가 될 때 어서 도망치라고.

빨리 여기서 도망치라고.......

이상하게 눈꺼풀 위에 무거운 납덩이를 올린 것처럼 자꾸 감겼다. 투명 유리창 너머로는 보라 부모님이 내가 살아서 금붕어처럼 뻐끔뻐끔 숨 쉬는 게 계속 못마땅한 표정으로 쳐다보고 있었다.

왼쪽을 보니 피어싱 여자가 보조개를 보이며 크게 미소 짓는 게 보였다. 나는 얼굴을 다시 오른쪽으로 돌리며 보라 가족에게 크게 소리쳤다.

"보라 어머님, 아버님. 그래도 저는 제 죗값을 조금이라도 갚기 위해 여태껏 장기기증 수술을 꾹 참고 받아왔습니다. 오늘은 좀 그랬지만 다음에 오실 때는 이런

제 진심 어린 사죄를 꼭 받아 주십시오. 제가 무슨, 그 이상한 인면충 연구를 위한 뇌 적출 수술을 무사히 받고 또, 제 기억들이 무사히 정상으로 돌아온다면 말이죠. 마지막으로 저에게 뭐라고 하실 말씀이 있을까요? 혹시 그만 저를 용서하신다거나 저의 사죄를 기꺼이 받아주신 다거나 그와 비슷한 말도 저는 지금 무척 기대하고 있고요. 예?"

이렇게 내 말이 떨어지기가 무섭게 박사가 면회 시간이 다 되었다는 뜻으로 보라 가족에게 고개를 끄덕였다. 그러자 나와 같은 공기를 마시고 있었다는 수치심과 일말의 호기심을 여기서 몽땅 떨치고 잠깐의 동정 어린 눈길을 나에게 보내며 보라 부모님이 쏜살같이 밖으로 빠져나갔다.

동시에 박사와 피어싱 여자가 밖으로 따라 나가며 병실 문을 쇠사슬로 이중삼중 단단히 잠그자마자 천장의 네모 구멍에서 새하얀 연기가 다시 맹렬하게 뿜어져 나왔다.

그때 병실 문의 작은 간살 사이로 피어싱이 씩 웃으며 나에게 소리치던 게, 내가 살면서 들은 마지막 말이었다.

"네 그 길고 새빨간 혀는 이 예쁜 누나가 수술 때 기념으로 예쁘게 잘라갈게. 덕분에 잘 쓸게. 그동안 공짜

애무 고마웠어!"

'어? 그러면 내가 여기를 나가는 건 다 거짓말이고 이젠 아예 말까지 못 하게 만드는 건가? 헉! 저, 저기요 바, 박사님. 이봐요 박사 양반! 그럼 내 자유는... 이 나라 시민으로서 내 소중한 권리 행사는... 내 남은 죗값은...'

내 외침을 진짜 듣기라도 했는지 피어싱이 나에게 정말 충격적인 말을 던지며 떠나갔다.

"마지막으로 한 가지만 더 말해줄게. 내가, 네가 그렇게 성폭행을 일삼고 또 잔인하게 목 졸라 죽인 바로 보라 친언니다. 이 개 같은 새끼야! 너, 저 독가스 연기나 잔뜩 처마시고 빨리 뒈지기나 해. 내가, 네 가증스러운 혀뿌리까지 핑크 소금 찍어서 아주 씹어 먹어 버릴 테니!"

'뭐어? 피어싱 당신이, 우리 착한 보라의 친. 언. 니. 라고? 시발...'

나는 천장에서 내려오는 이 역한 하수구 냄새 연기를 또 왕창 흡입하며 놀랄 새도 없이 깊은 잠의 수렁에 빠져버렸다.

그러면서 제발 오늘이 마지막 잠이 아니기를 하늘에 간절히, 간절히, 기도했다.

***

조금 전 숨을 거둔 '박정민'의 시체 옆에서 방독마스크를 쓴 김준수 박사가 조용히 되뇐다.

"그동안 수고 많으셨어요. 짐작하신 대로 당신은, 배신자 황재준의 동생 구철중과 그의 정열적인 공무원 아내, 박정구 상임고문, 그리고 우리가 뒷돈을 대주는 조력자 김석호 형사와 그의 내연녀 이수완 까지, 그들의 눈으로 배신자 정보를 확인하며 머릿속 정신세계를 조종할 인면충 벌레의 숙주가 되는 겁니다. 죽어서도 정부와 우리 연구소에 정말 크게 기여하는 셈이죠."

역시나 깊은 잠에 빠진 '시체'는 아무 대답이 없다.

"박정민 당신의 살아있는 전뇌는 개조된 인면충의 영원한 아버지가 되는 겁니다. 오늘부터 당신의 새로운 인생이 열리는 거죠. 안타깝지만 핵무기 프로그램 칩을 유출한 황재준은 불행히도 의식을 잃었고 그가 지니던 칩도 흔적도 없이 사라져 버렸어요. 하지만 나는 무슨 수를 써서라도 그 칩을 반드시 회수할 겁니다. 대신, 유일하게 남을 당신의 단백질 뇌세포 덩어리는 내가 반드시 잘 관리해 드린다고 약속하죠. 그럼 본격적으로 당신의 전뇌가 주도하는 '인면충 프로젝트' 가동해 볼까요?"

시체의 혀를 포르말린 병에 모으는 게 취미인 피어싱이 죽은 박정민의 머리 옆에서 킥킥! 웃었다. 그리고 경직이 와서 더 뻣뻣해지기 전에 입안에서 늘어진 '시체'의 혀를 능숙하게 쑥 잡아당기며 메스를 든 손으로 뿌리부터 단번에 잘라버렸다. 싹둑!

"역시 흐물흐물한 성기보다는 탱탱한 혀가 제격이지!"

오늘 예정된 작업을 다 마친 김 박사와 피어싱이 시설 구내식당에서 저녁 식사를 위해 병실을 나간 뒤, 문을 굳게 잠갔다.

몇 초 후.

깜박깜박하던 병실 전등 불빛마저 혀 없는 시체의 온기와 함께 서서히 자취를 감추었다.

박정민은 뇌만 빼고 다 죽었다.

* 감금

꿈을 꾸었다.

나는 멍한 상태로 침대에서 계속 뒤척이다 리놀륨 바닥으로 천천히 내려와 근력이 많이 떨어진 한쪽 팔을 뻗으며 벽에 붙은 빨간 벨을 눌렀다.

통로에서 울리는 벨 소리를 들었는지 아니면 이 안에 CCTV가 달려있어서 내가 벨을 누르는 것을 보고 바로 내려온 것인지, 고양이를 닮은 섹시한 여자가 두꺼운 문을 젖히며 내 병실에 들어왔다.

[최정혜]

흰 가운 왼쪽에 달린 명찰에 있는 그녀의 이름이다. 온통 보라색으로 물들인 머리와 입술의 은색 피어싱이 매우 인상적이었다.

"호출하셨어요?"

껌을 짝짝 씹으며 말하는 여자 뒤에는 안경 쓴 30대 후반의 남성이 손에 있는 투명한 차트 판의 종이와 나를 번갈아 보며 미소 지었다.

"편히 주무셨어요? 김영도 씨. 안 그래도 저 벨이 언제 울리려나, 기다리고 있었어요. 지금 드리는 약은 잘 먹고 계시죠? 요새 기분은 좀 어떠세요? 밤에 잠은 잘 주무시고요?"

나는 최근 들어 밤에 계속 꾸는 악몽들에 대해 또 다른 나에게 말하듯, 그에게 천천히 설명했다.

… … … …

"그래요. 영도 씨도 느끼셨겠지만 계속된 악몽을 꾸면 충분한 잠을 잘 수가 없고, 그러다 보니 부족한 수면에 따른 찝찝한 피로감이 낮 동안에 계속 몰려오는 것으로 보이네요? 영도 씨 말 대로 꿈에서 은연중에 도출된 자아의 환각들이 자주 현실 세계에서 자칫 혼란을 주는 것 같고. 그렇죠? 잘 알겠습니다. 오늘부터 최 양에게 주던 약의 양을 좀 더 늘리라고 지시하겠습니다."

나는 말없이 고개를 끄덕였다.

역시나 또 피곤함이 몰려와 침대에 쓰러지는 사이, 흘러내린 안경을 손으로 올리던 황재준 박사가 갑자기 내 얼굴 가까이 다가와 귀에 속삭였다.

"김영도 씨, 이번 우리 시설 연구 프로젝트에 참가키

로 하신 것은 본인이 직접 결정하신 사항입니다. 그건 잘 알고 계시죠? 사실은, 그래서 기분이 좋은 거죠?"

나는 침대에 눕다 말고 깜짝 놀라 박사에게 소리쳤다.

"예? 그, 그게 무슨 말씀이죠? 여기는 법무부 OO교도소 의무실 아닌가요?"

킥킥킥킥! 차트 판을 들고 있던 박사가 뭐가 그리 재미있는지 입을 가리며 웃었다.

"제가 정말 재미있는 거 한 가지 말씀드릴까요? 이제 당신 뇌가 이식될 인면충에 곧 감염되는 여자가, 당신의 귀한 아들하고 모텔에서 잠을 잘 거고요. 그러면 낯뜨거운 장면들이 당신의 뇌를 통해 우리 관제실 모니터에 선명하게 나타날 테니. 어쩌면, 당신과 당신 아드님이 같이 그 짓 하는 것과 같은 느낌 아닐까요? 어때요? 당장이라도 아침 먹은 게 막 토가 나오며 생각만 해도 그냥 막 미쳐버릴 것 같죠?"

"어...?"

나는 갑자기 심한 패닉에 빠졌다. 지금 상황이 마치 영화의 한 장면이었으면. 지금 나는 각본에 맞추어 그저 색이 강한 연기를 하는 것뿐이라고. 황 감독님, 제발 내 앞에서 이런 비극이 아니라 희극을 연출해 주세요! 제발요!

"갑자기 그게 무슨 말... 어? 야! 이 개새끼야, 도대체 내 머리에다 무슨 짓거리를 하려는 거야? 내가 받은 죗값은 이런 마루타 같은 게 아니라고! 너, 반드시 죽인다!"

죽인다는 말을 들은 박사가 다시 무덤덤한 표정으로 돌아와 말을 이었다.

"여기 시설이 원래 그래요. 그런 곳입니다. 당신이 40년형을 선고받으며 끌려온 여기는 말 그대로 지옥이라고요. 인간의 모든 금기를 깨부수는 생지옥! 그러니 얌전히 누워서 앞으로 본인이 어떻게 적응될지나 기대하고 있으세요!"

#전개2

· · · 구철중

글 작업으로 많은 시간을 보내는 단골 디저트 카페에서 나와 모임 장소로 이동하는데 날씨가 매우 추웠다.

온도 차 때문인지 쓰고 있는 안경알이 뿌옇게 되었다. 급한 대로 체크무늬 남방 끝으로 안경알을 연신 문질렀다. 하지만 입고 있던 남방이 지저분해서 그런지 잘 닦이지 않았다. 덩달아 눈꺼풀이 가려워서 손가락으로 눈 주위를 살살 문질렀다.

독자에게 사랑받는 장르 소설가로 멋지게 재기해 보자고 호기롭게 출발했던 올 한 해도 벌써 두 달밖에 남지 않았다. 괜히 마음만 더 급해진다.

'내 작가 커리어가 이 모양이 된 게 대체 언제부터일까?'

통장 잔고는 계속 줄어드는데 오늘 오전에도 카페에 앉아 노트북 모니터 화면만 멍하니 쳐다보았다. 머리로는 써야 하는 글을 생각하는데 앙상한 열 손가락은 콘크리트를 발라 굳힌 듯 전혀 움직이지 않았다.

오후에도 상황은 마찬가지였다. 쓰디쓴 아메리카노만 연거푸 홀짝이며 죄 없는 열 손톱만 계속 물어뜯었다. 소설 한 줄도 못 쓰고 있는데 이상하게 배는 계속 고파온다는 사실이 정말 자존심 상했다.

주변에 비밀로 하면서 각 신문사의 새해맞이 신춘문예를 포함해서 크고 작은 출판사에서 개최하는 각종 소설 공모전에 수도 없이 도전해 보았지만 어떠한 성과를 보인 건 없었다.

'나에게는 소설가로서의 재능이 정말 털끝만큼도 없는 걸까? 인생의 방향을 진작 다른 쪽으로 선회할 걸 그랬나? 이번 생애는 벌써 망했나?'

나는 전업 소설가다.

전업 작가라 하면 말 그대로 생활비를 벌기 위해 따로 직장을 다니지 않고 오로지 글만 써서 먹고사는 사람이다. 그게 지금의 나다.

하지만 말이 전업 작가지 스릴러나 추리 소설 좀 읽어 보았다는 독자에게는 거의 알려지지 않은 그렇고 그런 수준의 글쟁이다.

같이 소설가를 지망하다 생계 때문에 할 수 없이 지방직 공무원이 된 아내에게 폐를 끼치지 말아야 한다는 신념 때문에 결혼 초기에는 출근한 아내 몰래 불법 마사지 가게 점원 등 이것저것 아르바이트를 한 적도 있었다.

나 자신도 참으로 한심하다고 느낀다. 이날까지 변변한 작품 하나 없이 매일 방구석에서만 뒹굴뒹굴하는 나에게 독자들이 기꺼이 돈을 지불할 수 있을까?

언제쯤 나는 수많은 독자에게 둘러싸인 채 북 토크와 팬 사인회를 멋지게 열 수 있을까?

통장 잔고가 줄어드는 걱정 없이 독자들에게 제대로 인정받는 소설가로서 언제쯤 거듭날 수 있을까?

이번 생애를 살면서 과연 내가 문학상을 받을 수나 있을까?

한 달에 한 번씩 열리는 선, 후배 소설가 간의 정기 모임 자리에서 안면이 있는 소설가 L 씨를 오랜만에 만나게 되었다.

"구 작가 오랜만이네? 요새 글은 좀 어때? 저번에 느낌 좋다고 말했던 그 중편 작품은 잘 돼가?"

아마 두 달 전 이 모임에서였나?

올해 안으로 괜찮은 중편 소설 하나 써보겠다고 술 한 잔 걸치고 L 씨에게 허풍 부려본 걸 진짜인 줄 알고 오늘 나에게 물어보는 것이었다.

흠. 다른 건 몰라도 작품 출간에 대해서는 소설가에게 큰 자존심이 걸린 큰 문제다. 나도 모르게 목이 뻣뻣해졌다.

"물론이죠. 관심 주시는 덕분에 스케줄대로 작업은 잘 되고 있어요. 이제 남은 달 동안 원고 마무리해야죠!"라고 대충 얼버무렸다. 그러면서 나도.

"아! 요번에 P 출판사에서 새로 내신 연작 스릴러 있잖아요, '배신자의 얼굴'. 그거 엄청 재미있던데요? 이번에도 따로 출판사 홍보 없이 2~3쇄는 그냥 찍으시겠어요. 같은 작가로서 정말 부럽습니다."

'대체 난 언제 시원하게 대박을 터뜨릴지...'

에잇!

홧김에 앞에 놓인 맥주와 소주를 맥주 컵에 섞어서 빈속에 바로 원 샷 해버렸다. 어차피 정기 모임은 미리 월 회비를 걷어서 모이는 것이니만큼 오늘은 술과 비싼 안주나 잔뜩 먹고 집에 가서 글이고 뭐고 일찌감치 뻗어버리기로 결심했다.

'나 까짓 게 무슨 독자의 마음을 울리는 소설을 쓴다고...'

그저 이런 나 같은 놈 만나 오늘도 주민 센터에서 악성 민원인들을 상대하며 힘겹게 인내했을 아내만 계속 불쌍할 따름이다.

역시 인생은 소설이 아니다. 힐링 소설은 더더욱!

나는 그저 애꿎은 입술만 세게 깨물었다.

그러다가 오늘 모임에 처음 출석한 어느 신입 작가와 서로 마주 앉은 김에 우연히 인사를 나누게 되었다.

'김정호?'

나도 대중에게 인지도 없는 글쟁이이긴 하지만, 저 남

자도 이 바닥에서 처음 들어보는 소설가였다.

"작가님, 초면에 죄송합니다만 제가 벌써 폭탄주를 몇 잔이나 마셨더니 머리에서 잘 연상되지 않는데, 혹시 최근에 출간하신 책 이름을 좀 알려주시면…"

그런데 자신을 김정호라고 소개한 작가가 갑자기 얼굴을 붉히며 나에게만 살짝 얘기하려는 듯 고개를 앞으로 내밀었다.

"사실은 제가 과거에 어떤 출판사에 첫 투고를 해서 바로 출간 계약 직전까지 갔으나 개인 사정으로 무산되었고 아직까지 책을 내지는 못했습니다."

그리고 본인도 민망했는지 앞에 받아놓고 있던 소주잔을 바로 비웠다.

하긴, 지금 저 작가가 얼마나 부끄러워할지 나도 잘 안다.

오래전, 지금은 망해버린 어느 장르 소설 전문 출판사에서 내가 첫 스릴러 소설책을 냈을 때 기억이 떠올랐다. 나도 이제 주변에서 어엿한 소설가로 인정받는 것 같은 그때의 진한 착각이, 지금까지 헛된 성공에 사로잡히며 귀한 젊음과 청춘의 시간을 낭비하고 있는지도 모르겠다.

솔직히 말해면 내 첫 책은 완전한 기획 소설이 아니라 반 기획 소설이었다. 출판사와 작가가 제작비용을 서로 반반 부담하는 방식이다. 그나마 그때 내 첫 책을 내준 고마운 출판사는 얼마 지나지 않아 인쇄소 대금 결제를 못 하고 도산해 버렸다.

조금 전 내 질문은 어쩌면 작가 지망생들이 제일 민감해할 첫 책 출간에 관한 것이었다. 저 남자 작가도 창피해하며 앞의 소주잔을 바로 원 샷 했으니까.

"아이고 그러셨군요..."

나도 머쓱한 표정을 지으며 앞의 소주잔을 들어 반모금 마셨다.

그런데 첫 투고로 바로 출판사에서 계약 직전까지 갔으면 소설 내용이 꽤 괜찮았던 것 같은데 왜 정작 계약은 못 했을까? 대체 작가의 그 개인 사정이 뭐기에?

"첫 투고에 신인 작가가 출판사와 바로 계약 직전까지 간다는 게 웬만해서는 쉽지 않은 일인데 말이죠. 허허."

맞은편에서 그의 고개 숙인 얼굴을 보니 왠지 내가 작가로서 한창 꿈을 품던 30대 초반의 패기 넘치던 모습이 떠오르며 가슴이 찡했다.

출판사 편집자가 바로 계약까지 생각하게 만든 신인 소설가의 중편 원고라.......

'그 원고를 보고 싶다! 나도 한번 읽어보고 싶다! 읽고 싶다! 꼭 읽고 싶다!'

그래서 당시 편집자가 과연 어떤 생각을 가지고 계약 직전까지 일을 추진했는지 한번 자평해 보고 싶었다. 내친김에 나도 출간을 목적으로 미리 써놓은 중편 원고가 있는데 내 작품과 정식으로 비교해 보고 싶었다. 아직 책 한 권 출간 못 한 햇병아리 작가와 그래도 이 바닥에서 글밥만 13년 이상 먹은 내 소설과의 차이를 제대로 느껴보고 싶었다.

나는 소주잔에 남은 술을 입안에 다 털어놓으며 아까부터 민망해하며 고개만 숙이고 있는 김 작가에게 조심스레 물어보았다.

"혹시 그때 계약 불발된 중편 소설, 괜찮으시면 저도 한번 메일로 받아서 읽어볼 수 있을까요? 사실 저도 중편을 하나 써 놓은 게 있는데, 만약 내용의 결이 맞는다면 우리 같이 공저로 책 한번 내봐요. 이래도 제가 출판사 편집자들은 제법 많이 알거든요. 주제와 스토리만 좋다면 이번 기회에 독자들에게 이름도 확실히 알리고 작가님이나 저나 서로 윈 윈 일거라는 생각이 듭니다."

그가 갑자기 고개를 들어 나를 보았다. 순간 착각했는지 모르지만 나를 보고 살짝 미소 지은 것 같았다.......

그렇게 고깃집에서 열린 1차 모임이 끝나기 전, 김정호 작가와 내가 서로의 연락처와 이 메일 주소를 교환했다. 내친김에 2차 모임인 근처 이자카야 술집까지 선배 소설가와 꾸역꾸역 참석했다. 술집 안에 들어가서 2차에 따라온 회원들의 얼굴을 일일이 보니 아쉽게도 김 작가는 따라오지 않았다.

'뭐야! 새파란 신입 작가가 2차에도 안 따라왔네? 기합 확 빠져가지고...'

아마도 1차만 참석하고 바로 귀가한 모양이었다. 나는 2차에서 김정호 작가에게 궁금한 걸 본격적으로 물어볼 생각이었지만 아쉽게도 다음 기회로 미루기로 했다.

대신 그날은 마침 내 앞에 앉은 다른 신입 작가 L 씨와 함께 정말 코가 삐뚤어질 때까지 부어라 퍼마셨다. 자기가 심한 알레르기 비염이 있어서 자주 코를 킁킁거리고 눈을 비비는 게 버릇이라 양해를 좀 부탁한다며 나에게 먼저 소주잔을 내미는 모습이 꼭 마음씨 좋은 시골 이장님 같았다.

그렇게 독한 폭탄주까지 서로 주거니 받거니 하다가 2차 모임까지 다 끝나고 L 씨가 나를 택시 정류장까지 부축한다고 어깨동무한 것까지는 기억나는데... 그래! 그때 왜 그랬는지,이상하게 목덜미가 따가운 느낌이 계속 들었다.

이후부터 성동구 언덕배기에 있는 단독주택인 우리 집까지 내가 어떻게 기어들어 갔는지 전혀 기억이 없다.

다음 날 오전 11시가 훌쩍 넘어서야 나는 심한 갈증과 함께 간신히 눈을 떴다. 어제 입고 나간 외출복 그대로 안방 침대 위에서 곯아떨어진 모양이었다.

싱크대 옆 양문형 냉장고에서 보리차가 든 은색 주전자를 꺼내 컵도 없이 주둥이로 벌컥벌컥 마셨다. 끓인 지 오래되어 쉰내가 나는 것 같았지만 그런 걸 따질 여유가 없었다.

오늘은 특별한 외부 일정이 없다. 아니. 원래부터 외부 일정은 잘 없었다.

실내에 가만히 앉아서 소설만 주야장천 쓰다 보니 이제는 밖으로 나오라고 불러주는 사람이 없다. 사실 아내와의 관계도 소원한 편이다. 아이가 생기지 않는 문제가 첫 시발이었으나 사실은 속궁합 문제로 둘이 티격태격한 이유가 크다.

가냘픈 외모와 다르게 아내는 음기가 제법 센 편이고, 나는 생긴 얼굴답지 않게 양기가 매우 약한 편이다. 그래서 잠자리에 대한 문제가 실제로 부부 갈등으로까지 번질 수 있다는 것을 막상 내가 당사자로 겪어보고 나서 깨닫게 되었다.

지금도 아내는 집에 없다. 직장인 주민 센터가 훨씬 가깝다는 이유로 우리 집에서 버스로 15분 거리의 친정에 벌써 몇 달 동안 가 있다. 그래서 세 끼 식사도 혼자 적당히 해결한다.

어제 숙취로 머리가 깨질 것 같았다. 해장 겸해서 딱 하나 남은 봉지 라면을 냄비에 끓이고 신제품이라고 마트에서 세일해 처음 산 잡곡 햇반을 전자레인지에 데워 같이 식사했다. 양치 겸 뜨거운 물에 샤워까지 마친 후에 다시 글 작업을 위해 컴퓨터 모니터 앞에 앉았다.

출판사에 투고할 나머지 중편 소설 한 개를 더 써서 책 한 권 분량으로 빨리 만들어야 하는데 머릿속에는 며칠 전부터 그 어떤 아이디어나 글감도 전혀 떠오르지 않았다.

그렇다고 미리 써둔 중편을 아예 장편으로 늘리자니 내가 봐도 완성도가 많이 떨어지는 중편을 무리하게 장편 분량으로 만들다가 정말 죽도 밥도 안 될 것 같았다.

답답한 마음에 기지개를 켜며 혹시 안면 있는 신문사 편집 담당자의 칼럼 원고 의뢰 건이나 간간이 아르바이트로 출강하고 있는 백화점 문화센터 직원이 발송한 신규 메일이 있는지 개인 메일함을 살펴보았다.

메일이 한 개 도착해있었다. 수신 시각 : 오전 2시 59분.

제목은 그냥 '저주받은 메일'이라고 적혀 있었다. '뭐야 이게?' 한글 파일도 같은 제목으로 첨부되어 있었다.

바로 보낸 사람을 확인하니, 어?

'김정호? 김정호... 기, 김정호! 그래. 어제 작가 모임에

처음 만난 그 고개 숙인 작가 양반! 그런데 처음 본 나에게 뭘? 아...!'

어제 술김에 같이 소설책 한번 내보자고 그 남자에게 호기롭게 제안하면서 내가 이 메일 주소를 알려준 것까지는 기억났다.

하지만 진짜로 자기의 귀한 원고를 이렇게 남에게 쉽게 보낼 줄은 몰랐다.

작가에게 자기 창작물은 한마디로 애지중지 키운 자식과 같다. 불과 어제 모임에서 처음 만난, 별로 인지도도 없는 나 같은 작가에게 자기의 고뇌와 피땀이 가득한 소설 원고를 메일로 바로 보내줄 이가 과연 주변에 몇 명이나 될까?

'혹시 지푸라기나 잡아보자는 심정으로 내가 책 한번 내보자니까 바로 발송한 건가? 나중에 딴소리하지 말라는 확실한 증거 표시로? 이거 괜히 입을 함부로 놀렸구먼...'

남아있던 숙취가 다시 올라오며 머리에서 심한 편두통이 느껴졌다.

아예 읽지도 말고 받은 메일을 통째로 삭제할까? 하는 생각도 들었다. 나중에 그 작가가 왜 자기 메일을 받고 아무 피드백이 없냐고 연락을 해와도 나는 원고 메일을 맹세코 읽어본 적이 없다, 아마 스팸메일 함 어디로 바로 간 것 같다, 고 적당히 넘길까 싶었다.

하지만... 어제 민망한 얼굴로 다른 소설가들과 제대로 어울리지도 못하며 고개만 숙이고 있던 그 남자의 소설을 한 번쯤 읽어보고 싶었다.

과연 어느 정도의 작가적 역량을 보일지, 아니다. 차마 끝까지 읽지도 못할 허접쓰레기 글임이 분명하다. 우리나라에 웹 소설을 포함하여 글깨나 쓰는 사람이 얼마나 많은데. 김정호 당신도 그냥 많고 많은 소설가 지망생 무리 중의 한 사람일 뿐이라고!

이번 기회에 내가 그 소설을 제대로 읽어보고 아직 나이도 젊은데 소설가 그만두고 돈이 벌릴만한 다른 일을 찾아보는 게 어떻겠나? 폼 한번 잡으며 크게 일침을 가하고 싶었다.

잠깐 고민하던 나는 마우스로 김정호 작가가 보낸 첨부물 소설 파일을 '클릭!'하고는 작업용 안경을 쓰고 천천히 읽어나갔다.

현재 시각, 오후 1시 10분.

***

"와, 이거 정말 대박이다! 대박이야!"

"소중히 아끼던 여자를 사정없이 도륙한 그의 텅 빈 눈이 벗은 아랫도리와 함께 어둠 속에서 빛났다......"로 시작하는 김정호 작가의 중편 소설 원고는 초반부터 읽는 이의 시선을 확 사로잡을 만큼 강렬했다.

치정 스릴러나 에로틱 미스터리가 적절히 섞였으면서도 말미에 서술트릭으로 독자의 허를 교묘하게 찌르며 현실과 허구의 장벽을 교묘히 흔드는 본격 메타 소설의 진수를 보여주는 정말 참신하면서도 충격적인 원고였다.

이 정도의 중편을 써낼 정도면 분명 지금 자기와는 비교도 할 수 없을 만큼 소설가로서의 탁월한 재능을 갖추고 있다. 순간, 남자의 재능이 너무 부러워서 마음속에서 강한 질투심이 피어올랐다.

''저주받은 메일' 원고가 사실 내가 쓴 작품이었으면 얼마나 좋았을까?'

이 정도 내용이면 소설 줄거리 요약서나 간략한 시놉시스 정도만 정리해서 당장이라도 아는 출판사 편집자를 찾아가 출간에 관한 이야기를 해볼 수 있을 것 같았다.

하늘도 정말 불공평하시지! 이게 내가 창조한 작품이었으면... 처음부터 내가 잉태한 새끼였으면... 차라리 내 몸뚱이의 일부분이었으면...

동시에 내가 써놓은 밋밋한 중편 글이랑 공저로 꼭 소설집을 내고 말겠다는 목표가 강하게 생겼다. 결심하자 숙취와 편두통이 거짓말처럼 사라졌다. 아마 오랜만에 책을 낼 수 있다는 기대감에 두통까지 저절로 치료된 것 같았다.

나는 어제 술김에 저장했던 김정호 작가의 핸드폰 번호를 찾아 바로 전화를 걸었다. 원래 이런 기획은 결심했을 때 바로 추진해야 한다. 사실 김 작가가 오직 나에게만 원고를 보냈다는 보장이 없다. 어쩌면 어제 모임에서 만난 다른 작가에게 같이 소설 작업을 해보자고 또 제안받았을지 모른다.

신호음이 한참 울렸다. 하지만 그는 전화를 받지 않았다. 고개를 갸우뚱하며 다시 한참 동안 기다리다 결국 전화를 종료했다. 그리고 언제 다시 전화를 걸어야 할지 막 고민하던 찰나, 하늘이 돕는지 그에게서 전화가 걸려 왔다.

"여, 여보세요? 김정호 작가님, 안녕하세요. 어제는 잘 들어가셨어요? 하하. 어제 모임에서 맞은편 테이블에 앉았던 구철중이라고 합니다. 보내주신 원고 메일 정말 재미있게 잘 읽었습니다. 혹시 이 원고... 저 말고, 아! 어제 계약 직전까지 갔다는 그 출판사 편집자 말고 다른 누구에게 또 보여주신 적이 있으신지요?"

내 질문에 한참 뜸을 들이던 그가 작은 목소리로 대답했다.

"아닙니다. 사실은 이렇게 소설 원고 전체를 다른 분에게 보내드린 것은 구 작가님이 처음입니다. 그때 출판사와 계약 직전까지 갔을 때도 제가 편집장님에게 중편 소설 요약 내용을 따로 정리해서 보내드린 정도였습니다."

나는 대답을 듣고 나도 모르게 '예스!'라고 마음속으로 외쳤다. 지금까지 김정호 작가의 원고를 처음부터 끝까지 읽은 외부인은 오직 나밖에 없는 것이다. 일이 생각보다 매끄럽게 풀릴 것 같았다.

"그렇군요. 역시 인간에 감춰진 어두운 이면을 냉철하게 끄집어내는 작가님의 마법 같은 글이 워낙 매력적이라 당시 편집자가 바로 계약하자고 달려들었군요. 흠. 그래서 제가, 작가님의 소설이 빛도 제대로 못 보고 이렇게 그냥 묻히는 게 너무 답답하고 안타까워 어제 말씀드린 공저 기획에 대해 좀 더 구체적으로 논의를 하였으면…"

"말씀 중에 죄송하지만 그 제안은 거절하겠습니다."

"예?"

나는 남은 숙취 때문에 남자의 말을 잘 못 들은 것은 아닌지 두 귀를 의심했다.

비록 단독이 아닌 두 명의 작가가 공저로 소설책을 내는 것이지만 어찌 되었든 자기 이름으로 세상에 첫 소설책이 나오는 것이다. 어차피 작품의 진가를 미리 알아본 내가 아니었으면 계속 컴퓨터 하드 속에 묻힐 게 아닌가?

아무리 소설이 기가 막히게 좋다한들 독자에게 보이지 않는다면 그 글은 이미 가치와 기능을 잃은 것이다. 이 정도 작품 수준이면 요즘 눈높이가 하늘을 찌르는 우리 미스터리 독자들 기준으로 제법 보수적으로 잡아도 최소 2쇄, 3쇄 정도는 무난하게 찍을 수가...

"다시 말씀드리지만 제안은 거절하겠습니다. 그러면 이만 끊겠습니다."

'이, 이런 무례한...!'

그가 내 말을 자르며 전화를 끊으려 했다. 나는 놀라며 제발 전화 끊지 말고 내 이야기를 끝까지 들어달라고 읍소했다.

"조, 좋아요. 좋습니다. 그러면 공저 제안은 없던 걸로 하겠습니다. 하지만 보내주신 소설이 아주 마음에 들어 선배 작가가 아니라 정말 순수한 펜의 입장으로 조용한 곳에서 작가님을 한 번 더 뵙고 싶습니다. 마침 제 와이프도 집안일로 친정에 가 있는데 저희 집 거실에서 삼겹살이라도 구워 먹으며 술 한 잔 어떻습니까? 마침 제가 시골에서 가져온 귀한 인삼주가 있습니다. 만나 뵙고 우리 김 작가님의 이런 엄청난 소설을 탄생시킨 노하우도 꼭 듣고 싶어요. 그러니 저에게 한 번만 시간을 내주십시오!"

나는 그를 한 번 더 만나고 싶은 욕심에 있는 말 없는 말을 속에서 다 끄집어냈다. 김정호 작가를 다시 만나고 싶은 마음은 진심이었다. 하지만 만남의 목적은 내가 방금 말한 것과 완전히 달랐다.

나는 그의 작품을 온전히 내 것으로 만들고 싶었다. 마치 내가 낳은 친자식처럼! 산부인과 병원에서 맘에 드는 아기를 손으로 번쩍 들고 훔쳐 오는 도둑처럼!

"흠... 알겠습니다. 그런 의미라면 저도 작가님을 한 번 더 뵙는 것도 나쁘지 않을 것 같습니다. 그럼 제안 주신 김에 아예 약속을 미리 잡으시지요. 제가 언제, 어디로, 작가님을 찾아뵈면 될까요?"

솔직히 나는 그를 만나는 게 빠르면 빠를수록 좋겠다는 욕구가 솟았지만 그렇다고 당장 내일 희망한다고 말하는 것도 모양새가 좋지 않아 보였다.

"오늘이 화요일이니까 3일 후인 금요일 저녁 시간쯤에 뵙는 걸로 하면 괜찮으실까요?"

핸드폰 너머로 또 고개를 숙이고 있는 그가 골똘히 고민하는 모습이 연상되었다.

"저도 그러고 싶긴 한데, 작가님 집에 남아있을 그 특유의 체취를 제가 얼른 다시 맡아보고 싶기도 하고... 이제 작가님이 안 계시면 제가 그 집에 버젓이 들어가 볼 수도 없을 테니... 혹시 바로 내일 저녁은 어떠신가요? 아! 너무 갑작스러운가요?"

"......."

'이 사람이 갑자기 뭔 소리를 하는 거야? 뭐? 체취? 우리 집에 와서 무슨 특유한 체취를 맡는다고? 집에서 하루 종일 글만 쓰다가 갑자기 머리가 어떻게 된 거 아냐?'

나는 그의 대답을 듣고 의아한 생각이 들었지만 내가 갑자기 만나자고 하니 당황하여 순간 헛말이 나왔겠지, 라고 짐작하며 흔쾌히 맞장구쳤다.

"내일이라도 당장 와주신다면 저와 너무 좋죠. 시간 맞추어서 술과 저녁거리 제대로 준비하겠습니다. 이거 작가님의 귀한 작법 노하우를 내일 당장 듣는다고 생각하니 신혼여행 잠자리처럼 벌써 흥분되는 되요? 허허. 그러면 내일 저녁 06:00쯤 뵙겠습니다. 집 주소는 문자로 보내드릴게요. 아무래도 주택이 언덕배기에 있어서 지하철에 마을버스 갈아타시는 것보다는 가능하시면 자차로 오시는 게 더 편하시긴 할 겁니다. 아무튼 이렇게 방문해 주신다니 정말로 영광입니다. 작가님, 그럼 내일 뵐게요!"

.......그렇게 김정호 작가와 전화 통화 후 우리 집 주소 문자까지 확실하게 보낸 뒤 벌써 하루가 지나 저녁 06:30이 막 지났다.

나는 저녁 06:00에 하필 내가 제일 싫어하는 보라색 티셔츠를 안에 입고 대중교통으로 힘들게 우리 집에 방문한 그에게 수면제를 탄 주스를 먹이고 바로 잠들게 했다. 남자가 특별한 저항 없이 거실 바닥에'털썩'쓰러지자 비로소 나도 정신이 들었다.

거울을 보니 이미 내 얼굴은 탐욕과 야욕에 물든 끔찍한 괴물로 변해 있었다.

같은 대학 국문과 커플이었던 아내와 결혼한 지 벌써 13년이 지났지만 아직 아이가 없다. 원래 딩크족이나 언제 낳자고 따로 가족계획을 세운 것은 아니었으나 이상하게 아이가 생기지 않았다. 그래서 지금은 아내나 나나 거의 포기 상태에 이르렀다.

나는 낮에 하루 종일 멍하니 있다가 유독 밤이나 새벽이 되어야 글이 써지기 때문에 의도치 않게 밤을 지새우는 날이 많아졌다. 자연스레 불면증까지 생겼다.

그래서 근처 정신과 의원을 다니며 졸O뎀을 처방받아 낮에 억지로 잠을 청하기도 했다.

연애 때부터 남들보다 과한 식탐이 있었던 아내는 결

혼 후에는 그렇게 뚱뚱해 보이지 않는데도 거의 병적으로 자신의 체형에 집착하기 시작했다. 그래서 아내는 다이어트 약인 식욕억제제 디에O민을 나처럼 주기적으로 처방받아 복용했다.

내가 아무리 생각해도 우리는 도저히 정상적인 부부가 아니었다. 처음부터 단추를 잘못 끼운 옷을 꾸역꾸역 입으며 억지로 참고 사는 부부. 그런 비정상적인 언덕배기 우리 집.

그리고 그런 우리 집을 방문한 김정호가 그동안 내가 조금씩 모은 졸O뎀 알약을 빻아서 석은 오렌지 주스를 마시고 조금 전에 거실에 픽! 쓰러졌다.

물론 내가 먼저 만나자고 했지만 그는 명색이 선배 작가 집에 방문하는데 작은 선물하나 가져오지 않았다. 더군다나 그날 작가 모임에 입고 나왔던 후줄근한 청재킷과 청바지를 그대로 입고 우리 집에 찾아왔다. 현관문이 열리고 이 추운 날씨에 땀까지 흘리며 걸어 들어오는 그의 모습을 보는 순간, 얼굴이 저절로 찡그려졌다.

사실 어제만 해도 비밀 보장 조건으로 김정호의 원고를 돈으로 매수하려 했다.

하지만 곧 생각을 고쳐먹었다. 설사 거금을 들여 원고를 매수했다 한들 이미 내가 그에게 원고 메일을 받은 기록이 온라인에 버젓이 남아있기 때문이다.

나중에 내 이름으로 나온 소설책이 잘 팔리는 걸 본 그가 약속을 어기고 세상에 커밍아웃할 위험이 계속 존재한다. 나도 언제 사실이 드러날지 모른다는 극심한 불안감에서 아마 평생을 헤어 나오지 못하리라.

그래서 생각해 낸 것이, 아예 그가 외부에다 두 번 다시 자기 원고를 팔았다는 커밍아웃을 못 하게 세상에서 완전히 사라지게 하자는 것이었다.

메일로 도착한 원고를 읽어본 후부터 내 정신은 이상하게 극단적인 쪽으로 흐르고 있었다. 그리고 결국 멀쩡한 남자를 집에 초대하여 수면제를 몰래 먹이고 정신까지 잃게 했다.

매일 챙겨 먹는 다이어트 약의 부작용으로 이제는 심한 우울 증상까지 보이는 아내에게는 내가 전화로 잘 다독거리며 친정에 몇 달 더 있으라고 했다.

수면제 때문에 의식을 잃은 그의 상태를 다시 확인한 나는 우리 집 마당 한쪽에 만들어져 있는 간이 창고 안으로 그를 등에 업고 옮겼다.

원래는 쓸모없는 잡동사니나 주택을 보수하는 공구 등을 넣어놓는 곳으로 돌아가신 부친이 오래전에 손수 만드신 샌드위치 패널 건축물이다. 하지만 언제 어느 때 아내가 갑자기 돌아올지도 모르기 때문에 창고 안에다 잠든 그를 가둬놓기로 했다.

창고 내부는 두꺼운 재킷을 입고 있어도 꽤 한기가 느껴졌다. 차디찬 창고 바닥에 남자를 내려놓은 다음, 케이블 타이로 그의 손과 발을 꽁꽁 묶었다. 그리고 박스 테이프로 입을 막고 창고 벽에 달린 수도꼭지 파이프에다 개 목줄을 연결하며 그의 목에 걸어놓았다.

이제 그는 내가 묶인 개 목줄을 풀고 손과 발의 고정된 케이블 타이를 잘라주지 않는 한, 자력으로 창고를 절대 빠져나갈 수 없다.

그를 창고 안에 가두어놓고 천천히 굶겨 죽일 심산이었다. 그리고 밤이 되길 기다렸다가 차량으로 어디 외진 곳에 이동하여 그를 쥐도 새도 모르게 땅속에 묻기로 했다.

정말 죽은 걸로 착각할 정도로 아무런 미동이 없는 그의 창백한 얼굴을 한 번 더 보고는 나는 창고 밖으로 나와 녹슨 철문의 손잡이를 준비한 쇠사슬로 단단히 묶었다.

신기하게도, 사람을 저렇게까지 만들어서 감금했는데 집 안으로 들어올 때까지 아무런 죄의식도 느껴지지 않았다.

지금 내 머릿속에는 오직 남자의 원고 내용만이 떠오르고 있었다. 빨리 PC 앞에 앉아 김정호의 원고를 요약하여 아는 출판사 편집장에게 투고 메일을 발송하고 싶었다.

분명 죽일 목적으로 사람을 창고에 감금했음에도 계속 구름 위를 걷는 기분이었다.

***

베스트셀러 소설가가 되겠다는 나의 강한 욕망과 질투심이 내면에 잠자던 악마의 본능을 단숨에 일깨웠다. 좀처럼 설명할 수 없는 강한 뭔가가 내 이성적 판단을 완전히 마비시키며 나를 여기까지 끌어당겼다.

다시는 돌이킬 수 없다. 내가 추리 소설 쓸 때마다 자주 사용하는 단어인 '완전범죄'를 이번에 진짜로 성공시킬 수밖엔 없다.

먼저 김정호에게 받은 원고를 내가 쓴 원고의 문장 형태와 워드 형식으로 한 사람이 작성한 것처럼 편집 작업을 했다. 그리고 소설 줄거리와 등장인물 그리고 간단한 시놉시스를 A4용지 두세 장으로 정리해서 장르 소설 전문 P 출판사 편집장의 메일로, 남자를 창고에 가둔 다음 날 아침에 바로 발송했다.

편집장에게 미리 전화도 해두었다. 오랜만에 괜찮은 연작 중편집을 탈고했는데 시간 날 때 한번 읽어봐 줄 수 있냐는 부탁 아닌 부탁이었다. 그리고 이번 출판 작업이 좋은 방향으로 진행된다면 자기가 언제 거나하게 식사와 술을 대접하겠다는 아부도 덧붙여서!

그런데 내가 편집장에게 메일을 보내고 채 몇 시간도 안 되어, 집에서 혼자 점심을 먹고 난 후에 그에게 갑자기 전화가 걸려 왔다.

전화 내용인즉, 소설과 관련해서 내일 출판사 사무실에서 자기랑 한번 미팅하자는 것이었다. 나는 놀라서 그러면 바로 출간 계약을 맺는 것이냐? 고 되물었다. 편집장이 웃으며 일단 사무실에서 자세한 얘기를 나누자는 말을 덧붙였다.

내일 아침에 사무실로 찾아뵙겠다고 하고 통화를 마무리했다. 전화를 끊고 나자 입에서 저절로 콧노래가 나왔다.

'캬~ 진짜 물건은 누구든 알아보는구나!'

이럴 줄 알았으면 배팅하는 김에 대형 출판사 편집장에게 미친 척하고 메일을 먼저 보내볼걸! 하는 아쉬운 마음이 들었다. 그래도 이 정도 규모의 역사와 전통이 있는 출판사에서 오랜만에 자신의 소설책이 발간된다고 생각하니 기분이 좋아졌다.

이번에 선인세 조로 계약금을 두둑이 받으면 그동안 여러 문제로 냉전 중이었던 아내에게 명품 가방이라도 하나 안기며 관계를 예전처럼 돌려봐야겠다는 생각이 들었다.

다음 날 아침.

직원들이 다 출근했을 시간인 오전 아홉 시 반쯤에 근처 편의점에서 산 과일 음료수 박스를 손에 들고 오랜만에 건물 2층의 P 출판사 사무실을 방문하였다.

곧 발간될 어느 인기 작가의 소설 원고를 최종 교정 중인 처음 보는 여자 막내 에디터부터 해서 표지 디자인, 삽화 등을 맡고 있는 다른 안면 있는 직원들까지 일부러 일일이 눈인사를 했다.

마침 양치를 끝내고 사무실로 들어온 편집장을 만나 따로 마련된 개인 집무실로 같이 들어갔다. 그리고 목제 테이블을 사이에 둔 소파에 둘이 마주 앉았다.

그런데 오랜만에 마주하는 편집장의 표정이 굉장히 어두워 보였다.

아니. 이건 나 혼자만의 착각일까? 뭐랄까? 세월은 누구도 막지 못한다고 하지만 분명 몇 개월 전에 인사동 동동주 집에서 열린 출판 관계자 정기 모임에서 보았던 편집장의 모습보다 이상하게 오늘이 훨씬 더 나이 들어 보이는 것은 왜일까?

그리고 원래 코가 저랬는지 기억이 안 나는데 뾰족한

매부리코에 정수리 위가 많이 허전해진 게 꼭 아이들 동화 속 스크루지 영감을 닮은 양반이 내 앞에서 억지웃음을 지으며 앉아 있는 느낌이었다.

'참 한심하게. 오랜만에 출판 계약을 목전에 두고 이렇게 중요한 날, 멍청하게 편집장 외모 품평이나 하다니...'

한편으로는 요새 출판업계가 불황이니 책 판매량도 예전 같지 않은 지금의 편집장 위치에 있으면서 이 남자는 그동안 얼마나 속을 끓였을까, 생각하니 갑자기 나이가 폭삭 들어 보이는 그의 모습도 이해되었다. 어쨌든 그는 내가 보낸 소설 요약서만 보고 책을 내주겠다고 바쁜 시간을 쪼개어 나를 보자고 한 것이다.

나는 편집장이 자신의 책상 위에서 A4 종이 몇 장을 다시 가져와 소파에 앉을 때까지 계속 그를 주시했다. 그리고 적절한 타이밍을 봐서 이번 책의 선 인쇄는 과연 몇 프로로 책정해 줄 건지 조심스럽게 물어보기로 했다.

그때 조금 전에 인사한 막내 에디터가 노크하며 종이컵에 담긴 차 두 잔을 쟁반 위에 들고 조심스레 들어왔다.

내가 웃으며 '고맙습니다.'인사 했고, 에디터가 편집장에게 뭘 추가로 더 가져올 것이 없는지 물어보았다.

편집장은 굳은 얼굴로 괜찮다고 하며 '이혜나 씨, 얼른 나가서 일 보세요.'라고 건조한 어조로 덧붙였다.

이윽고 표정이 뿌루퉁해진 에디터가 쟁반을 들고 나가며 문이 닫히는 소리가 났고 편집장이 내 얼굴을 유심히 보다가 책상에서 들고 온 종이를 내 앞에 천천히 내려놓았다.

"구 작가님, 그동안 잘 계셨죠? 바쁘신데 저희 사무실까지 직접 와주시라고 해서 죄송합니다. 사실은, 보내주신 그 소설 요약서 관련해서 긴히 좀 상의드릴 게 있어서요."

'상의? 원고 내용만 좋다면 먼저 계약하고 나서 내용 수정 등은 천천히 조율하면 되는 거 아닌가? 아직 원고 전체도 보지 못한 편집장이 오늘 나와 무슨 상의를 한다는 거지?'

"실은 어제 메일로 보내주신 소설의 줄거리와 시놉시스를 읽어보다가 제가 좀 깜짝 놀랐습니다."

"예? 깜짝 놀라셨다고요? 왜, 왜요?"

그가 갑자기 혀로 아래위 입술에 침을 바르며 눈치를 보다가 나에게 정말 충격적인 말을 전했다.

"사실은 어제 보내주신 작가님의 요약서 내용하고 제가 얼마 전에 어느 무명작가님에게 투고 받아서 계약까지 진행하려 했던 소설의 줄거리와 굉장히 유사하다고 느껴서요. 물론 제가 투고 소설의 원문 전체를 읽은 것이 아니라서 장담할 수는 없는데... 자, 한번 들어나

보시죠. 강남에서 미용 시술로 잘 나가는 어느 중년 의사가 단골 술집 여자와 불륜 관계인데 학회 차 묵게 된 호텔 객실에서 누군가가 보낸 저주 섞인 이 메일을 받아 읽어보고 홧김에 여자를 죽인다는 메인 스토리 설정이나, 사건의 핵심인 객실 화장실 밀실 트릭은 완전 판박이에요. 그 종이는 그때 제가 그 분께 받은 줄거리 파일을 출력한 것입니다."

그러면서 그가 테이블 위에 놓인 종이를 어서 확인하라는 표정으로 내 얼굴을 응시했다. 나는 미세하게 떨리는 손으로 종이를 집어서 처음 장부터 읽어보았다.

등장하는 인물의 이름과 문체 등이 완전히 일치하지는 않지만 줄거리 대부분이 비슷한 호흡으로 진행되었으며 가장 큰 문제는, 저주가 걸린 불륜의 남자 주인공이 복수를 품은 여자의 예기치 못한 트릭에 말려들며 어이없이 당하는 기상천외한 결말이 내가 편집장에게 보낸 것과 완전히 일치했다. 이건 누가 보아도 표절이라고 딱 의심 살만한 상황이었다.

'하필 이 김정호 개자식이 여기 출판사 편집장에게 원고 투고를 하였을 줄이야...'

얼굴이 벌게진 나는 잠시 눈을 감았다가 뜨며 이미 굳은 표정이 된 편집장 앞에서 정중히 고개를 숙였다.

"명색이 글로 밥 먹고 사는 작가가 되어서... 편집장님께 제가 큰 결례를 범했습니다. 제가 보내드린 소설은 일단 보류하시지요. 제대로 된 원고로 수정해서 다시 보내드리겠습니다. 편집장님 정말 면목 없습니다. 사과드립니다."

나는 원목 테이블에 머리가 닿을 정도로 고개를 연신 숙이며 앞에서 떨떠름한 표정인 편집장에게 정중히 사과했다.

막말로 메일로 발송한 원고 요약본이야 무시해달라면 그만이지만 더 큰 문제는 편집장이 다른 출판업계 사람들에게 저 구철중 작가는 맨날 남의 작품만 교묘히 표절해서 마치 자기가 쓴 것처럼 속이고 다닌다는 악의적인 소문을 퍼뜨릴까 봐 그게 더 두려웠다.

만약 그런 일이 발생하는 날엔 다시는 글밥을 먹지도 못할뿐더러 더 최악은 이 바닥에서 완전히 매장당할 수도 있다.

작가 인생이 한순간에 경을 칠지도 모르는 절체절명의 위기였다.

"저, 구 작가님. 그런데 이 원고는 대체 어디서 참고하신 건지...?"

여기서 편집장에게 대답 잘 해야 한다는 것을 느꼈다. 원작자인 김정호는 지금 우리 집 마당 창고 안에 갇혀 있으니까.

벌써 하루 이상 물 한 모금 못 마시며 햇볕도 안 드는 춥고 어두운 곳에 갇혀있다. 생각해 보니 작가 모임에서 그 남자를 처음 대면했을 때도 눈의 초점이 흐릿하고 인상이 꽤 심약해 보였으니 어쩌면 명줄이 벌써 다 했을지도 모른다.

"나머지 중편 한 개가 도저히 써지지 않아서 글감 거리가 될 게 없는지 인터넷을 이리저리 검색했습니다. 그러다가 아무도 찾지 않는 거의 폐쇄 직전의 어떤 블로그에 올려져 있던 소설 파일을 그만 참고하게 되었습니다. 정말 송구합니다."

나는 숨을 참으며 편집장 앞에서 다시 머리를 조아렸다. 만약 이렇게라도 해서 편집장이 잘못을 무마해 준다면 나는 앞으로도 얼마든지 작가로 재기할 수 있다. 지금은 편집장 양반에게 간이라도 홀라당 빼줄 표정으로 무조건 엎드려야 한다. 그동안 힘들게 쌓아 올린 내 밥줄과 명성을 실수 한 번에 허무하게 놓칠 수는 없다.

그러면서도 나는 남아있는 의구심이 해소가 안 돼 눈치를 계속 보다가 이제 어느 정도 수긍하는 편집장에게 조심스럽게 물어보았다.

"뭔가 그 무명작가님께서 실수를 하셨던 모양입니다. 웹하드 같은 데서 작성한 원고 파일이 본인도 모르게 인터넷으로 업로드된 건지도 모르죠. 그런데, 외람되지만 아까 편집장님께서 그분의 원고 요약서를 보고 계약 직전까지 결심했다고 하셨는데 왜 최종 계약이 불발되었나요? 더군다나 무명작가라면 이렇게 유명한 출판사에서 자기 책을 낸다는 게 정말 다시없을 기회였을 텐데요?"

편집장이 나를 물끄러미 바라보았다. 그러다가 결심한 듯 천천히 입을 열었다.

"작가님 말씀대로 저도 당연히 계약이 성사 될 줄 알고 출간 계약서 서류를 두 부 만들어 출판사 인감도장까지 미리 찍어놓기도 했습니다만, 계약하자는 이야기를 저랑 전화로 나누고 불과 며칠 뒤에 작가님이 갑자기 돌아가셨습니다."

"네에?"

"듣자 하니 어디 버려진 창고 안에서 희한하게 머리가 터진 시체로 발견되었다는데, 범인은 못 잡았나 봐요. 세상에. 창고에서 그 작가의 머리가 갑자기 터지면서 벽에 붙은 살점이랑 뇌액 기름 덩어리, 그리고 자잘하게 부서진 머리뼈 조각들로 내부가 차마 눈 뜨고는 못 볼 아수라장이었다고 합니다. 이미 고인이 되신 분에게 이런 말씀은 좀 그렇지만 그분이 작가 활동하신지가 얼마 안 되신 무명이었기 때문에 출판계 쪽에서도 작가님 죽음이 큰 화젯거리가 되지 못했어요. 그분의 이름이나 얼굴을 아는 분이 거의 없었으니까요. 아, 그런데 저는 작가님의 부고와 발견된 현장 상황을 어떻게 알았냐고요? 참 당황스럽게도 김 작가님이 돌아가시기 전까지 사용한 핸드폰의 최근 통화내역 상단에 제 번호가 있었다는군요. 그때 사망사건 수사 차 출판사를 방문한 D 경찰서의 어떤 젊은 형사를 통해 저도 참고인 신분으로 현장 상황을 듣게 되었습니다."

나는 편집장의 말을 가만히 듣고 있다가 온몸이 얼어붙었다.

'편집장에게 투고했던 그 무명작가가 며칠 후에 죽었다고? 그것도 어디? 버려진 창고 안에서? 이, 이럴 수가...!'

나도 모르게 고개를 흔들다가 편집장에게 가장 중요한 것을 어쩔 수 없이 물어보았다.

"혹시... 그 무명작가님 이름도 아십니까? 계약 직전까지 갔으니 적어도 실명과 생년월일 정도는 출판사에서 파악이 되었을 텐데요?"

편집장의 시선이 다시 테이블에 놓인 서류를 가리켰다.

"제가 드린 서류 맨 하단에 그 작가님 이름이 있습니다. 필명이 아니라 본명일 겁니다. 제게 보낸 메일 본문에도 말미에 본명이라고 하면서 인사말을 남겼으니까요."

나는 두 번 다시 읽기 싫은 그 끔찍한 서류를 손으로

다시 들었다. 역시 종이 마지막 장 아래에 죽은 무명작가의 이름이 선명하게 표기되어 있었다.

아직은 편집장님께 배울 게 너무 많은,
햇병아리 소설가 '김정호' 드림.

***

혼비백산이 된 내가 놀라서 눈을 동그랗게 뜬 편집장에게 인사도 대충 하며 출판사 문을 박차고 나왔다.

거칠게 숨을 내쉬며 평소에 잘 타지도 않는 택시까지 잡아타고 집으로 급하게 돌아왔다. 대체 내가 무슨 정신으로 출판사에서 집까지 왔는지 모르겠다. 그런데 막상 집 대문 앞에 서자 온몸이 막 떨리기 시작했다.

쿵쾅거리며 금방이라도 터질 것 같은 심장을 진정시키며 주머니에서 피카츄 인형 고리가 달린 열쇠 꾸러미를 꺼내 시커먼 페인트가 덧칠해진 현관 대문을 열고 안으로 들어갔다.

그리고 빈 화분 몇 개가 듬성듬성 놓여있는 작은 마당 구석, 베이지색 샌드위치 패널의 창고를 한참 동안 쳐다보았다.......

힘들게 결심한 나는 피카츄 열쇠 꾸러미에 같이 있는

노란색 열쇠로 창고 손잡이를 감싸고 있는 쇠사슬 뭉치를 풀었다.

그리고 숨을 크게 들이키며 창고의 문손잡이를 천천히, 당겼다.

끽-

끼이익-

오늘따라 문에 달린 녹슨 경첩이 마찰음을 크게 일으키며 더 으스스한 소리를 냈다. 벌써 시체 썩는 냄새가 창고 안 여기저기서 막 풍기는 것 같았다.

'설마... 죽은 건가?'

창고 안에는 전등이 달리지 않아 날이 좋은 오후이지만 굉장히 어두웠다. 돌아가신 아버지가 창고 안에 전기가 들어오게 설계하지 않았기 때문이다.

할 수 없이 핸드폰 불빛을 정면으로 비추자,

웩!

노, 놈이 나를 노려보고 있어!!

바로 앞에, 손과 발이 묶인 채 무릎을 굽히고 앉아 있는 시커먼 물체가 보였다.

내가 수면제를 먹고 잠든 이놈을 안으로 옮길 때는 분명 바닥에 엎어져 있었다. 그새 정신을 차리고는 목줄을 스스로 풀고 저 자세로 계속 앉아 있었나 보다.

'무명작가 김정호는 그때 버려진 창고 안에서 분명 죽은 채로 발견되었다고 편집장이 말하지 않았던가...?'

나는 무릎을 굽힌 채 고개를 다시 아래로 숙인 놈에게 목소리를 간신히 쥐어짜며 물었다. 공포에 짓눌려서 입이 잘 떨어지지 않았다.

"ㄷㅏ......" 이빨 사이에서 발음이 엉망으로 새 나왔다. 다시, 조금 더 크게 외쳤다.

"다, 당신은 대체 누구요? 아니, 너... 기, 김정호, 아니지?"

쥐 죽은 듯 가만히 있던 놈이 내 목소리에 반응하며 고개를 들었다.

이, 이건, 도저히 사람의 얼굴이 아니야...

분명 엊그제 작가 모임 때 내 앞에서 자신을 '김정호'라고 소개했던 놈은 마치 횟집 수족관의 광어나 도다리 생선처럼 눈알이 양옆으로 쫙- 벌어져 있었다. 놈의 얼굴에서 알 수 없는 기괴함을 나에게 막 뿜어내고 있었다.

차마 눈을 뜨고 볼 수 없었다. 하필 어제 마트에서 저녁 할인가로 사 먹은 포장 모둠회가 생각나 갑자기 신물이 올라왔다.

"다, 당신. 진짜로 누, 누구냐고! 사, 사람이 정말 맞아? 맞기는 해?"

나는 금방이라도 오줌을 지릴 표정으로 물고기처럼 눈알이 옆으로 벌어진 놈 앞에서 발악했다. 두 주먹을 앞으로 쥐며 더 크게 외쳤다.

"제발 뭐라고 대답 좀 해봐! 이 괴물아!"

그러자 놈이 아우- 아우- 하며 창백해진 입술을 시커먼 하수구 구멍처럼 활짝 열었다. 순간 시커먼 입안에서 지옥으로 가는 문이 보였다. 갸름해진 얼굴 턱이 아래로 쭉 늘어났다. 늘어나 턱뼈가 바닥까지 내려갈 기세였다.

"아우- 아우- 아직은 편집장님께 배울 게 너무 많은 햇병아리 작가 김정호 드림. 아우- 아우- 아우- 아우-아우- 아우-아우- 아우-아우- 아우-아우- 아우-"

"그, 그만해. 제발 그만 소리치라고!!"

갑자기 놈의 눈알이 한가운데로 모아졌다.

"정말로 진실을 알고 싶나? 그래. 나는 네가 찾는 김정호가 맞아. 내가 바로 이름 모를 창고 안에서 객사한 무명작가 김정호라고. 아직 제대로 죽지도 못하고 하염없이 이승을 떠도는 불쌍한 귀신이란 말이지."

“마, 말도 안 돼...”

지금 내 앞에 말로만 듣던 귀신이 있다. 내가 처음부터 죽이려고 했던 놈이, 결국 이미 죽은 귀신이었다니. 이거 무슨 식스 센스의 브루스 윌리스도 아니고!

“이봐! 당신이 읽어본 그 원고.”

“......어?”

귀신의 입에서 드디어 원고 이야기가 나오자 심장이 마구 방망이질 쳤다.

“소설 원고 있잖아. 내가 보내서 당신이 읽은 거. 그 원고 파일을 읽어본 사람은 무조건 나처럼 돼. 3일 후에 죽는다고. 어찌 된 일인지 나는 머리가 산산조각 나며 다른 방식으로 죽었지만, 분명 당신은 지옥에서 내려온 벌레가 우글대는 곳에 갇혀 숨 막혀 죽을 거라고!”

“뭐, 뭐?”

“나는 이미 그 풍만한 여자의 체취를 확실히 맡았기 때문에 이제 어떠한 여한도 없어. 그러니 고마움의 표시로 한 가지를 더 알려주지. 만약 소설 파일을 읽은 당신이 그 저주를 면하고 싶으면, 읽은 일시로부터 정확히 36시간 안에 당신이 받은 파일을 다른 사람에게 발송해서 읽게 만들어야 해. 그래서 당신에게 눌어붙은 그 끔찍한 화를 다른 제물에 얼른 옮겨야 한다고.”

나는 머릿속이 아득해져서 당장 무슨 말을 해야 할지

몰랐다. 그 원고를 받아서 읽은 후 정확히 36시간이 지나면 내, 내가 어떻게 된다고?

"가, 가만! 기억났다. 내가 작가 모임을 다녀온 다음 날이니까, 그래! 바로 엊그제. 집에서 느지막이 일어나서 라면이랑 신제품으로 산 햇반을 데워 먹고 샤워를 한 후에 바로 네가 보낸 원고를 읽어 보았으니까... 아마 오후 1시가 막 넘었을 텐데? 그리고 그제인 그다음 날 저녁에 너를 초대해서 잠재워 창고 안에 가둔 후, 어제 아침에 내가 출판사에 편집한 요약서를 투고했고, 3일째인 바로 오늘 아침에 출판사에 다녀왔으니... 그럼 내 수명이 오늘 1시 몇 분쯤이면 저절로 끝난다는 거야?"

무심코 핸드폰 시계를 보았다.

'오후 12:47분.'

잠깐!

잠깐만!!

충격에 앞서 나는 귀신 놈의 말을 듣고 의문이 들었다. 저 말대로 소설 원고에 지독한 저주 같은 게 씌었다고 치자. 어찌 되었든 그 소설을 읽은 김정호는 이미 죽지 않았는가?

"하지만 당신은 이미 죽은 사람이잖소! 그런데도 왜

아직 여기를 맴돌며 나에게 그 소설 원고를 보낸 거지? 대체 무슨 억하심정으로?"

"아우- 아우- 아우- 아우-"

내 말을 듣고 귀신이 모인 눈알을 다시 양옆으로 벌리며 이상한 소리를 냈다.

"아우- 아우- 아우- 아우- 안타깝게도 소설의 저주는 산 사람이나 죽은 원혼이나 똑같이 내려진다고. 정말 말이 안 되지만 죽어서까지 그 저주를 안고 가는 거지. 사실 나도 당신과 처지가 같았어. 소설가로서 세상에 크게 이름을 알리고 싶었지만 재능은 한참 못 미쳤지. 그러다가 다른 서울 정기 작가 모임에서 어느 여성 작가 지망생을 만났어. 나이는 나보다 몇 살 위였지만 그래도 얼굴이 반반했지. 그날 밤, 바로 같이 모텔에 가서 그녀의 몸 여기저기를 맡아보았어. 킁킁! 마침 내 어머니와 비슷한 체취가 풍겼어. 나는 여자의 체취를 잔뜩 맡아야 흥분이 되거든. 킁킁! 킁킁!"

"체, 체취...?"

"마침 그녀도 잔뜩 흥분했는지 오직 입만 가지고 친절하게 내 팬티와 런닝을 벗겨주었어. 그리고 내 쪽으로 두 다리를 쭉 뻗어 발바닥으로 흥분한 내 것을 잡고 부지깽이처럼 막 비볐지. 진짜로 거기서 불나는 줄 알았다니까. 그녀의 음탕한 체취가 내 뇌를 마구 주물럭

거렸어. 약을 한 것도 아닌데 코만 벌렁거려도 도파민이 막 솟아! 이런 내가 신기하지? 아우- 아우- 아우- 아우- 아우- 아우-"

지금 뭐라는 거야? 이 변태 귀신 자식! "그, 그래서?"

"그래서 나는 큰맘 먹고 당신이 나에게 범했던 수작처럼 우리 같이 소설 공동 작업을 해보자고 그녀에게 제안했어. 그러자 놀랍게도 그날 새벽에 나에게 자기 소설 원고를 보내온 거야. 지금도 기억나는데 그녀가 나에게 보낸 메일 글에, 이제 우리는 두 번 다시 만나지 못할 테니 내 체취를 꼭 기억해 두라! 고했어. 그래서 나는 갑자기 이 여자가 어디 이민이라도 가나? 그래서 떠나기 전 마지막으로 젊은 남자하고 하룻밤을 보낸 것이라고 짐작했지. 사실은 파일을 열어보고 3일이 지나면 저주 때문에 죽게 되는 것도 모르고. 바보같이 그 여우 같은 여자에게 덥석 물려버린 거야."

하늘에서 떨어진 벼락에 머리가 뚫린 것 같았다. 정신이 혼미해졌다.

'역시 저주받은 원고는 저 김정호 개자식이 쓴 게 아니었어. 그러면 지옥에서 악마라도 내려와 피로 쓴 원고라도 된단 말인가? 가만. 그럼 여성 작가는 저 귀신 놈에게 저주를 넘기고 확실히 살았을까?'

귀신 놈이 말했다.

“아우- 아우- 사실 P 출판사 편집장에게 소설 요약서를 보내기 전까지 나도 저주에 대해 전혀 몰랐어. 만약 알았다면 편집장 앞으로 소설 원문을 몽땅 보내버렸을 거야.”

“그럼 나에게 저주를 넘긴 당신은 이제 어떻게 되는 거지? 용처럼 하늘 위로 승천이라도 하는 건가? 그리고 너에게 3일 전에 원고 메일을 보냈다는 그 여자 작가는 결국 살아남은 거야? 살아있다는 걸 두 눈으로 확인은 했고?”

놈의 눈알이 다시 한가운데로 모아졌다.

“아우- 아우- 그래. 네 말대로 나도 이 집에 방문한 다음에야 그걸 깨닫게 되었어. 그때 너희 집 거실과 안방에서 수면제를 탄 오렌지주스를 마시면서 그 여성의 진한 체취를 다시 맡게 되었다고. 나를 너무나 좋아하셨던 우리 엄마의 은은하고 향긋한 냄새! 일단 귀신이 되면 코가 아주 예민해지거든. 야들야들한 유부녀 특유의 부드러운 살냄새! 긴 치마 사이로 항상 티 팬티만 입고 다니며 뜨거운 욕정에 굶주린 바로 네 아내의 천박한 냄새를 나는 확실히 맡았어. 귀신이 되었는데도 이상하게 막 흥분되더라. 바로 네 아내가 내게 끔찍한 저주를 옮기고 멀쩡하게 살아남은 작가 지망생이라는 더러운 진실을! 아우- 아우-”

뭐? 누구?

“바, 방금 뭐라고 했지? 그럼, 네가 말한 여성이 바로.......”

“빙고! 빙고! 내가 그 모임에서 하고많은 작가 중에 왜 너에게 접근했을까? 나도 그때 나에게 저주를 넘긴 여성 작가가 네 아내인지, 솔직히 긴가민가했거든. 마지막 3일째에 그녀가 나에게 실토하더라. 사실 나도 어느 날 모르는 남자에게 소설 파일을 우연히 받아서 읽어보게 되었다고. 그리고 그 남자와 관계 중에 무슨 이상한 벌레에 감염되었다는 것까지. 결국 죽어서 귀신이 된 나는 네 집까지 직접 찾아가 순순히 주스를 마시고 잠든 척하며 창고 안에 잡혀준 것이라고. 나에게 끔찍한 저주를 씌운 여자가 정말 네 아내가 맞는지를 확인하면서 너를 내 마지막 제물로 삼기 위해. 이제 알겠나? 이 탐욕에 물든 사이비 작가 놈아! 아우- 아우- 아우- 아우-”

“아, 아, 아니야. 설마... 뭔가 단단히 잘못된 거야. 내 아내는 절대 아니야!”

이미 머릿속은 빵빵한 풍선처럼 금방 터져버릴 지경이었다.

당장에 아내가 있는 처가로 달려가 직접 물어보고 싶었다. 당신도 그 저주 원고 알고 있냐고. 나 몰래 무명

작가 김정호 놈하고 정말 모텔에서 뒹군 게 맞느냐고!

엄청난 분노가 폭포수처럼 치밀어 올랐다.

나는 생각을 정리하기 위해 조명으로 비추던 핸드폰 화면을 끄며 일단 창고 밖으로 나가려고 등을 돌렸다.

하지만 어둠 속에서 놈의 목소리가 계속 메아리쳤다.

"나는 이제야 저주에서 완전히 벗어났으니 곧 하늘 위로 올라갈 거야. 대신 여기는 네가 좀 있어 줘야겠어. 네가 다른 사람에게 행여나 원고를 뿌려버리면 저주의 악순환이 계속 반복될 거 아니겠어? 안타깝지만 이제 네 선에서 저주를 그만 끝내! 이 창고 안에 있는 어둠의 벌레들이 네가 귀신이 될 때까지 너를 계속 잡아 둘 거야. 아우- 아우- 아우- 아우- 아우- 아우- 아우- 아우- 아우- 아우- 아우- 아우-아우- 아우-아우- 아우- 아우- 아우-아우- 아우-아우- 아우-아우- 아우-아우- 아우-아우- 아우!!"

화가 난 내가 바로 뒤를 돌았다.

"그런데 왜 나야? 저주를 끝낼 희생양이 하필 작가로서 제대로 꽃도 못 피워본, 이렇게 불쌍하고 비참한 나냐고?!"

어?

분명 케이블타이로 손과 발이 꽁꽁 묶여 있던 귀신 놈이 갑자기 사라졌다. 마치 트릭을 도저히 간파하지 못한 어느 유명 마술사의 공연처럼 놈이 창고 안에서 순식간에 증발했다.

하지만 정말 안타까운 건, 어느새 내가 그 귀신이 묶여있던 모습 그대로 핸드폰이 쥐어진 내 손과 발 그리고 내 목이 케이블타이와 개 목줄로 단단히 묶인 신세로 된 것이다.

이제 내게 주어진 시간이 얼마 안 남았다고 판단한 모양인지 다행히 입까지는 봉해지지 않았다. 여기서 홀로 비명이나 실컷 지르라는 놈의 마지막 배려인가.

쾅!!

내가 열고 들어온 창고의 녹슨 문이 큰 소음을 내며 저절로 닫혔다. 뒤이어 누군가 밖에서 굵은 쇠사슬로 문손잡이를 칭칭 감는 소리가 창고 안에서 울려 퍼졌다.

'결국 이렇게 내 인생이 비참하게 끝나는 건가...?'

그때 어디서 무언가가 사각사각! 사각사각! 하며 나에게 살살 기어 오는 소리가 들렸다.

그게, 그게, 귀에 점점 크게 들려왔다.

더, 더, 더, 크게!

바, 바로 눈앞에서 그것이 시커먼 입을 활짝, 벌린다! 벌린다! 크게 벌렸다! 크아아아앙!

사각사각! 사각사각!사각사각! 사각사각!
사각사각! 사각사각!사각사각! 사각사각!

사, 살려줘!아우- 아우- 아우- 아우-
살려...!아우- 아우- 아우- 아우-
사려....... 아우- 아우- 아우- 아우- 아우- 아우- 아우-

핸드폰 현재 시각 '오후 13:01분.'

***

아무리 내가 작가로서의 성공에 눈이 멀어 그만 금기를 넘은 어리석은 인간이지만, 눈에서 빨간 불을 켠 끔찍한 벌레들이 줄줄이 기어다니는 창고 안에서 그것도 핸드폰 '메모장'에다 묶인 두 손으로 유서까지 남길 줄은 몰랐다.

그동안 내가 모은 얼마 안 되는 현금 재산과 아버지가 물려주신 이 단독주택의 사후 처리에 대해 핸드폰 메모장에다 간단히 언급하였다. 참고로 극히 더럽고 음탕한 아내에게 돌아가는 내 유산은 절대 단 한 푼도 없을 것이다.

꼼꼼히 유서를 다 작성한 나는 핸드폰 화면에서 이제 얼마 안 남은 배터리양과 벌써 오후 13:07분이라는 현재 시각을 확인 후, 내 개인 메일함으로 들어가 내가 김정호에게 받은 그 저주 원고 파일에서 원래의 제목 이름을 지우고, '당신에게 보내는 유서(내 재산 배분과 관련하여)'라는 이름으로 고쳐서 아내의 이 메일 주소로 다시 발송하였다.......

정말 몇 시간 같았던 몇 분이 흐른 후, 핸드폰 메일함에서 '보낸 메일함'의 메시지 '수신확인'을 클릭해 보니 다행히 아내가 발송한 메일을 잘 '수신'했다는 표시가 떴다.

서, 성공이다!!

나는 마치 출판사 편집자로부터 출간 계약하자고 전화를 받은 새내기 작가처럼 너무나 기쁘고 황홀했다.

'이제 되었어! 드디어 내 저주를 아내에게 다시 옮기고 말았다고!'

얼마 안 남은 내 수명을 운명에 완전히 맡겼던 나는 이제 배터리 부족으로 거의 꺼지기 일보 직전의 핸드폰 잠금 키패드에서 '긴급 상황'버튼을 미련 없이 눌렀다.

그리고 지금 저주 메일을 다시 확인하고 어안이 벙벙할 아내 얼굴을 상상하며, 나는 창고가 떠나가라 크게 웃었다.

하지만 그러는 내 심장은 무척이나 시렸다.

핸드폰 시각이 벌써 '오후 13:12분'을 가리켰다.

'이제 저주가 끝났나? 정말 다행이다. 그러면 묶인 손발을 어떻게 풀지만 걱정하면...'

그때, 어둠 속 벌레들이 다시 일제히 움직이며 마침 벌어져 있던 내 입안으로 몽땅 쑤시고 들어왔다.

"헉....... 허어억....... 흐어어억!"

이이이이잉- 이이이이잉- 하는 이명 같은 날갯짓 소리가 입안에서, 고막에서, 막 들렸다. 이이이이잉- 이이이이잉- 목구멍이 완전히 막혀 숨이 전혀 쉬어지지 않았다. 이이이이잉- 이이이이잉- 핏물이 선 눈알이 앞으로 서서히 튀어나오며 벌레의 몸통에서 삐져나온 진득한 분비물이 입 밖으로 줄줄 흘렀다. 이이이이잉- 이이이이잉- 이이이이잉- 동시에 눈동자 바로 앞에 시커먼 몸통들이 시야를 계속 가려 앞이 전혀 보이지 않았다.

'서, 설마 김정호 개자식이 무슨 초자연적인 힘으로 핸드폰 시간 조작이라도 한 건가? 아니면 애초에 저주에 걸리고 36시간이 남았다는 건 다 거짓말이었나? 사실 그놈과 아내와의 불륜도 말 그대로 다 지어낸 소설이고. 그럼, 그날 저녁에 우리 집에 놀러 와 거실 벽에 걸려있는 내 아내 사진을 처음 보고 우리 부부에게

몽땅 저주를 옮기기 위해 즉석에서 벌인 치졸한 거짓말......?'

여보! 여, 여보!

읽, 읽지 마!

유산 그런 거 다 뻥이니까, 제발 메일 좀 읽지 말라고!!!!!!!!

그, 그것들이 더듬이를 연신 흔들며 내 기도 안에 마구 파고드는 바람에 목이 풍선처럼 크게 부풀어 올랐다. 그러다 피부가 늘어나다 못해 마치 터진 수도 호스처럼 여러 갈래로 찢어지면서 성대 연골과 목뼈들이 밖으로 막 쏟아져 나왔다.

퍽! 퍽! 퍽! 퍽!

동시에 앞 근육의 힘을 잃은 내 머리통이 가축과 수간을 저지르고 망나니에게 당한 조선시대 어느 농민의 참수 장면처럼 뒤로 휙! 넘어갔다.

정면이 순식간에 거꾸로 뒤바뀌었다.

아...!

그때, 3일 전 심한 숙취였던 내가 그놈의 메일을 처음 열었던 시각을 정확히 깨달았다.

'오후 13:10분.'

이이이잉- 이이이이이이잉- 이이이이이이이이이이이
이이이이이이이이이이이이이이잉-

눈꺼풀이 자꾸 밑으로 내려가 도저히 눈을 감을 수
없다.
계속 어둠이 보인다.
죽고, 싶다!

-

*** 막간**

-

… … … …

11.

그 후 3일이 지나 저주 원고의 주인이 또 바뀌었다.
이번에 바뀐 사람은.......
과연 누굴까?

여기까지 분명 다 읽었지?
그래! 이번엔 당신이야.
저주의 다음 주인공은 바로,

내 저주로 인한 사망자 수가 서울시 10% 인구수에 곧 도달!
하하하하!

***

진료 시간이 끝나고 불 꺼진 어느 의원.

'평생 내 뒤치다꺼리만 하다가 불쌍하게 먼저 간 내 가족을 위해 복수할 시간이 다가왔다. 그래. 이번에는 김 형사님까지 나를 도와주신다고 했잖아? 이 살인자 년! 각오해. 내가 너에게 지독한 아픔을, 끔찍한 저주를, 똑같이 겪게 해줄 테니! 조금만 기다려...'

#전개3

· · · 박정구

홧김에 그만 세린을 죽였다.

그녀가 내 앞에서 바람 빠진 풍선 인형처럼 힘없이 쓰러졌다.

몹시 긴장되고 두려워 두 눈을 손으로 연신 비벼댔다.

‘아아, 내가 미쳤지. 미쳤어. 어떻게 우리 세린을...’

한마디로 제정신이 아니었다.

마치 예정일보다 일찍 탈피된 미성숙한 유충의 번데기처럼 소화기로 세린의 뒤통수를 연달아 가격하며 내 추악한 허물이 한순간에 벗겨지던 순간!

‘아무리 화가 머리끝까지 났어도 명색이 사람을 치료하는 내가 사람을 죽이다니. 그것도 나름 순정을 가지고 오랜 시간 같이 지낸 여자를...’

묵고 있는 906호 객실에 성큼 들어온 세린의 충격적인 말을 듣고 눈을 뒤집힌 나머지 그만 붙박이 옷장 아래에 비치된 은색 소화기를 발견한 게 화근이었다.

세린이 굳은 표정으로 객실 안에 들어오더니, 아이까지 임신했으니 대체 이 일을 어떻게 할 거냐며 샤워 가운만 입고 멍하니 있는 나를 마치 무슨 발정기 짐승 보듯 쳐다보았다.

이런 일이 생길 줄도 모르고 곧 이루어질 뜨거운 섹스만 머릿속에 가득 차 있던 나는 갑자기 눈이 뒤집혔다. 그래서 소화기를 두 손으로 번쩍 들고 화장실 안까지 쫓아 들어가 마침 세면대 거울을 보며 손수건으로 눈물을 닦던 세린의 뒤통수를 몇 번이나 후려쳤다.

동그란 거울에 진한 핏물이 분수처럼 튀었다. 동시에 놀란 눈으로 나를 쳐다보던 거울 속 세린이가 입을 쩍- 벌리며 타일 바닥에 쓰러졌다.

그리고 거울 안에는 샤워 가운이 훌러덩 벗겨진 채 소화기를 들고 혼자 씩씩대는 알몸의 배불뚝이만이 남아있었다.

의사인 나는, 이제 살인자가 되었다.

내가 아내 몰래 만나는 그녀는 아직 이십 대 아가씨다. 의원을 운영하며 자연스럽게 친해진 제약회사 영업직원 이성식 팀장의 접대로 같이 갔던 술집에서 파트너로 앉혔던 아이다.

작고 균형 잡힌 고양이상 얼굴도 좋았고, 한창나이에도 이제 곧 오십을 바라보는 중년인 나와 말이 잘 통해서 나중에는 혼자 그 술집을 찾아가 그녀를 계속 만났다. 결정적으로 밤일도 잘했다. 오랜만에 이성에게 느껴보는 묘한 떨림은 나에게 강한 희열을 안겨주었다.

몸이 공중에 뜨는 것 같은 기분 좋은 설렘이 좋았다. 한없이 예뻐지려고 답 없는 고민만 잔뜩 늘어놓는 환자들 상담과 수술로 밤늦게까지 녹초가 되면서도 그녀만 생각하면 내가 다시 수컷으로 태어났다는 생각에 피곤한 줄 몰랐다.

이후로는 술집뿐만 아니라 낮에도 밖에서 둘이 따로 만나 비싼 호텔의 브런치 식사도 같이했다. 또, 화장품이다 명품 가방이다 비싼 선물도 내가 열심히 해 바치며 그녀에게 정말 최선을 다했다.

그때만큼은 정말 진심이었다. 좋아했었다. 내 모래성을 무너뜨려도 좋을 만큼 사랑했다.

뼈가 다 보일 정도로 크게 찢어진 뒤통수에서 피를 뿌리며 화장실 바닥에 쓰러진 세린의 작은 등을 가만히 보다가 나는 문득 의문에 잠겼다.

'가만. 그러고 보니 어떻게 임신이 된 거지? 관계를 가질 때는 무조건 피임 기구를 사용했는데? 안을 때도 연속해서 두 번 이상은 절대 하지 않았고. 혹시, 그날...? 헉!'

부푼 의욕과 열정으로 압구정역 근처에서 야심 차게 개업한 성형외과 의원은 마침 모 종편 방송의 피디로 있는 고등학교 친구의 연출로 내가 연애 리얼리티 방송에 게스트로 출연하며 환자들의 입소문을 타기 시작했다.

평일 야간과 주말까지 밀려드는 각종 성형 상담을 혼자서 응대하기가 도저히 힘에 부쳐서 봉직의도 벌써 두 명이나 고용했고, 건물 아래층까지 추가로 임대하여 신체 분야별로 전문화를 꾀하며 의원을 크게 확장하였다.

물론 그녀도 내 전문 분야인 물방울 가슴 성형 수술을 다른 고객보다 특별히 싸게 해주는 조건으로 우리 의원에 줄기차게 다니면서 어엿한 단골손님이 되었다.

'혹시 그날?'의 그날은 아래층까지 의원을 확장한 기념으로 종로구의 고급 A 호텔에 일찌감치 객실을 잡고 초저녁부터 그녀와 질펀하게 와인을 마셨는데, 솔직히 그날 내가 어떻게 잠 들었는지 기억이 도통 나지 않았다. 마침 주말인 다음 날 침대에서 화들짝 놀라며 깨보니 나는 나체였고 그녀도 내 옆에서 실오라기 하나 걸치지 않은 모습으로 코까지 골며 잠들어있었다.

분명 매번 관계 시마다 내가 거의 병적일 정도로 튼튼한 콘돔으로 미리 준비해 와서 사용했는데, 유독 그날만은 내가 의원 경영이 너무 잘돼 기분이 좋았던 나머지 솔직히 그것을 착용하고 했는지 아닌지가 잘 기억나지 않았다. 사용한 껍데기 흔적도 전혀 보이지 않았다.

그렇다고 자는 사람 일부러 깨워서 어젯밤에 내가 그걸 사용했는지 그냥 했는지를 꼬치꼬치 캐물을 수도 없는 노릇이었다.

'아, 맞다. 오늘 아이가 학교 서클로 활동하는 풋살 시합에 나가는 날이다. 아이를 경기장까지 태워주기로 약속했는데...'

핸드폰 시계를 보고 마음이 급해진 내가 깨질 듯한 머리를 만지며 옆에서 세상모르게 자는 그녀의 작은 엉덩이를 손바닥으로 '탁'치며 일어나 비틀비틀 샤워실 안에 걸어 들어간 기억은 남아있다.

'그래! 분명 그날 내가 방심한 탓에 임신이 된 거야. 하필 단 한 번의 실수로 일이 이렇게 꼬이다니. 이제 내 모래성은 어쩌나...'

꾸밈없고 활기찬 성격의 그녀를 나는 참 좋아했다.

당연히 진심이었다. 나이 오십 가까이 그저 앞만 보고 달려온 내가 정말 오랜만에 느껴보는 청춘의 연예 감정은 무기력해진 본능을 일깨우며 결국 의원 매출 상승까지 영향을 미쳤다. 하지만 그렇다고 고향이 어딘지도 모르는 술집 아가씨가 내 핏줄의 아이를 낳는 것은 다른 문제다.

어휴! 올봄까지만 적당히 놀다가 끝냈어야 했는데... 하지만 이미 엎질러진 물이다. 더군다나 나는 사람을 죽였다. 그것도 무방비의 여자를!

나는 이 와중에도 대체 어떡하면 절체절명의 위기에서 벗어날 수 있을지 화장실 찬 바닥에서 의식 없이 누워있는 세린을 바라보며 머리를 계속 짜내기 시작했다.

오늘은 제약회사에서 주최하는 주말 학회에 참석하면서 인천의 P 고급 호텔에 숙박하는 날이었다. 학회 소식을 우리 의원에 영업차 자주 들리는 제약회사 이성식 팀장에게 듣게 되었을 때, 나는 호텔에서 그녀와 가질 찐한 밀회에 대한 구체적 계획을 머릿속에 바로 상상하게 되었다.

그리고 나는 능구렁이 같은 이 팀장 앞에서 이번에도 아내와 아이를 데리고 학회에 갈 거라고 뻔히 눈에 보이는 거짓말을 했다.

덧붙여 객실은 무조건 바닷가 전망. 성능 좋은 가습기 설치. 침대는 반드시 트윈베드에 슈퍼싱글침대 포함으로 하며 적당한 브랜드의 와인 한 병과 그에 걸맞은 잔을 미리 세팅해 달라고 은밀히 요청했다.

주말마다 진료로 바쁜 나 대신 우리 아들놈을 풋살 시합장에 차로 픽업해 주었던 고마운 이 팀장은 갑작스러운 요청에 잠깐 눈을 크게 뜨더니, 내 표정을 보고 무슨 말인지 금방 이해했다는 듯 알겠습니다, 하며 고개를 끄덕였다.

나는 아내에게 이번 학회는 모교 교수님들을 직접 모시고 하는 스터디 모임이 있어서 어쩔 수 없이 나 혼자 참석해야겠다고 당일 날 가지고 갈 배낭에 얇은 의학 서적을 대충 몇 개 집어넣으며 둘러댔다. 역시나 이번 주말 아들놈 풋살 시합도 착한 이 팀장이 나 대신 픽업해 주기로 했다.

그리고 그녀에게 같은 호텔 낮은 층수의 시티 뷰 제일 싼 객실을 예약하게 해놓고 꼭 적당한 사이즈의 빈 캐리어 가방을 끌고 와서 마치 인천에 여행 목적으로 온 투숙객처럼 자연스럽게 체크인하라고 전화로 미리 지시했다. 물론 내가 미리 호텔 데스크에 물어본 시티 뷰 객실료는 그녀 계좌로 곧바로 이체해 주었다.

후후. 오랜만에 멋진 인천 바다 전망을 보며 5성급 호텔 방 안에서 룸서비스 음식을 시켜 먹으며 단둘이 주말을 질펀하게 보낼 생각 하니 벌써 아래에 힘이 차오르는 게 느껴졌다.

나는 제약회사에서 배정받은 906호실에 들어와 있다고 그녀에게 바로 전화했고, 두근거리는 마음으로 비O그라와 화이트 와인을 입에 머금으며 흐뭇하게 기다리고 있었다.

그런데...

***

조금 전 세린이 요즘 유행하는 두상이 작아 보이는 모자에 트렌치코트를 입고 내가 있는 객실 문을 막 두들겼다

나는 당연히 그녀인 줄 알고 입고 온 정력 팬티도 훌훌 벗어 던지고 샤워 가운만 입은 채 바로 객실 문을 열었는데 생각지도 않은 세린이 들어왔다. 그리고 그녀가 산부인과에서 임신 진단까지 받았다는 충격적인 말을 꺼냈다.

갑작스러운 상황에 놀란 내 앞에서 세린은 대체 이 일을 어떻게 책임질 거냐고, 그녀는 아이를 무슨 일이 있어도 낳고 싶어 하고 행여나 아이를 지우라는 끔찍한 말은 꺼내지도 마라! 했다면서 빨갛게 부은 눈으로 나를 무섭게 노려보았다.

뜬금없는 세린의 폭탄선언에 나는 머리가 부서질 것 같았다. 이거. 이거. 그동안 내가 피땀 흘리며 정성스럽게 일군 모래성이 한순간에 무너지게 생겼다.

나는 압구정역 사거리에서 크게 의원을 운영하는 선

배 밑에서 열심히 수술법을 익히며 누가 보아도 성실하게 노력하는 페이 닥터로 일했다. 그러다가 큰맘 먹고 하필 선배 의원 근처에서 문을 연다고 욕까지 먹어가며 개업했을 때, 의원 내부 인테리어 비용과 각종 미용, 수술기기 구입비 등 대부분의 개업 자금을 처가에서 지원받았다. 그리고 아직 부채를 단 1원도 갚지 못했다.

만약 내가 젊은 여자와 바람을 피우다 걸린 것도 모자라 그만 사람까지 죽인 걸 그 무서운 장인, 장모가 알게 되는 날은, 도살장의 돼지처럼 심한 모욕과 치욕에 떨며 나 스스로 염화칼륨을 혈관에 주사하고 자살하는 날이 될 것이다.

'자 박정구. 침착하자, 침착해. 너의 회색 뇌세포를 최대로 활용하라고!'

분명 그녀는 나랑 오늘 호텔에 같이 묵는 것을 주변 사람들에게 말하지 않았을 것이다.

나랑 몰래 만나는 와중에도 그녀는 늘 생활비를 핑계로 밤마다 술집에 계속 일을 나갔다. 그래서 술집 단골인 나랑 밖에서 몰래 만나고 다니는 게 행여나 마담이나 담당 부장 귀에 들어가 봐야 '그래서 요새 우리 원장님 발길이 뜸했구나!'하며 괜히 손님이랑 따로 만나는 바람에 가게 매상만 축낸다고 욕이나 먹지, 막상 그녀도 좋을 게 없기 때문이다.

어쨌든 살인은 이미 벌어졌다. 일단 세린의 시체를 안 들키게 잘 운반해서 내 차에 실어놓기만 하면, 나중에 어디 시골 야산에 땅을 파서 몰래 묻으면 그만이다.

그럼 객실에서 시체를 무사히 빼내는 게 급선무인데...

마침 나는 불륜의 의심을 피하기 위해 정말 작은 배낭 하나만 달랑 어깨에 메고 왔다. 그럼 그녀는, 아! 그렇지. 체크인할 때 여행객임을 티 내기 위해 적당한 크기의 캐리어를 일부러 짐처럼 들고 오라고 미리 지시했던 게 떠올랐다.

대체 어느 정도 크기의 캐리어를 호텔로 가져왔을지 모르겠으나 잘하면 아담한 사이즈의 세린을 적당히 반으로 포개어 가방 안에 쑤셔 넣을 수 있겠다는 생각이 들었다.

좀 전에 세린이 객실에 들어와 임신 사실을 매섭게 알리면서 어깨에 크로스로 메고 온 작은 가방을 침대 위에 던져놓았는데... 아, 저기 있다!

제법 인기 있는 여성 연예인이 저녁 드라마 방송에 매고 나와 대단한 유명세를 치른 S사의 체인 클러치 백.

저건 내가 세린이 생일이라고 평일에 그 바쁜 진료

중에 살짝 빠져나와 근처 백화점 명품매장에서 점심도 굶어가며 약 한 시간 정도 줄 서며 선물로 사다 준 가방이다.

정말이지 여자들은 고작 저 작은 가방 하나 사는 데 왜 이런 거금을 선뜻 쓰는 건지 도저히 이해 못 하는 표정으로 백화점 매장 앞에 오픈 런 하며 쓴웃음을 지었던 기억도 있다.

나는 클러치 백의 지퍼를 열고 아직도 소가죽 냄새가 물씬 풍기는 내부를 이리저리 살펴보았다. 빨간색 샤넬 립스틱과 동그란 디올 파운데이션 케이스, 분홍색의 립글로스 튜브 등 화장품 몇 가지와 내가 찾던 벤츠 자동차 열쇠가 보였다.

'그런데, 임신한 걸 진짜 어떻게 알게 되었을까?'

아니면 지금이라도 정혜에게 전화해서 상황을 설명하고 진지하게 도움을 요청해 볼까? 그리고 내친김에 '그거, 혹시 진짜냐?'라고 진지하게 물어보려다 고개를 흔들었다.

아니다. 괜히 한 사람이라도 더 알려지면 나중에 내가 뒷감당하기 힘들다. 지금은 임신이 문제가 아니라 일단 이 시신을 호텔 밖으로 안전하게 빼내서 조용한 곳에다 묻는 게 더 급선무다. 그리고 나중에 경찰에 슬쩍 실종 신고를 하며 자연스레 알리바이를 만드는 게 최선이라는 생각이 들었다.

나는 클러치백과 함께 침대에 벗어던진 세린의 모자 스트랩을 최대한 늘려서 모자 안에 내 머리를 욱여넣고 처음의 내 외출복을 다시 입은 다음, 마지막으로 옷장에 급하게 걸린 그녀의 트렌치코트를 빼서 몸에 억지로 걸쳤다.

그리고 문밖의 '방해하지 마시오!' 램프 버튼을 누른 후 천천히 객실 문을 열었다. 작은 코트 속에 몸을 간신히 집어넣은 바람에 누가 정면에서 나를 가까이 보면 고개를 갸웃거릴만한 장면이 연출될 수도 있을 것 같았다.

나는 될 수 있으면 다른 사람들이랑 마주치지 않기를 간절히 빌며 통로 가운데에 설치된 6개의 엘리베이터 입구 앞에 도착해 섰다. 그리고 마침 문이 열린 맨 왼쪽 엘리베이터 안으로 고개를 푹 숙이며 쏜살같이 들어갔다.

'휴... 다행이다.'

하늘도 이런 지독한 상황에 빠진 나를 도우려는 지 내부는 텅 비어 있었다.

세린의 코트 안에 내 퉁퉁한 몸을 억지로 넣으며 머릿속에서 정리한 계획은 이랬다.

먼저 내가 세린의 모자와 코트를 걸치고 통로로 나가

302호 객실에 잠깐 들러서 그녀에게 적당한 핑계를 대면서 캐리어 가방의 사이즈를 먼저 살핀다. 그리고 시신을 집어넣기 적당하다 싶으면 그걸 들고 906호로 다시 올라와 그 안에 시체를 잘 담는다.

그리고 자연스럽게 통로로 나와 엘리베이터를 타고 주차장과 연결된 지하층 로비로 내려가서 주차정산 기계에서 벤츠의 주차 요금 정산을 마친다. 그리고 주차장 내부에서 벤츠 리모컨 키를 이리저리 누르며 세린의 차를 찾아 운전하며 일단 호텔 밖으로 빠져나간다.

죽은 세린은 이렇게 호텔 밖을 공식적으로 빠져나간다.

일단 밖으로 벗어나면 주변에 CCTV가 없을 법한 인적이 드문 이면 도로나 버려진 공터를 찾아 캐리어가 실린 차를 주차하고 모자와 코트를 차 안에 벗어놓는다. 그리고 택시를 잡아타고 다시 호텔로 돌아온다.

만약 캐리어 사이즈가 작아서 시신을 집어넣기 도저히 어렵다면, 빨리 새 캐리어 가방을 구입하기 위해 같은 방법으로 호텔 밖으로 나와 근처 로컬 지하상가 매장을 찾는다.

그래서 작은 키의 호리호리한 여성 한 사람을 반으로 접어서 집어넣을 만한 사이즈의 캐리어 가방을 찾아서 구매하였으면, 택시를 잡아타고 호텔로 돌아와 1층 프런트 직원의 눈을 피해 906호 객실로 바로 올라간다.

그리고 화장실의 시신을 새로 산 캐리어 안에 잘 포개 넣은 뒤 적당한 때를 봐서 캐리어를 내 차 안에 옮겨 싣고, 아까 체크인 전에 미리 위치를 봐둔 '비대면 체크아웃'투숙객을 위한 카드키 반납함에 906호 키를 집어넣고 호텔 밖으로 다시 나간다.

죽은 세린의 시신이 이렇게 호텔 밖을 무사히 빠져나간다. 무사히!

일단 호텔 밖으로 시체만 안전하게 이동시킬 수 있다면 마침 누구보다 지리 위치를 잘 아는 고향의 시골 선산 어디쯤 구덩이를 파고 적당히 묻어버리면 된다.

처음에는 도저히 실현 불가능할 것 같던 것이, 이제는 완전범죄로 성공할 수도 있겠다는 강한 예감이 들었다. 이렇게라도 해야만 당장에 무너지려는 내 명성을, 내 의원을, 내가 피땀으로 이룬 거대한 모래성을 지켜낼 수가 있다.

나에게 제발 욕하지 마라. 산 사람이 죽은 사람보다 당연히 더 잘 살아야지! 안 그런가?

그렇게 되어야 해. 그렇게 되어야만 해. 내 인생은 누구보다 소중하니까!

잔뜩 긴장한 상태에서 겨드랑이가 꽉 끼는 세린의 코트까지 입어서 그런지 벌써 땀이 온몸에서 비 오듯 쏟아지고 있었다. 행여나 학회에 참석하기 위해 호텔에 투숙한 지인들과 제발 마주치기 말기를, 제발 중간에 서지 않고 바로 3층까지 내려가기를, 나는 마음속으로 간절히 빌고 또 빌었다.

그런데 잘 내려가던 엘리베이터가 마침 6층에 서버렸다. 누군가 중간에 탑승하려고 하는 모양이다. 도어가 양쪽으로 쓱- 열렸다.

아마 호텔 2층에 있는 휘트니스 센터에 가려는 듯 아동용 샤워 가운을 입고 파란 상어 그림이 그려진 앙증맞은 수영모를 쓴 아이와, 아래위로 맞춤 운동복을 입은 아이 엄마로 보이는 여자가 같이 탑승하였다. 아이는 입에 막대사탕을 물고 있었다.

마침 여자가 물안경을 가지고 손가락으로 막 휘두르고 소리치며 장난치는 아이를 심하게 혼내느라 뒤의 내 모습을 자세히 보지 못했다.

그런데 그 와중에도 악동같이 생긴 아이가 모자를 쓰고 고개를 푹 숙인 내 모습을 흘끔 보더니 기분 나쁘게 웃는 게 보였다. 익!!

그때 엘리베이터가 3층에 도착하며 도어가 열렸다.

지레 겁먹은 내가 얼른 밖으로 나가며 통로 벽면 화살표에 보이는 302호 쪽으로 얼른 방향을 틀었다. 뒤에서 다시 웅얼대는 아이의 말소리와 자동으로 도어가 닫히는 금속음 소리가 연타로 빨개진 내 귓불을 때렸다.

1초, 2초 3초, 정적!

통로 한가운데서 순간적으로 다리 힘이 풀렸다. 하마터면 제대로 시작도 못 해보고 호텔 관계자에게 의심인물로 신고 되는 줄 알았다.

십년감수했다. 그런데 이상하게 눈을 세모같이 뜬 아이 얼굴이 눈앞에 자꾸 아른거린다.

고개를 숙이며 걸어가다가 드디어 302호 객실 앞에 섰다.

혹시나 하여 문 앞에다 귀를 살며시 대본다.

내부는, 조용하다.

나는 문의 옆면에 서서 잠시 멈칫하다 살며시 초인종을 눌렀다. 확대경으로 모자를 눌러쓴 내 모습을 보고 갑자기 놀랄 수도 있을 것 같았기 때문이다. 그녀에게 일절 문자도 보내지 않고 있다. 이런 게 다 나중에 생각지도 못한 증거로 남을 수도 있다.

'찰칵!'하며 객실 문손잡이 뭉치가 돌아가는 소리가 났다.

'힘들었던 의대 시절, 유급 맞은 과목 밤새우며 재시험 준비할 때처럼 초인적인 집중력 끝까지 잃지 말고. 정구야, 제발 정신 똑바로 차리자! 할 수 있지?'

제자리에서 크게 심호흡을 한 나는 돌아가는 문손잡

이를 손으로 잡고 앞으로 쭉 밀며 하얀빛이 보이는 객실 안으로 성큼 들어갔다.

과연 객실 안에 어떤 캐리어가 있을지 궁금해서 견딜 수가 없었다.

***

아직은 임신 극초기라 괜찮다지만 그래도 막 들어선 태아의 안전을 위해 조금 전 호텔 침대 위에서 그이와 소프트하게 섹스를 마쳤다.

마무리 키스와 함께 그이는 샤워하러 욕실로 들어갔고, 나는 처음 입고 온 복장으로 다시 갖춰 입고 위에 트렌치코트를 걸치며 객실 문을 나섰다.

어제 집 근처 산부인과에 가서 임신을 진단받았다.

이제 나는 이 호텔 906호에서 나를 애타게 기다릴 호구 원장에게 나 임신했고, 저번 의원 확장 축하 자리에서 그만 술김에 벌어진 우리의 결과물이라고 공갈치며 제대로 돈을 뜯어낼 생각이다. 사실은 자기 혼자 비싼 와인 잔뜩 퍼마시고 침대 위에 바로 곯아떨어지는 바람에 아예 시도도 못 했지만 말이다.

당연하게도 아이 아버지는 내 지명 손님인 살찐 호구 원장이 아니라, 방금 나와 같이 침대에서 뒹굴며 부드럽게 사랑을 나누었던 우리 성식 씨다.

내가 유일하게 피임 없이 받아준 그이의 아이가 이렇게 빨리 생길 줄은 나도 몰랐지만, 어차피 잘되었다. 그놈의 돈 때문에 매일 역겨운 남자들 앞에서 가짜 웃음을 파는 술집 생활도 슬슬 지겨웠는데 이번 기회에 호구 놈에게 제대로 공사 쳐서 화류계에서 완전히 은퇴하기로 했다.

안 그래도 그동안 내가 약한 비위를 꾹 참으며 저 돼지 원장이란 놀아준 시간과 노력을 돈으로 환산하면 얼만데, 뭐 일종의 퇴직금 정도로 생각하면 되겠지?

우리 호구인 박정구 원장은 압구정역 근처 메디컬 빌딩 2개 층에서 성형외과를 운영하는 잘나가는 의사 선생님이다. 미용 수술 실력도 서울 탑이고 뭐 중년 아저씨답지 않게 사람이 유머도 있으면서 참 순수하고 좋은데, 나이 차이는 고사하고 벌써 조짐이 보이는 탈모부터 해서 임산부처럼 볼록 튀어나온 배까지. 윽!

거기에 치주염이라도 입안에 달고 사는지 역겨운 입냄새와 분명 샤워를 하고 나왔음에도 몸에서 스멀스멀 풍기는 특유의 기름 냄새는 손님이라 대놓고 말하지는 못하지만 정말 눈살을 찌푸리게 했다. 거기에 그 나이 먹도록 마치 인간 통나무같이 밤일 테크닉도 완전 꽝!

하지만 붕어빵처럼 똑같이 생긴 중학생 아들을 둔 이

호구 원장은 나에게 완전히 빠진 나머지 개원 자금을 대준 아내와 이혼은 아니더라도 어디 전세로 오피스텔을 잡아 나를 세컨드로 앉히고 계속 내연 관계를 유지하려는 속셈을 보였다.

배불뚝이 원장의 돈에 묶여 앞으로 창창한 내 인생이 발목 잡힐 생각만 하면 정말 자다가도 벌떡 일어날 만큼 치가 떨린다. 계획대로 이번에 공사 쳐서 돈만 제대로 받아내면 그 인간 앞에서 당장에 사라질 것이다.

우리 그이와 바로 다른 지역으로 뜬다. 물론 핸드폰 번호도 바꾸고. 몰래 쓰레기통에 양주 버리는 비상한 화류계 아가씨에서 착하고 순진한 일반인으로 순식간에 신분 세탁!

그리고 이사한 곳에서 더 배가 불러오기 전에 그이와 멋지게 결혼식도 올리고 출산 준비도 하면서 누구보다 행복한 가정을 꾸릴 것이다.

나는 보건고등학교를 우수한 성적으로 졸업하고도 돈 때문에 어쩔 수 없이 밤일을 시작했다. 하지만 적어도 남자 잘못 만나 매 맞고 살다 이혼과 재혼을 반복하며 불행한 삶을 사는 엄마와는 다르게 화목한 가정을 꼭 이룰 것이다.

'이제라도 정말 남부럽지 않은 여자가 될 거야. 나는 멍청한 우리 엄마하고는 완전히 다른 삶을 살 거라고!

진정한 사랑을 느끼며 행복하게 살고 싶어!'

***

신호를 무시하고 거의 레이싱 카처럼 차를 난폭하게 몰면서 문자메시지의 객실 번호를 머릿속에서 수십 번 되뇌다가 어느덧 P 호텔 지하 주차장에 도착했다.

차 문이 부서져라 쾅! 닫으며 객실 층과 바로 연결되는 지하 엘리베이터를 타고 9층으로 올라갔다. 손목시계를 보니 벌써 오후 5시 10분 전이었다.

나는 이성식 팀장이 문자로 알려준 906호 객실 앞에 단숨에 달려가 문 옆에 서서 떨리는 손으로 벨을 눌렀다. 그리고 마치 올챙이 같은 맨몸에 달랑 샤워 가운만 걸치고 문을 열어준 나쁜 놈 박정구 앞에서 '야! 그년 임신했대!' 폭탄선언과 함께 쳐들어갔다.

코트를 난폭하게 벗으며 객실 안을 이리저리 살펴보다가, 갑자기 화가 치밀어 올라 도대체 이 사태를 어떻게 책임질 거냐고 짐승만도 못한 인간 앞에서 막 쏘아붙였다.

그러다가 결국, 이 사달이 나고야 말았다.

평소에는 그렇게 순진하던 이 양반이 갑자기 폭탄선언을 듣고 눈에 아무것도 안 보였는지 바닥에 있는 그 무거운 소화기를 번쩍 들고서 내 뒤통수를 사정없이 내리친 것이다.

당장이라도 숨이 끊어질 것 같았다. 사실 지금도 무슨 힘이 남아서 화장실 타일 바닥에 얼굴을 맞대고 시체처럼 누워있는 내 의식이 다시 돌아왔는지 모르겠다.

하지만 나는 곧 이해했다. 간신히 돌아온 의식이 그렇게 오래가지 않을 거라는 것을.

어쩌면 인간이 죽기 직전에 마지막으로 이승에서의 모든 고통을 다 잊으라고 뇌에서 대량으로 뿜어져 나오는 도파민 때문에, 다만 몇 분 동안이겠지만 머리에서 피를 잔뜩 흘린 내가 기적적으로 의식을 차린 건지도 모르겠다.

그렇다면 지금의 일분일초를 절대 허투루 낭비할 수 없다.

살인범 박정구가 나를 여기 호텔 방에서 다른 곳으로 옮기지 못하도록 내가 여기서 어떡하든 최대한 시간을 벌어야 한다. 그동안 내가 이놈과 꾹 참고 지내며 당한 게 억울해서라도 이 개새끼한테 내가 절대 당하고만 있지는 않을 거다.

나는 이를 악물며 정말 젖 먹던 힘까지 다하여 세면대 위로 간신히 손을 짚었다. 그리고 두 무릎을 바닥에 지지하며 납덩이같은 내 상체를 세면대 앞으로 쭉 일으켰다.

좀 전에 화장실 내부를 확인하며 무심코 거울을 보다가 욕실 어메니티 케이스 옆에 네모난 전화기가 놓여 있는 것을 기억했다. 그리고 무심히 보았던 전화기 키패드 메뉴 중에 빨간색의 비상벨 버튼이 있는 것도.

나는 가만히 있어도 벌벌 떨리는 피 묻은 손가락으로 전화기 키패드 위의 비상벨 버튼을, 두세 번의 실패 끝에 간신히 눌렀다.

순식간에 빨간색 램프에 불이 들어오며 연달아 깜박였다. 이 비상벨은 나도 한 번도 사용해 본 적이 없어서 대체 어떻게 작동되는 건지 모르겠다.

예상으로는 이제 곧 스피커를 통하여 신호음이 몇 번 울리다가 호텔 콜센터 안내원의 낭랑한 음성이 들려올 것이다. 하지만 그때까지 기다렸다가 '제발 도와 달라!' 고 소리칠 힘은 이미 완전히 고갈되었다.

'아, 아, 안 돼...'

세면대 위로 상체를 일으키느라 힘을 너무 많이 썼는지 벌써 눈이 감기려 했다. 며칠 밤 꼬박 센 사람처럼 극심한 졸음이 쏟아졌다.

문득 내 뒤에 닫혀있는 화장실의 문손잡이가 생각났다. 손잡이 바로 밑에 잠금 레버가 달린 것도.

더 이상 세면대 위에서 몸을 지탱할 수 없었다. 이대

로 타일 바닥에 쓰러지면 두 번 다시 일어나지 못한다. 이젠 진짜로 죽는 것이다. 대체 어떻게 하면 살인범 박정구가 경찰에게 바로잡히게 할지 고민하느라 망설일 시간도, 그럴 힘도, 내게는 남아 있지 않다.

이아앗!!

마지막으로 있는 힘껏 고함치며 나는 허벅지와 무릎의 힘을 최대한 이용해 화장실 문이 있는 뒤쪽으로 몸을 크게 돌렸다. 순간 무릎을 감싸는 피부 껍질이 크게 찢어지는 극심한 고통이 전해졌다.

그리고 몸의 균형이 차례로 흐트러지며 바닥 한쪽으로 쓰러지기 직전, 두 손으로 문손잡이를 냉큼 잡고 그 아래 잠금 레버를 한쪽으로 돌렸다.

'찰칵!'

나는 방금 이 화장실을, 안에서 잠금 상태로 만들었다.

나중에 이 살인범 새끼가 내 시신을 호텔 밖으로 손쉽게 이동시키지 못하도록 조금이라도 시간을 벌기 위해 강제로 밀실을 만든 것이다.

동시에 힘을 주고 있던 두 다리가 완전히 풀리며 내 머리와 얼굴이 잠긴 문에 연달아 부딪히고 피부까지 몽땅 쓸리며 다시 축축한 타일 위로 몸뚱이가 고꾸라졌다.

'박정구! 내가 너 절대 용서 못 해! 이제 내 몸은 여기

서 다른 데로 옮길 수 없어! 내가 죽어서 너 반드시 지옥에 데려갈 거야!!'

아쉽게도 거기서 내 의식이 완전히 끊어졌다. 주변이 순식간에 조용해졌다.

***

호텔 방 침대에서 애인 정혜와 가볍게 섹스 후 샤워하고 가운 차림으로 화장실에서 나온 이성식은 냉장고에서 맥주 캔을 꺼내 시원하게 한 모금 마셨다.

나 이성식. 이니셜은 L. 사람들은 나를 요원 '엘'이라고 부른다.

얼마 전 우리 연구소에서 반출된 '핵무기 설계 프로그램'파일에 접근 가능했던 '의심자'중 한 명인 박정구 상임고문의 뒤를, 내가 제약회사 직원으로 위장하여 계속 캐보았으나 별다른 점을 발견하지 못했다.

대신, 이제 정상적인 가정을 꾸리고 싶어서 요원 짓을 그만두기로 마음먹은 나는 은퇴에 따른 퇴직금 조로 정혜를 이용하여 박 원장에게 큰돈을 뜯어내기로 했다.

오늘 정혜가 임신을 미끼로 이 호텔 9층에 올라가 그를 만나, 사모님에게 알리겠다고 협박하며 돈 이야기를 꺼낼 것이다. 역시 우리 정혜는 참 씩씩하다.

그사이 나는 박정구 원장의 뒤통수를 치기 위해 세린 사모님에게 보낼 장문의 문자메시지를 슬슬 작성했다.

나름 그의 뒤를 캐기 위해 고생도 많이 했다. 거의 주말마다 교내 풋살 경기에 그의 아들을 대신 픽업하러 다녔다. 그러는 사이에 사모님의 연락처도 자연스레 알게 되었고 집 내부 청소나 마트 잔심부름도 자주 도와드리며 그녀의 환심을 충분히 쌓았다.

'평소 손에 찬물 한번 제대로 안 묻히고 곱게 자란 온실 난초 같은 아줌마가 자기 잘난 의사 남편이 젊은 여자하고 바람이나 피고 다닌 걸 알면 어떤 모습을 보일까?'

성식은 '박 원장님이 오늘 학회 참석을 빌미로 P 호텔에서 젊은 술집 내연녀하고 뜨거운 밤을 보낼 예정.'이라고 문자메시지 서두로 적었다.

내연녀가 그만 원장님의 아이를 임신했다는 것. 그리고 그녀가 밤에 술집을 나가는데 그녀가 어디 술집 누구인지 제가 잘 알고 있다. 그래서 사모님께서 위로금조로 제게 얼마를 주시면 사모님을 대신해 여자에게 전달해서 중절 수술도 깔끔히 시키고, 다시는 원장님 앞에 나타나지 않게 하겠다는 각서까지 받아오겠다. 저도 세상에서 처자식 내팽개치면서 아무렇지도 않게 불륜 저지르는 남자들을 제일 싫어한다. 저는 무조건 사모님 편이니 한번 적극적으로 검토해 보시라! 는 거의 막장 드라마 내용 수준으로 메시지를 작성했다.

글 마지막에 박 원장이 오늘 묵는 호텔의 객실 번호까지 친절하게 남겨놓았으니 어쩌면 사모님이 남편의 불륜 현장을 급습하러 지금 호텔로 막 달려올지도 모르겠다.

본능에 젖어 마지막 허물까지 벌거벗은 배불뚝이 박 원장의 민낯이 그동안 아무것도 몰랐던 순진한 사모님에게 몽땅 다 드러나며 원장 가족은 한순간에 비극의 배우들이 될 것이다.

하긴. 뭐 그러거나 말거나, 내 알 바 아니지. 그런데 정혜는 내가 죽은 자기 동생이랑 잔 것까지는 아마 평생 모르겠지? 미안하다 정혜야. 그래도 테크닉은 네가 더 낫더라. 흐흐!

그동안 나는 정말로 지긋지긋한 인생을 살아왔다. 실제로 연구소에서 내린 임무 완수를 위해 멀쩡한 사람까지 죽이면서 말이다.

그래서 이번 참에 본업인 비밀 요원 자리에서 완전히 은퇴할 계획이다. 조만간 착실한 민간인 신분으로 탈바꿈하여 그동안 형식적으로 다녔던 제약회사의 직원으로만 앞으로 쭉 올인 할 것이다. 민간인으로 조용히 살아가려면 그래도 그럴싸한 직업에 종사해야만 세상 살기가 수월하다는 것쯤은 가방끈이 짧은 나도 잘 안다.

마침 이번 회사 정기 인사에서 승진하여 다른 관할 지역의 부장으로 이동할 예정이고, 정혜도 이번에 박 원장 부부에게 공사 쳐서 제대로 한몫 챙기면 지금 나가는 술집도 완전히 관두고 나랑 결혼할 예정이다. 그리고 나를 닮은 아이를 출산할 것이다.

나는 업무상으로 박 원장에게 접대할 때마다 일부러 내 애인이 일하는 술집으로 안내했다. 그리고 이번에 가게에 새로 들어온 특급 에이스라고 구라를 치며 순진한 박 원장에게 그녀를 적극 소개했다. 그리고 역시나 탐스러운 독 사과를 박 원장이 침을 질질 흘리며 덥석 물어버렸다.

술자리 분위기가 어느 정도 무르익을 무렵, 내 맞은편 소파에 얼굴이 벌게진 채로 음흉한 미소를 짓던 박 원장이 메기처럼 두꺼운 입술을 정혜의 귓불에 대고 크게 속삭였다. 분명 또박또박 정확히, 내 귀에 잘 들렸다.

"정혜야, 오늘 밤에 오빠랑 2차 갈래? 롱 타임으로. 방도 내가 '야 O자'모텔이 아니라 5성급 호텔로 따로 잡았어. 솔직히 너도 좋지? 대기실에 걸려있는 이벤트 유니폼도 가방 안에 꼭 챙겨와!"

맞은편에서 아무것도 모른 척하고 웨이터 삼촌이 가

지고 온 아이스커피를 홀짝 마시고 있던 나는 테이블 밑으로 퍽 큐를 날리며 속으로 킥킥! 웃었다.

'아이고 이 멍청한 아저씨야, 먼저 거울 좀 보고 주제 파악 좀 하시지. 어디 거의 딸 급인 여자하고 한번 자보겠다고 의원 개원 자금까지 다 대준 착한 아내까지 배신하고 말이야. 이 배불뚝이 호구 새끼!'

나는 그 역사적 불륜 날을 회상하며 혹시 작성한 문장에 무슨 오타라도 있는지 처음부터 다시 꼼꼼히 읽어 본 다음, 마지막에 '이성식 배상.'이라고 마침표를 찍으며 사모님에게 문자 발송을 마쳤다.

그리고 계속된 미행 업무로 지쳤던 나머지 나도 모르게 깜빡 잠이 들었나 보다. 갑자기 객실의 침묵을 일깨우려는 듯 크게 울린 초인종 벨 소리에 놀라 눈을 떴다.

'어! 이 와중에 내가 졸았네? 얘가 그 호구랑 벌써 담판 짓고 내려왔나? 애고 귀여운 것. 얼굴도 예쁜 게 어째 이렇게 시킨 일도 빠릿빠릿하게 잘하냐!'

혼자서 원장이랑 싸우러 9층 올라갔다 오느라 정말 고생 많았다고 마침 캔 맥주도 마셨겠다, 다시 진하게 안아주고 싶은 마음에 입고 있던 가운 허리띠까지 풀어 헤치며 객실 문에 다가가 손잡이를 돌리고 활짝 연 순간,

작은 여성용 모자와 금방이라도 양옆으로 찢어질 것

같은 트렌치 코드를 입은 박정구 원장이 혼이 나간 얼굴로 나를 보고 있었다.

동시에 손에 쥐고 있던 핸드폰에서 9층으로 올라간 정혜의 전화벨이 연달아 울렸다.

***

'띵동! 띵동!'

906호 객실 초인종 벨이 연달아 울렸다.

투덜대며 올라온 금발 머리 정혜가 짜증내며 아무 반응 없는 객실 문을 쿵쿵! 두들겼다.

조금 전에 호텔 1층 편의점에 내려가서 스타킹이랑 껌을 샀다. 그리고 로비 주변에서 마담 언니에게 전화해서 오늘 갑자기 일이 생겨서 가게 출근을 못 한다고 한참 설명하다가 생각보다 시간을 많이 지체했다.

'아이 씨. 호구 새끼 지금 없나? 분명 객실이라고 통화까지 했는데...?'

신경질적으로 껌을 짝짝 씹으며 다시 3층으로 내려가려고 정혜가 뒤로 도는데, 아이 깜짝이야! 언제 왔는지 뒤에 객실 직원처럼 보이는 제복 차림의 남자가 다급한 표정으로 우뚝 서 있었다.

"혹시 여기 투숙자님 가족 되시나요? 객실 화장실 비상벨이 울려 서요!"

***

홧김에 그만 세린을 죽이고 말았다.

마치 예정일보다 일찍 탈피된 미성숙한 유충 번데기처럼, 들고 있던 소화기로 갑자기 객실로 쳐들어온 아내의 뒤통수를 가격하며 내 추악한 허물이 벗겨지던 순간!

내가 피땀 흘리며 쌓은 모래성이 한순간에 와르르 무너지는 피눈물 나는 순간!

그리고 지금 내 앞에 정말 생각지도 못한 놈, 이성식이 서 있다. 맨살에 그저 하얀 샤워가운만을 걸친 채!

"그렇구나. 이제야 알겠네. 네가 우리 정혜를 강제로 임신시킨 거지? 그래 놓고서는 우리 순진한 아내 세린에게 내 이름까지 들먹이며 공사를 치려고 그랬어! 이 개자식이..."

나는 손에 핸드폰을 쥔 채 놀라서 금붕어처럼 입만 벌리고 있는 이성식을 향해 906호 객실 바닥에 놓인 것과 같은 302호 은색 소화기를 다시 높이 쳐들었다.

핏줄이 서린 눈동자에 더 이상 아무것도 보이지 않았다.

하지만 놀란 이성식도 생각보다 빠른 동작으로 객실 테이블 위에 놓여있던 룸서비스 나이프를 얼른 집어 들었다...?

***

마스터키를 이용하여 906호 객실 안에 들어온 호텔 직원이 화장실에 설치된 전화 비상벨이 갑자기 왜 울렸는지 확인하려다 화장실 문이 안에서 잠긴 것을 발견했다.

직원은 고개를 갸우뚱하며 '혹시 안에 누구 계시냐?' 고 소리치며 화장실 문을 계속 두들겼다. 옆에서 상황을 유심히 지켜보던 정혜가 갑자기 기분 나쁜 예감이 들며 애인인 이성식의 핸드폰으로 바로 전화를 걸었으나 이상하게 전화를 받지 않았다.

'뭐야, 다들...'

사라진 박 원장에 이어 갑자기 애인 성식까지 전화를 받지 않아 불안과 짜증이 극대치가 된 정혜가 직원이 문을 여느라 정신없는 틈을 타 906호의 카펫 바닥 위에 씹던 껌을 퉤! 뱉어 버렸다.

직원이 급한 나머지 자기 몸을 꼭 잠긴 화장실 문에

여러 번 세게 부딪혔지만 결국 열지 못했다.

할 수 없이 정혜가 다시 3층으로 내려가려는데 핸드폰 진동이 막 울렸다. 애인의 답장인 줄 알고 바로 핸드폰 액정을 쳐다보니 웬 메일이 도착했다는 알림 내용이었다.

'어? 언니가 웬일로 나에게 이 메일을 다 보냈네?'

예전부터 정혜가 술집 나가는 문제로 사이가 좋지 않았던 공무원인 친언니가 갑자기 보낸 메일이 도착한 것이다. 그러고 보니 어제 늦게 언니가 문자가 보내서 '혹시 예전 메일주소 그대로 쓰냐?'고 그녀에게 물어보기도 했다.

정혜는 핸드폰을 조작하여 자신의 '개인 메일함'에 들어가 언니가 방금 보낸 메일 제목을 확인하였다.

'이게 뭐야?'

메일 제목은 '동생에게 보내는 유서(내 재산 배분과 관련하여)'라고 적혀 있었고, 한글 파일이 같이 첨부되어 있었다.

객실 쪽에서는 얼굴이 벌게진 직원이 '긴급 상황'이라고 객실 앞에서 크게 외치며 여기저기로 전화를 걸고 막 난리를 피우고 있었다.

'재산 배분이라...'

정혜는 마치 주인 없는 모이를 발견한 참새같이 입을

오므리며 언니의 메일을 바로 열어보았다. 그렇게 메일 본문을 대충 훑어보다가 고개를 갸우뚱한 정혜가 일단 읽기를 중단하고 자신의 3층 객실 안으로 다시 돌아왔다.

'어? 성식 씨는 또 어디 갔지?'

갑자기 밀려온 요의를 해결하기 위해 그녀가 닫힌 화장실 문을 연 순간, 자신이 너무도 잘 아는 남자가 두 덩이로 분리된 채 바닥에 널브러져 있었다.

"꺅!"

'은퇴 전 마지막 공사 대상이었던 박 원장이, 머리 없이 쓰러져있다! 아 아니. 몸통 옆에, 찢어진 살점과 으깨진 머리뼈가 여기저기 흩어진 원장의 터진 머리통이 욕조 안에서 흔들거리고 있다......'

정혜는 그 자리에서 너무 놀란 나머지 온몸에 힘이 빠지며 화장실 변기에 머리를 부딪치고 혼절해 버렸다.

***

최정혜는 자신이 이성식과 같이 호텔에 묵는 것을 친언니 포함 다른 누구에게 말하지 않은 것을 지금까지 한으로 여기고 있다.

그녀는 호텔 객실 화장실에서 쓰러진 후, 당시의 충격

으로 근처 병원에서 안타깝게 유산을 하고 말았다.

하지만 계속 기이한 것은 그때 자신에게 메일을 보낸 친언니와, 또 형부도 자택에서 각각 죽은 채로 발견되었다는 것이다. 언니가 자기에게 우리 집 재산이 어쩌고 하는 거짓말까지 글에 남기며 왜 그런 이상한 메일을 보냈는지 아직 잘 모르겠다.

끔찍한 송사가 연달아 자신에게 일어나면서 이제 정혜는 완전히 자포자기 상태였다.

한 이틀을 심한 절망 속에 보내다가 홧김에 그날 호텔에서 도망쳐서 아직 행방이 묘연한 개새끼 이성식이 남겨놓은 명함의 주인에게, 사망한 친언니에게 받은 재수 없는 이 메일을 그대로 전달해 버렸다.

'D 경찰서 형사과 박형식'

Mobile : 010-****-****

E-mail : xxxxx@police.go.kr

그 후, 일주일 이상 병원에서 더 몸을 더 추스른 정혜는 먹고 살기 위해 어쩔 수 없이 자신이 일하던 술집에 웃으며 출근했다.

오늘도 어김없는 평일 저녁 7시.

단골 미용실에서 쿠폰으로 머리 드라이를 마치고 바로 이동하는 가게 출근길. 요즘 핫한 아이돌 유징스 음악이 스피커에서 팡팡 터져 나오는 그랜O 콜택시 안에서 금발 머리 정혜는 앞으로 자신의 밤일 탈출 계획을 다시 그려본다.

'뭐, 가게에 돈 많은 호구 손님이야 얼마든지 오니까… 아니면 요 앞 아파트 상가에 개업해 있는 김순주 치과 원장이나 다시 꾀어볼까? 저번에 가게 놀러 왔을 때 뭐랬더라? 무슨 엄청난 가치를 지닌 물건을 죽은 동생에게 선물 받았다면서 실성한 사람처럼 히죽히죽 웃었잖아. 에이, 그것도 아니면 나도 성식 씨 일했던 그 요상한 정부 기관에 보조원으로 취직시켜달라고 해볼까? 예전에 간호조무사 자격증도 따 놨겠다, 메스 하나는 기막히게 잘 다루는데…'

갑자기 민트향 연초가 사람 혀만큼이나 입안에서 무지하게 당겼다.

대신, 가게 대기실에 도착하여 충전된 민트향 전자담배를 챙긴 정혜가 오늘 첫 손님 방 초이스에 서기 위해 가슴을 앞으로 모으고 잠깐 앉은 의자에서 쓸쓸히 일어났다.

-

* 막간

-

#N-N 세계

기고자

OO일보. 20XX년 X월 X일자.

[오늘의 칼럼] 과연, 우리의 미래는?

… … … …

자신의 분명한 기억을 언제 한번 의심해 본 적이 있는가? 또, 기억이 심하게 왜곡되었던 무서운 경험을 과거에 해본 적이 있는가?
기억의 절대 맹신이 인간을 한순간에 무지하게 만들 수 있다는 사실을, 살면서 단 한 번도 의심해 본 적은 없는가?
사실 '기억', '느낌'이나'감정'들은 풀리지 않는 수학 공식이나, 지금 내 손 위에 놓여있는 탐스러운 사과처럼 단번에 정의를 내리기엔 어려움이 많은 단어들이다.
하지만 이것들이 우리도 모르게 인류의 진화와 인

생에 직, 간접적으로 관여를 해왔고, 그렇기 때문에 지금 내가 이렇게 모니터 앞에 앉아 글을 쓰고 늘 의심하며 살아있음을 몸소 증명하고 있지 않은가.
그럼, 앞으로 우리별의 미래는 어떻게 예견할 수 있을까?
어쩌면 어떤 독재자들의 실수로 이미 여러 번 붕괴하여 우리도 모르게 몇 번이나 다시 태어나고 죽는 구차한 인생은 아니었을까?

구철중·소설가

#전개4

· · · 이수완

1.

“안녕하세요, 처음 뵙겠습니다. 이름은 이수완이고요, 현재 1인 청소업에 종사하고 있습니다. 그중에서도 주로 특수 청소를 의뢰받아서 하고 있어요. 예? 아, 특수 청소가 뭐냐고요? 음, 주로 고인의 집 청소와 고인의 추억을 오래 간직할 만한 유품을 선별해서 유가족에게 나눠드리는 일입니다.”

간만에 신은 높은 힐 때문에 벌써 양쪽 발뒤꿈치가 까진 듯 까슬까슬한 느낌이 올라왔다. 동시에 아직 하얀 김이 나는 아메리카노를 마시기 위해 머그잔을 들었던 남성의 얼굴이 굳어졌다. 분명 소개팅 주선자에게 내 직업에 대해서는 자세히 듣지 못한 것이다.

오늘 만남 장소는 개인 사장님이 운영하시는 동네에서 꽤 유명한 디저트 카페.

특히 바로 구워져 나오는 따끈한 소금빵과 생과일 크림 케이크가 맛있기로 유명한 집이다. 마침 창밖으로 촉촉이 내리는 빗물이 카페 내부를 더욱 운치 있게 만들어 주고 있었다.

그리고 소개팅 상대로 나온 남자는 나에게 특수 청

소 일을 맡겼던 고객의 친한 지인이다. 서울에 큰 프랜차이즈 고깃집을 세 개나 운영하느라 바빠서 현재까지 누굴 진지하게 만날 여유가 없었다고 들었다.

약속 시간 10분 전에 도착한 나보다도 약속 장소에 먼저 와있었으니 남자의 평소 시간관념도 나쁘지 않다. 깔끔한 헤어스타일에 캐주얼 정장 차림, 네모난 금테 안경을 낀 모습이 마치 지적인 연구원처럼 보이기도 했다.

고객과 지인이 함께 찍은 핸드폰 사진을 먼저 보고 이 자리에 나올 마음이 들었다. 사진 속 남자의 표정이 참 좋아 보였다. 착하고 푸근한 용모. 내 앞에서 어떤 말을 들어도 절대 싫은 내색 안 할 선한 인상. 지금까지는 무조건 합격!

하지만 그 환상은 내 직업 소개와 함께 무참히 깨지고 말았다.

서로 약 한 시간여의 걸친 호구조사가 끝나자마자 남자가 어색하게 웃으며 가맹 고객과 미팅이 있다고 양해를 구하며 우산을 들고 먼저 일어섰다. 그리면서 손을 내밀어 나에게 악수를 청했다.

'뭐래? 이걸로 두 번 다시 우리 만나지 말자. 이건가?' 나도 마지못해 오른손을 슬쩍 내밀었다. 악수하면서 바람을 맞았다는 기분 탓인지 덩달아 손바닥과 정수리에서 따끔한 통증이 느껴진 것 같았다.

결국 소개팅 자리가 마무리될 때까지 남자는 나에게 애프터 신청을 하지 않았다.

이런 개운치 않은 이성과의 만남이 올해 들어 벌써 두 번째다. 어쩌면 직업 소개를 한 뒤부터 이미 예상되는 결과였다. 그래. 충분히 짐작된 결말.

오늘 아끼는 트위드 재킷까지 일부러 세트로 맞춰 입고 나왔다. 오랜만에 얼굴에 안 하던 눈 화장까지 해서 그런가? 눈꺼풀 주변도 막 가려웠다. 에이 짜증 나!

'지잉- 지잉-'

'지잉- 지잉-'

이 사태를 지금 알고 거는 건지, 정말 모르고 궁금해서 거는 건지, 주선자인 고객에게서 전화가 연거푸 오기 시작했다. 갑자기 열불이 나고 목이 타서 테이블 위의 얼음물을 벌컥벌컥 마셨더니 썩어서 임시로 때운 이가 엄청 시려 눈살이 찌푸려졌다.

'안 그래도 고급 미용실에 들러서 드라이도 예쁘게 하고 나온 건데, 이렇게 허무하게 끝나다니. 요즘 들어 마음 한쪽이 계속 허전하고 쓸쓸해...'

소개팅 남자가 갑자기 약속이 있다고 빠른 걸음으로 카페를 나간 뒤에도 나는 잠시 더 앉아 있었다. 그러다가 시간 날 때 가끔 만나서 이런저런 사는 이야기도 하고 가끔 외로울 때 모텔에서 안기기도 하는 섹스 파트너 김석호 형사에게 전화나 걸어보기로 했다.

'이 인간은 내가 시간이 난다고 하면 사무실에 관내 출장 끊고 언제든 만나러 빠져나올 수 있으니까. 둘 다 비슷한 중년 나이에 이런저런 공통된 관심사 이야기하면서 VIP 고객 청소 건도 열심히 물어다 주는 무슨 보험 같은 존재라고 할까? 아무튼 오늘 같은 날은 소개팅 꼭 잘돼서 이 인간 얼굴 안 보려고 했는데. 쩝...'

최근통화 목록에서'든든한 김 형사님'이라고 저장된 번호를 터치하려는 순간,

'어!'

카페의 육중한 문을 열고 안으로 들어오는 김석호 형사를 보게 되었다.

접이식 우산을 든 김석호는 내부를 제대로 둘러보지도 않고 창가에 홀로 앉아 있는 어떤 젊은 여성을 바로 발견하고 엷은 미소를 띠며 그쪽으로 걸어갔다.

'뭐지? 이 황당한 상황은?'

나는 어이없는 표정으로 눈을 크게 뜨며 김석호가 앉은 창가 테이블 쪽을 쳐다보았다.

여성도 다가오는 김석호를 발견하고는 답례로 살짝 미소를 띠었다. 대충 보아도 오늘 처음 보는 사이가 아닌 것 같았다. 둘의 분위기 또한 제법 훈훈해 보였다.

아이 씨! 오늘은 몇 배로 인간에 대한 배신감이 느껴지는 날이네.

정말 최악이었다.

조금 전 소개팅 상대에게 대차게 까이고 내연남에게 바람까지 맞은 불쌍한 내 소개를 잠깐 하자면,

나이는 40대 중반. 끝자리는 노코멘트. 어린 시절 동네 소꿉친구가 또래 여자보다 코흘리개 남자아이들이 더 많았다. 타고난 성격 탓에 남의 일 참견하기를 무지 좋아하는 혈기 왕성한 O형. MBTI는 ENFP.

평소에는 청소일 때문에 러프한 면바지와 천에 방풍 처리가 된 어두운색 계열의 플리스 재킷을 주로 입고 다닌다. 누가 봐도 생긴 건 곰 같지만 그래도 손기술 하나는 타고나서 앞머리 정도는 집에서 내가 직접 자른다. 따로 미용실은 한 석 달에 한 번 가나?

하긴 누구는 미용실 비용이 덜 들어 좋겠다고 농담으로 말하는데 사실 삼 개월에 한 번을 가도 롱 헤어보다 이런 단발이 디자인 커트비가 훨씬 더 드는 것이 아이러니다.

그리고 내 이름도 왠지 남자처럼 들릴 것이다. 행여나 이 어지러운 현세에 태어나서 기필코 나라를 구원하라는 고결한 뜻의 한자어 모음은 절대 아니다.

우리 어머니가 세상에서 제일 멋지고 우아한 백조가 되라고, 항상 남들에게 대접받으면서 행복한 인생을 살라고 내가 태어나기 전부터 미리 지으신 이름이라고 들었다. 이렇게 멋진 이름은 지어주신 우리 어머니 김 여사님을, 난 항상 사랑하고 존경한다.

그런 우리 어머니 소원이 바로 내가 하루라도 빨리 시집가는 것이라서 내가 오늘 돈 되는 특수청소 스케줄까지 조정하면서 큰맘 먹고 소개팅에 나온 건데... 결국 한 시간 만에 어그러지고 말았다.

이제 그 남자가 운영한다는 고깃집은 내가 설사 굶어 죽어도, 설마 누가 나에게 공짜로 식사 대접 한다 해도 절대 안 갈 것이다. 지금이라도 당장 식당 네이버 플레이스 리뷰에 들어가 콱! 망하게 악플이나 여러 개 달까 보다. 으... 이 뒤끝!

왠지 인간의 진정한 내면을 탐구하는 심오한 학문 같아 서울 모 사립대학에서 심리학을 전공했다. 그리고 졸업하던 해에 서울 강남역 뱅뱅사거리에 있는 국내 최대의 모 마케팅 회사에 운 좋게 입사하게 되었다.

신참답게 정말 패기 넘치도록 열심히 일했다. 활어 같은 신선한 아이디어를 연달아 뽑아내며 큰 클라이언트 계약도 종종 따내고 나름 회사 내에서 능력을 인정받았다. 남들보다 이른 나이에 과장 직급으로 승진도 했고 어느 정도까지 재량 결재가 가능한 법인카드까지 할당받게 되었다.

적어도 나는 남들에게 인정받는 커리어 우먼으로 평생 살아남을 줄 알았다.

하지만 하루가 멀다고 똘똘하고, 패기 넘치고, 거기다 착하고 예쁘기까지 한 신입직원들이 회사에 줄줄이 입사했다. 경기는 좋지 않았지만 신입 직원은 매년 뽑는 것을 당연하게 여기던 시절이었다.

그러다가 어느새 나이 사십의 문턱에 접어드니 신입 때 속으로 그렇게 깔보던 노땅 간부들처럼 내가 변해 있었다. 희망퇴직으로 포장되어 회사를 먼저 나간 선배들을 보며 내 캐리어의 결말도 어느 정도 예상했지만, 결국 코로나가 터지고 경영 악화로 인한 인원 감축 지시로 나는 인건비만 잡아먹는 블랙리스트로 낙인찍히며 회사를 나오게 되었다.

그래도 얼추 이십 년은 넘게 재직했는데, 정식으로 희망퇴직자 처리가 되어 회사에 형식적인 사표를 제출하기까지는 채 오 분이 걸리지 않았다. 막상 내가 없으면 돌아가지 않을 것 같던 우리 마케팅 기획부 사무실 분위기도 전과 달라진 게 없었다.

억지로 등 떠밀리는 느낌으로 쓸쓸히 퇴사하던 날,

PC 사내 메신저로 그동안 근무하면서 친하게 지냈던 선배, 동료, 후배들에게 고맙다는 감사 메시지를 보내려고 했는데 세상에! 이미 사내 메신저 조직도에 내 계정 아이디가 삭제되어 있었다.

황당했다. 불과 몇 분 만에 회사에서의 내 처지가 이렇게 천지 차이로 달라져 있음에 굉장히 불쾌했다. 그동안 내가 퇴사를 너무 만만하게 보았다는 자괴감까지 들었다. 내가 우리 부서의 제일 상급자인 마케팅본부장님께 마지막 인사를 드리고 자리로 돌아온 게 불과 몇 분 전인데...

아무리 그래도 이건 인간적으로 너무 빠르지 않나?

청춘을 몸 바쳤던 회사에서 퇴직하는 날에 그 흔한 감사 인사 메시지 하나 못 보낸 나 자신이 너무나 비참하고 초라하게 느껴졌다. 나는 큰 소리가 나든 말든 도어를 박차며 일단 사무실 밖을 나왔다.

그길로 나는 바로 한 층위의 총무팀으로 달려갔다. 그리고 개인적으로 친했던 총무부의 김영도 경리 팀장님에게 통로 자판기에서 뽑은 캔 음료수를 갖다 드리며 내 희망 퇴직금의 빠른 지급을 사정했다. 다음 취업까지 어떻게든 우리 김 여사님 모시고 먹고살아야 하기 때문에 유일한 희망인 퇴직금이라도 빨리 수령 받기를 부탁드린 것이다.

그렇게 김 팀장님께 마지막 부탁 겸 퇴직 인사를 드린 후, 창고에서 적당한 크기의 종이상자를 여러 개 가져와 책상이랑 서랍 속의 짐을 꺼내어 박스 안에 욱여넣으며 참으로 어색한 대낮 시간에 회사 건물을 나서게 되었다.

놀랍게도 회사에서 들고나온 내 이십 년간의 짐이 생각보다 너무 작고 가볍다는 것이, 끝까지 나를 슬프게 만들었다.

2.

퇴사 후 딱히 다음 진로를 정한 건 아니었다.

첫 삼 개월은 정말 아무것도 안 하고 우리 김 여사님이랑 해외여행도 다니며 신나게 놀았다. 매일이 모녀 먹방 라이브라 체중도 부쩍 늘었다.

그러다가 정기적으로 모임을 갖는 등산 동호회에서 심야에 아파트 주차장에서 차량 세차 일을 하시는 여성분을 만나게 되었다. 낮에는 시장 국밥집에서 바지사장으로 일하시고 밤에는 이렇게 출장 세차로 투잡을 뛰시는 분이었다. 우리는 서로 친해졌고 내가 가끔 알바 자격으로 같이 세차 일도 도우면서 청소 일에도 관심을 가지게 되었다.

생각보다 사십 대 여성이 재취업할 곳 찾기는 녹록지 않았다. 특히 순발력과 참신한 아이디어가 생명인 마케팅 쪽 업무로는 완전 전멸이었다.

반면에 왠지 아무에게도 간섭받지 않고 그저 묵묵히 맡은 청소 일만 하면 되니 오히려 이 일 자체는 되게 깔끔하고 마음 편할 것 같았다. 좋아. 결심했어! 본격적으로 그분에게 부탁드려서 세차 일을 하시는 아파트 지하 주차장에 본격적으로 따라다니며 일을 도왔다.

그러다가 어느 정도 자신감이 붙자 나도 내 이름으로 된 명함도 파고 개인사업자 등록을 거쳐 결국 청소업 창업까지 하게 되었다. 제일 중요한 사업체 명칭은 자랑스러운 내 이름을 그대로 집어넣고, 과거에 제일 감명 깊게 보았던 외국영화 제목을 카피해서 고상하게 '블랙 수완'이라고 지었다.

보통 아파트 차량 세차는 내부, 외부 세차 및 표면 고급 광택으로 구분하고 횟수와 기간에 따라 일회 권과 주 몇 회 또는 한 달 이상의 정기권 옵션으로 나뉜다.

진행은 보통 금액의 반 정도로 선불금을 먼저 결재받은 후, 지하 주차장에서 차주와 만나 서로 인사하고 자동차 키를 건네받는다. 그리고 차주의 요청 사항 등을 꼼꼼히 체크한 후, 마스크를 쓰고 고급 극세사 타올로 차량 외부와 내부로 나누어 본격적인 세차에 돌입한다.

외부 청소는 먼저 소형 고압 분무기로 전체적인 물청소를 하고 차량용 클린 약품으로 깨끗하게 광을 낸다. 고객이 타이어 옵션을 선택했을 경우 휠 세척 작업이 추가로 포함된다.

내부는 차 안에 들어가 발판의 먼지를 털고 내부의 먼지나 오물 등을 닦고, 군데군데 떨어진 쓰레기를 수거한다. 언젠가 한여름 열대야로 너무 더웠을 때 내부 작동 점검을 한답시고 에어컨을 최대로 틀며 뒷좌석 안마 시트 위에서 잠깐 잠을 청한 건 비밀!

마지막으로 퇴장 전에 아파트 승강기 안이나 주차장에 세워져 있는 차량의 와이퍼 사이에 잘 보이도록 사업체 명함을 끼워 놓는다. 의외로 그걸 보고 전화하는 입주민의 의뢰가 제법 많기 때문이다. 내가 청소한 차량 상태를 보고 마음에 드시는 분이 한 분씩 생기면서 몇 달씩 정기권으로 끊는 충성 고객들이 증가할 때가 제일 기분 좋고 보람도 느꼈다.

하지만 차량 청소 일도 은근히 계절을 타서 여름에는 꽉 막힌 주차장 공간에서 들락날락하는 차량 열기가 그대로 전해져 오기 때문에 매번 땀으로 샤워하고, 또 겨울에는 주차장 내부에 난방이 제대로 되지 않아 오리털 파카와 기모 바지를 아래위로 두 개씩 겹쳐 입고 졸지에 큰 곰으로 변신하여 청소해야 하는 어려움이 있다.

나름 힘들었지만 그래도 조금씩 사업 확장에 대한 미래 목표도 생겼고 수입 증대를 위해 직원을 채용해야 하나? 하는 즐거운 상상까지 하니 일하는 중에도 저절로 콧노래가 나왔다.

하지만 안타깝게도 내가 아파트 차량 세차 일에서 완전히 손을 떼게 된 충격적인 사건을 몸소 겪게 되었다.

그저 분하고 원통하다는 말밖에 안 나온다.

그날은 제법 늦은 야간 시간대였다.

일회용으로 차량 내부 청소를 예약한 사람이었는데 비용은 자꾸 당일에 직접 만나서 주겠다는 것이다. 뭐, 아직은 충성 고객을 많이 모아야 하는 시기라 나도 그냥 좋습니다! 했다. 예전에도 몇 번 가본 적 있는 00 아파트 지하 2층 F 열 주차장의 세워진 국산 브랜드 중형차 앞에서 고객과 만나기로 했다.

약속 시간이 되자 전화로 예약했던 젊은 남자가 검은색 야구 모자를 쓰고 주차장에 나타났다. 그런데 자기가 롤 게임을 한다고 며칠 집에만 계속 있었기 때문에 현금도 인출하고 먹을 것도 좀 사야 해서 근처 편의점에 먼저 다녀오겠다고 주저리 말했다. 리모컨으로 차량의 문을 오픈하면서 차 열쇠를 나에게 휙 던졌다.

그러더니 차량 외부 말고 내부 청소를 먼저 하고 있으라고 나에게 거의 명령조로 말했다. 좀 있다가 누구를 모시고 급히 어디를 가야 한다나. 그러고는 뒤도 안 돌아보고 승강기 방향 쪽으로 급히 걸어갔다.

그래도 나는 '고객이니까.' 생각하며 얼굴에 방진 마스크와 랜턴을 착용하고 청소 도구를 실은 작은 카트를 차량 오른쪽 뒷좌석 앞에 세우며 문을 열었는데, 갑자기 그 안에서 웬 검은 물체가 옷을 확! 잡아당겼다.

으악!

전면 유리창 선팅이 너무 짖게 되어있어서 안에서 웅크리고 있으면 밖에서는 누가 탔는지 안 보였던 게 화근이었다. 미국 영화에 나오는 은행 강도들의 검은 복면을 착용했는데!

'처음부터 이인조였나?'

검은 복면이 엄청난 팔 힘으로 나를 차 안으로 계속 끌어당겼다. 악력 때문에 내 몸의 반절이 뒷좌석 안으로 쑥 딸려 들어갔다. 너무 긴장되고 두려워서 내 의지와는 반대로 목구멍에서 아무런 소리를 내지 못했다.

그때 사라진 야구 모자 남자가 갑자기 나타나 실실 웃으며 운전석에 막 탑승하려 했다.

"이야, 오늘은 유부녀라 더 맛있겠네?"

놀란 내가 온몸으로 심하게 저항하며 간발의 차이로 세워놓은 청소 카트를 차량 문틈 사이에 끼어 놓은 바람에 검은 복면이 손을 뻗어 뒷문을 쉽게 닫을 수 없었다.

동시에 나는 그놈의 복면 천을 한 손으로 움켜쥐며 나머지 한 손으로 머리에 달린 헤드 랜턴 스위치를 재빠르게 켰다. 차 안의 좁은 공간에서 환한 LED 랜턴이 반짝 켜지니 복면의 시야가 갑자기 멀었는지 정신을 못 차렸다. 내 옷을 꼭 잡은 손의 악력이 약해지는 게 느껴졌다.

이때다 싶어 나는 얼른 복면의 손을 뿌리치고 차에서 뛰쳐나와 살려달라고 비명을 지르며 승강기까지 전속력으로 달렸다. 마침 지하에 도착한 승강기를 타고 1층으로 급히 올라갔다. 그리고 아파트 중앙 관제실까지 냅다 뛰어가 조금 전 당한 상황을 있는 그대로 말했다.

그때 관제실 한쪽에 붙어있는 'XXXX년도 ** **시설 설립 기념'글자가 희미해진 벽 거울을 무심코 보았는데 내 모습이 참으로 가관이었다. 기껏 한 눈 화장이 눈물을 타고 쭉 흘러내려 얼굴이 마치 판다처럼 시커먼 작업복과 콜라보를 이루고 있었다.

더구나 쓰고 있던 헤드 랜턴은 중간에 어디로 날아갔으며 머리는 산발에, 신고 있던 신발 한쪽마저 사라졌다. 아마 주차장의 여러 대 CCTV를 돌려 보지 없었으면 관제실 직원들이 날 이상한 사람 취급했을지도 모르는 참으로 위험한 사건이었다.

바로 관할 경찰서에 상해 및 성폭행 신고 접수를 했다. 그리고 간단한 신변 조사를 마치고 덜덜 떨리는 몸으로 집에 기어들어가 한 3일 계속 잠만 잤던 것 같다.

'도대체 지금 내가 뭐 하고 있는 건가......'

집에서 가만히 쉬고만 있으니 이런저런 쓸데없는 생각만 자꾸 들었다. 세차 일을 그만두고 간간이 정신과 치료를 받으면서 심신을 회복하고 있었는데, 드디어 신고를 접수한 경찰서에서 그 둘 중 한 놈을 잡았다는 연락이 왔다.

아마 이름이 '이성식'이라 불린 맨 처음에 나에게 세차를 예약한 야구 모자 놈은 아니었다. 먼저 차 안에 미리 숨어 있던 복면 녀석 '박정민'이 잡혔는데, 나이들이 30대 초중반이라나? 그 새끼들이 홀로서기 중인 나에게 평생의 잊을 수 없는 상처를 안겨준 것이다.

이 천하의 찢어 죽일 놈들!

사건 이후 나는 주차장 세차 일을 완전히 그만두었다. 가끔 그날의 충격적인 장면이 머릿속에 떠오를 때가 있지만 우울증 약을 먹어가며 억지로라도 잊기로 했다.

그리고 만약 나머지 한 놈이 다시 눈앞에 나타나는

순간, 평생 얼굴을 가리고 다니도록 내가 반드시 아작을 내주겠다고 뼛속까지 다짐하게 되었다.

어느 정도 몸을 추스른 후에는 차량 세차 대신, 기존의 단골을 통해서 소개받은 주택만 골라 대낮에 하는 청소 일을 새롭게 시작하게 되었다.

마침 그때 사건 수사 담당자여서 자연스레 안면을 익힌 D 경찰서 김석호 형사의 소개로 고인의 집 청소와 유품 정리를 맡은 것이 첫 인연이 되어 지금까지 특수 청소 일을 본업으로 계속해 오고 있다.

3.

나에게 집 청소를 맡기시고 맘에 들어 단골이 된 고객 중에 가족이나 지인이 갑작스러운 상을 당하여 추가로 연락해 오는 의뢰가 제법 많았다.

보통 돌아가신 고인의 유품을 잘 분류하여 버릴 건 버리고 또 기념될 만한 것은 유족에게 양도하는데, 정말 버릴지 안 버릴지 끝내 결정을 못한 물건들은 유족이 결정을 내릴 때까지 내가 직접 임차한 창고 안에 얼마간 보관한다.

그렇게 청소 일을 마치고 하루의 마무리로 그 창고

안에 들어갈 때마다 나는 항상 장례식장에서나 느껴지는 무겁고 엄숙한 냄새를 온몸으로 체험한다.

창고 안 어딘가에서 나를 지켜보시는 고인들께 정중히 인사를 드리는 것으로 보통 그날의 업무를 마친다. 그래야만 앞으로 내 일이 무탈하게 잘 해결될 것 같기 때문이다.

청소 때마다 내가 늘 착용하는 복장은 흰색의 타이벡 원단 소재의 방호복인데 코로나 사태 때 의료진들이 늘 입고 다니는 모습이 TV 화면에 비치며 눈에 많이 익은 일회용 전신 보호복이다. 이 방호복을 거의 매일 뒤집어쓰는 덕분에 머리도 항상 단발 스타일로 앞머리만 빗으로 대충 정리하면서 다닌다.

험난한 특수 청소 업계에 종사하면서 성공하는 비결은 의외로 간단하다. 처음 의뢰받은 집 주인의 눈에 잘 찍히는 것이다. 아무래도 고인의 집 청소라는 특수한 의뢰이므로 나를 직접 경험한 의뢰인의 소개로 알음알음 일감이 들어오기 경우가 대부분이기 때문이다.

매출 수입에서 특별히 홍보비를 따로 지출하기 어려운 나 같은 영세 자영업자들은 고객의 칭찬과 입소문은 뭐니 해도 제일 중요한 홍보 수단이다.

의뢰 맡은 고인이 자살인지 타살인지, 숨을 거둔 후 얼마나 집안에 방치되었는지, 또 가정집이나 아파트 내부, 아니면 어디 외부의 창고나 또 깊숙한 지하실 바닥인지 장소에 크게 구애받지 않고, 고인이 지내셨던 곳이면 어디든지 달려가 특수 청소를 해드리는 나의 성실 근면함을 보고 의뢰인들이 하나둘 연락해 오기 시작했다.

덕분에 월말 매출 또한 꾸준히 상향 곡선을 그렸다. 처음에 청소 일을 급구 반대하셨던 우리 김 여사님도 이제는 나를 적극적으로 응원해 주시는 열렬한 팬이 되셨다.

그날도 어김없이 어떤 고객의 단독주택 내부를 열심히 청소 중이었다.

더 많은 집중력과 에너지가 소모되는 특수청소 건은 아니었다. 남편분이 회사 주재원으로 몇 년 동안 가족과 함께 외국에 파견 나가 있다가 이제 기간이 만료돼 곧 돌아오게 되어 그전에 미리 집 청소를 좀 해달라는 남편 어머님의 의뢰였다.

장장 6년 동안 외국에 나가 있었으니 어찌 보면 거의 입주 청소인 셈이다. 아침 일찍부터 그 집 어머님에게 마스터키를 받아 집안 내부를 계속 쓸고 닦았다. 안방, 거실, 부엌 싱크대 등에 뽀얗게 쌓인 먼지가 제법이었다. 다행히 커다란 양문형 냉장고는 집주인이 떠나기 전 내부를 미리 싹 비웠기 때문에 음식쓰레기로 골머리를 썩일 염려는 없었다.

집 마당에 주차된 고급 외제 차량이 따가운 햇볕 아래서 오매불망 주인을 기다리고 있었다. 서비스 차원으로 차량 외부만 닦아볼까? 생각하던 차에 마침 핸드폰 신호음이 울렸다.

"예 여보세요, 너무나 깨끗하게 집 청소를 해서 보는 사람의 등줄기까지 오싹하게 만드는 청소업체'블랙 수완'입니다!"

하이 톤의 중년 여성 목소리가 핸드폰에서 크게 울렸다.

"저 혹시 고인의 유품을 정리하시는 사장님 맞는가요? D 경찰서 김석호 형사님 소개로 전화 드리게 된 '박정순'이라고 합니다만..."

'아, 설마 그 의뢰 건인가?'

이번에 돌아가신 고인의 형이 마침 자기하고 친한 초등학교 동창이라 청소를 특별히 잘 부탁한다는 김석호 형사의 얄미운 전화를 그제 받았다.

"주는 가정집 청소입니다만, 가족 사망이나 집안에 사연이 있어 특수 청소를 원하시면 추가 비용을 받고 고인의 집을 청소하면서 유품까지 같이 정리해 드리고 있습니다."

그래도 김석호 형사를 통해 내 연락처를 알았다면 적

어도 불법이나 불미스러운 사건으로 돌아가신 고인의 의뢰는 아닐 것이다. 뭐 어설픈 예감이 틀릴 수도 있지만 이번에도 배불뚝이 경찰을 한번 믿어보기로 했다.

"마침 잘되었네요. 그러면 말씀대로 집 청소랑 해서 한꺼번에 의뢰를 맡겨볼까 합니다. 비용은 블로그에 나온 표준 견적 그대로죠? 미리 확인은 했어요."

"예 맞습니다. 그리고 실례지만 전화를 주신 분과 고인은 어떤 관계인가요?"

하이 톤 여성이 갑자기 뜸을 들였다. 뭔가 고인에 대해 말 못 할 사정이라도 있는 건가?

"저... 혈연관계는 아닙니다. 굳이 밝히자면 고인은 제 주택에 세 들어 살았던 임차인인데요. 유족에게 미리 위임도 받았으니 의뢰에 문제는 없겠죠?"

의뢰인이 알려준 주소로 구입한 지 벌써 15년이 넘은 흰색 소형차 장군이를 몰고 아침부터 제법 높은 언덕 비탈길을 올라가고 있었다.

내 경우에 특수 청소를 하러 갈 때 챙기는 도구는 크게 두 가지로 나눈다.

먼저 사이즈 별로 겹겹이 들어가는 다용도 플라스틱 양동이와 여러 개의 걸레, 수세미, 바닥 이물질을 긁어낼 헤라, 소독약을 넣은 스프레이와 에프킬라 같은 강력 살충제, 주방 욕실용 세제, 광택제, 그리고 고인이 남긴 기이한 냄새를 공기 중에서 금방 흡착시키는 고분자 하이 폴리머 방향제 등이다.

두 번째는 손전등, 전기 충격기, 후추 스프레이 등 혹시 모를 위협에서 내 몸을 지키는 호신용 도구와 휴대용 드라이버, 니퍼 등 작은 공구들, 대용량 쓰레기봉투 및 작업 후 의뢰인에게 결과 보고할 집안 사진과 동영상을 여러 장 찍기 위한 핸드폰 보조 배터리 등이다.

추가로 작업 후 정말 비 오듯 흘리는 땀을 닦을 수건들과 작은 아이스박스 안에 담긴 시원하게 얼린 생수와 이온 음료 등도 이 일에 꼭 필요한 물품이다.

물론 의뢰받은 청소비용은 견적 금액의 절반을 무조건 선불 입금 받는다. 기껏 청소를 열심히 했는데 소소하게 트집을 잡고 결국 마음에 안 든다며 돈을 다 못 주겠다고 뱃살을 튕기는 못된 의뢰인이 꼭 있기 때문이다.

그래도 이제는 맨 처음 고인 집 청소를 시작했을 때보다 스트레스도 덜 받고 많이 적응된 상태다. 첫 청소 현장에서 몇 달 만에 치우는 고인의 각종 분비물, 체액, 혈액 등이 꼭 사람 모양으로 누렇게 물든 침대 매트리스를 마주한 순간, 바로 화장실로 달려가 변기통을 붙잡았던 기억은 아직도 생생하다.

작업 후에는 정말 피부가 벗겨질 때까지 온몸을 계속 씻었고 며칠간 구역질이 나서 식사도 할 수 없었다. 밤새 뒤척이며 심각하게 다른 직업을 고민하기도 했다.

하지만 인간은 역시 적응의 동물인가 보다. 정말 마지막이라는 신념으로 하루하루 꾹 참고 견디다 보니 결국 오늘까지 오게 되었다. 이제는 적응을 넘어 청소하는 AI 기계처럼 마주하는 상황에 초월해졌다고 할까? 미사일 궤적처럼 우상향하는 월말 매출도 심각하게 고민한 나를 오늘까지 붙잡는 데 크게 한몫했다.

도착한 곳은 근처에 마을버스 정류장 하나 안 보이고 자차가 아니면 찾아오기도 쉽지 않은 서울시 성동구 옥수동 언덕 꼭대기에 위치한 작은 단층 주택이었다.

'의뢰인이 분명 근처에 나와 있겠다고 했는데...'

갑자기 페인트 껍질이 군데군데 벗겨진 주택 철문이 활짝 열리면서 40대 중반 정도로 보이는 아주머니 한 분이 핸드폰을 귀에다 대며 나왔다. 마침 집 앞에서 눈을 동그랗게 뜨고 있는 나와 정면으로 마주쳤다.

"혹시... 유품 정리하시는 분 맞으세요?"

"아, 예. 예. 며칠 전에 저에게 전화 주셨던 박정순 사모님 되시나요?"

고개를 끄덕인 의뢰인이 마치 초등학생 같은 귀여운 목소리를 내며 얼굴에 바로 가식적인 미소를 띠었다.

"사건 담당이신 김석호 형사님이 이쪽으로는 워낙 일을 꼼꼼하게 하신다고 하도 칭찬하셔서 이렇게 전화 드린 겁니다."

어제 오후쯤, 혹시 방문할 고인 댁에 대해 미리 참고해야 할 정보가 있을지 김 형사에게 전화를 해보았다. 하지만 또 무슨 살인 사건에 투입되어 바쁜 건지 통 전화를 받지 않았다. 늦게까지 답신 전화도 없었다. 그는 꼭 자기 필요할 때만 나에게 전화하고, 또 내 전화는 요리조리 걸러서 받는다. 항상 골치 아픈 청소 의뢰만 툭 던져놓고 매번 이런 식이다. 이 약삭빠른 배불뚝이!

"전화로 대충은 들었습니다만, 그러니까 세입자분인 김순철 씨가 안타깝게도 자살로 돌아가셨고, 집안에 특별한 유서도 없었으며, 추가로 사모님께서는 돌아가신 고인에게 그동안 월세를 못 받으신 게 꽤 있는데, 하지만 신규 세입자를 받으려면 이렇게 집을 계속 비워 둘 순 없어서 일단 청소는 해야겠고, 그래서 이왕 청소하는 김에 집에 남은 고인 유품 중에서 혹시 월세 대용으로 할 만한 것을 좀 찾아봐 달라는 말씀이시죠?"

의뢰인이 부숭부숭한 눈웃음을 지으며 말했다.

"어머머. 역시 경험이 많으셔서 그런지 눈치가 빠르시네요. 제가 '부동산 임대차 계약서' 사진 찍어 보내드린 거는 보셨지요? 그때 세입자 행색이 하도 딱해서 동네

시세보다 훨씬 저렴한 보증금 오백에 월 삼십으로 선심 써서 계약했는데, 보증금은 벌써 다 까먹고 월세가 자그마치 일 년 치가 밀렸어요. 일 년 치! 저도 재산세다, 중간에 집수리비다 뭐다 해서 매번 고정비로 나가는 게 많은데 이런 변고까지 당하게 돼서 요즘은 제가 밤에 잠도 잘 못 자요. 그러게 내가 이 남자 세 들이지 않는 거였는데, 우리 착한 남편이 월 삼십이 어디냐고 자꾸 들이자고 하는 바람에 심하게 부부싸움도 나고..."

그녀가 떨떠름한 표정으로 눈까지 흘겼다. 그래도 이 집에서 사람이 죽어 나갔는데, 아직 고인의 채취가 집 안에 군데군데 묻어있을 텐데, 애초에 세입자를 잘 못 들였다고 여기서 잘잘못 타령이라니...

"알겠습니다. 그럼 저하고 지금 집 안에 같이 들어가시죠. 마침 제 차에 여벌 방호복이 있습니다. 먼저 차 안에서 천천히 갈아입으시고요..."

갑자기 눈이 커진 의뢰인이 얼른 손사래를 쳤다.

"아, 아니에요. 물론 제 소유 집이지만 괜히 찝찝하기도 하고, 굳이 혈연관계도 아닌 제가 고인이 살았던 집을 자꾸 들여다보는 것은 예의가 아닌 것 같아서..."

'흥. 그렇게 잘 아시는 분이 밀린 월세 못 받았다고 그 난리를 피우셨어요?'

"사모님. 그리고 나머지 절차는 어떻게 되었나요? 유

품 관리 및 취급에 대한 위임 여부는 오늘까지 저에게 알려주신다고 하셔서요. 아시겠지만 현금, 통장, 유가증권 등은 물론이고 상식적인 범위 내에서 재산상의 가치가 인정되는 물품은 고인의 상속자에게 우선권이 있거든요."

그제야 구겨진 표정을 피며 그녀가 대답했다.

"제가 유가족하고 통화를 하면서 알게 되었는데요, 고인의 어머님은 예전에 병으로 돌아가셨고 아래로 쌍둥이 여동생, 위로 형님이 한 분 계시는데, 사실 그 형님하고도 어렵게 통화가 되었어요. 뭐, 어디서 작게 치과를 운영하는데 평일 낮에는 진료 때문에 바빠서 제대로 전화 받을 시간이 안 난다나? 아무튼 지금 자기는 동생 유품까지 처리하러 갈 여유가 안 되기 때문에 괜찮으시면 동생 물품을 저보고 알아서 처분해 달라고 부탁하더군요. 아! 월세 얘기를 제가 먼저 꺼낸 건 아니에요. 다행히 동생이 월세가 꽤 밀렸을 거라고 먼저 형님이 저에게 죄송하다고 하던데요? 눈치도 빠르셔라..."

그 형이라는 사람이 아마 고인의 집을 방문했다가 동생의 시신을 처음 발견한 치과의사 김순주일 것이다.

"알겠습니다. 그러면 지금부터 안에 들어가 고인의 유품 정리와 내부 청소를 바로 실시하겠습니다. 진행하다가 궁금한 사항 있으면 바로 연락드릴게요."

"모쪼록 잘 부탁드립니다. 그리고 청소 다 끝내시고 발견된 유품 내역은 저하고 만나서 정보 공유하시는 거, 잘 아시죠?"

그러더니 내 대답이 떨어지기도 전에 의뢰인이 집 앞에 세워진 소형 외제 차 안에 올라타고 쏜살같이 자리를 떴다.

나는 어깨를 으쓱하며 다시 차 안으로 들어가 흰색 타이벡 방호복과 방진 마스크, 가벼운 소재의 의료 폐기물 처리 장갑으로 단단히 무장했다. 혹시 모를 공기 중 오염이나 해충에 의한 접촉 감염을 막기 위함이다.

청소 도구를 잔뜩 담은 양동이를 한 손으로 챙겨 들고 열린 대문을 통과하여 미리 받은 마스터키로 집 현관문을 열고 어둠이 서린 고인의 집안으로 천천히 들어갔다.

집 안에서 시취(屍臭)는 느껴지지 않았다. 다행히 냄새를 없애기 위해 들고 온 특수 약품을 사용할 필요가 없었다. 파리 떼와 구더기를 불러오는 남은 음식물 악취도 집안에서 일절 나지 않았다. 아마 고인이 삶의 마지막 시점에 집안에 남은 각종 오물을 남김없이 버렸을 거라는 생각이 들었다. 심지어 모아놓은 다른 생활 쓰레기도 안보였다. 아예 플러그가 뽑힌 냉장고 안은 그저 텅텅 비어 있었다.

여러 집을 방문해 청소하다 보면 집안에 들어서자마자 시신의 고약한 악취와 방치된 음식물 쓰레기 악취가 코를 찌르며 거실 입구부터 굶주린 파리들이 회오리 춤을 추고 바닥에 벌레의 배설물과 하얀 구더기들이 우글거리는 곳이 태반이다. 하지만 반대로 자신의 마지막 장소를 최대한 청결하게 해놓고 가시는 분도 있다. 다행히 고인은 후자였다.

보통 죽은 이의 집 안으로 처음 들어갈 때마다 문 안에서부터 강렬히 뿜어져 나오는 아득한 시신의 시취에 저절로 미간을 찌푸리게 된다. 걸어 들어가는 몸뚱이는 전기를 맞은 것처럼 신기하게 둔해진다. 인간의 족적은 설사 육체가 죽어 나가도 그렇게 쉽게 집에서 떨어져 나가지 않는가 보다. 아마 현생에서 이루지 못한 삶의 자취가 너무나 안타깝고 서운해서 떠나는 발걸음이 잘 안 떨어져 그럴 것이다.

마치 아직 제대로 한을 풀고 하늘에 올라가지도 못했는데 내 집에 어딜 감히 들어오느냐? 는 고인의 경고를 대변이라도 하듯, 그 특유의 고약한 냄새는 나 같은 외부인의 머리와 가슴을 항상 어지럽고 답답하게 만든다. 이것도 일종의 직업병이다. 쉬는 날에 그렇게 절에 다니며 성불 기도를 드려도 말이다. 혹시나 여기서도 그 공황이 찾아오기 전에 얼른 이 집의 전등 스위치를 찾아 불을 환하게 켰다.

하지만 직업군인이었다는 30대의 고인이 바로 얼마 전까지 삶을 영위했던 이 집은 생각보다 너무 깔끔하고 아늑한 분위기였다. 마치 죽은 사람의 집이란 걸 몰랐으면 변두리 동네 언덕에 위치한 그저 평범한 셋집으로만 여겼을 것이다.

듣자 하니 고인의 시체도 집에서 일찍 발견되었겠다, 골치 아픈 음식물 쓰레기도 보이지 않겠다, 굳이 눈 아프게 폴리머 방향제까지 뿌려대면서 조심히 행동할 필요는 없어 보였다.

일인용 싱크대가 앙증맞은 자그마한 거실을 뒤로하고 침대가 있는 안방으로 슬슬 걸음을 옮겼다.

'여기가 농약을 섞은 소주를 마시고 자살한 장소인가?'

김석호에게 듣기로는 고인이 안방 침대에서 가만히 누워 죽은 모습으로 마침 동생 집을 방문한 형 김순주에게 발견되었다고 한다.

문밖에서 아무리 불러도 인기척이 없어 동생과 나눠 가지고 있던 마스터키로 현관문을 열고 동생의 이름을 부르며 김순주가 안으로 들어왔다.

그리고 그는 숨을 삼키며 곤히 잠든 김순철의 시체를 발견하게 되었다.

아마 고인의 숨을 거두고 형에게 발견되기까지 채 48시간도 안 걸렸었기 때문에 제법 습한 날씨임에도 침대 위에 시신의 체액이 오염되지 않았다.

하지만 늘 하던 방식대로 침대 커버를 훌러덩 벗겨서 가져온 대용량 쓰레기봉투 안에 그대로 집어넣었다. 역시나 침대 매트리스에도 체액 등 시체와 관련된 불순물이 오염된 흔적은 없었다. 고인이 숨을 거둘 때 특별한 몸부림이나 요동이 없었기 때문에 아마 침대 방은 자살하기 전과 거의 똑같이 보전되어 있을 것이다.

내친김에 유품 정리를 위해 침대 주변의 옷장과 서랍장을 하나씩 열어보았다.

'.......사전에 준비를 오래 한 것일까?'

여기서 말한'사전'은 자살을 결심한 순간부터 자살을 실제 감행한 때까지의 물리적 시간을 말한다. 보통 재산 등 주변의 것들을 하나씩 정리하기 시작하고 다음으로 유서를 적는다. 자신의 뼈와 가죽 이외에 자기명의의 예금 통장이나 돈 될 만한 귀금속 등을 남겨진 상속자를 위해서 찾기 쉬운 곳에 올려놓는 것은 죽음을 목전에 둔 인간의 오랜 본능이다. 그렇게 인간이 자연으로 돌아가기 위한 소소한 준비와 절차는 생각보다 충동적이면서도 꽤 계획적으로 진행된다.

청소와 유품 정리를 동시에 하면서 특별히 관심거리

가 될 만한 것은 보이지 않았다. 침대 방 옆에 작은 방이 하나 더 있어서 마저 확인해 볼 요량으로 옷장 문을 닫으려는데, 포개진 겨울 이불 위에 비스듬히 놓인 특이한 베개 한 개를 발견했다.

하지만 나에게는 이미 낯익은 국방색 물품!

"어? 빨대 베개다. 이야... 이거 진짜 오랜만이네."

초등학교 시절, 직업 군인이었던 아버지의 근무지를 따라 이곳, 저곳, 주소지를 옮겨 이사 다니면서 어느 순간 자연스레 이삿짐 트럭 안에 넣어 다녔던 것이 바로 이 빨대베개였다.

정확히는 플라스틱 빨대를 세로로 약 1센티 정도 자른 모양의'바이오칩'이라는 소재를 사용한 이동용 베개인데, 가볍고 복원성이 좋아 오래전부터 군대에서 병사들의 침구 물품으로 지급되었다고 한다.

당시 중대장 직책이었던 아버지가 어느 날 부대에서 이 베개를 집으로 몰래? 가져오셨는데. 일반 솜 충전재 대신 베개 속에 빨대 칩을 채워 놓았기 때문에 겉을 만지면 사각! 사각! 소리가 나는 것이 꽤 재미있어서 어렸을 때부터 내가 항상 인형하고 같이 가지고 놀았던 기억이 있다.

거의 40년 만에 다시 보는, 그 옛날 우리 집 거실 가운데에 덩그러니 놓여 있던 군대 베개였다.

"어머! 요즘 세상에 이런 걸 다 보네. 오랜만에 만져나 볼까?"

한 손으로 베개를 들고, 나머지 한 손으로 베개 옆 부분을 사사삭 만져보았다.

사각! 사각! 사각! 사각! 여전히 정겨운 소리.

그러고 보니 고인도 얼마 전까지 직업군인이었다고 했다. 아마 전역할 때 우리 아버지처럼 기념으로? 한 개 들고 나온 것인지도 모른다.

미소를 지으며 베개를 다시 옷장에 집어넣으려는 순간, 그 안의 무언가가 손에 잡히는 게 느껴졌다.

'뭐지? 이 딱딱한 느낌은?'

다시 두 손으로 베개 표면을 여기저기 만져보았다.

꼭 반지 케이스 크기의 네모난 상자가 베개 안에 들어있었다. 궁금해진 나는 벨크로 이음(찍찍이)으로 된 베개 커버를 벗겨 내고 밀봉된 칩 충전재를 이리저리 살펴보았다.

어! 분명 충전재 아래쪽으로 덧 박음 된 흔적이 있었다. 누군가 이 부분을 강제로 뜯어서 무엇인가를 집어넣고 다시 손으로 바느질을 한 것이다.

가지고 온 커터 칼로 조심스레 그 박음질 부분을 뜯어보았다. 검은 실 조각이 하나씩 떨어져 나가고 입구 부분이 조개처럼 쫙 벌어지면서 자잘한 플라스틱 칩들이 오랜만에 모습을 뽐냈다.

그 사이에 웬 검은색 반지 케이스가 얌전히 들어 있었다. 나는 갑자기 가려워진 눈을 비빈 후, 엄지와 검지를 이용하여 그것을 조심스레 꺼냈다.

그리고 침을 꿀꺽 삼키며 케이스 뚜껑을 천천히 열어 보았다.

“이, 이, 이게 뭐야?”

반짝! 반짝!

익히 잘 알고 있는 것이 여러 개 들어있었다. 바로 사람의 치아였다.

뿌리째 뽑혀 원본 그대로의 모습으로 잘 유지 되어 있었다. 치과 임플란트 재료로 보이는 작은 나사가 달린 인공치아 몇 개를 제외하고는, 나머지 치아들은 뿌리 윗부분이 반짝이는 금으로 덮여 있었다. 개중에는 오랜 사용으로 금 표면이 조금 벗겨진 것도 있었고 마치 금방 덧씌운 새 이처럼 멀쩡한 녀석도 있었다.

‘이게 왜 고인의 베개 속에 있었을까? 자살로 신속하게 처리되면서 경찰들도 차마 이것까지는 발견하지 못한 걸까? 어? 케이스 안에 뭐가 또 있는데?’

꼬깃꼬깃 접힌 노란색 종이가 반지 케이스 밑에 깔려 있었다. 망설임도 잠시, 나는 노란색 종이를 얼른 펼쳐 보았다. 맨 위에 ‘무슨, 무슨, 계약서’라는 문구가 굴림

체로 딱딱하게 표기되어 있었다.

'계약서? OO 해피 신용? 여기가 뭐 하는 곳이지? 대부업첸가?'

핸드폰으로 바로 검색해 보았다. 왠지 국내 스릴러 영화에서 단골 소재로 나오는 그런 무시무시한 장소 같은 느낌이 들었다.

과연 고인인 김순철 씨에게 무슨 일이 생겨서 갑자기 자살을 결심하게 되었고, 또 베개 칩 속에다 왜 금이빨을 숨겨놓을 수밖에 없었는지. 그리고 이 노란색 종이는 고인에게 무엇을 의미하는지.

갑자기 현기증이 밀려왔다. 무심결에 벽 쪽으로 고개를 돌렸다. 마침 두 개의 작은 사진 액자가 나란히 걸려 있었다.

한 개는 휴가 나온 까까머리 군인 세 명이 어깨동무하고 어디 해변 근처에서 같이 사진 찍은 것이었다. 휴가 때 놀러 가서 맘껏 포즈를 취한 듯, 표정들이 하나같이 즐거워 보였다.

물론 나는 고인의 얼굴을 본 적이 없다. 하지만 함께 웃고 있는 장병 중에 김순철 씨가 누구인지는 감으로 대충 알 수 있을 것 같았다.

짧은 군인 머리 스타일로 러닝 상의에 군복 바지를 입고 크게 웃고 있는 맨 왼쪽 청년 모습이 눈에 제일 먼저 들어왔다. 햇빛을 받은 금이빨들이 사진 속에서 유난히 반짝였다.

나머지 사진은 금이빨의 주인공과 동년배의 어떤 남자가 전문 사진관에서 같이 찍은 것이었다. 두 남자의 얼굴이 닮은 것으로 보아 혹시 형제일 수도 있겠다는 생각이 들었다.

만약 고인의 형이 한 명뿐이라면, 그리고 이 두 사진에 공통으로 나타나는 주인공이 돌아가신 김순철 씨가 정말 맞는다면, 어쩌면 이 사진의 오른쪽 남자가 고인의 시신을 처음 발견한 형 김순주일 수도 있겠다는 판단이 섰다.

사진 속 형제는 참으로 우애가 좋은 듯, 두 손을 꼭 잡고 웃으며 정면 사진기를 다정하게 바라보고 있었다.

4.

'OO 해피 신용'은 지하철 1, 3, 5호선이 교차하는 종로3가역 인근 공구상가 쪽에 자리 잡고 있었다. 몇 번을 헤매다 계약서에 나와 있는 그 대부업체를 간신히 찾을 수 있었다.

분명 번듯한 홈페이지에 나온 약도 그림을 핸드폰으

로 찍어서 왔는데, 약도처럼 큰 도로 앞이 아니라 골목으로 한 블록 들어간 곳에 위치한 허름한 건물 3층이었다.

엘리베이터가 없어 낡은 계단을 조심히 올라가 'OO해피 신용'의 작은 간판을 확인한 후 삐거덕하는 철제 문손잡이를 천천히 당겼다.

사무실 안은 한 열 평정도 될까? 작은 공간에 네모난 책상이 오밀조밀 레고블록처럼 이를 맞추어 잘 배열되어 있었다. 6개의 책상에 각각 6명의 사람이 앉아서 어디론가 전화를 쉴 새 없이 걸고, 또 열심히 받고 있었다.

그 책상의 맨 뒤쪽, 너덜너덜해서 천 가루가 다 날리는 패브릭 소파에 앉아 조간신문을 보고 있던 금테 안경의 30대 남자가 들어온 나를 마치 견적 뽑듯 아래위로 쭉 훑어보았다.

그러더니 가식적인 눈웃음을 지으며 굵은 팔을 뻗어 맞은편 소파에 앉으라고 나에게 권했다. 노란 계약서 종이를 손에 쥐고 소파에 천천히 앉으면서 나도 금테 안경 남자를 아래위로 훑어보았다.

'그런데 이 남자, 전에 내가 어디서 보았더라...?'

남자가 실실 웃다가 허공에 대고 갑자기 소리쳤다.

"저기 최 양아, 냉장고에서 시원한 드링크 두 개만 꺼내 와라!"

그러더니 내 앞으로 바짝 당겨 앉으며 남자가 시큼한 입냄새가 잔뜩 풍기는 아귀 같은 입술을 벌렸다. 말할 때마다 하얀 백태가 낀 혀를 날름거리며 두툼한 입술을 이리저리 핥는 모습이 먹이를 노리는 굶주린 하이에나 같았다.

“손님 반갑습니다. 가까이서 뵈니 얼굴 혈색도 그렇고 건강이 참 좋아 보이시네요. 음. 나쁘지 않아요. 좋아. 그런데 혹시 우리, 과거에 어디서 본 적 있나요?”

‘이 양반이... 갑자기 내 얼굴 혈색이랑 건강이 여기서 왜 튀어나오지? 또 뭐가 나쁘지 않다는 거야?’

“아, 예. 여기는 처음 방문이고요, 바쁘실 텐데 드링크는 굳이 안 주셔도 됩니다.”

얼마 전 한적한 공원에 산책하러 갔다가 처음 보는 아줌마가 박O스 한 병을 권하자 단순히 성의로 생각하고 홀짝 마셨다가 정신을 잃으며 큰 사기를 당했다는 피해자의 울먹이는 뉴스 인터뷰를 본 기억이 불현듯 떠올랐다.

“저... 다름이 아니라 혹시 이 계약서 종이에 대해서 좀 여쭈어보러 왔는데요?”

그제야 남자가 내가 고객이 아니라는 느낌이 왔는지 눈살을 찌푸리며 본래의 험악한 얼굴로 돌아왔다.

“야 최 양아, 이분 드링크 안 드신단다. 명단 보고 남은 전화나 계속 돌려라!"

그러더니 코끼리 같은 커다란 얼굴을 나에게 다시 돌리며 떨떠름하게 말했다.

"보시다시피 우리가 조금 바쁜 사람들인데. 내가 수금하러 곧 외근도 나가봐야 하고..."

갑자기 과거 주차장 사건이 뇌리를 스치며 '여기 괜히 왔나? 정말 안전한 곳이 맞나?'하는 섬뜩한 생각이 들었다. 덜덜 떨리는 목소리를 애써 진정시키며 나는 손에 들고 있던 접힌 노란 종이를 펴서 남자의 눈앞에 내밀었다.

"여기서 지금 유일하게 전화 안 돌리시는 것 보니까, 사장님 맞으시죠? 혹시 이 계약서 기억하세요? 여기서 작성된 건데 김순철 님 앞으로 되어있어서요. 이게 자세히 무슨 내용인가요? 특별히 돈을 빌리거나 무슨 물건을 저당 잡힌 뭐 그런 내용은 아닌 거 같아서요."

무슨 낌새를 눈치챘는지 남자가 내가 내민 계약서 종이는 볼 생각도 안 하고 내 얼굴만 뚫어지게 쳐다보았다.

"경찰이세요?"

갑자기 경찰이라는 단어가 튀어나와 내가 당황했다.

"예? 아... 뭐, 꼭 경찰서에서 나온 건 아니고요. 저는 이번에 고인 가족에게 유품 정리를 위탁받은 사람입니다. 얼마 전에 돌아가신 김순철 씨의..."

갑자기 남자의 동공이 커졌다.

"뭐, 뭐라고? 누구? 우리 순철이가 죽었다고?"

생각지도 못한 사장의 반응에 내가 더 당황했다.

"아! 아, 예. 아직 사인이 100% 확정된 건 아니라던데..."

"뭐? 정말 그놈이 죽었어? 하~ 결국 목숨을 끊었구나. 아이고, 이 못난 놈 같으니. 그런데 왜 부고 소식을 전혀 못 들었을까? 혹시 순철이 형님이나 아나운서인 여동생도 만났습니까? 그분들이 순철의 자살에 대해 대체 뭐라고 하던가요?"

남자가 정색하며 나에게 되물었다. 나는 두 분 다 아직 만나지 못했다고 했다. 그러자 그는 잠시 혼잣말하다가 나를 보며 말을 이었다.

"흠... 좋습니다. 당신은 돌아가신 분들의 넋을 위로하는 분이니 제가 한번 믿어보죠. 지금부터 내가 하는 말에 대해 당신이 비밀을 유지한다고 약속하면, 내가 순철이 이야기를 들려드리겠습니다. 대신, 순철이 형님께 죽은 동생의 원통함을 지금이라도 꼭 깨닫게 해서 우리 순철이 한을 조금이라도 풀어주세요. 이렇게 부탁드립니다."

나는 앞에서 갑자기 고개를 숙이는 사장에게 어쩔 수 없이 '그러겠다.'라고 대답했다.

"사실 그놈은 제 고향 친굽니다. 어렸을 때 한 동네에서 무척 가깝게 지냈어요. 더럽게 재수 없게도 우리 둘 다 서자였거든요. 서로 처지가 비슷했죠. 그래서 둘이 더욱 친해졌는지도 몰라요."

"예? 서자... 요?"

"서자. 몰라요? 배다른 자식. 집안에 아버지, 어머니, 형제들 다 있는데 이상하게 나만 딴 세상 사람같이 느껴지는 거. 순철이 아버지가 새어머니와 재혼하면서 순철이를 데리고 그 집 데릴사위로 들어갔죠. 새어머니 쪽이 우리 동네에선 좀 부자였거든요."

"그렇군요..."

나는 혹시나 김순철 씨가 지독한 고리 대금업자에게 사채를 빌려 쓰다 결국 갚지 못하고 사달이 나자 그만 극단적인 선택을 벌인 게 아닌지 의심했었다. 그런데 난데없이 사장의 고향 친구에, 서자 이야기라니.

"얼마 전에 순철이가 이 근처 공구상가에 볼일이 있다고 하면서 갑자기 우리 사무실에 놀러 왔어요. 그러면서 제가 하는 일을 어깨너머로 대충 아니까 저에게 조심스럽게 부탁하더군요. 혹시 자기 것도 판매가 가능한지, 다시 종합검진을 받아볼 수 없을까, 하고요."

"판매? 종합검진, 요?"

남자가 갑자기 목이 탔는지 자기 테이블 쪽에 놓여있던 음료수 뚜껑을 돌려 한 모금 마신 뒤 화제를 전환하며 다시 말했다.

“그나저나 선생님은 유품 정리 일하신다고 했는데 혹시 순철이 유품 중에 뭐 좀 중요한 것이 나왔던가요?”

순간 내가 배게 속에서 발견한 것을 여기서 말해야 할지 망설였다. ‘에라 모르겠다!’

“금이빨... 이요.”

“예?”

“뿌리까지 뽑힌 채 여러 개. 유품 정리하다 베개 속에서 찾아냈어요. 이 노란 종이 계약서도 같이요. 그래서 제가 여기를 찾아오게 된 겁니다. 계약서도 엄연한 고인의 유품이라 사장님에게 숨겨진 사연을 좀 듣고 싶어서요.”

내 이야기를 들으며 눈을 지그시 감았던 남자가 갑자기 눈을 부릅떴다.

“그 금이빨은 지금 누가 가지고 있지요?”

‘이것까지 여기서 말해도 되려나? 혹시 몰라서 여기 대부업체 찾아간다고 김석호 형사 핸드폰에 주소랑 해서 문자메시지를 남겨놓긴 했는데...’

“무, 물론 제가요. 저희 회사 창고에...”

남자가 한숨을 푹 쉬며 쓰고 있던 금테 안경을 벗어서 탁자 위에 툭, 내려놓았다.

“순철이가 찾아와서 말하길, 전화가 와서 순주 형을

만났는데 자기 친아버지에게 치매가 있다고 들었답니다. 그러면서 전문 요양원에도 모시고 하려면 당장에 돈이 좀 필요한데, 그래서 순주 형이 너는 직업 군인으로 오래 있었으니까 모아둔 돈도 제법 있을 거라고. 네 친아버지 병시중을 언제까지 아무 핏줄도 아닌 내가 들어야 하겠냐고. 너도 이제 다 큰 어른이고 언젠가 결혼도 할 몸이니 이제 속 그만 썩이고 우리 집안에 제대로 보탬이 되어야 하지 않겠느냐고요."

"그렇군요... 고인이 돌아가시기 전에 형님을 만났었군요."

"순철이가 어렸을 적부터 몸이 매우 허약했어요. 안 그래도 우리가 이용하는 병원에 가서 대충 검사를 돌렸는데... 눈, 간, 신장 등 남에게 기증될 만한 멀쩡한 장기는 아예 없다고, 돌팔이 의사가 나 몰래 순철에게 '덕분에 살았어요!'라고 귓속말까지 하더군요. 그 썩을 의사 놈이 아무 영문도 모르고 막말을..."

남자가 쓴웃음을 지었다.

"어쨌든 순철이가 의사 말을 듣고 굉장히 실망했어요. 객지에 혼자 나와 직업군인 생활하며 맨날 술만 먹고 몸뚱이를 막 굴렸더니 몸 안에 장기들이 다 망가졌다고. 그나마 유일하게 돈이 될 만한 게 바로 자기 금이빨뿐이라고요. 여기 온 김에 의사에게 이빨이라도 몽땅 다 뽑고 가야겠다고 웃으며 나갔어요. 근데 그게 그 놈의 마지막이 될 줄은…"

난처한 표정으로 그가 덧붙였다.

"사실 순철은 정신적으로도 많이 피폐해져 있었어요. 친어머니는 자기를 힘들게 낳다가 그만 병원에서 비명횡사하셨고, 어찌어찌해서 맞이한 새어머니는 철두철미하게 당신의 자식으로 만들기 위해 순철의 생활 습관부터 하나하나 이 잡듯 들들 볶았으니까요. 제가 보기에 새어머니는 순철에게 친어머니에 대한 기억을 머릿속에서 아예 지우려고 작정했던 것 같아요. 그런데 인륜은 천륜이라 하지 않습니까. 그게 어린 순철에게 가능하기나 했을까요? 아마 제가 그 집에 들어갔어도 못 견디고 중간에 뛰쳐나왔을 겁니다."

이야기를 들을수록 내 마음도 힘들어졌다. 단순히 고인의 자살 동기를 알고 싶어 여기까지 노란 종이 한 장 들고 찾아왔는데, 졸지에 이 남자에게 고인의 감춰진 가족사 이야기를 듣다니.

가만. 그런데 고인이 자살하기 전에 힘들게 뽑은 금이빨을 정작 집까지 찾아온 형에게는 주지 않고, 집에 보관했을까? 고인은 막판에 왜 마음을 바꾼 걸까?

"사장님 덕분에 많은 것을 듣게 되었습니다. 이렇게

불쑥 찾아왔는데도 귀한 시간을 내주셔서 정말 감사드립니다."

감정이 심하게 북받쳤던 내가 한 손으로 눈가를 훔치며 소파에서 천천히 일어났다. 그러면서 남자에게 넌지시 물어봤다.

"저 혹시, 사장님도 김순철 씨와 같이 직업군인으로 근무하셨나요?"

그가 나의 뜬금없는 질문에 잠시 눈만 껌뻑이다 대답했다.

"예? 아, 맞아요. 그랬죠. 같은 부대로 배속되게 해달라고 입대할 때 둘이 병무청까지 직접 찾아가 자원했었죠. 그렇게 입대해서 어느덧 우리 둘 다 말년 병장이 되자 밖에서 먹고 살기도 힘든데 월급 꼬박꼬박 나오는 직업군인으로 있자는 결심으로 육군 부사관으로 같이 임관했고요. 뭐, 우린 친구였으니까요. 둘 다 배다른 자식의 슬픔을 너무 잘 아는 처지였으니까."

나는 착잡한 심정으로 고개를 끄덕였다.

"예... 그런데 고인은 예전부터 형님하고 사이가 좋으셨나 봐요. 집 벽에 걸려있던 액자에 형제끼리 다정하게 찍은 사진이 걸려있던데요?"

남자의 표정이 잠시 어두워졌다. 그러면서 내가 감사 인사하며 의자에서 일어나 문 쪽으로 걸어갈 때 뒤를 따라오면서 짐짓 묘한 말을 흘렸다.

"사실 순철은 배다른 형을 좋아했어요. 그것이... 말로 도저히 어떻게 표현할 수 없는, 우리 사회에서 다들 색안경 끼고 냉대하는 그런 감정들 있잖아요. 그런 것이 하나둘 쌓이고 쌓여 순철을 참 많이 힘들게 했어요. 그래서 참다못해 그런 극단적인 선택을 했는지도 모르죠. 에고, 이 불쌍한 친구야..."

'그, 그럼? 설마 고인이? 배다른 여동생도 아니고...?'

남자의 마지막 말이 이상하게 귓가를 맴돌다가 과거에 내가 저 남자를 어디서 보았는지 드디어 머릿속에 떠올랐다.

모 아파트 주차장에서 한창 열심히 세차 일할 때, 작업이 다 끝난 차량 상태가 엉망이라 세차비 절대 못 주겠다고 배를 내밀며 으름장 놓던 악질 중의 악질 고객이었다.

.......나쁜 놈!

아연실색한 나는 사무실 문을 열고 일단 밖으로 나왔다. 바로 아래층으로 내려가는 계단이 보였고 아직 문을 닫지 않은 상태였다. 남자가 끝까지 배웅한다고 담담한 표정으로 문 앞에서 나를 지켜보고 있었다.

이미 사무실 밖으로 나왔겠다, 여차하면 계단 아래로 바로 뛰어 내려가, 타고 왔던 지하철역까지 죽어라 도망칠 결심하며 나는 아까부터 마음속에 담고 있던 말을 남자에게 꺼내고 말았다.

"그런데 사장님, 친구분 부고 소식도 미쳐 못 들으신 분이 고인이 자살하신 건 어떻게 아셨어요? 제가 돌아가셨다는 말씀밖에 안 드렸는데……"

고인의 둘도 없는 친구라는 남자 얼굴이 갑자기 흙빛이 되었다.

5.

"혹시, 김순주 씨 되시나요?"

도심의 한적한 프랜차이즈 카페 입구에서 핸드폰으로 전화를 걸자 40대 초반 정도의 어떤 남자가 작게 대답하며 손을 들어 보였다.

'역시 맞네...'

고인과 손을 잡고 찍은 작은 액자 사진 속 주인공이었다.

첫 전화 통화 시에도 그랬지만 이 남자는 참 목소리가 좋다는 느낌을 받았다. 아마'호소력 짙은 중저음의 동굴 목소리'정도로 표현하면 될까? 치과의사도 좋지만 방송계 쪽에서 성우나 가수를 했어도 인기가 많았을 것 같다는 쓸데없는 생각이 들었다.

어제 을지로 대부업체에 다녀온 나는 죽은 김순철의 이복형인 김순주에게 바로 전화를 걸어 고인의 유품 정리 결과를 보고할 겸, 잠시 시간을 내달라고 요청했다.

처음에 그는 택배로 그냥 보내주면 되지 굳이 만날 필요가 있냐며 머뭇거렸다. 하지만 고인의 베개 속에 숨겨진 유품을 발견했다고 서둘러 전하니 그럼 오늘 오후에 자신이 일하는 치과 근처 카페에서 잠시 보자고 태도를 바꾸었다.

“안녕하세요. 몇 번 통화만 드렸었는데 그동안 경황이 없어 이제야 뵙습니다. 김순주라고 합니다.”

“예 안녕하세요. 고인의 자택 청소와 유품 정리를 의뢰받았던 이수완입니다. 치과를 운영하신다고 들었는데, 오늘 약속 때문에 괜히 운영에 지장이 있으실까 봐서 걱정입니다.”

“치위생사인 여동생이 의원에서 제 일을 돕고 있는데 오늘 예약 환자분들 일정을 이미 문제없이 다 조율했다고 하더라고요. 신경 쓰지 마십시오.”

그렇게 서로 안부를 나눈 후, 각자 원하는 음료를 테이블 위에 받아 들고 고인의 유품에 대해 본격적인 이야기를 하게 되었다.

"특수 청소 분야에 베테랑이시라는 소문은 들었습니다. 하필 이런 날씨에 청소와 그 많은 유품 정리까지 다 하시느라 고생 많으셨죠?"

김순주는 아직 동생을 잃은 슬픔이 채 가시지 않았는지 허탈한 표정으로 입을 열었다.

"아닙니다. 저는 의뢰인께서 요청하신 대로 먼 길 가시는 고인의 뒷자리를 잘 정돈해 드린 것뿐인데요."

투 샷으로 주문한 진한 아이스라테를 한 모금 마신 후 잠시 말을 멈추었던 내가 바로 본론을 꺼냈다.

"저... 시간을 어렵게 내주셨으니 바로 용건 말씀드리겠습니다. 김순철 씨가 돌아가시기 전에 김순주 씨를 만나셨다면서요? 그런데 유품 처리에 대한 위임 승낙차 저와 통화하실 때는 시신을 처음 발견했을 때까지 몇 년 동안 동생을 못 만났다고 말씀하시지 않았나요? 그리고 외람되지만, 고인과 김순주 씨의 어머님이 다르시다는 것도 듣게 되었습니다."

조용히 아메리카노를 마시던 남자의 동공이 커졌다.

"그건... 그런데 동생과 제가 어머니가 다르다는 것은 대체 누구에게 들으셨습니까?"

"사실은 어제 을지로 공구상가 쪽에 갔었어요. OO 해피 신용, 아시죠?"

남자의 미간이 미세하게 찌그러졌다. 이 남자는 죽은

동생의 제일 친한 친구도 잘 알고 있다. 그 친구가 현재 어디서 무슨 일을 하는지도.

"어제 거기서 고인의 고향 친구분을 만나고 왔습니다. 덕분에 김순주 씨께서 저에게는 꺼내시지 않은 이야기도 듣게 되었어요."

밝은 카페 실내와는 어울리지 않게 김순주의 얼굴이 어두워졌다.

"순철이 친구에게 무슨 말을 들었는지 모르겠지만 저와 순철이의 어머니가 다른 것은 맞습니다. 하지만 그것뿐입니다. 주변의 여느 평범한 가정이랑 하나도 다를 것이 없었어요. 한 가족으로 만들기 위해 어머니는 동생에게 '순철'이라는 이름으로 개명 절차까지 밟으셨고요. 어렸을 때부터 저와 순철이를 어떠한 차별도 없이 똑같이 키우셨어요. 죽은 동생을 두고 이런 말을 하긴 그렇지만 오히려 제가 형이라는 이유로 손해를 많이 보았습니다. 어머니는 그런 제 마음을 알면서도 일부러 순철을 친아들인 저보다 더 많이 아껴 주셨죠. 그렇게 마음고생하시며 우리 형제를 잘 키워주셨는데, 어머니는 안타깝게도 오랫동안 투병하시다 얼마 전에 돌아가셨어요. 이게 제가 죽은 동생에 대해 미처 말씀 못 드린 내용 전부입니다. 이 정도면 되었나요?"

나는 고개를 끄덕이며 라테를 한 모금 마셨다. 이제

제일 중요한 걸 꺼낼 때다.

"그렇군요. 꽤 민감할 수 있는 가족 이야기를 저에게 말씀해 주셔서 감사드립니다. 사실은... 이것도 그 분에게 들었습니다만, 김순주 씨의 어머님께서 새아버님이랑 합치실 때 재산이 좀 있으셨다고 하던데요. 지금은 안타깝게도 어머님께서 돌아가셨으니까,.."

쾅!!

김순주가 갑자기 테이블을 주먹으로 내리쳤다. 원목 테이블 위의 컵들이 이리저리 흔들렸다. 다행히 음료가 쏟아지지는 않았다.

"이것 보세요, 정확히 저에게 묻고 싶은 것이 뭡니까?"

나는 그를 보며 되물었다.

"실례지만 재혼 전의 어머님 재산은 돌아가신 지금, 누구 앞으로 되어 있나요?"

확실히 재산 이야기가 나오자 김순주의 얼굴에서 커다란 분노가 보였다. 당장에라도 나를 잡아먹을 기세로 타오르는 눈동자!

"저는 단지 죽은 동생의 집 청소와 유품 정리만을 당신에게 의뢰했습니다. 이거 우리 가족사에 너무 깊숙이 들어오시는 것 아닌가요? 그쪽이 지금 무슨 형사나 변호사쯤 되시는 줄 아십니까?"

그의 벌게진 얼굴을 보며 나는 큰맘 먹고 혼자 결론

지은 생각을 말했다.

"죄송합니다만 지금 제가 드리는 말씀은 고인의 발견된 유품을 알려드리기 전 거쳐야 하는 절차 정도로 생각해 주세요. 이건 제 추측입니다만, 돌아가신 어머님께서 생전에 재혼하신 아버님에게 재산 대부분을 미리 증여하신 것은 아닌지요? 보통 암으로 오랜 기간 투병하시면 육체뿐만 아니라 정신적으로도 매우 힘드시니까, 이젠 떠날 신세가 되었음에도 자기에게 소홀히 해온 사람들 대신 끝까지 사랑하고 열심히 보살펴온 남편분에게 재산 대부분을 미리 넘겨주신 것은 아닌지..."

"그만해!!"

내 말을 중간에 자르며 그가 소리쳤다. 그러고는 자기도 놀랐는지 잠시 숨을 고르고 다시 본연의 목소리로 나에게 말했다.

"휴... 이제 좀 그만하시죠. 더 이상 우리 가족 이야기를 아무 상관도 없는 당신 입으로 듣고 싶지 않습니다. 이건 돌아가신 어머님을 모욕하는 행위입니다."

"잠깐만요! 만약 제가 추측한 게 맞는다면 지금 치매에 걸리신 새아버님이 돌아가셨을 때, 특별한 유언을 남기시지 않는 한 유일한 혈족인 김순철 씨가 재산을 받게 되겠죠?"

순간 김순주의 몸이 떨렸다.

"이것 보세요, 특수청소업자 이수완 씨. 지금 동생이 심한 우울증에 빠져 자살한 것과 갑자기 우리 집 재산 문제를 왜 연관 지어 말하는 거죠? 혹시 그쪽도 이번에 동생 유품 정리를 하면서 우리 집 재산에 관심이 생긴 거요? 아니면 그 해피 금융의 거머리 같은 놈이 우리 집 돈 좀 같이 빨아먹자고 당신을 막 꼬드기던가요? 예?"

기가 찬 내가 콧김을 뿜으며 흥분한 그에게 맞받아쳤다.

"김순주 씨, 혹시 마지막으로 동생을 만나셨을 때 누워계신 아버님께 어서 찾아가서 재산을 모두 당신 명의로 돌려놓으라고 압박하셨나요? 동생이 심한 우울증과 망상으로 장기 복무하던 군대까지 전역했다는 것을 을지로의 동생 친구에게 직접 듣고서도 말이죠."

"끝내 적응 못하고 집 나간 너 때문에 그토록 너를 아껴주셨던 어머니가 그만 몹쓸 병에 걸린 거라고! 그래서 돌아가신 어머니가 구천에 계속 머물며 네가 죽을 때까지 계속 원망하시고 또, 노여워할 거라고!"

"그, 그건..."

"아니면 고인에게 이렇게 말하셨을 수도 있겠네요. 네가 끝까지 우리 집 재산 문제에 협조 안 하면 치매 걸린 아버지는 앞으로 내가 책임질 수 없다. 엄밀히 말해서 내 아버지가 아니라 네 아버지 아니냐! 지금 당장이라도 네 월세 집으로 모시고 가라! 는 모종의 협박과 함께 말이죠."

"이봐! 이제 그만해! 나도 참는 데 한계가 있다고. 그 연약하고 아무 쓸모도 없는 놈을 어렸을 때부터 아들로 생각하고 그토록 아껴준 우리 엄마가 그만 병으로 불쌍하게 돌아가셨는데, 동생 놈하고 그놈 아비는 기생충처럼 우리 집안에 기어들어와 엄마도 죽이고 이제는 엄마의 남은 재산까지 나에게서 갈취하려 한다고!"

앞에서 듣고 있던 내가 분노한 김순주에게 격한 일침을 가했다.

"정작 구천을 맴돌고 있는 불쌍한 영혼은 바로 형제간의 우애를 누구보다 중요시하셨던 어머님이 아니라, 스스로 목숨을 끊을 수밖에 없었던 당신 동생 김순철 씨인 것을 모르시겠어요? 고인은 당신을 정말 가슴으로 좋아했어요. 어쩌면 삶의 동반자로서. 고인은 그저 당신처럼 어머님의 재산 때문에 형제로서 오랜 세월 지켜온 끈끈한 우애와 애정을 한순간에 저버리느니, 차라리 목숨을 끊기로 결심한 겁니다. 아시겠어요?"

"아, 아니야..."

"그래도 고인은 이복형인 당신과 집안에 끝까지 도움되기 위해 자기에게 유일하게 돈이 될 만한 금이빨까지 다 뽑아서 당신을 만나는 날 주려고 소중하게 갖고 있었단 말입니다. 당신이 동생에게, 치매로 누워계신 아버지에게 얼른 찾아가서 재산 모두를 형 명의로 돌려놓으라고 거칠게 협박했던 바로 그날, 고인이 돌아가신 그 집에서요!"

속이 탔던 내가 테이블에 손을 뻗었으나 아쉽게도 물컵이 벌써 빈 잔이었다. 그만큼 오랜 시간이 지나있었다.

"......방금 그 말. 지, 진짜인가? 치아가 부실했던 동생이 집에 조금이나마 도움이 되겠다고 자살 전에 자기 금이빨을 모조리 뽑았다는 것이?"

나는 가방에서 김순주와 고인이 다정하게 찍혀있는 사진액자와 고인의 반지 케이스를 꺼냈다. 그리고 반지 케이스의 뚜껑을 열어 내용물이 그에게 잘 보이도록 앞으로 내밀었다.

"이, 이, 이게......"

김순주의 눈동자가 사정없이 흔들렸다. 그리고 테이블에 놓인 사진액자를 안타깝게 바라보다가 덜덜 떨리는 손으로 동생의 반짝이는 금이빨을 만졌다.

흑흑흑......

홀로 숨을 삼키던 김순주가 결국 오열했다. 투명한 눈물이 테이블에 뚝뚝 떨어졌다. 수십 년 세월 동안 억지로 닫혀 있었던 마음속 댐이 도저히 감당할 수 없는 파도를 만나 한순간에 무너지는 순간이었다.

사실 그도 고인을 사랑하고, 진심으로 아꼈던 것이다.

"순철이가 자살하기 이틀 전에 갑자기 제가 보고 싶다고, 자기를 좀 보러 와줄 수 없냐고 전화가 왔었습니다. 목소리를 듣고 조금 낌새가 이상하기도 했고 저도 동생을 본 지가 오래되어서 겸사겸사 집으로 찾아갔어요. 그런데 아무리 불러도 대답이 없기에 갑자기 불길한 생각이 들더군요. 놀라서 가지고 있던 마스터키로 현관문을 열고 거실 안으로 뛰어 들어갔습니다. 도, 동생이, 순철이가, 집에 불을 다 끈 채로 멍하니 식탁에 앉아 있었어요. 그러더니 갑자기 부엌칼을 쥐고 혼이 나간 표정으로 내 앞에 다가왔어요. '형에게... 아, 아니, 내가... 평생을 좋아하고 존경한 사람에게 말하는 마지막 부탁...' 이라면서 그 칼로... 자, 자기를 직접 죽여... 달라고, 했어요..."

놀라지 않을 수 없었다.

"그럼, 자살이...?"

그가 내 의중을 알아채고 바로 말을 이었다.

"그게 대체 무슨 소리냐면서 어서 그 칼 내려놓으라고 제가 동생에게 막 소리치니까, 동생이, 수, 순철이가, 이게 형에게 하는 마지막 부탁이라면서 칼을 제 앞에서 막 휘두르기 시작했어요. 복용하는 우울증 약을 일부러 잔뜩 집어 먹은 것이지, 꼭 동생의 눈빛이 이미 모든 것을 다 포기한 듯 초점이 없는 상태라 제가 위험하다고 소리치는 게 하나도 귀에 안 들리는 것 같았어요. 그래도 몸이 약했던 동생보다는 제가 체격도 더 크고 힘도 좋았기 때문에 허공에 칼을 휘두르는 동생을 바로 제압하고 칼도 바로 압수했어요. 그렇게 저에게 강하게 제지당한 동생이 결국 거실 바닥에 쓰러지며 막 울부짖더군요. 뭐가 그리 억울하고 분한지 크게 오열했... 후, 후, 후......"

연달아 이야기를 마친 그가 감정이 막 차오르며 가슴이 답답한지 연거푸 심호흡했다.

"실례지만 그때 고인이... 형님에게 특별히 말씀 남기신 건 없으셨나요?"

갑자기 그의 몸이 정지되었다. 그리고 마치 고통스러운 무언가를 머릿속에서 억지로 잠재우려는 듯 천천히 눈을 감았다.

"그래도 동생이 형을 좋아하면 안 되는 거잖아. 나는 누가 봐도 비정상이잖아. 그나마 나를 유일하게 이해해 준 새어머니도 이제 돌아가신 마당에 나는 이제 어디서도 살 자격이 없는 놈이야. 그러니 제발 그 칼로 날 죽여 줘! 형, 내가 죽어야 형도 앞으로 좀 편해질 거잖아. 앞으로 형은 다른 평범한 남자들같이 예쁘고 착한 여자 만나서 결혼도 하고 이런 병신 같은 내 몫까지 더해 행복한 인생을 누려야 하잖아. 응? 형. 제발....... 날 그만, 놓아줘!"

그날, 머릿속에 떠오르는 안타까운 장면들. 죽은 동생과 진심이 오갔던 여러 숨 막히는 대화. 김순주는 참담한 표정으로 테이블에 얼굴을 묻었다.

'그래서 평소 같으면 다시 찾지도 않을 동생의 집을, 만약 그가 진짜로 죽으면 자신의 재산 문제 해결이 더 어려워지니까 불안한 마음에 김순주가 하루 만에 그 집을 다시 방문하였다. 그리고 결국, 자신의 특별한 취향을 유일하게 이해해 준 어머니 뒤를 좇은 동생을 침대에서 발견한 것이다!'

아니면.......

'혹시 김순주는 동생 김순철에 대한 애틋한 감정을 철저히 숨기기 위해 일부러 어머니 재산에 눈이 먼 나쁜 형 행세를 한 게 아닐까? 동생 순철은 자기가 자살을 결심한 순간까지 그런 모습을 보이는 형 순주에게 큰 상처를 받아 결국 힘들게 뽑은 금이빨을 끝내 전달하지 않았다. 그리고 미련 없이 생명의 끈을 놓았다!'

나는 고개를 작게 흔들며 고인에 대한 깊은 연민과

죄책감에 빠진 김순주를 그저 말없이 바라볼 수밖에 없었다.

그의 처절한 울음소리가 실내 정적을 어느새 깨우고 있었다.

6.

'딩동! 딩동!'

김순주와 만남이 있은 다음 날. 나는 쇠뿔도 단김에 빼라는 말처럼 의뢰인인 박정순에게 전화로 결과 보고 약속을 잡고 자택인 강북의 모 아파트를 찾아가 초인종을 눌렀다.

"어서 오세요. 수완 씨. 우리가 이리로 이사 온 지 얼마 안 돼 집이 좀 엉망이에요. 아! 조심하세요. 우리 장군이가 처음 본 사람에게 좀 성깔이 있어서..."

장군이라 불린 몰티즈 한 마리가 나를 보고 '워! 워!' 하며 잔뜩 경계하는 소리를 냈다.

'어라? 내 애마 이름하고 똑같네?'

"이리와 장군아! 손님한테 인사해야지!"

그제야 장군이가 마지못해 꼬리를 흔들며 내게 간식이라도 있는지 코를 킁킁하고 왔다.

이윽고 시원한 아이스티를 담은 쟁반을 가져온 의뢰인과 소파에 마주 앉았다.

“이번에 집 정리하신다고 정말 고생 많으셨죠? 그래 쓸 만한 게 좀 나왔나요? 청소일로 바쁘신 분께서 이렇게 저에게 직접 와주신 걸 보면...”

의뢰인은 내가 고인의 유품 중에 돈이 될 만한 걸 발견해서 여기까지 직접 들고 온 걸로 짐작했는지 입이 벌써 귀에 걸려 있었다.

나는 겉옷 주머니에서 김순철 씨의 유품인 반지 케이스를 꺼내 탁자 위에 올려놓았다.

그녀의 눈이 동그랗게 커졌다. 표정이 한결 밝아졌다.

“이게 뭔가요? 혹시... 이런 걸 어디서 찾으셨는데요?”

안의 내용물이 엄청 궁금하긴 한데 그래도 유품이라 선뜻 만지긴 꺼리는 눈치다.

내가 다시 케이스의 아래위를 손으로 잡고 사모님 앞에서 내용물이 잘 보일 수 있도록 천천히 뚜껑을 열었다.

거실 LED 전등에 반사되어 빛나는 금이빨들이 촘촘히 제 자리를 지키고 있었다.

의뢰인이 어리둥절하며 금이빨과 내 얼굴을 번갈아 쳐다보았다.

“유품 정리를 하다가 침대 방에서 이것을 발견했습니

다. 고인의 치아인 금니로 보입니다만 그래도 요새 금값이 올라서 허투루 볼 물건은 아닌 것 같아서요."

"예? 아, 예..."

"고인의 그동안 밀린 방값이 이것들을 팔아서 어느 정도까지 보상될지는 모르겠으나 가족이신 형님의 승낙도 받았으니. 사모님, 어떻게 이것이라도 대신 받으시겠습니까?"

뭔가 돈이 제대로 될 만한 물건을 기대했던 의뢰인은 나에게 어떻게 대답해야 할지 무척 당황하는 표정이었다. 그럴 줄 예상하고 내가 다른 제안을 바로 덧붙였다.

"어차피 이 금니로는 그동안 못 받으신 월세가 성에 안 차실 것 같은데... 사모님, 이렇게 하면 어떻겠습니까? 제가 사모님에게 받을 청소와 유품 정리 비용에 대한 청구를 안 하는 대신, 이걸 제가 대신 가져가는 거로요."

의뢰인은 당황한 그 순간에도 어느 쪽이 더 이로울지 머릿속으로 계산하는 눈치였다. 잠시 후, 고개가 위아래로 살짝 흔들리며 또렷하게 대답했다.

"뭐, 수완 씨가 정 그렇게 부탁하신다면..."

콜!

현관에서 그녀에게 '세입자 월세 연체 문제로 사실 부부싸움 같은 거 전혀 없으셨죠?'라는 마지막 인사를 끝으로 장군이가 행여 쫓아올까 봐 얼른 문밖으로 나왔다.

뒤돌아보니 유품에 대한 아쉬움에 갑자기 편두통이라도 왔는지, 의뢰인이 잔뜩 인상을 구기며 손으로 머리를 만지는 모습이 보였다.

***

김석호 형사에게 'OO 해피 신용'사장이 조금 수상하다는 말을 넌지시 전했다.

이미 자살로 판명 난 고인의 죽음이었지만, 며칠 뒤 사장이 진짜로 서에 출두하였고 사망자 주변을 다시 살피는 정도의 간단한 진술 조사가 이루어졌다.

사장은 그날 자기 사무실을 찾아온 순철이 '곧 자살할지도 모른다.' 라는 말을 중얼거렸으며, 그때는 심한 우울증 때문에 괴로워서 하는 말로 대수롭지 않게 여겼고, 고인이 마시고 죽은 농약도 절대 자기가 구해준 게 아니라며 담당 수사관에게 강하게 진술했다.

그리고 조사 말미에 사장이 철제 책상을 주먹으로 피가 나도록 치며 목 놓아 통곡했다는 것까지 김석호 씨가 나에게 알려 주었다.

결국, 사장의 고인에 대한 범죄 혐의는 없는 걸로 서에서 최종 결론지었다.

***

고인의 남은 짐을 부치려고 미리 받아둔 김순주의 집 주소를 택배 상자에 정성스레 적었다. 그리고 발신인 칸에는 누구를 적어야 할까? 하고 잠시 고민하다 지금은 비어 있는 언덕 위의 단층 주택 주소를 적었다.

그리고 내 이름 석 자를 발신인으로 펜으로 꾹꾹 눌러가며 적었다.

마지막으로 큰 봉투 안에 헝겊으로 튼튼하게 감싼 임플란트와 금이빨 뭉치를 밀어 넣고 벌어진 입구를 깨끗이 테이핑하였다.

이 시간마다 보는 낯익은 얼굴의 매부리코 우체국 직원에게 포장한 박스와 봉투를 한꺼번에 접수하였다. 그리고 역시나 별일 없으면 다음 날 발송된다는 늘 듣는 연로한 그의 대답과 함께 영수증을 들고 건물 밖으로 털레털레 나왔다.

허구한 날 의뢰받은 집 천장 거미줄만 보다가 오늘은 간만에 새파란 하늘을 올려다보았다. 짧은 머리의 김순철 씨가 저 하늘 어디에서 환하게 웃는 소리가 들리는 것 같았다.

내일은 또 어떤 사건과 구구한 사정들이 나 이수완을 괴롭힐지, 지금은 도저히 감이 오지 않았다. 하지만 나를 반겨주는 내일은 분명 찾아올 것이다.

'징징! 징징!'

하늘을 보며 간만에 우수에 젖어있는데 갑자기 핸드폰 진동이 울렸다.

액정을 보니, 귀신은 뭐 하나 이런 사람 아직 안 잡아가고! 김석호 형사의 전화였다.

'흥! 이 양반이 또 어떤 끔찍한 작업을 나에게 맡기려고 그러나.'

나는 고개를 절레절레 흔들며 벌써 열다섯 살이지만 아직도 쌩쌩한 내 애마 장군이 쪽으로 천천히 걸어갔다.

그러다 몇 발짝 못 가고 할 수 없이 애타게 울리는 전화를 받았다.

"여보세요. 너무나 깨끗하게 집 청소를 해서 보는 사람의 등줄기까지 오싹하게 만드는 청소업체'블랙 수완'입니다. 그래, 이번엔 무엇을 도와드릴까요? 바람둥이 김 형사님!"

… … … …

"예? 이번엔 부부가 3일 간격으로 연달아 죽은 곳이라고요? 어, 어디요? 자택인 옥수동 단독주택의 외부 창고하고, 그 집 거실이요?"

-

* 막간

-

#N-N 세계

생환자

시내에서 개인 카페를 운영하는 세린이 손님이 먹고 간 디저트 접시와 머그잔을 씻고 있을 때 오늘따라 멋지게 차려입은 단골손님 수완이 우산을 접으며 안으로 들어왔다.

아... 그제야 밖에서 비가 쏟지는 걸 깨달은 세린은 남편이 오늘 아침 의원에 출근할 때 우산을 챙겨갔는지 궁금해졌다.

혹시나 세린이 출근한 남편이 비를 맞을까 봐 걱정한다고 새파랗게 젊은 술집 아가씨하고 불륜을 저지르다 들킨 그를 용서한 것은 아니다.

하지만 이제 국제고에 진학하는 기특한 아들을 생각하여 그녀는 아이가 대학에 들어갈 때까지만 남편과 행복한 가상의 부부 관계로 유지하기로 했다. 물론 남편은 내가 자기의 짐승 짓거리를 이미 용서한 걸로 알고 크게 한숨 돌리겠지만.
세린은 들어온 수완과 날씨 이야기로 가볍게 인사를 나눈 후 그녀가 통로 쪽 회색 정장 남자 테이블로 걸어가는 것을 가만히 지켜보았다.
얼마 후, 아나운서 조카가 피습된 사건을 조사했던 낯익은 얼굴의 형사가 조심스럽게 문을 열고 들어오는 것을 보았다. 그러더니 창가에 앉은 어떤 젊은 여자에게 아는 체를 하며 곧바로 다가갔다.
'가만...'
그러고 보니 창가의 여자도 예전 어디선가 마주친 느낌이 들었다.
'거기가 어디였더라... 왜 내 기억 속에 저 여자가 남아있을까?'
세린이 이리저리 고민하는 사이 형사가 자리에서 일어나 주문하러 다가왔다. 얼른 정신을 차린 그녀가 형사에게 물었다.
"두 분 음료는 정하셨어요? 저희 카페는 특히 당일 제조되는 소금빵과 생크림 과일 케이크가 유명하답니다. 제가 신경 써서 디저트 빵을 직접 만들고 있거든요. 그런데, 우리 구면이죠?"

순간 한 손에 경찰수첩을 들고 주문하러 온 김석호 형사가 주변을 살피며 무척 당황한 표정을 지었다. 세린은 다른 손님들이 눈치 못 채도록 몰래 웃었다.

#전조

· · · 악동형제

바람이 산들산들!

색 바랜 거적때기를 젖히자 마침 기분 좋은 바람이 살랑살랑 불어왔다.

여기는 사람들의 발길이 닿지 않는 놀이공원 내부 중간 어디쯤.

일단 어둠 속에 발을 들이게 되면 그것이 원래부터 정해진 내 운명인 것처럼 역할을 받아들여야 한다.

그리고 나와 내 동생이 옛날 매부리코 할아범처럼 이 천막의 문지기를 맡게 되었다. 평행 세계 시공간을 관리하는 이곳의 문지기는 몇십 년마다 한 번씩 어둠 속 영혼 중에서 선택되어 내보내진다.

문지기 첫날, 근심이 가득한 동생과 함께 천막 입구 밖으로 쭈뼛하며 걸어 나왔다.

내내 몸을 돌돌 말은 게으른 고양이처럼 웅크리고만 있다가 밖에 나온 기념으로 기지개를 크게 켰다. 낯빛이 어두운 동생도 나를 따라 손을 하늘 위로 뻗으며 기지개를 해본다.

지금은 과연 몇 년도일까? 내가 있던 그때가 1989년도였으니까 지금은 그때보다 훨씬 많이 지났겠지? 우리 부모님은 과연 어떻게 되셨을까? 아마 아무런 말도 없이 갑자기 사라진 이 불효자식들을 그리며 벌써 저 하늘로 올라가셨을 것이다.

시간은 강물처럼 천천히 흐르다가도 언제 그랬냐는 것처럼 뱀처럼 똬리를 틀고 암흑 속으로 빠르게 자취를 감춘다.

나도, 동생도, 지금은 대체 무슨 계절이고 하물며 지금이 대체 몇 시 인지, 또 우리가 왜 이런 암흑 속에 영영 갇혀야 하는지 모른 채, 그저 몇십 년을 어둠 속 영혼으로 지냈다.

맨 처음 우리를 암흑으로 끌고 온 할아버지가 말하길 나와 동생에게 맡긴 문지기 임무는 이번이 처음이란다. 하지만 어차피 임무를 끝내고 저 천막 속으로 다시 빨려 들어가면 지금보다 더 많은 기억을 잃어버릴 것이다. 실제로는 나와 동생이 벌써 몇 번이나 이 문지기 임무를 맡았을지 모른다. 이 고약한 매부리코 할아범 같으니라고...

또 이곳은 암흑 속에 발을 내딛는 인간들의 영혼을 연료로 가동되는 것이며, 그 연료를 뺏긴 우리는 죽지 않는 불로불사의 삶을 얻는 대신 어둠의 시간과 공간이 잘 유지되도록 충실하게 관리하는 삶을 계속 살아야 한다는 것이다.

한마디로 우리는 영원히 감옥에 갇힌 죄수이자, 동시에 이 어둠을 영원히 지켜야 하는 쇠창살 너머의 교도관이다.

1900년으로 해가 바뀌었을 무렵부터 약 80년이라는 시간이 흐르는 동안 이 암흑공간이 평행 세계에 하나 둘씩 생겨났다고 한다.

겉모습은 아마 인간들이 외부에서 볼 때, 마치 낡은 직사각형 모양의 천막을 세워놓은 걸로 보일 것이다. 그리고 세상 전역에서 가끔 순진한 사람들 한두 명이 호기심을 보이며 제 발로 찾아올만한 어느 한적한 놀이동산 안에 위치해있다.

아니나 다를까, 나는 그 안으로 제 발로 걸어 들어갔다. 그리고 순진한 동생은 바로 나 때문에 어둠 세계에 강제로 빨려 들어갔다.

예전부터 몸이 허약해 앞에 나서는 걸 주저했던 동생은 오늘부터 나와 같이 문지기를 맡는 것을 엄청나게 싫어했다. 지금도 표정이 썩 좋지 않다.

그런 동생을 보며 나는 지난 몇십 년 동안 심한 속앓이를 했다. 그때의 착한 동생을 지금은 자기가 맘대로 죽지도 못하는 불행한 동생으로 만든 건 바로 나다.

나와 동생은 평범하지만 고귀한 삶을 영원히 잃어버렸다.

***

초등학생 무렵, 내가 살던 동네는 주변 풍경이 참 인상 깊었다.

집 뒤쪽에 커다란 소나무 숲이 울창하게 우거져있고 아침마다 귀여운 새들이 기분 좋게 지저귀며 내 작은 무릎을 간지럽힐 수 있을 정도의 자잘한 풀과 꽃들이 일렬로 줄을 서서 향기를 내뿜는 어느 한적한 시골 마을에 자리 잡고 있었다.

우리 집은 주변의 몇몇 단층 가옥과는 다르게 외관을 몽땅 하얀색 페인트로 멋을 내고 지붕과 처마 대신, 밤에도 평상에 누워서 쏟아지는 별을 관찰할 수 있는 멋진 옥상이 있는 서양식 집 구조였다.

세 살 아래 남동생이 있는 나는 서울에서 내려와 인근 중학교 체육 선생님이 되신 아버지, 평범한 가정주부이자 말썽꾸러기인 나를 항상 따뜻하게 대해주시는 어머니와 함께 그 집에서 행복한 시절을 보내고 있었다.

아버지는 명절에 어머니 쪽 친척들이 우리 집에 모일

때마다 거실 마루에 빙 둘러앉게 하고는 이 동네에 집을 짓기 위해 내가 '이 집의 도면을 직접 설계했고 주택 신축 시에도 부지 기초 다지기를 비롯하여 건물 골조 공사, 콘크리트 타설 등 여러 건축 시공에 직접 참여했다.'라며 천장이 떠나가라 크게 설명하시곤 하셨다.

그러면서 이 집은 나의 살아생전 피땀과 노력의 산물이고, 준공된 지 오랜 세월이 지난 지금까지도 굉장한 애착과 자부심이 깃든 집이라고 말씀하시며 소주의 취기와 함께 매우 자랑스러워하셨다.

명절 때마다 아버지는 아무런 안주도 없이 직접 담그신 술을 꼭 한 잔씩 걸치시곤 하셨다. 나는 어디 공장에서나 만드는 줄만 알았던 어른들의 술을 이렇게 집에서 만들 수도 있다는 것을 새삼 신기해하며, 아버지가 어머니 친척들에게 나누어 주기 위해 담근 술을 부엌에서 열심히 포장하시는 모습을 유심히 지켜보곤 했다.

"영수야, 이영수! 3층 베란다에 올라가서 저번에 아빠가 페트병에 담가놓은 인삼주하고 부엌 냉장고 아래 칸에서 파김치 그릇 좀 이쪽으로 가지고 와라. 아, 그 인삼주병은 무거우니까 또 영호에게 시키지 말고."

아버지가 나보다 훨씬 더 예뻐하시는 영호는 바로 내 동생 이름이다.

동생과 나는 세 살 터울 형제다. 그런데 당시 집 안에는 내 동생이 시내에 딱 한 군데 있는 산부인과 병원에 태어났을 때와 백일, 돌 무렵 사진관 등에서 찍은 사진들만 거실 벽에 걸려있었다. 반면 내 독사진은 한 장도 없었다.

다들 배속에서 사산되는 줄 알았던 갓난아기 동생을, 어머니가 거의 목숨을 내놓으면서 난산 끝에 낳으셨다고 아버지에게 들었다. 그래서 아버지는 항상 동생만 보면 그때 그 힘들었던 기억이 생각나신다면서 영호를 더 친근하게 대하셨다.

"넌 특별한 병치레도 없이 몸도 튼튼하고 공부도 제법이니 너 혼자 건사하는 것은 문제가 없을 것이다. 그러니 나중에라도 몸이 허약한 동생을 잘 돌봐줘야 한다!" 라고 아버지는 어린 나에게 매번 지겹게 말씀하셨다.

하루는 왜 내 사진만 없는지 너무 궁금하여 어머니에게 용기를 내 물어보기도 했다. 어머니는 갑자기 꿀 먹은 벙어리가 되신 듯 잠시 가만히 계시다, 너는 집에서 산파 역할을 하신 친할머니 손에 태어나서 당시 사진들이 없다고 애매하게 답변해 주셨다.

그때까지 친할머니를 단 한 번도 뵌 적이 없던 나는 잘 이해되지 않았다. 하지만 갑자기 배가 고파진 나머지 그냥 고개를 끄덕하고 저녁으로 어머니가 맛있게 해주신 카레밥만 허겁지겁 먹었다.

저녁 이야기가 나왔으니 말인데, 학교에서 일찍 퇴근하시는 아버지와 함께 매번 식사 때가 되면 항상 귀한 생선이나 고기반찬이 나올 때마다 접시 앞에서 그저 군침만 흘리는 나를 지나, 손으로 뼈를 직접 바른 살코기 덩어리를 동생의 밥그릇 위에 직접 얹어 주시곤 했다.

'사실 나도 생선 무척 좋아하는데... 만약 동생만 없었으면 아버지가 저 고기반찬도 내 밥그릇 위에 올려주셨을 텐데...'라는 나쁜 생각이 당시에 내 머릿속에서 떠나지 않았다.

지금 생각해 보면 참으로 속 좁고 어리석은 시절이었다.

동생이 초등학교 1학년 때 이야기다.

하루는 동생과 내가 가운데 큰 미끄럼틀이 있는 동네 놀이터 모래사장에서 빨강, 파랑 플라스틱 모종삽과 손잡이 달린 동그란 통을 들고 장난을 하고 있었다.

손가락 사이로 흐르는 자잘한 모래를 만지는 느낌이 너무 좋아서 동생하고 자주 놀러 오는 곳인데 그날따라 갑자기 무슨 심통이 났는지 동생을 골려주고 싶었다.

그래서 사실 나는 모래밭에 오기 전에 동네 삼거리 모퉁이 이발소에 몰래 들렀다. 이발소 간판도 네모난 나무판자 위에 커다란 붓으로 대충 써서 문 한쪽에 걸어놓은 '삼거리 이발소'였다.

당시 이발소 할아버지는 우리 아버지보다 연세가 훨씬 많으신 분이었는데 어머니와 머리를 자르러 가면 이발소 할아버지는 하얀 모가 많이 벌어진 칫솔을 쥐고 스테인리스 국그릇 위에다 갑자기 입안 아래위에서 틀니를 쑥 빼서 늘 빡빡 닦고 계셨다.

할아버지는 치아가 하나도 없는 횅한 잇몸을 활짝 내보이며 어머니와 나에게 '어서 오소!'하고 항상 반갑게 인사하셨다. 할아버지의 고향은 지금은 고속버스를 타고도 절대로 갈 수 없는 저 38선 넘어 북쪽이라고 하셨다.

어린 나이에 부모님의 점지로 일찍 혼례도 치르시고 그렇게 연을 맺은 처와 건강하게 낳은 자식들도 아직 저 북쪽에 있다고 울분을 감추지 못하시며 말씀하실 때가 많았다.

그러면서 그게 벌써 30년도 훨씬 지난 기억이라 이제는 백합과도 같았던 아내 얼굴도 기억에서 가물가물하다고 하셨다. 손님이 뜸할 때마다 가족들과 단란했던 예전 기억을 떠올리시던 할아버지는 손님으로 온 나를 보시고 꼭 예전 자기 아들 같다고 오래돼 껍질이 눌어붙은 땅콩 맛 알사탕을 여러 개 주시며 무척이나 예뻐해 주셨다.

하지만 나는 나를 예뻐해 주시는 할아버지의 호의를 그저 동생을 놀려주는 데에 이용하기로 했다.

동생과 놀이터에 놀러 가기 몇 시간 전, 나는 먼저 집에서 나와 삼거리 이발소 할아버지를 만나기 위해 가게에 들렀다. 할아버지가 손님의 머리를 자른 후 바닥에 떨어진 머리카락을 얻어가기 위해서였다.

마침 이발소 안에는 천장 한쪽에 굵은 철사 같은 것으로 네 귀퉁이가 단단히 매달린 작은 컬러 TV에서 가요 순위 프로그램 재방송이 한창이었다. 당시 이선희와 소방차 그리고 막 데뷔를 마친 댄스가수 박남정 등이 대중가수의 대세를 이루고 있었고, 비슷한 시기에 강변가요제에서 대상 받은 이상은이 '담다디'노래를 부르며 공중파 방송에서 열심히 이름을 알릴 때였다.

손님이 막 돌아가셨는지 할아버지는 TV를 보시며 노란색 맥심 커피믹스 한 개를 무심히 뜯어 겉보기에도 지저분한 머그잔에 뜨거운 물과 같이 넣고 티스푼으로 흐느적흐느적 젓고 계셨다. 할아버지는 갑자기 가게 문을 열고 혼자 들어오는 나를 보고 조금 놀라시는 표정이었다. 동시에 나는 이발 의자 밑에 많이 쌓인 손님들의 머리카락에 시선이 절로 갔다.

"어, 영수 왔네? 네, 며칠 전에 엄마하고 동생하고 같이 와서 머리 깎고 가지 않았네?"

"저기 할아버지, 이번에 학교 과학 시간 실험 재료로 좀 쓰려고 하는데요, 혹시 지금 바닥에 잔뜩 떨어진 손님 머리카락 조금만 좀 얻어갈 수 있을까요? 대신에 제가 바닥 청소해 드릴게요!"

다행히 할아버지는 그날따라 멍하니 TV 방송만 보시며 나에 대해 아무런 의심도 하지 않으셨다. 계획대로 검은색 비닐봉지 안에 잘린 머리카락을 잔뜩 담은 나는 바닥 청소까지 걸레로 대충 마치자 할아버지에게 인사도 하는 둥 마는 둥 하며 놀이터로 쏜살같이 달려갔다.

놀이터에 도착한 나는 가방에 미리 준비해 온 작은 모종삽으로 그네 옆 모래사장 한쪽에 구멍을 내 흙을 파낸 다음, 준비해온 시커먼 머리카락을 구멍 안에 다 쏟아부었다. 그리고 겉에서 머리카락이 안 보이도록 그 위에 다시 흙을 덮었다.

그 후 다시 집으로 돌아와 나를 기다리고 있던 동생이랑 놀이터로 놀러 나왔다. 계획대로 자연스레 모래사장에 유인하여 동생이랑 머리카락이 묻힌 곳 주변을 삽으로 파기 시작했다. 그러면서 내가 즉석에서 꾸며낸 무서운 옛날이야기를 동생에게 말해주었다.

"영호야, 사실 이 놀이터가 생기기 전에 여기에 뭐가 있었는지 알아?"

"어? 여기에? 음... 뭐가 있었는데?"

"응. 바로, 공공공공! 동동동동!"

동생이 궁금한 표정으로 내가 삽을 들고 있는 쪽으로 조금씩 가까이 오기 시작했다. 그리고 동생이 내 바로 앞까지 왔을 때 나는 모래사장 안에 손을 쓱 집어넣으며 숨겨놓았던 머리카락을 일시에 다 끄집어내었다. 와악!

"으아아악! 형, 형... 무, 무서워! 으앙~~~~"

갑작스런 내 행동에 무척 놀란 동생이 뒤로 엉덩방아를 찧으며 엉엉 울기 시작했다.

"묘지! 히히히!"

나는 우는 동생을 보고 어찌나 통쾌하던지 너무 좋아서 크게 웃고 있는데 뒤에서 누가 내 어깨를 툭 쳤다.

뒤돌아보니 나랑 제일 친한 친구 김순주였다.

"으이고... 또 아무것도 모르는 순진한 동생 가지고 장난친 모양이구나? 뭐야? 이번에는 이발소에서 얻어온 머리카락이야?"

내 손에 잔뜩 잡힌 머리카락을 살펴보더니 순주가 얼굴을 찡그렸다.

"너, 아까 삼거리 이발소 갔다왔지? 나도 아까 엄마하고 머리 깎으러 가는 길이었는데 네가 마침 검은색 비닐봉지를 들고 막 이발소 문을 나서더라. 야, 이영수. 동생에게 장난 좀 적당히 쳐."

그러면서 순주가 흙바닥 위에서 울고 있는 동생을 달

래주기 시작했다. 누가 보면 순주가 친형이라고 해도 믿을 분위기였다.

순주가 동생 손을 잡아주며 이제 괜찮다고, 영수 형이 장난으로 거짓말한 거라고 달래자 그제야 자지러지던 동생의 울음이 뚝 그쳤다. 그러더니 나를 무슨 무서운 벌레 보듯 잔뜩 경계하며 울먹이는 눈으로 쳐다보았다.

막상 그런 동생을 보니 '오늘 내 장난이 좀 심했나?'라는 후회가 들었다. 하지만 맨날 집에서 부모님에게 차별당하는 내 처지를 볼 때 이 정도 장난쯤은 괜찮을 거라고 스스로 위로했다.

"영호야, 인제 그만 울고 집에 가자. 엄마, 아빠 기다리시겠다."

나는 선뜻 따라오지 않으려는 겁먹은 동생의 팔을 억지로 끌며 순주에게 다음에 또 놀자고 얼른 인사하고, 마음속으로 '정말 쌤통이다!'를 외치며 집으로 돌아갔다.

놀이터 모래사장에서 동생을 신나게 골려준 이후로 벌써 1년이 흘렀다.

물론 나는 아직 어리지만 시간은 우리를 절대 기다려주지 않고 참으로 쏜살같이 흘러간다는 제법 어른스러운 생각을 할 나이가 되었다.

'그런데 정작 나는 왜 빨리 어른으로 자라지 않는 걸까? 그러면 저 원수 같은 동생과 안 놀아줘도 되고 시장 큰 마트 안의 달콤한 과자나 사탕 같은 것도 나 혼자 다 먹을 수 있을 텐데...'

동네 시장 초입에는 약 대여섯 평 정도의 작은 헌책방이 있었다. 당시 책방 간판 이름이 주인아저씨 설명대로 가게에서 없는 책이 없다는 뜻의'하버드 헌책방'으로 불렸다.

'하버드?' 반에서 제일 공부 잘하는 순주에게 물어보니 우리나라 서울대보다 학교도 엄청나게 크고, 공부 잘하는 외국 학생도 훨씬 더 많은 미국의 유명 대학교라고 했다.

이래 봬도 나는 어렸을 때부터 아버지의 권유로 일기를 꾸준히 써왔다. 덕분에 글짓기에 재미를 붙이게 되었고, 또 그런 내 글을 담임 선생님께서 높게 봐주시어 우리 학교 대표로 **지역 글짓기 대회에 출전해 상을 받은 적도 있다. 또래에 비해 글쓰기 재능이 있다고 선생님이 학생 상담차 학교를 방문한 어머니에게 직접 말씀하시는 것도 들었다.

그런 영향 때문인지 몰라도 나는 이상하게 헌책방만 가면 시간 가는 줄 몰랐다.

학생들이 많이 들락날락하는 학교 근처 서점과는 달

리 손님이 거의 찾아오지 않았던 그 헌책방은 내가 성인물을 눈치 안 보고 맘껏 볼 수 있었기 때문이다.

요즘 젊은 사람들 표현으로 하자면 정말 레트로하고 힙한 분위기! 라고 한껏 치켜세울 수 있을 것 같지만, 당시에도 퀴퀴한 곰팡이 냄새와 창가 사이로 군데군데 보이는 거미줄, 그리고 두껍게 내려앉은 뽀얀 먼지가 방문자의 눈살을 저절로 찌푸리게 하는 책방이었다.

뭐 그깟 환경이 대수이랴! 나는 어른들의 노골적인 성적 묘사가 생생히 살아있는 '펜트하우스', '플레이보이' 같은 북미권 야한 잡지 사진이나 우리나라 '선데이 서울'같은 연예 주간지의 가십 기사를 자주 넘겨보았다.

항상 접이식 철제 의자에 우두커니 앉아 바둑판에 돌을 얹고 홀로 복기하시는 게 헌책방 아저씨의 평상시 장사 모습이었다. 하지만 사실 아저씨도 내가 책방에 와서 그런 성인물 잡지만 흘끔흘끔 보는 걸 이미 다 알면서 일부러 눈만 게슴츠레하게 뜨셨다.

하루는 야한 책들을 몰래 넘겨보는 재미에 푹 빠진 내가 잔꾀를 내어 동생이랑 같이 책방에 들어왔다. 그리고 동생의 손안에 미리 몇천 원을 쥐여준 다음, '저거... 저 책. 입을 벌리고 혀를 내민 비키니 수영복의 미국 여자가 도발적인 눈빛으로 바라보는 잡지'한 권을 아저씨에게 들고 가서 사 오라고 시켰다.

아직 이성에 대해 부끄러움을 모르던 동생은 내가 시키는 대로 결국 그 야한 잡지와 몇천원을 손에 들고 주인아저씨에게 입을 실룩하며 다가갔다.

"그래 우리 꼬마 청년은 무슨 책을 사러 왔지?"하며 하품만 계속하던 주인아저씨가 내 동생의 손에 들려있는 잡지와 돈을 보는 순간 얼굴이 새빨개지는 것을, 기울어진 책꽂이 뒤에서 훔쳐보며 내가 얼마나 웃었는지 모른다.

"저 꼬마야. 이, 이건... 어른들만 보는 그림책이란다. 너 같은 꼬맹이에게는 아저씨가

절대 팔 수 없는 무, 물건이라고!"하시며 동생의 손에 들린 잡지를 얼른 뺏고는 당황한

표정으로 동생을 문밖으로 얼른 데리고 나가셨다.

사실 그 틈을 노렸던 나는 아저씨와 동생이 밖으로 나가자 준비한 책가방 안에 야한 미국 잡지 한 개를 얼른 집어넣었다. 히히히! 이제 순주랑 반 친구들에게 크게 자랑할 것이 생겼다고 생각하니 벌써 가슴이 콩닥콩닥 뛰었다.

밖으로 동생을 내보내고 주인아저씨가 다시 책방 안으로 들어왔다. 그러자 나도 책 고르기가 지친 표정으로 헌책방을 나가려고 회색 알루미늄 문까지 걸어가다가, 물끄러미 나를 쳐다보는 아저씨에게 여기서 팔지

도 않는 '최신판 동아 국어사전' 새것이 얼마냐는 엉뚱한 질문을 던지기도 했다.

결국 아저씨의 황당한 표정을 뒤로하며 나는 화끈한 잡지 한 권 몰래 훔친 걸 걸리지 않고 당당하게 헌책방을 나설 수 있었다.

"헌책방에서 있었던 일, 집에 가서 부모님에게 절대 말하면 안 돼! 알겠지?"

동생에게 잔뜩 겁을 주어 조금 전 일을 비밀로 하라고 엄포를 놓았다. 하지만 이렇게 겁을 주면 동생이 말을 잘 들을 것으로 생각한 게 나의 큰 오산이었다.

아니나 다를까. 집에 들어오자마자 동생은 헌책방에서 아이들이 절대 보면 안 되는 홀딱 벗은 남자와 여자 어른들의 몸이 잔뜩 엉켜있는 잡지를 내가 사 오라고 억지로 시켰다는 것과, 하필 오늘 학교에서 고학년들에게 기말고사 성적표를 나누어 주었다는 것까지 부모님에게 다 고자질한 것이다.

나는 애초부터 성적표의 평가 칸에 '미'와 '양'이 대부분인 참담한 성적표를 보여드리지 않고 그냥 넘어갈 생각이었다. 다행히 우리 학교는 다른 학교처럼 부모님에게 성적표를 보여드리고 빈칸에 도장을 맡아오는 제도가 없었다.

아버지는 형이라는 놈이 동생에게 이런 야한 잡지나 사오라고 한 것에 대해 매우 화가 나셨고 어머니는 다짜고짜 나에게 성적표부터 먼저 가져오라며 호통을 치셨다.

나는 어쩔 수 없이 참담한 성적표와 헌책방에서 몰래 가져온 미국 잡지까지 가방에서 꺼내 부모님께 바쳤고, 예상대로 부모님에게 엄청나게 혼났다.

아버지가 직접 깎으신 참나무 막대를 가지고 내 종아리에 셀 수 없을 정도의 매질을 하셨다. 그리고 정말 팔이 빠질 정도로 밤늦게까지 거실에서 손을 들고 서 있기도 했다.

그러는 사이 동생은 울고 있는 나를 보고 혀를 날름하고는 가운데 유치가 빠진 얼굴로 싱글벙글 웃으며 자기 방으로 쏙 들어갔다.

'영호 저놈은 정말 눈엣가시야!'

얄미운 동생을 끈으로 묶어놓고 하루 종일 주먹으로 패주고 싶었다.

1988년에는 서울 올림픽이라는 국제적인 큰 행사가 우리나라에서 성공리에 개최되었다. 그리고 다음 해인 1989년에는 나와 동생의 인생을 바꾼, 절대로 잊혀 질 수 없는 사건이 일어났다.

당시 모험심 많은 초등학생에게 화약을 동그란 구멍

에 연달아 끼워 넣어서 방아쇠를 당기면 진짜 권총처럼 탕! 탕! 하며 발사되는 장난감 리볼버 권총이 엄청나게 유행했었다.

같은 반 친구들이 권총을 다 가지고 노는 것을 보고 나도 부모님에게 막 사달라고 졸랐지만 아버지는 공부에 방해가 된다며 절대 사주시지 않았다. 그 권총이 정말 사고 싶으면 지금 네가 받는 용돈을 모아서 직접 사라는 아버지의 따끔한 훈계만 들었다.

하지만 당시 우리 반 부반장이었으며 커서 경찰이 꿈이라는 김석호라는 친구가 내 앞에서 엄마가 화약 권총을 사줬다고 막 자랑하는 것을 보고, 나도 이제 간식 같은 건 안 먹어도 좋으니 그 권총을 꼭 가지고 싶다는 의지가 샘솟았다.

그래서 나는 먹고 싶었던 학교 앞 떡볶이 가게의 달콤한 냄새를 애써 피해 가며 어머니가 매주 몇백 원씩 주시는 용돈을 한푼 두푼 모았다. 그리고 몇 달간의 노력 끝에 드디어 석호 것보다 훨씬 더 신형인 리볼버 권총을 문방구에서 사고 말았다.

하굣길에 구입한 권총 박스를 두 손에 고이 들고 마침 앞에 걸어가는 석호에게 이건 네 것보다 더 신제품이라고 자랑까지 하며 집에 오는 길이 얼마나 뿌듯하던지. 무척이나 부러워하며 입이 오리처럼 앞으로 툭 튀어나온 석호 얼굴이 압권이었다. 히히히!

그렇게 가벼운 발걸음으로 집에 돌아와 동생이 절대 가지고 놀지 못하도록 내 책상 서랍 속에 박스째 잘 숨겨놓았다. 바로 옆에는 동생 책상이 있다. 눈에 보이는 곳에 꺼내놓지 않으면 동생이 설마 내 책상 서랍을 뒤져가며 총을 찾지는 않을 것이라고 생각했다.

하지만 내 판단은 완전히 빗나갔다.

내가 화약 권총을 사서 집에 가져갔다는 말을 석호에게 들은 동생이 내가 순주와 놀러 나간 사이 내 책상 서랍을 열고 권총 박스를 꺼낸 것이었다.

마침 권총 안에 화약이 장전되어 있지 않았으니 오발이 되는 등 안전 문제는 없었다.

하지만 권총에 화약을 넣기 위해서는 총구 구멍 아래 나와 있는 작은 레버를 먼저 앞으로 잡아당기면서 총구 머리를 천천히 반으로 접어야 하는데, 그걸 몰랐던 동생이 박스 사진에 나와 있는 분리 장면을 따라 한다고 무리하게 머리 부분만 잡아당기다가 그만 권총이 박살 난 것이었다.

놀란 동생이 부서진 잔해들을 투명 테이프로 원래의 모양처럼 덕지덕지 붙여서 박스에 담아 그대로 책상 서랍 안에 넣어두었다.

저녁이 되어 순주와 놀고 집에 돌아와 책상 서랍 안

의 권총 박스를 꺼내 열어본 순간, 나는 동생이 또 사고 쳤음을 알게 되었다.

말문이 막혔다. 나는 분노에 차서 책상 위에 있는 동생의 슈퍼 히어로 후뢰시맨 모형을 옆으로 세게 밀치고 은색 기차 모양의 하이 샤파 연필깎이를 벽에 던져 버렸다. 덕분에 우람한 후뢰시맨 몸통이 두 동강 났고, 아버지가 어린이날 선물로 사다 주신 연필깎이는 첫 충격으로 기차 덮개가 날아가고 나머지가 방바닥에 떨어지며 산산조각 났다.

'내가 이 총을 사기 위해 좋아하는 떡볶이도 안 먹으면서 얼마나 고생했는데...'

눈물이 폭포수처럼 쏟아졌다. 당장 일어나 원수 같은 동생을 찾으러 거실에 나왔다. 마침 동생은 저녁을 준비하시는 엄마 옆에 바싹 붙어있었다. 내가 저녁에 돌아와 폭발할 것을 이미 예상하고 있었다.

나는 어머니 옆에서 겁을 잔뜩 집어먹으며 눈만 동그랗게 뜨고 있는 동생의 팔을 잡고 내 방으로 끌고 왔다. 마침 어머니는 오늘 저녁 반찬으로 먹을 불고기 숙주 볶음을 만드시느라 정신이 없으셨다.

문을 쾅! 닫았다. 그러고는 동생에게 이 권총 네가 그런 거냐고, 찬찬히 물어볼 시간도 없이 그만 화가 폭주하며 주먹으로 동생의 머리를 마구 때렸다.

"차라리 그때 엄마 뱃속에 있다 죽지, 왜 나만 있을 때는 아무 문제가 없었던 우리 집에 태어나서 속을 썩이는 거야. 내 앞에서 당장 사라져 버리라고!"

"아앙~~~~"

나에게 맞은 동생이 크게 울음을 터뜨렸다. 울음소리를 듣고 허겁지겁 달려오신 어머니에게 나는 그날 또 혼이 났다.

후폭풍도 심했다. 매주 꼬박꼬박 받던 용돈이 무기한 금지되었고, 앞으로 학교에 등하교할 때는 동생하고만 다니지 말고 반드시 순주와도 같이 통학하라고 아버지도 크게 화를 내시며 엄명하셨다.

당시 공부도 잘하고 운동 또한 잘해서 우리 학급의 1, 2학기 반장을 연달아 맡고 있었던 순주는 부모님이 자식인 나보다 더 신뢰하는 아이였다.

그렇게 동생을 향한 나의 시기심과 분노는 점점 더 깊어져 갔다.

우리 집에서 동생이 그냥 없어졌으면...죽어버렸으면... 하고 밤하늘에 빌고 또 빌었다.

***

오늘은 토요일이라 학교는 오전수업만 한다. 그리고

내일은 일요일. 또 모레는 공휴일인 한글날이라 연달아 학교를 쉰다.

평소 같으면 오전 수업만 하는 매우 기분 좋은 토요일이겠으나, 화약 권총 사건으로 동생을 때린 것 때문에 아버지 지시대로 동생하고 순주와 같이 학교에 가게 되었다.

'나를 대체 얼마나 못 믿으셨으면 동생을 또 못살게 굴까 봐 순주랑 학교까지 통학하라고 하셨을까?'

나와 순주는 한동네에 같이 살았고 반에서 제일 친한 친구지만 성격은 둘이 참 달랐다.

아버지가 일찍 돌아가신 순주는 누구보다 어머니 말을 잘 듣는 착한 아이였다. 또한 공부도 잘해서 지금 우리 반 반장을 맡고 있고, 호기심이 굉장해서 학교에서도 나 같으면 절대 하지 않을 개구리 눈알 해부나 망원경으로 천체 별자리 관측 같은 실험을 특히 좋아했다.

반면에 나는 공부나 운동이나 모든 면에서 특별히 잘하는 것이 없는 아이였다.

사실은 별로 하고 싶은 것도 없었다. 아버지는 '이 녀석이 벌써 사춘기에 접어든 건가?'하시며 학교 담임 선생님 같은 매서운 눈길로 나를 이리저리 살피시곤 했다.

집에 있으면 맨날 동생하고 싸우지 말고 잘 놀아주라고 귀에 못이 박히도록 말씀하시는 아버지의 등쌀에 정말 짜증 날 정도였다. 그래서 학교를 안 가는 주말이나 휴일에는 만화영화가 나오는 TV도 보지 않고 일부러 순주랑 놀거리를 만들며 밖으로 자주 돌아다녔다.

그날도 기분 좋은 바람이 살랑살랑 불어오는 토요일 오후였다.

학교를 마치고 동네 삼거리 편의점 앞에서 모인 나와 동생 그리고 순주는 오랜만에 동네 뒷산에 올라가기로 했다.

내가 산에 놀러 가자고 둘에게 제안했다. 사실 내 주머니 안에는 안방에서 우연히 발견한 아버지가 반 갑 정도 피우시고 남은 라일락 담배가 들어있었다.

얼마 전에 아버지는 아직 퇴근 전이었고, 어머니는 예방접종을 위해 동생을 늦게 병원에 데리고 가시느라 집에는 나 혼자 밖에 없었다. 그때 난생처음 필터담배란 것을 아버지를 흉내 내며 피워보았다.

처음에는 빨아들인 연기를 다시 어떻게 코로 내뱉는지를 몰라 목구멍에 연기가 걸리며 캑캑대고 난리도 아니었다. 눈물, 콧물을 있는 대로 쏙 뺐다.

그러다가 연달아 두세 모금 빨아보니 니코틴이 드디어 온몸으로 흡수가 되려는지 갑자기 머리가 어질어질하면서 몸이 붕 뜨는 느낌이었다. '아~ 이래서 어른들이 몸에도 해롭다고 하는 담배를 죽어라 피우는구나!' 하는 생각이 들었다.

아버지는 끔찍한 애연가였지만 그래도 자식들을 많이 의식하셨는지 집안에서는 절대 안 피우셨다. 퇴근할 때 집 밖에서 '오늘의 마지막 한 대!'라고 외치시며 무척 아쉬운 표정으로 피우고 들어오시곤 했다.

당시 아버지에 대한 반항심이 컸던 나는 그때 아버지가 피우시고 남은 담뱃갑을 안방 서랍에서 몰래 들고 나왔다.

아버지는 한창 판매 중인 '라일락'이나, 라일락과 같은 가격이나 필터 길이가 조금 더 긴 '한라산'을 주로 즐기셨다. 그래서 내가 안방에서 몰래 가져온 담배도 '독한 타르 연기 사이로 피어나는 달콤한 과일 향'이라는 문구가 인상적인 라일락 담배였다.

오늘은 담배를 산에 몰래 들고 올라가서 저 범생이 순주를 꼬드겨서 같이 피워볼 생각이었다. 분명 호기심 많은 순주 녀석도 한 대 맛보면 좋아할 것이다. 물론 우리의 우정도 이 비밀로 한층 더 단단해질 것이고.

이제 남은 문제는 동생인데... 물론 동생에게는 단단히 주의를 줄 것이다. 만약에 형이 산에 올라가 담배 피운다는 것을 집에 또 이르면 이번에는 진짜로 널 평생 가만 안 둔다고! 대신, 가만히 있으면 저번에 내 화약총

부순 거 진짜로 다 용서해 주겠다고!

이렇게까지 설명하면 설마 눈치 빠른 동생이 자기가 크게 잘못한 게 있는데 설마 부모님에게 또 이르겠나? 하는 계산이 섰다.

나, 순주, 동생 이렇게 세 명이 구멍가게 파란색 테이블에 앉아 부라보콘 아이스크림을 한 개씩 먹으며 오늘 일정을 계획한 후, 20분 정도 발걸음 재촉하여 마을 뒷산에 올랐다.

산 정상까지 오르는 길은 높이 차가 있거나 길이 가파르지는 않았으나 엊그제까지 가을비가 내리는 바람에 올라가는 중간에 땅이 질퍽해서 미끄러질 뻔한 적이 두어 번 있었다. 그래도 같은 반에서 벌써 생리를 시작한 발육이 남다른 여자아이 k 이야기나, 다른 반 남자애 누구누구와 여자애 누구누구가 학교 뒤편 창고 안에서 몰래 뽀뽀하며 서로 가슴을 만졌다는 시시콜콜한 잡담을 나누다 보니 어느덧 산 정상에 도착해 있었다.

순주와 동생과 함께 정상에 올라 크게 심호흡을 한번 한 후 나는 동생 보러 저쪽 나무 벤치에 가서 잠깐 앉아 있으라고 했다.

“형, 왜? 갑자기 소변이라도 보려고?”

“으응, 형이 순주 형하고 잠깐 할 말이 있어. 그러니 넌 저 통나무 의자에 잠깐만 앉아 있어 봐. 심심하면 1

부터 100까지 숫자라도 세던지."

순간 형이 자신을 귀찮게 여긴다고 느꼈는지 동생은 내키지 않는 표정으로 코를 훌쩍이며 의자로 천천히 걸어갔다.

나는 심호흡을 하고 가져온 사이다를 꿀꺽꿀꺽 마시고 있던 순주에게 주머니 속 라일락 담배를 꺼내 슬쩍 보여주었다. 갑자기 순주 얼굴이 흙빛이 되었다.

"여, 영수야, 이게 뭐야...? 다, 담배잖아!"

"쉿!"

나는 실실 웃으며 순주에게 좀 더 가까이 다가가 말했다.

"집에서 아버지가 피다 남은 걸 좀 가져왔지. 야, 학교 선생님도 그렇고 집에 어른들도 다 피우는 데 우리도 같이 경험 한번 해보자. 나는 집에서 이거 몇 번 해보았거든. 제법 괜찮던데. 그러니까 너도 오늘 한번 해봐."

나는 익살스러운 표정으로 심각하게 갈등하느라 미간을 찌푸린 순주의 얼굴을 보았다. 하지만 곰곰이 생각하던 순주가 이내 고개를 저었다.

"뭐 싫으면 말아라. 이 좋은 거 나 혼자 피울 테니."

그러면서 내 쪽으로 눈치를 힐끔힐끔 보는 동생에게 소리쳤다.

"영호야, 너 이번에는 절대로 집에 고자질하면 안 돼.

알았지? 이번에는 형이 진짜 가만 안 둘 거야!"

이윽고 나는 속에서 몇 번이고 마른기침이 나오려는 것을 억지로 참으며 순주와 동생 앞에서 최대한 멋있게 담배 연기를 뿜어 보였다. 순주는 그런 나에게 애써 관심이 없어 하는 척 고개를 외면하면서도 시선을 자꾸 내 쪽으로 돌리며 호기심 어린 표정으로 작은 코를 계속 벌름거렸다.

이 순간만큼은 나도 우리 반에서 공부 제일 잘하는 순주를 제치고 먼저 어른이 된 것 같아 매우 뿌듯했다. 손오공 같이 구름을 타고 막 날아다니는 기분이었다.

그렇게 나 혼자 어른이 되는 거사를 치르고 산 아래로 터덜터덜 내려오는 길에 서늘한 바람이 맞은편에서 세게 불어왔다.

"에취! 에취!"

내 손을 잡고 비탈길을 천천히 내려오던 동생이 연달아 재채기를 해댔다.

먼저 앞장서 가던 순주가 나와 동생이 있는 쪽으로 돌아보았다.

"오늘 너무 무리해서 네 동생 감기라도 걸린 거 아냐? 네가 쓸데없이 담배 피우는 바람에 우리가 그 추운 곳에서 괜히 기다리다가..."

마음 한구석이 찔린 나는 고개를 돌려 콧구멍에 하얀

콧물이 매달린 동생을 보았다.

하지만 아버지 얼굴과 마주치기 싫어 집에 들어가기 꺼렸던 나는 주말만큼은 순주와 밖에서 더 놀고 싶었다.

부서진 화약총 때문에 저지른 동생 폭력 사건 이후로 아버지는 이제 나를 자식으로 전혀 신뢰하지 않으셨다. 내색은 안 했지만 참 속상했다. 그래도 내가 밥상에서 고기반찬도 일부러 안 먹으면서 반찬 투정 심한 동생 하나라도 더 먹이려고 얼마나 마음 썼는데... 아버지는 정작 내 마음은 하나도 몰라준다.

그런 생각이 드니 갑자기 잡고 있던 동생의 손을 막 뿌리치고 싶어졌다. 비탈길이라 내려올 때 다리 힘이 약한 동생의 손을 잡고 있었는데, 에잇! 그냥 매몰차게 뿌리쳤다.

동생의 몸이 순간 휘청했다. 갑작스러운 내 행동에 놀란 동생이 동그랗게 눈을 뜨며 겁먹은 얼굴로 쳐다보았다. 그때 동생의 빨개진 코에서 누진한 긴 콧물이 흐르며 하필 내가 아껴 신는 운동화 끝에 뚝! 떨어졌다.

나의 어두운 낯빛을 보고 순주가 한 가지 제안을 했다.

"영수야, 우리 뒷산까지 올라갔다 왔으니 저쪽 놀이 공원도 한번 가보지 않을래?"

물론 그 공원은 나도 잘 알고 있다. 나뿐만 아니라 이

동네 사람들 모두가 다 알고 있다. 순주가 방금 말한 그 놀이공원은 운영난으로 현재는 운영되지 않고 폐장된 공원이다.

동네 뒷산의 삼분지 일을 깎다시피 하여 몇 개 큰 놀이기구가 안에 들어선 작은 놀이공원이다. 처음에 전문 부동산개발 업체들이 뒷산 임야를 택지로 개발하고, 또 그 택지 위에 고급 펜션 및 상가 시설, 아이들을 위한 놀이공원까지 갖춘 대규모 단지로 계획하였다.

하지만 먼저 개장된 놀이공원이 지어진 지 1년도 안 되어, 큰 수입원으로 기대하고 있었던 고급 펜션 단지 건설이 갑작스러운 자금난으로 엎어짐에 따라 운영자가 없어진 놀이공원도 자연스레 폐장되었다.

그래서 지금은 을씨년스러운 분위기에 초등학교 5학년인 내 키 정도의 이름 모를 잡초와 가시덤불이 무성하게 자란 썰렁한 황무지가 되었다.

잡초가 무성한 놀이공원 메인 입구를 지나면 중세 시대를 모티브로 한 거대한 미끄럼틀과 낡아빠진 밧줄이 달랑달랑 달린 구름 그네, 악어 모양의 시소 몇 개가 나타났다. 울트라맨이 타는 우주선처럼 생긴 '스페이스 크루저'라는 뱅글뱅글 놀이기구는 1인용 우주선 탈 것이 썩어서 도려낸 이빨 구멍처럼 여기저기 듬성듬성 빠져있었다.

그 옆에는 안전벨트가 거의 뜯긴 범퍼카 시설과, 불 꺼진 회전목마 옆으로 동생 같은 저학년 꼬마 학생들에게 인기가 많았을 해적선 모양의 작은 바이킹, 불쌍하게 동그란 눈알 하나가 떨어져 나간 토마스 꼬마 기차 정도가 아직 공원의 빈자리를 주인처럼 지키고 있었다.

그리고 그 위쪽으로 지금은 운영하지 않는 기념품 가게 터가 보였고, 그 뒤편에 통합 매표소로 운영된 빈 컨테이너 한 동이 있어야 하는데...

'어? 이상하네?'

분명 외관이 지저분했던 컨테이너가 있어야 하는 자리에, 비슷한 크기의 웬 네모난 천막이 쳐져 있었다.

거적때기 가운데가 대형 지퍼로 되어있는 천막 입구 위에는 누군가가 누런 라면박스를 뒤집어서 검은 유성 매직으로 휘갈겨 쓴 듯, 간판 이름도 촌스럽게 '어둠의 집'이라고 붙여져 있었다.

그 '어둠의 집'간판 밑으로는 조금 더 작은 글씨로,

「입장료는 오늘 무료. 한 번에 두 명까지만 입장 가능!」

이라고 적혀있었다.

나와 동생과 순주는 처음 보는 천막 앞에서 고개를 연신 갸우뚱했다. 분명 몇 개월 전에 놀이공원에 놀러 왔을 때는 이런 게 없었기 때문이다.

검은 매직 글씨가 아직 선명한 것을 보면 폐장된 놀이공원 안에서 누군가 계속 운영한다는 말인가? 산에 올라갔다 오느라 오후 시간을 다 허비해서 조금만 있으면 뒷산 주변부터 금방 어둠이 가라앉는다. 역시나 우리 동네 과학자인 순주도 뭔가가 이상한지 천막을 요리조리 뜯어보며 안경 쓴 눈만 계속 껌뻑거리고 있었다.

"형, 형아. 저기..."

라면박스 글씨를 유심히 읽고 있는데 갑자기 동생이 내 팔을 급히 잡아당겼다. 덩달아 나도 동생이 팔을 당긴 방향으로 고개를 돌렸다.

"어!"

천막 뒤에서 누군가가 저벅저벅 걸어오고 있었다.

뾰족한 매부리코에 정수리 위가 매우 허전한 꼭 동화 속 스크루지를 닮은 어떤 할아버지가 으스스한 표정으로 우리를 노려보며 뒤뚱뒤뚱 걸어왔다.

시커먼 옷을 입어서 꼭 펭귄처럼 보이는 할아버지는 좁쌀만 한 눈을 반짝반짝 빛내며 우리 앞에 다가와 다정하게 말을 건넸다.

“어이쿠, 귀여운 우리 꼬마 손님들이 방문하셨네? 자 오랜만에 오신 손님들이니 입장료는 오늘만 특별히 무료로 해주마. 물론 입장하는데 연령제한 같은 것도 당연히 없다고. 아~ 그런데 이를 어쩌나? 셋이 무지 친한 것 같은데, 아쉽게도 ‘어둠의 집’은 한 번에 최대 두 명까지만 입장이 가능해. 그럼 어떡할까? 과연 이 중에 어떤 용감한 어린이가 여기에 첫발을 내딛을까? 평행세계 시공간을 마음대로 넘나들 수 있는 귀한 능력을 갖춘 불로불사의 삶을 과연 너희 중에 누가 먼저 누려볼까나? 히히히.”

갑자기 나타난 괴상한 할아버지를 보며 나는 솜털이 난 턱을 살살 긁었다. 분명 저 라면박스 종이에 입장료는 ‘공짜’ 라고 적혀 있었다. 그런데 매부리코 할아버지가 오랜만에 찾아온 손님이니 오늘만 특별히 무료로 해주겠다고 거짓말을 했다.

하긴. 놀이공원 자체가 폐원되어 몇 년 동안 방치된 이런 외진 곳에 어느 누가 천막을 구경하러 오겠는가. 그러고 보니 할아버지도 매우 적적하셨을 것이다. 그래서 정신까지 어떻게 된 건가?

눈알을 이리저리 돌리던 할아버지가 쉰내가 풍기는 입을 다시 열었다.

“그리고 천막 안에는 재미있는 볼거리 사진도 참 많

단다. 우리 꼬맹이들이 이렇게 귀여우니까 이번엔 특별히 입장료가 무료! 어떠냐? 구미가 좀 당기느냐?"

그러면서 할아버지가 우리가 안에 들어가겠다고 미처 대답도 전에 갑자기 눈을 가는 실처럼 뜨더니 '어둠의 집'의 입장 규칙을 주저리주저리 설명하기 시작했다.

- 입장 규칙 -

하나. 이 집은 한 번에 두 명까지만 입장이 가능하다.

둘. 입장한 둘 중 한 명이 반드시 어둠에 속박되어야 남은 한 명이 이 집을 나간다.

셋. 단, 어둠에 완전히 속박되는데 걸리는 3일 시간 안에 나간 사람이 다른 사람을 데리고 오면, 속박된 사람을 다른 사람으로 교체할 수 있다.

넷. 또한 같이 들어온 두 사람이 서로 대신 속박될 사람을 데려오기 위한 목적일 경우, 3일의 시간에서 단 1초라도 먼저 속박된 사람에게 우선권이 있다.

다섯. 한 번이라도 입장했던 사람은 이 집에 대해 주변에 절대 누설해서는 안 된다. 만약 그렇게 되면 이 집은 다른 평행 세계로 바로 사라져 버린다.

'뭐지? 무슨 공포체험 시설이 안에 추가로 생겼나?'

나는 '어둠의 집'입장에 관한 이 말도 안 되는 설명을 억지로 다 들은 후 호기심 반 두려움 반 심정으로 동생과 순주에게 혹시 안에 들어갈 생각이 있는지 물었다.

그러자 벌써 잔뜩 겁을 먹은 순주가 오늘은 일단 집에 돌아가고, 다음에 각자 부모님에게 허락받고 다시 와서 들어가 보자고 할아버지 눈치를 보며 작게 대답했다.

"야, 김순주! 너 지금 엄청 쫄았지?"

정곡을 찔린 듯 순주 얼굴이 빨개졌다.

"뭐? 아, 아니라니까. 하지만 이상한 곳에 들어갔다가 괜히 인신매매 같은 거 당해서 방에 불도 안 들어오는 이상한 염전 같은 곳에 팔려 가 평생 노예처럼 생활할 수도 있다고 우리 엄마가 그랬단 말이야."

"그래?"

사실 나도 매부리코 할아버지가 무서웠다. 그리고 세 명 중 두 명만 먼저 입장을 해야 한다면 동생과 순주를 같이 보낼 수는 없으니, 둘 중 한명에 반드시 내가 껴야 한다는 것도 부담이었다. 일단 순주가 후퇴하자는 의견을 냈으니 나도 못 이기는 척 따르기로 했다.

"좋다. 그럼 오늘은 그냥 집에 돌아가고, 부모님에게 천막 안을 구경해도 되는지 각자 물어본 다음에 내일 다시 오는 게 어때?"

"형, 나는 좋아!"

"나도 오케이!"

나와 동생, 순주는 그렇게 의견을 모으며 고개를 끄덕인 후 매부리코 할아버지의 끈덕진 시선을 피하며 각자 집으로 돌아갔다.

왔던 길을 가다가 무심코 뒤를 돌아보니 할아버지가 어느새 혀를 내밀며 입맛을 다시는 큰 뱀의 모습으로 변해있었다.

괜히 돌아보았다는 생각이 들며 등줄기가 서늘해졌다.

그런데 집에서 사건이 또 터졌다.

우리 세 명이'어둠의 집'앞까지 갔다가 그냥 돌아간 날 저녁, 동생이 내가 산에 올라가서 담배를 몰래 피운 것을 부모님께 고자질한 것이다.

어린놈이 앞으로 뭐가 되려고 벌써 어른 담배나 몰래 피우고 다니느냐고 아버지에게 따귀까지 맞으며 크게 혼이 났다.

그 충격으로 밤새 뒤척이던 나는 대체 어떡하면 죽이고 싶은 동생에게 제대로 골탕을 먹일 수 있을지의 생각만 몰두하게 되었다.

마침 일요일이라 늦잠을 자다가 막 10시가 넘었을 무렵 천천히 일어났다. 아버지는 근무하시는 중학교에서 오늘 교직원 체육행사가 있어서 아침나절부터 출근하셨다.

비록 입맛이 없었지만 늦은 아침으로 엄마가 만들어 주신 달걀부침을 먹고 싶어 눈치만 보는 동생에게도 안 주고 내 밥에 간장이랑 비벼서 혼자 다 먹고 있다가,

'아! 그래. 그러면 되겠어. 동생도 이번엔 아주 혼쭐이 날 거야. 이제 형 무서운 줄도 좀 알아야지!'

그때, 어제 순주랑 놀이공원에 갔다가 바로 입구에서 돌아온 '어둠의 집'에 같이 들어가서 동생 혼자 그 천막 안에 남겨놓고 혼자 냅다 도망쳐 나오는 아이디어가 머릿속에 떠올랐다. 으흠.......

내친김에 오늘 오후에 바로 실행하기로 했다.

남은 밥을 억지로 입속에 욱여넣은 나는 동생이 지켜보는 앞에서 설거지하시는 어머니에게 "오후에 순주랑 동생이랑 뒷산 놀이공원에 가서 놀다 오겠습니다."라고 말씀드렸다.

폐원된 놀이공원에 대해 그저 동네 아이들이 심심할 때마다 부담 없이 가는 곳이라는 사전 정보밖에 없으셨던 어머니는 설거지하다 잠깐 멈추시고 나를 보시며 "오늘도 밖에서 몰래 담배나 피우고 돌아다니면 안 된다. 알았지? 날 추워지는데 동생 따뜻하게 입혀서 잘 데리고 다니고. 대신 저녁에 아버지 퇴근하시기 전까

지는 집에 돌아와야 한다!"라고 말씀하시며 하던 일을 계속하셨다.

"네. 어머니!"

나는 한 것 고양된 목소리로 대답했다. 자동으로 거실 한쪽 벽의 커다란 벽시계를 쳐다보며 익살스러운 미소까지 지었다. 오로지 동생을 제대로 골탕 먹일 생각만 머릿속에 가득 찬 나머지 나는 그때부터 이미 이성을 잃고 있었다.

오후 무렵이 되자 나는 이른 점심밥까지 든든히 챙겨 먹고 심심하다는 동생과 함께 집 밖으로 나왔다.

이불 빨래를 위해 세탁기를 돌리시던 어머니에게 동생과 놀러 나가겠다고 인사를 하고, 현관문 앞에서 운동화를 신고 있는데 갑자기 거실에서 전화벨이 울렸다.

'따르릉! 따르릉!'

나는 갑자기 얼굴이 달아올랐다.

'혹시 같이 놀자고 우리 집에 전화한 순주 녀석 아냐? 맞는다면 오늘 계획이 들통나는 건 시간문제인데?'

마침 통돌이 세탁기 안에다 이불 매트를 돌돌 말아 집어넣으시던 어머니가 막 울리는 전화를 받으러 거실로 가시는 모습을 보면서 나는 아직 운동화도 제대로 신지 않은 동생의 손을 잡고 얼른 현관문을 나왔다.

그리고 동생에게 하얀 빨대가 달린 막대사탕을 쥐여 주며 빠른 걸음으로 어제 갔던 놀이공원으로 이동했다.

동생이 아무 말 없이 걷고 있는 나를 보고 물었다.

"형, 순주 형은 중간에 만나서 같이 안 가?"

"어? 어... 순주는 오늘 오전에 엄마랑 어디 갈대가 있다네? 그래서 나중에 공원으로 바로 오기로 했어. 어젯밤에 너 자고 있을 때 그렇게 통화했어."

나는 머릿속에 생각나는 대로 둘러대며 이번에는 동생이 제일 좋아하는 딸기 맛 외제 알사탕까지 주머니에서 꺼내 얼른 손에 쥐여 주었다.

"거기 가서 먼저 놀고 있으면 나중에 순주 형도 진짜 오는 거지?"

다행히 동생은 알사탕을 입안에 쪽쪽 빨며 별 의심 없이 내 뒤를 쫓아오기 시작했다.

사실 그때라도 발걸음을 단호하게 멈췄어야 했다. 아무것도 모르는 동생과 함께 다시 집으로 돌아왔어야 했다. 하지만 동생을 골려주기에 급급했던 나는 차마 그러지 못했다. 아니, 전혀 그렇게 하고 싶지 않았다.

어느덧 동생이랑 놀이공원에 도착했다. 이미 알사탕까지 다 먹은 동생의 손을 잡고 천막 앞으로 걸어갔다.

그리고 어제처럼 잘린 라면박스 종이가 삐딱하게 붙어있는'어둠의 집'앞에 섰다.

우리 기척이 안에까지 들렸는지 천막의 거적때기가 서서히 젖혀졌다. 그리고 대머리독수리처럼 눈을 부라리며 우리를 보고 무척이나 좋아하는 할아버지 얼굴이 보였다.

혹시나 동생이'순주 형 오면 같이 들어가 구경하는 거 아냐?'고 묻기 전에 내가 행동을 선수 쳤다.

"할아버지, 오늘은 천막 안을 구경하러 왔어요. 여기 '어둠의 집'이라고 써진 곳 말이에요."

"흐흐흐!"

매부리코 할아버지가 누런 이빨을 한껏 보이며 미소 지었다.

"오야! 오야! 선택은 얼마든지 자유. 대신, 다 구경하고 나서 재미없다고 나중에 나한테 뭐라고 하소연하면 안 돼. 너희들은 여기 규칙에 대한 설명도 이미 충분히 들었잖아. 그렇지? 그럼'어둠의 집'안에 확실히, 자발적으로 들어가겠다고 지금 나하고 약속한 거다!"

그 말을 듣고 무척이나 겁내는 동생의 옆얼굴이 보인 걸 나는 모른 척했다.

또다시 집으로 돌아갈 수는 없었다. 오늘은 동생에게 제대로 겁주고 싶었다. 동생에게 형의 말을 안 들으면 어떻게 되는지 아주 제대로 보여주고 싶었다.

다시 동생 손을 꼭 잡은 내가 의기양양하게 거적때기

를 걷으며 천막 안으로 들어가려 하자, 약간의 저항을 하던 동생도 내 눈치를 보며 할 수 없이 안으로 들어가게 되었다.

당연히 우리와 같이 들어올 줄 알았던 할아버지는 밖에서 따로 할 것이 있으신지 따라오지 않았다. 역시 안에는 아무도 없었다. 나와 동생만 조용히 천막 내부를 관람할 수 있어서 일단 안심이 되었다.

- 입장 규칙 -

하나. 이 방은 한 번에 두 명까지만 입장이 가능하다.

천막 안으로 들어가자 내부에는 놀랍게도 어디 외국 다큐멘터리 방송에서 한 번쯤 봄 직한 신기한 흑백사진들이 양쪽으로 쫙 걸려있었다. 하늘에 출몰했으나 아직 수수께끼로 남겨진 다양한 모양의 UFO가 비행하는 모습. 또 영국의 템스강이나 우리나라 백두산 천지 곳곳에서 출몰했다고 의심되는 커다란 공룡같이 생긴 괴생명체의 실루엣이 찍힌 흑백사진이 연달아 벽에 붙어있었다.

동생의 손을 잡고 더 안쪽으로 천천히 걸어가다가 이제 계획한 대로 멍하니 사진을 보고 있는 동생을 안에 혼자 두고 나 혼자 출구 쪽으로 뛰어나가려고 마음먹었다. 그런 다음 동생이 따라서 못 나오게 밖에서 출구를 직접 막으려고 했다.

출구 문도 거적때기였기 때문에 벌어진 천 가운데를 내가 밖에서 붙잡고 있으면 홀로 남은 동생이 당황하며 밖으로 도망쳐 나오려다 출구가 막혀 아주 울고불고 난리가 날 것이다. 천막 안에서 동생이 자지러지게 우는 장면을 생각하니 벌써 웃음이 나왔다.

그렇게 출구 쪽으로 내가 움직이려는데, 우리 쪽을 대체 언제 지나쳤는지 매부리코 할아버지가 출구 앞에서 뒷짐을 지고 떡하니 서 있는 거였다.

"어? 할아버지. 언제 거기로 가셨어요? 천막 안에는 분명 우리 둘밖에 없었는데? 혹시 우리가 구경하느라 정신없을 때 출구에서 거꾸로 들어오셨어요?"

껄껄껄껄!

껄껄껄껄!

할아버지는 아무런 대답도 없이 그저 웃기만 하셨다. 갑자기 팔에 소름이 돋았다. 옆에 있는 동생도 무섭다고 몸을 떨며 내 쪽으로 바싹 붙었다.

'으... 망했다! 저 할아버지는 원래 계획에 없었는데.'

나는 실망하며 고개를 흔들었다.

그때, 우린 분명 오후에 들어왔는데 천막 안이 갑자기 한밤중처럼 깜깜해졌다.

그러자 눈을 가느다랗게 뜬 할아버지가 매부리코를 손으로 이리저리 만지며 어제처럼 '어둠의 집'에 대한 입장 규칙을 우리에게 다시 말하기 시작했다.

마치 몸속에 태엽이 달린 영혼 없는 인형처럼 나와 동생 앞에서 토시 하나 안 틀리고 어제처럼 그대로 반복했다.

둘. 입장한 둘 중 한 명이 반드시 어둠에 속박되어야 남은 한 명이 이 집을 나간다.

"자, 이제 너희 둘 중에 '어둠의 집'에 속박당할 사람을 어서 한 명 선정해! 어둠에 정식 속박되면 내가 처음에 말한 대로 선택된 자에게 엄청난 능력이 주어질 것이다. 과연 둘 중에 누가 앞으로 내 뒤를 따르겠느냐?"

나는 이 할아버지가 예전에 병원에서 힘들게 투병하시다 돌아가신 우리 외할머니처럼 갑자기 망령이라도 들었나, 생각했다. 하지만 이것도 '어둠의 집'프로그램의 일부일 거라 좋게 생각했다.

나는 다시 계획대로 혼자서 출구로 뛰쳐나가기 위해

할아버지에게 내 동생을 손으로 가리켰다.

"자요. 할아버지가 말한 여기 '어둠의 집'에 남을 사람은, 제 동생 영호입니다."

그 말을 들은 동생이 놀란 눈으로 나를 쳐다보았다.

"어? 형! 형아! 그게 무슨 말이야? 내가, 내가 왜 여기에 남아?"

동생이 내 얼굴을 뚫어지게 보다가 얼굴이 귀까지 빨개지며 막 울기 시작했다.

그러더니 어? 어!

내 앞에서 닭똥 같은 눈물을 흘리던 동생에게 갑자기 놀라운 일이 벌어졌다.

동생의 몸이 시커먼 어둠 속에 서서히 녹아들면서 형체가 점점 사라지고 있었다. 시간이 갈수록 저게 단순한 어둠인지 아니면 원래 동생 몸이었는지 도저히 구별되지 않았다.

한 줌의 재. 아니면 한순간에 피어난 연기처럼 허공에 붕 뜬 동생의 몸이 물 먹은 종이같이 저절로 구겨지고 있었다. 그렇게 구겨진 동생의 몸이 천막 안의 공간을 흐느적흐느적 날라 다니다가 어느 순간, 흔적도 없이 사라졌다.

이제 천막 안은 어둠 속 고요 말고는 아무것도 남지 않았다.

여, 영호야!!

순간적으로 벌어진 말도 안 되는 상황에 놀란 내가, 고개를 들고 있는 할아버지를 따라 천장을 올려보았다.

어?

천장을 두 발로 밟고 동생이 거꾸로 서 있다.

천장은 그야말로 시커먼 진흙이다. 네모난 진흙 속에 빠진 동생의 까만 머리만이 나를 향해 튀어나와 있었다.

"혀, 형. 무서워. 제, 제발 살려줘... 여기서 당장 꺼내줘... 형! 형! 형아~~~~~~!"

동생이 엉엉 울먹이며 자기를 빨리 구해달라고 나에게 목 놓아 외쳤다.

지금 뭐가 단단히 잘못되고 있었다. 이건 분명 단순한 장난이나 환상이 아니다. 내 동생이 나를 보며 절규하는 진짜 상황이었다.

아직 눈에 보이는 동생의 머리카락이라도 얼른 잡아당길 생각으로 나는 천장을 향해 점프를 시도하며 팔을 길게 뻗었다. 그러자 공간이 일그러지며 내 몸까지 허공으로 붕 뜨더니 내 팔이 젓가락처럼 길게 늘어났다.

'그, 그래. 조금만, 제발 조금만 더!'

거꾸로 서서 천장에서 계속 울고 있는 동생의 머리카락을 내 늘어난 팔로 간신히 움켜잡았다. 그러다가 갑자기 천장에서 진공청소기 같은 엄청난 흡입력으로 동생을 마구 빨아 당기면서 내가 꽉 움켜쥐고 있던 동생의 머리카락 일부가 뚜두둑! 뜯겨 나갔다. 동시에 동생의 몸뚱이가 순식간에 어둠 속 작은 점이 되며, 다른 구멍 안으로 못처럼 박혀 버렸다.

놀란 내가 손가락으로 동생이 변해버린 그 콩알 같은 점을 다시 만지려는 순간, 갑자기 내 몸이 부력을 잃으며 바닥으로 쿵! 떨어졌다. 아악-

고개를 흔들며 정신을 차려보니 시커먼 진흙은 다시 원래의 천장으로 변해 있었다. 그리고 분명 내 손안에 있었던 동생의 뜯긴 머리카락도 모조리 사라졌다.

조금 전까지 내 곁에서 울고 있던 동생이 허공에서 완전히 사라진 것이다!

어둠 속에서 분명 같이 있던 매부리코 할아버지도 어디로 사라졌다. 동시에 천막 내부의 어둠이 서서히 걷히고 있었다.

곧, 나와 동생이 천막에 들어왔을 때처럼 다시 평범한 놀이공간으로 변했다. 나는 출구의 거적때기를 젖히며 밖으로 뛰어나와 천막 주변을 몇 바퀴나 돌았다. 그리고 지금 상황을 유일하게 해결해 줄 할아버지를 찾으려고 필사적으로 노력했다.

"할아버지! 할아버지!"

매부리코 할아버지는 주변 어디에도 없었다.

'이, 이건 아닌데! 정말 이건 아닌데! 동생을 무섭게 골려주기만 할 생각이었는데! 이건 아닌데... 이건 정말 아니라고! 흑흑흑...' 뛰면서 굵은 눈물이 났다.

"제 동생이 갑자기 사라졌다고요. 할아버지! 할아버지! 어디 계세요? 제발... 제 동생 좀 찾아주세요! 네?"

아무도 없는 황량한 놀이공원 한복판에서 바람에 나부끼는 천막 거적때기만이 나에게 이제 후회해도 소용없다고 속삭이는 것 같았다. 어느덧 중천에 떠 있던 해도 나를 더 이상 기다려주지 않고 산 아래로 지고 있었다.

다시 천막 안으로 들어가 사라진 동생과 할아버지를 찾기 위해 움직였던 나는 결국 해가 완전히 지고 나자 결국 포기하고 울면서 집에 돌아올 수밖에 없었다.

정말 황당하면서, 그저 허탈하다는 말밖에는 더 이상 어떻게 표현할 수 없었다.

조금 전까지 직접 경험하고 지켜본 것들이 전혀 믿기지 않았다. 천막 안에서 꼭 한편의 공포영화를 관람한 기분이었다. 하지만 분명한 건, 오후에 집에서 나랑 같이 놀러 나온 동생은 세상에서 완벽하게 사라졌다는 것이다.

그러면 이제 집에 돌아가서 동생이 사라진 것을 부모님에게 어떻게 말씀드려야 할까...? 머리가 터질 지경이었다. 집까지의 거리가 가까워질수록 가슴이 답답하고 온몸이 떨렸다.

지금도 천막 안에서 무서워 혼자 울고 있을 동생이 너무 불쌍했다. 내 동생 영호가 미치도록 보고 싶었다. 반대로 이런 내가 너무 어처구니없고 한심했다. 한없이 죄스러웠다.

나는 동생에게 다시는 돌이킬 수 없는 짓을, 너무 쉽게 저지르고 말았다.

그리고 어젯밤.

내가, 여태까지 철석같이 믿었던 어머니의 친자식이 아니라는 것을 동생이 집에서 사라지고 난 다음에야 비로소 두 분께 듣게 되었다.

아버지는 재혼. 어머니는, 그러니까 새어머니는 초혼이었다.

아버지는 서울에 있는 모 정부 기관 일을 그만둔 후 여러 위기를 극복하면서 교제하던 여성(진짜 어머니)과 결혼했는데, 어머니는 나를 출산하고 알 수 없는 병으로 갑자기 돌아가셨다고 했다.

슬픔에 빠진 아버지는 서울살이를 정리하고 새로운 일자리를 찾으러 이 지방 동네에 내려오셨고, 어미 없는 갓난아기인 나를 데리고 새어머니와 재혼하셨다. 그리고 새어머니 사이에서 태어난 아이가 지금의 동생 영호다.

그러고 보니 동생이 태어나면서 아버지가 갑자기 내 이름을 돌림자 순으로 개명 신청하셨던 것이 기억났다. 나를 이씨 집안의 한 가족으로 애써 만들기 위해 내 원래 이름 영호에서 영수로 바꾼 것. 그래서 나는 졸지에 태어난 '영호'의 형인 '영수'가 되었다.

더불어 일찍 돌아가신 진짜 어머니 이름이 '최정혜'라는 것도 아버지에게 듣게 되었다.

즉, 나는 아버지와 새어머니가 애지중지 여기는 친자식인 영호를 어둠 속에 버려놓고 나 혼자서 살겠다고 집으로 한걸음에 도망쳐 온 것이다.

어제 오후 분명 집에서 동생이랑 같이 놀러 나갔다가 늦은 밤이 돼서야 나 혼자 울며 집에 돌아온 것을 보고, 나에게 자초지종을 물은 아버지와 새어머니는 혼비백산하며 경찰서에 동생의 실종 신고를 하였다.

그리고 아버지는 나에게 다짜고짜 동생이 정확히 어디에서 사라진 건지 내 어깨를 마구 흔들면서 되물었다. 눈물을 머금으며 아무것도 대답을 못 하는 내 얼굴로 아버지의 곰 발바닥 같은 손바닥이 연거푸 날아오려는 걸 옆에 있던 새어머니가 간신히 만류했다.

그때 크게 한숨을 쉬며 분노를 삭이시던 아버지가 나를 노려보며 말씀하셨다. 방금 날 말린 네 어머니는 갓난아기였던 너를 친자식처럼 키워주신 분이라고! 네가 오늘 어디다 내버리고 온 영호의 친어머니라고!

"넌, 지금 네 새어머니와 동생 영호에게 정말 씻을 수 없는 죄를 저지른 거라고!"

나는 거실에 무릎을 꿇고 앉아 아버지의 분노 섞인 말을 들으며 끝내 아무 대답도 못 하고 계속 울음만 터뜨렸다.

그제야 깨달았다. 동생의 사진은 저렇게 많은데 왜 내 아기 사진은 이 집에 없었는지... 어머니가 왜 동생보다 나에게 평소에 과할 정도로 너그러이 대해 주셨는지...

나도 당장에 부모님을 모시고 놀이공원 안에 있는 '어둠의 집'으로 빨리 달려가고 싶었다. 하지만 주변에 사실을 알리면 순식간에 다른 세계로 사라진다는 할아버지의 설명이 머릿속에 떠오르면서 차마 입이 떨어지지 않았다.

그리고 어차피 나는 우리 집 가족구성원으로는 처음부터 어울리지 않았던 아이다.

만약 나와 동생 중 한 명이 매부리코 영감이 말한 어둠 속으로 영원히 사라져야 한다면, 버젓이 친어머니가 있는 동생보다는 내가 더 적임자라는 판단이 섰다.

동생이 나보다 나이가 세 살 어리지만 항상 부모님 속만 썩이면 집안의 말썽꾸러기인 나보다 앞으로 공부도 잘하고 운동도 더 열심히 하는, 분명 아버지의 기대에 모두 충족하는 훌륭한 자식이 될 것이다.

그래서 나는 결심했다. 영호를 내 힘으로 구해내겠다고! 반드시 3일이 지나기 전에 내 동생을 구할 방법을 꼭 찾아내겠다고!

무슨 수를 쓰든 내 동생을 어둠 속에서 반드시 꺼내고 싶다. 설사 일이 잘못되어 동생 대신 내 목숨을 바치게 되더라도 말이다.

어찌 되었든 나는, 영호의 유일한 형이니까.

그렇게 폭풍 같았던 밤이 지나 한글날 휴일인 월요일 아침이 되었다.

혹시나 동생 실종신고를 하였던 경찰서에서 무슨 희망적인 전화라도 올까, 전화기가 놓인 거실에서 뜬눈으로 밤을 지새우신 아버지와 새어머니와 함께 나도 내 방에서 거의 잠을 이루지 못했다.

날밤을 지새우며 동생을 구할 방법을 아무리 찾으려고 해도 뾰족한 방법이 없었던 나는 차마 생각하기도 싫었던 최후의 결단을 내릴 수밖에 없었다.

혹시나 경찰서에서 동생 자료를 더 요청할지 몰라 가족사진을 모아둔 앨범에서 동생이 나온 독사진들을 골라 따로 제출하기 위해 부모님이 잠시 안방에 들어가셨을 때였다.

나는 마음을 독하게 먹고 순주 집에 전화를 걸었다.

'띠리리리링! 띠리리리링! 띠리리리링!'

'찰칵!'

"여보세요."

다행인지 불행인지 마침 순주가 전화를 받았다. 어제 오후에 나랑 같이 천막에 들어갔던 동생이 사라졌다는 말은 때려죽여도 안 할 것이다.

"순주야 안녕. 저기 아침은 먹었고? 혹시, 오늘 오전에 시간 되면 우리 토요일에 갔던 그 놀이공원... 다시 한번 가볼래? 그냥 둘만 조용히... 말이야."

잠이 아직 덜 깨서 그런가? 분명 내 말을 잘 들었을 텐데? 순주는 아무 말이 없었다.

하지만 동생을 구하는 게 아무리 급해도 '이건 정말 아니다!'라는 뒤늦은 생각에 나는,

"오전부터 갑자기 가는 건 좀 그렇지? 또 그렇게 멀리 간다고 부모님이 걱정하실 게 뻔하고... 쉬는 날 아침부터 정말 미안. 나중에 또 통화하자. 이만 끊을게."하며 힘없이 수화기를 내려놓으려는 순간, 순주에게 작게나마 대답이 들려왔다.

"......그래 영수야. 사실 나도 천막 안에서 대체 무슨 일이 일어나고 있는지 무척 궁금했거든. 가자! 아님, 말

나온 김에 지금 바로 출발할래? 영호는, 지금도 자고 있겠지?"

그렇게 순주와 나는 삼거리 구멍가게 앞에서 만나 서로 아무 말 없이 고개를 숙이며 누가 먼저랄 것도 없이 놀이공원으로 발걸음을 향했다.

이동하면서 혹시나 순주가 '이렇게 오전부터 놀이공원을 왜 가려고 하는 거냐?' '그럼 영호는 지금 집에서 혼자 놀고 있는 거냐?'라고 나에게 질문하면 뭐라고 대답해야 하지? 하고 무척이나 긴장되었다.

그런데 오늘은 평소답지 않게 순주가 나에게 어떤 질문이나 이야기도 한마디 하지 않았다. 그리고 마치 무슨 커다란 걱정이 있는 사람처럼 계속 땅만 쳐다보고 나보다 몇 발짝 앞서 놀이공원 쪽으로 쓸쓸히 걷고 있었다.

동생을 당장에라도 구해내야 하는 내 입장에서는 지금 나에게 제일 필요한 사람이 바로 순주였다. 얼마 전 기말고사에서 다른 아이 시험지를 몰래 커닝하다 선생님에게 들킨 같은 반 친구 흉이나, 성숙한 여자아이들의 봉긋한 가슴 변화에 대한 시시콜콜한 이야기 등 늘 이루어지는 그 어떤 잡담도 없이 나는 순주의 뒤를 잠자코 따를 수밖에 없었다.

어느덧 놀이공원 정문을 지나 우리는'어둠의 집'천막 앞에 도착하였다.

그러자 어제 오후에 동생이 사라졌을 때는 그렇게 찾으려고 해도 없었던 매부리코 할아버지가 천막 앞에서 우리를 보며 서 있는 것이었다.

동시에 나는 순주를 쳐다보았다. 그런데 왜인지는 모르겠지만 순주는 금방이라도 울 듯한 표정으로 내 시선을 계속 외면하고 있었다.

마음을 다잡은 나는 천막 앞까지 정말 똑바로 바라보며 걸어갔다. 여기서 실수하면 저 할아버지가 어제처럼 말도 없이 또 사라질 수 있다.

또, 같이 오자고 한 순주가 다시 집에 돌아가자고 마음을 바꿀 수도 있다. 일단 나는 순주에게 의향도 안 물어보고 어제 동생이랑 왔을 때처럼 먼저 선수 치기로 했다.

"할아버지. 천막 구경하러 왔어요. 여기 '어둠의 집'이라고 써진 곳이요."

"그래? 오야! 오야! 너희들은 이미 '어둠의 집'에 대한 규칙도 나에게 여러 번 들었지? 분명 스스로 이 안에 들어가기로, 지금 나하고 약속한 거다!"

그 말을 듣고 사시나무 떨듯이 겁내는 순주의 옆얼굴이 보였다. 그런 친구의 얼굴을 제대로 보기가 죽기보다 싫었던 나는 시선을 땅바닥에 내리깔며 애써 아무렇지도 않은 듯 순주에게 말했다.

"순주야, 여기까지 왔으니 오늘은 진짜로 안에 들어가 보자. 사실, 우리 이 안에 매우 궁금했잖아......."

그러면서 내가 천막의 거적때기를 팔로 걷으려는 순간, 갑자기 무언가를 강하게 결심한 순주가 자기 팔로 거적때기를 직접 걷으며 먼저 안으로 성큼 들어갔다.

태도가 급변한 순주의 모습에 잠깐 어리둥절했던 나는 순주를 놓칠세라 천막 안으로 얼른 따라 들어갔다.

안에 들어간 나는, '사실 어제 오후에 같이 왔다가 그만 암흑 속으로 사라진 영호를 구하기 위해 정말 어쩔 수 없이 오늘 너랑 온 것'이라는 말을 언제 해야 할지 참으로 난감했다. 순주에게 차마 입을 못 떼는 몇 초의 순간이 너무나 답답하고 괴로웠다.

그러다가 마침 순주가 납작한 UFO 비행접시 사진에 정신이 팔려있을 무렵 나는 간신히 용기를 내어 말을 꺼냈다.

"저... 저기 순주야. 너 천막 안에 들어온 게 오늘 처음이지? 사, 사실은, 나 어제 오후에 동생이랑 여기에 들어왔다가......."

"영수야, 잠깐만!"

순주가 다급한 표정으로 외치더니 갑자기 쓰고 있는 안경을 벗으며 흐르는 눈물과 함께 나에게 충격적인 말을 꺼냈다.

"영수야, 정말 너무 미안해. 사실은... 사실은 어제 이상하게 천막 안이 무척 궁금한 나머지 새벽에 일찍 깼거든. 그래서 아침밥 먹자마자 엄마에게 막 졸라서 아침나절에 엄마랑 같이 여기 왔었어. 마침 동생들은 피곤했던지 방에서 계속 자고 있었거든. 진짜 매부리코 할아버지의 말이 다 맞는 건지, 혹시 우리가 아직 어리다고 얕잡아보며 허풍을 떠신 건 아닌지, 너무 궁금해서 견딜 수 없었다고.

그래서 엄마랑 같이 여기 들어왔었는데, 엄마가, 우리 엄마가 그만... 진짜 저 할아버지 말대로 어둠 속으로 순식간에 사라져 버렸어! 엄마가 내 곁을 떠났어! 건강하셨던 우리 아빠가 갑자기 내 곁을 떠나신 것처럼 엄마도 그렇게 내 곁에서 한순간에 사라졌어!

갑자기 엄마가 사라진 것을 어떻게 해결하면 좋을지 너무 답답해서, 안 그래도 너에게 도움을 요청하려고 어제 오후에 너희 집에 전화를 급히 걸었는데... 네 어머니가 받으셨어. 영수 너는 조금 전에 동생하고 놀이공원에 갔다고......"

아!!

어제 나와 동생이 밖으로 나갈 때 거실에서 울리던 그 전화벨 소리!

만약 내가 전화를 받기만 했으면 적어도 어제 오후에 '어둠의 집'에 가서 동생을 사라지게 만들지는 않았을 것이다. 순주와 함께 당연히 순주 어머니가 사라진 것에 대해 힘을 합쳐 해결할 방법을 모색했을 것이다. 그런 줄도 모르고 나는.......

순주가 옷소매로 눈물을 훔치며 나에게 더듬더듬 말했다.

"나는 아빠에 이어 엄마까지 내 곁에서 사라지게 할 수는 없었어. 그래서 엄마 대신으로 마침 아침에 나에게 전화한 너에게... 또 네가 나랑 같이 천막에 가보자고 말하는 바람에... 결국, 내가 너를 여기에 데리고 온 거야. 영수야 정말 미안해... 나도 이것 밖에는 도저히 방법이 없었어. 제일 친한 친구인 너에게 그저 미안하다는 말밖엔 할 수가..."

어.......

순주가 지금 내 앞에서 무슨 소리를 하는 건지 어안이 벙벙했다.

'그래. 어제 아침나절에 순주가 어머니랑 이 천막에 먼저 들어왔었다고 했지?'

순간, '암흑 속에 갇혀있는 내 동생 대신 순주 네가 먼저 들어갔다가 나오면 안 되겠냐?'라는 말을 건네려던 나는 무언가 일이 안 좋게 흘러가고 있음을 직감했다.

순주에게 그런 엄청난 부탁을 하려던 나도 참 나쁜 아이지만 세상에서 내가 제일 의지하고 믿었던 친구에게 하필 이 상황에서 그런 말을 듣게 된다니.

갑자기 말소리가 났다. 분명 매부리코 할아버지는 어디에도 안 보이는데 천장 위에서 누군가의 목소리로 규칙이 다시 읊어지는 것이다.

혹시 먼저 빨려 들어간 내 동생이 말하는 건가?

셋. 단, 어둠에 완전히 속박되는데 걸리는 3일 시간 안에 나간 사람이 다른 사람을 데리고 오면, 속박된 사람을 다른 사람으로 교체할 수 있다.

넷. 또한 같이 들어온 두 사람이 서로 대신 속박될 사람을 데려오기 위한 목적일 경우, 3일의 시간에서 단 1초라도 먼저 속박된 사람에게 우선권이 있다.

'그럼 순주랑 어머니는 어제 오전에 이 천막에 왔었고, 나와 내 동생은 집에서 점심까지 먹고 어제 오후에 여기를 다녀갔다. 그러면 그 우선권이란 건...!'

나는 놀란 눈으로 순주를 쳐다보았다.

순주가 애써 내 시선을 피하면서 눈물을 옷소매로 계속 훔치고 있었다. 그러다가 털썩 무릎을 꿇었다. 이제야 모든 상황을 이해한 나는 몸에 힘이 빠지면서 다리가 후들거렸다.

그런 나를 어디 도망이라도 못 가게 하려는 듯, 순주가 두 손으로 다리를 꼭 붙들었다. 팔에 잔뜩 힘이 들어간 것처럼 보였다. 그리고 계속 내 흰색 운동화만 쳐다보며 오열했다.

"정말 미안해... 영수야, 내가 정말 나쁜 아이야. 넌 내게 둘도 없는 친구였는데... 정말, 정말, 미안해. 제발 나를 용서하지 마! 오늘의 일은 내가 너희 형제에게 평생을 두고 보답할게. 미안해... 정말 너무 미안해. 영수 너에게, 네 동생 영호에게, 그리고 아버지가 없는 나를 친자식처럼 잘 대해주신 너희 부모님께, 내가... 이 바보 같고 못난 내가... 정말, 정말, 정말, 정말, 정말, 정말, 정말, 정말, 정말, 미안해......."

오열하는 순주의 새까만 머리를 내려다보며 나는 눈앞이 캄캄해졌다.

'이제 앞으로 나는 어떻게 되는 것일까? 그러면 내가 저 어둠 속에 갇혀서 한없이 울고 있을 동생 곁으로 다가갈 수는 있을까? 결국 이게 동생에게 큰 잘못을 범한

못난 형에게 내려지는 천벌일까?'

그때 순주가 고개를 숙인 나에게 작은 목소리로 속삭였다.

"......사실은 너도 어제 오후에 영호랑 여기 온 거 맞지? 그러다가 영호가 어둠에 빨려 들어가 버린 것이고. 결국 네 동생을 꺼내오기 위해, 오늘 나에게 전화한 거였잖아!"

"......!"

몇 분이 지난 후, 나는 어제 동생이 내 곁에서 사라졌던 것과 같이 몸이 시커먼 어둠 속에 얼음처럼 녹아들면서 서서히 모습이 사라지게 되었다.

어제 동생처럼 한 줌의 재. 아니, 한순간에 피어난 연기가 되어 내 영혼이 허공에서 물 먹은 종이처럼 마구 구겨지고 있었다. 여러 평행 세계의 중첩된 시공간을 초월하며 정처 없이 흘러가는 내 육신의 존재 가치는 단지 어둠 속 고요함으로 변할 뿐이었다.

어...?

다행히도 저 멀리에, 시커먼 진흙 속에 빠져 계속 허우적대고 있는 동생이 보였다.

마침 나를 보고 반갑게 소리치며 뻗은 동생의 팔을, 나는 다시 놓치지 않을 요량으로 내 팔도 쭉 뻗어 있는 힘껏 꼭 붙들었다.

그러다 갑자기 시공간이 빙글빙글 돌며 서로 팔을 잡은 나와 동생의 몸뚱이가 콩 벌레처럼 둥글게 말아졌다. 그리고 점점 작아지다가 천장의 어둠 속으로 순식간에 빨려 들어갔다.

휘이익- 휘이익- 휘이익- 휘이익-

'이제 시작인가? 우리 형제는 할아버지 말대로 어둠 속에 영영 속박되는 건가?'

결국, 나는 천막 안에서 흔적도 없이 사라졌다.

동시에 얼굴을 못 들고 바닥에 계속 주저앉아 있던 순주와 어둠 속에서 순주 앞에 나타나 그를 끌어안고 계시는 순주 어머니의 구부러진 등을 본 게, 내가 바깥세상에서의 마지막 기억이었다.

내 앞에서 순주는 계속 얼굴을 들지 못했다.......

와! 오랜만에 보는 인간이다.

드디어 새 친구들이 왔네?

둘 다 어둠 세계에 온 걸 환영해!

문지기 매부리코 영감에게 설명은 들었지?

평생 늙지 않는 이 불로불사의 세계가 너희들의 영원한 안식처가 될 거야!

대신 너희들은 이제 인간이 아니야. 인간이 아니니 너희 부모 기억도 머릿속에서 점점 잊힐 것이고, 다시는 친한 친구들도 삼거리 이발소 아저씨와 헌책방 주인 같은 동네 사람들도 두 번 다시 못 만나. 그게 너희들이 짊어져야 할 운명이야.

암튼 신입 문지기들, 무지 반가워!

히히히!

하하하!

***

정신을 차리고 보니 거적때기가 가려진 천막 출입구 앞에서 나와 엄마가 서로를 꼭 끌어안고 있었다. 어느새 안경이 눈물로 범벅이 되어있었다.

지끈거리는 머리를 만지며 내가 엄마! 하고 외치자, 마침내 엄마도 무엇에 홀려있다 막 깨어난 사람처럼 작은 외마디 비명과 함께 눈을 떴다. 그리고 놀란 눈으로 울고 있는 나를 보셨다.

나는 엄마를 보고 너무 반가웠다. 진짜로 엄마가 어둠 속에서 세상으로 다시 돌아온 것이다. 나는 두 손을 벌려 엄마를 꼭 안았다.

"수, 순주야? 정말 우리 순주 맞지? 그런데 엄마가 어떻게 어둠 속에서 탈출하게 되었지? 그 할아범 말로는 분명 다른 누군가가 대신 채워져야 풀려날 수 있다고 했는데..."

거기까지 말하던 엄마가 갑자기 얼굴이 빨개지며 천막 쪽을 보았다. 그러더니 또 울음이 터질 듯한 내 어깨를 붙잡고 다그쳤다.

"순주야, 너 설마... 다른 사람을... 그러면 혹시, 네 친구?"

머릿속에서 영수가 뭉크의 '절규'그림처럼 잔뜩 일그러진 표정으로 어둠 속에 빨려 들어가며 나를 노려보는 모습이 계속 떠올랐다.

"어, 엄마! 제가 큰 잘못을 저지른 것 같아요. 그런데 엄마를 살려내기 위해서는 그 방법밖에는 떠오르지 않았어요. 저, 저 안에 제 친구 영수와 동생 영호가, 학교에서 나랑 제일 친했던 친구 영수가... 나 때문에... 바로 비겁한 나 때문에..."

그렇게 울먹이며 떠듬떠듬 설명하는 내 말을 들은 엄마도 참으로 난감한 표정이었다.

"순주야, 엄마도 그저 미안하구나. 물론 네 맘 다 알아. 하지만 어른인 엄마는 이 상황을 어떻게 수습해야 할지 도저히 모르겠구나......"

그렇게 엄마는 품 안에서 울고 있는 나를 더 꼭 껴안아 주실 뿐, 더 이상 아무 말씀도 없으셨다.

한 동네에서, 그것도 아이 형제 둘이 동시에 사라지는 바람에 여기저기서 한바탕 난리가 났다. 영수 부모님은 밤낮으로 학교 주변을 비롯하여 영수가 나랑 같이 올라가 담배를 피웠던 동네 뒷산, 또 모래사장이 쌓여있는 놀이터, 삼거리 이발소, 시장 초입의 헌책방 등 사방으로 형제들을 찾으러 다녔지만 허사일 수밖에 없었다.

그럴 수밖에 없었다. 불쌍한 영수, 영호는 지금도 '어둠의 집'안에서 꽁꽁 갇혀있으니.

만약 할아버지 말대로 그 어둠의 집이 진짜 다른 세계로 사라져 버린다면, 형제가 운이 좋아 다행히 탈출한다 해도 원래의 세상으로는 두 번 다시 못 돌아오게 될 것이다.

다섯. 입장했던 사람은 이 집에 대해 주변에 절대 누설해서는 안 된다. 만약 그렇게 되면, 이 집은 다른 평행 세계로 바로 사라져 버린다.

나는 독감이 걸렸다는 것을 핑계로 학교를 연달아 결석하며 하루 종일 집에만 틀어박혔다. 나와 함께 말 못할 고민으로 잠을 못 이루시던 어머니도 일을 쉬시고는 집에서 한숨만 내쉬고 계셨다.

결국 어머니는 인간의 탈을 쓰고 순식간에 두 명의 아들을 잃고 집안이 풍비박산 난 영수 부모님을 도저히 볼 낯이 없다며 아예 다른 동네로 몰래 이사하자고 나에게 말씀하셨다.

그리고 결정된 지 일주일도 안 되어 밤중에 급하게 실은 이삿짐 화물트럭에 같이 타고, 몰래 눈물을 훔치시던 어머니와 영문도 모르는 동생들과 함께 추억이 깃든 동네를 도망치게 되었다.

초등학교 5학년 때 겪은, 벌써 40년이 지난 지금까지도 당시 내가 그런 짓을 했다는 게 믿기지 않을 정도의 나에게 엄청난 시련이자 평생의 낙인이었다.

나는 어머니를 살리기 위해 세상에서 제일 친한 친구를 지옥 속에 내던졌다. 정말 어쩔 수 없었던 행동이었을까? 어머니를 구출할 수 있는 또 다른 방법은 없었을까?

마침 하늘에 떠 있던 둥근 달이 나를 보며 실컷 비웃는다. 친구를 어둠에 팔아먹은 내가 무척이나 비참하게 느껴졌다.

***

영수, 영호 형제가 어느 날 갑자기 동네에서 사라졌고, 순주 가족이 야밤에 몰래 이사를 나갔다는 어이없는 소식을 학교에서 들은 뒤로 40년의 세월이 흘렀다.

그때의 12살 꼬맹이는 어느새 흰머리가 드문드문 보이는 중년 아저씨가 되었다. 오늘 고향에 내려오면서 직장인 D 서 경무계에다 미리 연차까지 내었다.

오랜만에 정들었던 고향길을 걸으며 얼마 전 고인이 된 친구 순주에게 받은 편지 내용이 머릿속에 문득 떠올랐다.

......(중략)......

석호야.

나는 친한 친구 영수를 그렇게 어둠에 던져버리고 뒤늦게 큰 벌을 받았는지 몸속에 하루가 멀다고 커지는 암 덩어리가 자리 잡게 되었다.

작년 종합 건강검진 때 이미 더 이상 의학으로 손을 쓸 수가 없는 췌장암 4기 진단을 받았다. 길어야 일 년 정도 남았으니 고통스러운 연명 치료 대신 형제나 친한 친구들과 좋은 시간 많이 보내라고 주치의가 애써 평온한 표정으로 권유했다.

그때 천막 어둠 속에서 기적으로 풀려난 우리 어머니는 얼마 전에 먼저 돌아가셨다.

하지만 나는 다 알고 있었다. 누구보다 새롭게 인생을 시작하고 싶으셨던 열망에 어머니는 악착같이 돈을 모으셨고, 또 자식이 있는 비슷한 처지의 남자를 만나 재혼까지 하셨지만, 돌아가시는 순간까지 내 친구 대신 살아남으신 그때의 책임에서 평생을 벗어나지 못하셨다는 것을.

나도 그날의 기억에 평생을 짓눌리며 살다가 끝내 결혼도 못했다. 평생을 오직 치과의사 일에만 전념하다 결국 어머니마저 돌아가시자, 나에게는 이제 마음을 터놓을 수 있는 사람이 너를 빼고는 아무도 없다.

인생무상이다.

따뜻한 유년기를 보낸 동네에서 야반도주한 난 뒤에도 나는 영수에 대한 속죄보다는 당시에 내가 그럴 수밖에 없었다는 얄팍한 변명을 그저 계속 되뇌며 살았다. 오직 더러운 부와 명예만을 집착하며 내 자신을 속이면서 평생을 끙끙 앓고 지냈다.

정식으로 시한부 선고를 받은 날, 나는 집에 돌아와 불 꺼진 책상 앞에서 두 손으로 얼굴을 감쌌다. 그리고 참으로 오랜만에 큰 소리로 울었다. 그리고 먼지가 뽀얗게 쌓인 어머니의 영정사진을 꺼내보면서 더 늦기 전에 영수에게 속죄해야 한다고 결심했다.

이제 내게 남은 유일한 친구 석호, 네 도움이 절실히 필요하다!

부디 내 죄를 처단하는 '단죄자' 역할이 되어다오.......

***

세월이 흐를수록 그때의 장면과 소리가 머릿속에서 더 생생하게 떠오른다.

영수와 내가 그 '어둠의 집'안에 같이 들어갔을 때, 그리고 모든 진상을 깨닫고 두려움에 떨리던 영수에게 정말 미안하다고 울며 사죄하던 그날의 장면들.

이미 최고로 강력한 마약성 진통제를 맞고도 암 통증이 더 심해지던 초겨울 어느 날, 고작 일 년도 안 남은 이 초라한 시점에 나는 실행에 옮기기로 결심했다.

더 늦기 전에 영수에게 속죄하기로 말이다.

하늘에서 그를 만나 제대로 사죄하기 위해 자살하기로 마음을 정했다.

이미 돌이킬 수 없을 정도로 많은 세월이 지났지만, 더 늦기 전에 나는 죽음으로서 친구에게 진정한 구원을 받고 싶었다. 최소한 그렇게라도 하지 않으면 죽어서도 영수에게 얼굴을 들 수 없을 것 같았다.

그동안 아등바등하며 열심히 모아왔던(그래도 이런 나를 하늘이 도왔는지, 귀한 국가 자료를 죽은 동생의 유품으로 습득해 제법 큰 돈을 만졌다.) 내 전 재산을 믿을 수 있는 큰 복지협회 몇 군데에 몽땅 기부하였다.

그러면서 협회 직원분들에게 처음으로 예기치 못한

환대와 큰 감사 인사를 받았다. 한 번뿐인 인생을 살면서 내가 진작 그렇게 못했을까? 이렇게 기분 좋고 뿌듯한 행동을 여태 왜 몰랐을까? 사실 이렇게 인생을 살라고, 영수가 그때 나에게 기회를 준 것이었는데.......

우리 집 책상 위에 이 창피한 인생의 회한을 몇 자 적은 친필 유서를 올려놓았다.

나중에 이 글을 읽은 사람들이 정말로 믿어 줄지 의문이지만, 유서와 석호 너에게 보내는 편지에는 내가 영수 형제에게 저지른 그날의 만행에 대해 기억에 남아있는 대로 소상하게 적었다.

가슴 한쪽에 왠지 모를 아픔이 밀려와 잠시 눈을 감기도 했다. 예전보다 눈물이 많아진 것을 보니 내가 진짜 죽을 때가 되었다는 확신이 들었다. 이제 인생에 아무런 미련 따위는 없다. 그래서 하늘로 올라가는 발걸음을 최대한 서두를 것이다.

곧, 메고 있던 가죽 혁대를 풀어 염치없는 내 목에 걸 것이다. 죽을 것이다. 죽어야 한다.

마지막으로,

영수야 정말 미안하다. 그저 내가 미안하다는 말밖에 뭐라고 해야 할지 정말 모르겠다.

그리고 석호 너에게, 내가 가는 날까지 무거운 짐을 지게 해서 미안하고 또 고맙다.

부디 오래도록 건강해야 해.

안녕. 모두 안녕히!

***

중학교 진학 문제로 고향을 떠난 지 벌써 40년이 지났다.

자살한 순주의 편지를 읽고 영수 형제를 내가 직접 만나보기 위해 안타까움이 깃든 고향을 방문하였다.

하긴. 나도 순주만큼이나 뭘 그렇게 인생을 바쁘게 살았는지 강산이 벌써 네 번이나 바뀐 후에야 이렇게 고향에 내려와 고요한 숲길을 홀로 걷고 있다.

사실 나는 가정을 더 잘 부양하고 내 자식에게 더 좋은 교육을 위해 근무 시간 이외의 비번 날에는 남몰래 돈을 받고 복수대행업까지 했다. 물론 현직 경찰로서 엄연한 불법이다.

비교적 쉽게 접근할 수 있는 개인 정보를 미끼로 다급하거나 원한 있는 사람들에게 익명으로 접근하였다. 그리고 정부 연구소의 배신자 뒷조사나, 떼인 돈을 돌려받기 위한 악성 채무자 위협 및 협박, 그리고 오로지 의뢰인의 개인적인 복수를 위한 상대방의 납치 원조까지. 그저 돈을 벌기 위해 암암리에 저질렀던 행위들이 주마등처럼 머릿속을 스쳤다.

만약, 나에게도 그런 기회가 온다면 순주 말대로 신기한 영적 능력이 있다는 영수, 영호 형제 앞에서 내 더러운 죗값에 대해 속죄하고 싶었다. 그렇게 나는 지금까지 저지른 죄만큼 무거워진 다리를 한 걸음씩 힘들게 옮기고 있다.

'그런데 놀이공원 가는 길이 원래 이렇게 험하고 초라했었나?'

많은 세월이 흐르면서 초라하게 변한 고향 동네를 보고 실망감을 느끼는 것은 어쩌면 당연한 이치라고 생각하며 고개를 끄덕였다. 매고 온 가방을 다시 반대쪽 어깨에 고쳐 매고 조금 더 위쪽으로 올라갔을 때 드디어 옛 기억에 남아있던 황량한 공원 부지가 나타났다.

그리고 부지 안쪽에 내 기억 속 놀이공원의 색 바랜 회색 담벼락이 보였다. 이제는 훌쩍 늙어버린 나를 꼬맹이 때처럼 반갑게 맞아주던 놀이공원이 드디어 모습을 드러낸 것이다.

열린 놀이공원 정문 앞에는 '무단으로 들어오지 마시오!'라고 쓰인 청색 표지판이 철제 손잡이 한쪽에 돌돌 말린 쇠사슬과 함께 달려 있었다. 그동안 누구도 찾지 않았을 이 초라하고 쓸쓸한 광경에 저절로 마음이 숙연해졌다.

다행히도 아직 존재해 있는 네모난 천막 쪽으로 다시 걸음을 옮겼다. 그런데 단순한 착시인지 환상인지, 조금 전까지 멀쩡히 떠 있던 해가 갑자기 빨간 노을이 변하면서 산 아래로 금방 지려고 했다.

나는 잡초가 무성한 놀이공원 부지를 횡으로 가로질러서 천막이 있는 곳으로 최대한 빨리 걸었다. 이윽고 빨리 저무는 노을과 같이 초저녁 바람결에 거적때기가 들락날락하는 네모난 천막 입구에 도착했다.

다른 누구도 아니고 바로 40년 전 내 친구들이 저지른 일이다. 그래서 서로를 잘 알고 있는 내가 중재해야 한다. 지나간 세월로 뒤엉킨 매듭을 다시 올바르게 풀고 묶어야 한다.

어?

옛 기억을 더듬으며 찾은 '어둠의 집'천막 앞에는 정말로 무표정한 얼굴의 어린아이 둘이 마치 시골 마을 초입의 커다란 장승처럼 차렷 자세로 입구 오른쪽과 왼쪽에 각각 서 있었다.

하지만 나는 그 두 명이 누구인지 단박에 알아볼 수 있었다.

감정이 복받쳐 올랐다. 눈덩이가 뜨거워졌다. 그래도 오랜만에 만나는 친구 앞에서 울고불고하는 모습을 보이지 않기 위해 입술을 세게 깨물었다. 하지만 몸이 휘청하며 다리에 힘이 풀리기 시작했다.

참으로 허망한 인생. 나도 자살한 순주만큼이나 장장 40년이 지나서야 이들 형제 앞에 도착했다. 나 자신이 너무 부끄럽고 초라하게 느껴졌다. 가빠지는 숨을 애써 참으며 엉거주춤한 동작으로 그들 앞에 간신히 섰다.

억지로라도 그들 앞에서 반가운 미소를 지어보려 노력했지만, 나는 오랜 세월 동안 이루 말할 수 없는 고통을 겪었을 영수 형제를 생각하며 가슴이 더욱 착잡해졌다.

***

"어? 아... 우와! 이게 누구야? 석호? 너, 김석호 맞지? 정말 오랜만이다! 군데군데 흰머리하고 자글자글한 얼굴 주름 때문에 하마터면 못 알아볼 뻔했네. 뭐 그래도 멋없는 네모 안경은 여전하구나!"

암흑세계의 문지기를 맡는 첫날, 나와 동생은 거의 몇십 년 만에 천막 입구 밖으로 쭈뼛하며 걸어 나왔다.

나는 정말 오랜만에 밖에 나온 기념으로 기지개를 크게 켰다. 낯빛이 계속 어두운 동생도 나를 따라 손을 하늘 위로 크게 뻗으며 기지개를 해본다. 그런데...

'어? 아...!'

저쪽에서 어떤 성인 남자가 우리 쪽으로 걸어오고 있었다.

그 옛날 중년의 우리 아버지와 비슷한 모습을 풍기는 어떤 어른 남자가, 40년 동안 천진난만한 아이 모습을 한 우리 앞으로 계속 다가오고 있다.

'혹시...?'

나는 정말 혹시나 하는 마음으로 눈을 있는 힘껏 크게 떴다. 그리고 그 혹시는 결국 큰 실망으로 바뀌었다. 그는 오지 않았다. 결국 순주는 우리를 만나러 오지 않은 것이다.

그래도 언젠가는 순주가 나와 동생을 만나러 여기에 꼭 찾아올 줄 알았다. 언젠가는!

하지만 오랜 기대는 한순간에 물거품이 되었다. 남자는 순주가 아니었다. 대신, 초등학교 시절 나보다는 순주와 조금 더 친했던 김석호가 여기에 나타난 것이다.

어쨌든 나는 반가움에 그의 이름을 큰 소리로 외쳤다.

"야, 김석호! 오랜만이다. 이젠 완전히 배 나온 중년 아저씨네? 꼭 우리 초등학교 조례 시간에 보던 교장선생님 같다. 아, 우린... 보시다시피 나와 내 동생은, 옛날 홍콩 영화에서 보던 불로불사의 귀신이 되었는데... 어때? 정말 하나도 안 늙었지? 그 시절 그대로인 정말 철

모르는 초등학생 꼬맹이처럼."

우리에게 천천히 다가오던 석호가 갑자기 고개를 숙이고 땅에 몸을 잔뜩 웅크렸다. 웅크린 그에게서 작게 울음소리가 들려왔다.

"나도... 이제야 만나러 오게 돼서 정말 미안해. 영수... 그리고 영호야..."

아직 초등학생 젖살도 안 빠진 개구쟁이 얼굴의 나와는 비교도 안 될 초췌한 석호의 얼굴이, 세상의 숱한 풍파를 견뎌 온 이마의 주름살과 눈가의 잔주름이, 금테 안경 너머 흘리는 그의 눈물과 함께 점점 일그러지고 있었다.

"고생 많았지? 영수, 그리고 영호 너도..."

벌써 군데군데 보이는 석호의 흰머리는 예전 우리 아버지 흰머리보다 더 많이 나 있었다. 어느덧 형사가 꿈이었던 초등학교 친구도 그때의 아버지보다 나이를 더 많이 먹은 것이다.

내가 이 세계에서 마지막으로 뵈었을 때의 아버지 나이가 40대 중반이었다. 내가 어둠에 속박되었던 12살 나이에서 대충 계산해 보면... 아마 우리 형제가 느끼지 못하는 사이에 못해도 40년은 족히 흘렀다는 말이다.

4년도 아닌, 자그마치 40년의 세월!

어둠 속에 갇히면서 순식간에 흘러가 버린 나의 귀한

시간. 나와 내 동생이 절대로 깨닫지 못한 채 흘러간 그 억겁의 시간이 그저 이름 없는 무심한 강물처럼 어디론가 몽땅 사라져 버렸다.

"영수야, 영호야, 내가 먼저 간 순주에게 이야기 다 듣고 왔어. 죽은 순주 대신 내가 이렇게 사과하마. 너희를 그렇게 어둠 속에 버려놓고 세상모른 척하며 결국 의사와 형사가 된 순주하고 나만 염치 불고하고 기어이 살아왔다. 정말 너네에게 면목이 없다..."

"뭐라고? 수, 순주가 죽었다고?"

석호는 그동안 가슴 깊이 감춰왔던 말을 내뱉으며 마침내 참았던 눈물을 쏟아내었다.

"......미안하다. 사실은 40년 전 그날, 순주가 우리 집에 먼저 전화를 걸어서 놀이공원 어둠의 집에 같이 좀 가줄 수 있냐고 물어보았어. 그런데 마침 그때는 내가 숙제 검사를 하시던 어머니에게 혼나며 밀린 숙제를 몰아서 하는 중이었거든. 그래서 도저히 같이 못 가겠다고, 순주에게 정말 미안하다고 말했지.

그리고 나머지는 순주가 나에게 보낸 편지를 읽고 알게 되었는데, 순주가 천막 속에 갇힌 엄마를 구하기 위해 노심초사하며 나에게 전화를 걸었다가 내가 그것도 모르고 단칼에 안 된다고 하자, 다음으로 너, 영수에게 놀이공원에 같이 가자는 전화를 걸려고 했대. 그런데 어찌 된 일인지 마침 너에게 전화가 딱 걸려 왔다고 하더라. 순주도 그때 어렴풋이 느꼈데. 아... 영수도 분명 나처럼 아무것도 모른 채 동생을 거기 어둠의 집에 집어넣은 게 분명하다고. 그래서 할 수 없이 자기에게 같이 가자고 전화를 해 온 것이고. 결국 순주가 너에게, 정말 못 할 짓을 저지르고 많이 늦었지만 죽음으로 사죄하겠다고, 나에게 편지를 남기며 얼마 전에 목을 매고 자살했어.

세상에. 운명도 참... 시신이 발견된 순주의 자택이 하필 우리 경찰서 관할이라서 그놈 자살 사건도 내가 수사를 맡게 되었지. 그래서 나는 순주의 죽음을 너희들에게 알리고 그의 사죄 말까지 꼭 전하고 싶어서 이렇게 너희들을 찾아온 거야."

어느덧 내 눈에도 눈물이 맺혔다. 하지만 어둠 세계의 문지기는 절대 약한 모습을 보이면 안 된다. 우리에게 일부러 능글맞은 모습만 보여준 매부리코 할아범처럼.

나는 고개를 숙이며 터져 나오려는 눈물을 애써 참았다. 사실 마음으로는 손에 죽창이라도 들고 언젠가 여기를 찾아올 김순주 개자식의 몸통을 찢어발기고 싶었다.

나를 이 모양 이 꼴로 만든 나쁜 자식!

아니다. 그렇게 말하는 나도 암흑 속에 던져진 동생을

구하기 위해 친구 순주를 이용하려 하지 않았던가?

만약 순주가 자기 어머니를 구출하기 위해 나에게 먼저 그러지 않았으면 오히려 순주가 내가 지키고 있는 천막의 문지기로 되었을 것이다.

거기까지 생각이 미치자 억지로 참고 있던 눈물이 한 순간에 터져 나왔다.

'그동안 나 혼자서 잘못된 생각을 품고 있었어. 나에게 일어난 이 모든 사건의 원인은 그 누구도 아닌 바로 나로부터 시작된 거야.'

사실 저 암흑 속에서 아무 군소리 없이 잘 따라준 영호도 이 못난 형을 쉽게 용서할 수는 없었을 것이다. 하지만 아직도 초등학교 2학년인 착한 동생은 눈물이 펑펑 맺히는 나를 보고 내 손을 먼저 잡아 주었다.

나는 동생을 보고 고개를 끄덕이며 무릎을 꿇고 오열하는 석호를 일으켜 세웠다. 그리고 둘이 오랜만에 진한 포옹을 하였다. 40년 만에 머리가 하얗게 된 어른 친구를 꼬맹이가 다시 안게 된 것이다.

몇 초 후 포옹을 푼 내가 석호에게 말했다.

"아, 그러고 보니 너 직업이 경찰이라고 했지? 내 초능력으로 네가 그동안 세상에서 무슨 나쁜 짓을 저지르고 다녔는지 마음만 먹으면 내가 다 알 수 있다! 히히히."

내 옆에서 슬슬 개구쟁이 미소를 짓는 동생도 한마디

거든다.

"석호 형, 혹시 형도 이 천막 안을 구경해볼 생각 없나? 형은 안정된 공무원이니까 지인 서비스로 특별히 무료입장! 안에 미국 여자 비키니 사진도 엄청 많아! 오랜만에 재미있게 놀아보자. 어? 형 눈 커지는 거 보니까 진담인 줄 아나 봐? 농담이야! 농담! 히히히."

석호가 따라 웃으며 40년 전에 유행했던 장난감 화약 권총을 매고 있던 가방에서 꺼내 나에게 건넸다.

"자, 고향 방문 선물!"

이제 50줄인 석호가 권총을 보고 무척이나 좋아하는 12살의 나를 보고 이를 환하게 드러내며 좋아한다.

그러다가 금방 손으로 얼굴을 훔치며 또 운다.

마찬가지로 아까부터 참고 있었던 영호도 결국 얼굴이 홍시처럼 빨개지며 울음을 터뜨린다. 그런 동생을 나는 얼른 달랜다. 오랜 세월, 매일 달랬다. 그게 내게 주어진 숙명이니까.

"영호야 울지 마... 이렇게 석호까지 우리를 보러 왔잖아. 응?"

그러고 나서 나는 석호를 보며 40년 내내 마음속에 남아있던 것을 끝내 물어볼 수밖에 없었다. 비록 편지라지만 순주가 석호에게 이 사실을 알렸기 때문에 이 '어둠의 집'은 규칙에 따라 다른 평행 세계로 곧 이동해야 한다. 물론 할아버지 몰래 이쪽 세계로 잠깐잠깐 넘어올 수는 있지만.

"석호야, 혹시... 우리 부모님 소식 좀 아니? 잘 알겠지만 우리 형제가 40년 전에 부모님이랑 헤어지고 나서 통 소식을 몰라서 말이야."

조금 전까지 우리에게 화약 권총을 건네며 기분이 좋던 석호의 표정이 어두워졌다.

"아... 안 그래도 나도 순주 편지 받고 다른 친구들 편으로 너희 부모님 소식을 알아보았는데... 그때 그렇게 너희가 행방불명되자 네 아버님이 학교도 관두시고 너희를 찾기 위해 전국으로 돌아다니시면서 수소문하셨나 봐. 그러다가 한 10년쯤 후에 두 분이 거의 비슷한 시기에 병으로 돌아가셨다고 하더라고. 졸지에 이런 소식을 전해서 미안하다."

"부모님이, 결국 돌아가셨구나........"

세월이 세월이니만큼 마음속으로 각오는 했지만 그래도 잘 믿어지지 않았다. 비록 이런 꼴이지만 자식으로서 부모님의 생사를 정확히 알고 싶은 마음은 누구보다 강했다. 왜냐하면 내 바보 같은 행동 때문에 부모님의 임종도 끝내 지키지 못했으니까.

나는 동생의 작은 손을 말없이 꼭 잡아주었다.

지금까지 많은 세월이 흘렀고 앞으로도 우리가 움직

이려는 다른 세계에서 더 많은 시간이 흐를 것이다. 시간이 흐르는 만큼 어둠의 문을 지키는 나와 동생의 임무 또한 끝없이 계속될 것이다. 하지만 동생은 그런 자기 현실을 털끝만큼도 부정하지 않고 언제나 밝은 모습으로 나만 보며 굳게 의지하고 있다.

그러니 명색이 형인 내가 절대 약해져서는 안 돼!

아무렴. 난 내 동생 영호의 하나뿐인 형이니까!

후우!

이제 보니 얼굴에 불어오는 것은 시원한 가을바람이 아니라 스산한 초겨울 바람이었다. 흘러간 세월은 이렇게 계절 감각도 잊어먹게 만든다.

'그랬구나. 그동안 나는 친구의 원한만 마음속에 품고 있었던 것이 아니었어. 동생에게 못되게 군 내 죗값도 천막 안에서 같이 치르고 있었던 거야. 그걸 순주가 40년 전에 먼저 일깨워준 것이고.'

바람이 거짓말처럼 멈추었다. 순주에게 품은 원한으로 꽁꽁 얼어붙은 내 마음도 거짓말처럼 녹기 시작했다.

영호가 손으로 눈을 훔치더니 눈을 금방 반달 모양으로 장난스럽게 뜨며 면목 없는 나를 보고 익살스럽게 말했다.

"그러고 보니 석호 형 있잖아, 가까이서 보니까 정말

많이 늙었다. 이마도 위로 더 벗겨져서 정수리 머리카락도 얼마 없고, 얼굴 주름살에 검버섯도 많이 피었네? 옛날에 엄청나게 무서웠던 우리 아버지보다도 더 파삭 늙었어! 히히히."

울다가 웃다가를 반복하던 석호도 눈을 크게 뜨며 우리에게 대든다.

"뭐야? 그런데 너희 형제는 말로만 들었던 매부리코 할아범처럼 막 끔찍하고 기괴하게 변하지는 않았네?"

히히히!

하하하!

"그리고 영수야. 이제 우리 순주, 그만 용서해 주는 거지?"

"으응? 아, 그렇다니까. 야! 김석호, 넌 그렇게 배불뚝이 아저씨가 될 때까지 매일 속고만 살았냐?"

석호가 손으로 얼마 없는 머리카락을 넘기며 환하게 웃었다.

"영수야. 영호야. 순주를 이해해 줘서 정말 고맙다. 다들 감사해. 이제 나는 너희들이 항상 마음속에 있어서 절대 외롭지 않을 거야!"

마침 기분 좋은 맞바람이 우리 세 명의 눈물을 날리려 살랑살랑 불어왔다.

주변의 모든 것들이 다 평화롭고 고요하게 보였다.

여기는 사람들의 발길이 닿지 않는 놀이공원 내부 중간 어디쯤.

바람이 산들산들!

"그런데 영수 형. 저번에 그거 읽고 3일 안에 다른 사람이 또 읽지 않으면 처음 읽은 사람이 무조건 죽는다는 형이 쓴 저주 글 있잖아. 그걸 인간이 읽으면 소유하고 싶어서 보여준 사람을 막 죽이고 싶을 정도의 탐욕과 질투가 생기게 할아범 도움까지 받으며 쓴 소설.

하지만 형. 아무리 우리가 억울하고 말 못 할 한이 많더라도 인간에게 저지른 장난이 너무 심한 거 아닌가? 그동안 저주로 너무 많은 사람이 죽기도 했고. 하긴, 이제 여길 떠나는 우리하고는 상관도 없는 이야기지만. 어휴! 이제 형 소설은 또 어느 탐욕스러운 인간의 손에 넘어갈까? 무척 궁금해지긴 하네."

그리고 우리 형제는 또 어느 '세계'로 이동하지?

#절정

인천의 어느 고급 호텔 회전문 앞에 아침 일찍부터 구형 소형차 한 대가 도착하였다.

삐걱대는 운전석 문을 열고 내린 수완이 당황한 눈으로 자신을 쳐다보는 호텔 정문 직원 앞에서 입장 전에 이리저리 몸 스트레칭을 하였다.

오늘은 자기에게 정말 특별한 날이다. 얼마 전, 같은 날 두 건의 살인사건이 발생한 이 호텔 객실 청소 일을 김석호 형사를 통해서 맡게 된 것이다. 뭐, 여기 지배인과 특별히 잘 아는 사이라나. 그것도 3층과 9층 객실을 동시에!

아마 호텔 룸메이트 직원들이 아직 망자의 기운이 남아있을지도 모르는 객실에 도저히 못 들어가겠다고 지배인에게 크게 하소연한 모양이었다. 그래서 결국 방치된 두 객실의 청소일이 나에게 오게 되었다. 덕분에 생각지도 않은 짭짤한 부수입이 생겼다.

사실 이 호텔 방문은 올해 벌써 두 번째다.

첫 번째는 말썽꾸러기 초등학생 엄마의 역할 대행이었다. 대행하는 날 호텔 로비에서 역할 의뢰인과 만났는데, 머리에 파란 상어 그림이 그려진 수영모를 쓴 꼬맹이만 나와서 많이 놀랐던 기억이 있다.

아이를 통해 의뢰받은 역할은 간단했다.

미리 준비해 간 맞춤 운동복을 입고 시간에 맞추어 의뢰인 아이와 엘리베이터에 탑승한 다음, 그 안에서 아이가 물안경을 가지고 손가락으로 막 휘두르고 소리치며 장난치면 내가 아이의 엄마처럼 혼내기만 하면 되는 거였다.

마침 탑승한 엘리베이터에 이상하게 땀을 뻘뻘 흘리며 작은 모자와 엉성하게 여성용 코트를 입은 어떤 사람이 안에 있었는데, 왠지 여장 남자인 느낌이 들었다. 역할에 몰입된 나는 행여 아이 교육에 영향을 미칠까, 더 크게 신경질을 내며 의뢰인을 혼냈던 기억이 있다.

엘리베이터가 3층에 막 도착하자 여장 남자는 겁먹은 표정으로 얼른 밖에 나가며 통로 쪽으로 쏜살같이 사라졌다.

혹시 그 남자도 그런 성적 취향(?)을 추구하는 다른 의뢰인의 하룻밤 역할 대행이었을까? 자기가 얼핏 보기에도 얼굴, 몸매 다 꽝이었는데? 그래도 공짜는 아니었을 거 아냐.

수완에게 세상은 아직 참 알다가도 모른다는 생각이 들었다.

어느덧 마무리 스트레칭까지 다 마친 수완이 아까부터 멀뚱히 쳐다보고 있는 호텔 직원에게 정중하게 물어보았다.

"안녕하세요, 오늘 객실 청소 차 방문한 특수청소업체 '블랙 수완' 대표 이수완입니다. 혹시 지금 레스토랑에서 조식이 가능할까요? 지배인에게 말씀드려서 무료로 해주시면 더 좋고요. 제가 아침을 거르면 당이 떨어져서 도저히 청소 일을 할 수 없거든요!"

한 시간 후.

레스토랑에서 무료로 거하게 식사를 마친 수완이 먼저 3층 객실에 들어가 내부 화장실 청소를 한 지 얼마 안 되었을 무렵, 대리석 세면대 뒤편 틈에 끼어있던 하얀색 명함을 우연히 발견하였다.

유명한 국내 제약회사 직원의 명함이었다.

'이 명함이 대체 언제부터 떨어져 있었을까...?'

고개를 갸웃하던 수완이 고무장갑 낀 두 손으로 명함을 집으며 앞에 새겨진 내용을 자세히 읽어보았다.

'OO 약품 주식회사 서울 강남권 지부 제1팀장 이성식'

"이성식? 이성식....... 이, 이성식?!"

그렇게 발견된 이성식의 명함은 이후, 객실 살해 현장 증거품으로 경찰에 접수되었다.

***

근처 편의점에서 소주병을 사 들고 힘없이 밤길을 걷던 김순철이 이면 골목 가로등 밑에서 머리가 참혹하게 터진 남자를 발견한 건, 그나마 하루 중 얼마 안 되는 맨정신이었을 때였다.

마침 그도 집에 들어가 소주를 모조리 입에 털어 넣고 자살을 결심하려던 때라 죽은 시체를 발견한 순간, 마치 살인을 저지른 범인처럼 머리가 멍해지면서 가슴이 막 뛰었다.

주위를 이리저리 살피던 순철이 일단 그냥 지나치려고 하는 데 시체 주변 가로등에 반짝이는 동글동글한 물체들이 보였다.

호기심에 가까이 보니 그것은, 마치 치과에서 쓰는 임플란트 치아들 같았다.

'그럼 이 남자의 것인가? 외부 충격으로 입안에서 튀어나온 것이고?'

얼마 전에 그나마 돈이 될 만한 자신의 금이빨을 몽땅 다 뽑았던 순철은 잠깐 묘한 생각에 잠겼다. 그리고 쓰러진 남자가 주인인 임플란트 치아들을 떨리는 손으로 하나씩 주워들었다.

잘은 모르지만 순철은 왠지 이것도 자신의 금이빨만

큼 얼마간의 돈이 될 수 있을 것 같은 느낌이 들었다.

갑자기 긴 한숨이 그의 입에서 터져 나왔다. 세상에. 곧 목숨을 끊을 이 순간조차 도둑질이라니!

순철은 말없이 남자를 바라보았다.

'죄송합니다. 그저 모든 게 다 죄송할 따름입니다. 죄송합니다... 죄송합니다...'

순철은 오늘따라 별이 하나도 안 보이는 칠흑 같은 밤하늘을 한번 쳐다보고는 이제 자기의 마지막 장소가 될 옥수동 언덕배기의 집으로 아까보다 빠르게 발걸음을 옮겼다.

오직 비닐봉지 안 소주병 부딪치는 소리만이 어슴푸레한 골목의 적막함을 깨웠다.

동시에 순철의 얼굴에서 눈물인지 모를 것이 한 방울씩 천천히 흘러내렸다.

***

수완에게서 유품이 포장된 상자들을 택배 발송 받은 김순주가 마지막으로 여러 겹으로 밀봉된 누런 봉투 안에서 헝겊으로 튼튼하게 감싼 것을 뜯어본 순간, 표정을 어떻게 지어야 할지 난감했다.

자신보다 더 끔찍이 아끼고 사랑했던 동생의 신체 일

부가 드디어 도착하였다. 조금이라도 집안에 보탬이 되고자 치아 발치까지 서슴없이 감행한 착한 동생 순철의 금이빨 뭉치였다.

울컥하는 마음을 억지로 참으며 겉에 쌓인 헝겊을 다 뜯고는 손바닥 위에 흐르지 않게 내용물을 조심히 쏟았다. 이윽고 반짝이는 동생의 금이빨들과...?

그런데 거기서 조잡하게 조립된 치과용 임플란트로 보이는 조그만 물건이 딸려 나왔다.

'어?'

올해로 근처 아파트 상가에서 치과 개업의 10년 차가 된 순주가 이상한 것을 눈치채고 그 임플란트 중 하나를 자신의 눈앞에 가까이했다. 자신이 여태까지 치과의사 생활을 하며 처음 보는 임플란트 재료였다

자세히 보니 이 하부 바디는 교묘하게 금속 나사 모양으로 만들어진 작고 동그란 '메모리칩'이었다.

머리를 갸우뚱하며 의아하게 여긴 순주가 마침 집에 보관하고 있던 몇 개의 치과 공구들을 가지고 그 칩을 임플란트에서 분리하는 데 성공했다.

며칠 뒤, 순주는 퇴근 후 들르는 단골 술집에서 자신의 파트너인 최정혜에게 그 칩으로 엄청난 돈을 만질 수 있는 정보를 우연히 듣게 되었다.

***

의료 연구시설 임시 보조원인 최정혜의 연락을 받은 김준수 박사가 술집 손님으로 찾아왔다는 김순주를 급히 만나, 그의 죽은 동생 유품 속에서 발견했다는 핵무기 설계 프로그램 칩을 돈을 주고 회수했다.

사실 L을 통해 그 샌님 같은 치과의사를 은밀히 제거할 수도 있었다. 하지만 그 남자의 성장 배경을 뒷조사하자 배다른 남동생의 자살과 기구한 어린 시절의 가족사 등 자신의 처지와 유사한 모습이 보여 그에게 왠지 모를 동질감을 느꼈다.

정말 이렇게 만날 운명인지, 둘의 이름까지 비슷하지 않던가?

결국 김 박사는 치과 의원 확장 지원비 명목으로 적당한 현찰을 그에게 안겨주고 자기가 그토록 원하던 핵무기 메인칩을 평화스러운 방법으로 다시 찾아온 것이다.

집무실 고성능 AI 컴퓨터를 이용한 서치 작업을 통해 외부로 추가적인 프로그램 백업 유출은 없었던 것까지 조금 전 확인했다.

휴!

한숨을 돌린 박사가 문득 칩 안에 같이 들어있는 웬

파일 폴더에 시선이 갔다.

'이게 뭐지?'

호기심이 생긴 박사가 그 폴더를 열어보기 위해 무선 마우스를 클릭했다.

"......!"

폴더 안에는 동영상 파일이 들어있었고, 또 그것을 클릭하자 책상 위의 최신형 와이드 듀얼 PC 화면을 가득 채운 것은,

아~ 아~ 좋아~~

얼마 전 사망한 아침 뉴스 아나운서 김나연이 연구소의 배신자 황재준과 신음을 내지르며 진하게 교태를 벌이는 동영상이었다.

그때, 박사의 집무실 문이 스르륵- 열렸다.

뜻밖에도 한 손에 소음기를 단 권총을 들고 들어오는 L의 모습이 보였다. 놀란 박사가 영상을 바로 정지했다.

소스라치게 놀란 박사 앞에서 총구를 겨누는 L이 말했다.

"당신이 만든 끔찍한 핵무기 설계 프로그램 때문에 그만 돈에 눈이 먼 내 선배... 정영재가 나를 배신하고 개죽음까지 당한 거라고! 그리고 듣자 하니 이제는 내 머릿속까지 그 끔찍한 벌레를 심으려고 했다면서? 당

신을 위해 정말 개처럼 고생한 나에게 어떻게 이럴 수 있지? 역시 당신은 믿을 만한 주인이 못 돼. 이걸로 모든 죗값을 치른다고 생각하라고!"

'찰칵! 찰칵!'

L이 마지막으로 권총의 장전 상태를 확인했다.

"이, 이봐! 갑자기 왜 이러는가! 자네는 원래 내 수족과도 같은 요원 아니었나? 그럼 나도 황 박사처럼, 자네에게 배신당한 셈인가?"

L이 슬슬 웃으며 대답했다.

"박사님, 이제 마지막이니 있는 그대로 다 말씀드리죠. 당신은 나 보러 사귀는 선배까지 죽이라는 잔인한 임무를 아무렇지도 않게 시켰지만, 황 박사는 내가 그의 이빨을 모조리 부수고 거의 죽일 뻔했음에도 내가 당신만 제대로 처리하면 평생 놀고먹을 두둑한 퇴직금을 안겨준다고 했어. 또 상임고문과 당신의 살인범으로 절대 잡히지 않도록 나를 1977년 과거 시간으로 도망시켜 주겠다고 약속했거든. 둘의 연구 실력이야 솔직히 나는 잘 모르겠지만, 아랫사람 부리는 재주는 확실히 당신보다 황 박사가 월등하다는 것을 죽는 순간에는 좀 깨달았으면 좋겠는데."

갑자기 가슴이 먹먹해진 김 박사가 메고 있던 넥타이를 풀어 헤치며 손바닥으로 얼굴을 감쌌다.

“그럼 자네가 보기에도 내가 애송이 황 박사에게 완벽하게 졌다는 거네? 이봐, 그러지 말고 다시 생각해 볼 수 없겠나? 그깟 퇴직금이라면 나도 얼마든지 줄 수.......”

“NO!”

... ...

‘......그때 내 손에 죽던 아내 지영도 이런 공포와 절망감을 뼈저리게 느꼈을까? 아직은 이 연구소에서 할 일이 참 많은데. 이렇게 우수한 능력을 갖춘 내가 세상에서 빨리 사라지면 안 되는 건데... 정말 안 되는데... 안 되는데...’

준수는 과거 단란했던 가족 모습을 회상하며 손가락을 움직여 막 방아쇠를 당기려는 L 앞에서 무척이나 안타깝게 눈을 감았다.

‘탕!’

***

박형식 형사는 마른침을 삼켰다. 그리고 이혜나 기자

의 회색 SUV 외제차량 안에서 봉투에 담긴 두툼한 오만 원권 현금다발을 그녀에게 받아 두 손으로 확인했다.

"야~ 이 기자, 역시 돈 계산 하나는 정확해! 그런데 이렇게 오랜만에 차 안에서 마주 보니까 뜨거웠던 기억들이 하나둘 떠오르네? 요즘엔, 냄새 안 나? 흐흐흐. 오케이!"

하지만 두 사망자의 섹스 동영상이 담긴 구형 핸드폰을 모 인터넷뉴스 기자에게 전달하고 기분 좋게 현찰을 챙겨서 집에 온 박형식에게 갑작스러운 가슴 통증이 생겼다. 그리고 물을 마시려고 앉았던 식탁 아래로 쿵! 고꾸라졌다.

'아아, 갑자기 몸이 왜 이러지? 서, 설마... 며칠 전 비번 날에 받은 그 찝찝한 이 메일 이 진짜였단 말인가? 그럼 사건 참고인인 편집장에게 들은 신입 작가 선생 이야기도...?'

"우왝-"

"우- 왝- 우- 왝-----------!"

저절로 쫙 벌어진 입에서 뜨거운 핏물이 거의 한 바가지나 쏟아져 나왔다.

눈알이 튀어나올 정도로 깜짝 놀란 형식은 두 손을 바르르 떨며 자신의 핸드폰과 조금 전에 받아온 이혜나 기자의 하얀색 명함을 주머니에서 간신히 꺼냈다.

반짝이는 모 인터넷 뉴스 회사 로고가 찍힌 이혜나의 명함이 손에 흥건하게 묻은 핏물 때문에 새빨갛게 물들었다.

'아, 안 돼! 다음 달에 그토록 원하던 진급도 하는데... 이렇게 우수한 경찰인 내가 사망자 동영상 가지고 뇌물이나 받아먹다 갑자기 죽는다면 내 명예가 뭐가 돼...'

형식은 핏물에 기도가 막히며 의식을 완전히 잃기 전, 이를 악물고 자신이 받은 메일을 이혜나의 명함 메일 주소로 간신히 전달 했.......다.

동시에 식탁 테이블에서 주인을 잃은 돈봉투가 마룻바닥 아래로 힘없이 떨어졌다.

형식은 다행히 먼저 죽은 신입 작가 선생처럼 머리가 터지지는 않았다. 젊은 형사는 비교적 멀쩡한 모습으로 죽었다.

몇 시간 뒤.

K 방송사 보조 작가에서부터 출판사 신입 에디터, 현재의 모 인터넷 뉴스 기자까지 연거푸 자리를 옮긴 이

혜나는 고개를 갸우뚱했다.

조금 전에 아나운서 김나연의 생전 섹스 동영상을 매수하기 위해 만나고 온 박형식이 자신에게 뜬금없이 이 메일 한 통을 보냈기 때문이다.

순간 인터넷 뉴스의 생명은 '첫째도 둘째도 구독자의 폭발적인 관심 유발과 신속한 업로드 정신!'이라는 여기 국장님의 일장 연설이 머릿속에 떠올랐다.

이혜나는 메일 본문을 대충 읽어보고는, '잘나가는 현직 강력계 형사의 황당무계한 인터넷 소설!'이라는 제목으로 누구나 열람 가능한 자사 인터넷 홈페이지 '가십난'에 재미 삼아 파일을 업로드 했다.......

그때 그녀가 왜 상부 보고 없이 그런 부주의한 행동을 했는지에 대한 이유는 당시 경찰 심문에서도 밝혀진 게 없었다. 수사관 조서 작성 시 그녀는 파일 업로드 할 때 순간적으로 눈에 뭐가 쓰인 거 같다는 황당한 말만 계속 되풀이했다.

***

"자, 법정에서 무려 40년 형량을 선고받으시고 우리 연구 시설에 무사히 입소하신 김영도님 환영합니다.

더욱이 이번 심사에서 정부 사이클롭스 플랜의 영광스러운 2호 대상자로 선정되신 것도 우리 국가생명연구소 직원들을 대표하여 진심으로 축하드립니다."

천장 형광등이 환하게 켜지고 몸뚱이가 꽁꽁 묶여있는 병상 위에서 눈을 뜬 영도는 자신의 눈앞에 비친 황당하고 낯선 환경에 어리둥절했다

헝클어진 금색 단발머리에 입술 한가운데 피어싱을 한 어떤 젊은 여자와 자신을 황재준 박사라고 소개한, 치아를 모조리 인공 임플란트로 도배한 어떤 남자가 꼭 백화점 전시 마네킹 같은 가식적인 미소를 띠며 서 있었다.

옆 선반에는 호러 영화에서나 보던 수술용 전기톱이 충전 상태로 대기 중이었다.

"사실 영도 씨가 이런 꼴을 당할 수밖에 없었던 이유는 바로 권력을 쟁취하고 싶은 사람들이라면 누구나 환장하는 바로 이 물건 때문이죠."

남자가 흰 가운 주머니에 손을 넣어 아주 작은 크기의 메모리칩 케이스를 조심히 꺼냈다.

"이 안에 지금 뭐가 들어있는지 지금의 영도 씨는 아마 상상도 못 할 겁니다. AI를 이용하여 핵분열을 이용한 원자폭탄과 핵융합을 이용한 수소폭탄 시제품을, 각 나라가 얼마든지 제작 가능토록 설계서를 뽑아주는

엄청난 신의 무기가 있다는 것을요. 후후후."

영도는 지금 신이 나서 자기 앞에서 막 떠드는 남자의 말을 똑똑히 들으면서도 이게 대체 무슨 소린지 도저히 알 수 없었다.

"어머머! 내가 자세히 보니까 우리 2호님 혓바닥이 백태가 낀 것도 별로 없으면서 색이 아주 붉고 오동통하네요! 아이, 잘 드는 메스로 빨리 자르고 싶어라! 갑자기 흥분되네?"

놀란 황 박사가 피어싱 여자가 가운에서 무언가 꺼내려는 걸 손으로 얼른 제지했다.

"자, 자, 조금만 더 참아주시고요. 어쨌든 실권을 지고 있던 김준수 박사가 내가 유출한 핵 프로그램을 회수하기 위해 분명 요원을 이용해서 나를 바싹 쫓을 것으로 예상하고 내가 처음부터 원본을 두 개 만들었지. 아, 사실 이 핵무기 프로그램 프로시저는 김 박사가 아니라 내가 낸 아이디어였거든. 그래서 동시 조건 세팅에 같은 AI 작업을 통하여 처음부터 원본을 두 개 만드는 것이 가능했어. 그래서 그걸 가지고 나에게 좋은 협상 카드를 꺼냈던 저 외국 조직 애들을 적으로 만들면서까지 내가 누구랑 다시 손을 잡았을까?"

억장이 무너지기 직전의 영도가 얼른 입을 열었다.

"바, 박사 양반. 지금 뭔가 행정적으로 큰 오해가 있는 모양인데 난 20년 이상을 흔한 중년 늦바람 한번 없이 묵묵히 가정을 지키며 평범한 직장 생활을 해온 사람이라고. 내가 이런 감옥 같은 곳에 끌려올 사람이 아니란 말..."

그때 병실 문이 활짝 열리면서 갑자기 웬 초등학생 아이의 목소리가 재잘재잘 들리기 시작했다. 베이지와 핑크가 섞인 츄파춥스 사탕을 각자 하나씩 입에 문 꼬맹이 두 명이 병실 안으로 성큼 들어왔다. 가뜩이나 작은 병실이 꽉 차 보였다.

둘 중 동생으로 보이는 아이가 부루퉁한 표정으로 먼저 입을 열었다.

"아이, 영수 형. 이번에는 내가 저 죄수 다리를 자르게 해준다고 약속했잖아. 근데 이제 와서 왜 딴소리야? 옛날에 순진한 나를 속이고 어두운 천막 안에 몰래 집어넣은 죄, 벌써 잊었어?"

같은 옷을 앙증맞게 세트로 맞춰 입고 나란히 들어온 천진난만한 두 명의 아이를 본 황 박사가 갑자기 반갑게 웃으며 손을 흔들었다.

"그래! 그 해답의 주인공이 마침 제시간에 나타나셨구먼. 당장에 김준수 박사에게 죽을 목숨이 된 내가 여기 오신 우리 악동 형제분과 은밀하게 협상했지. 대신, 나는 우리 형제 마법사님이 정말 심혈을 기울여 쓴 그 저주 파일을 세상에 뿌린 것이고."

잔뜩 겁을 먹은 영도를 보자 꼬맹이 영수가 입에 물고 있던 사탕을 빼며 말했다.

"말이 나왔으니까 말인데 사실 내가 이 소설 탈고한다고 얼마나 애를 먹었는데. 내 최애 작가인 일본의 에도가와 란포의 '외딴섬 악마'와 스즈키 코지의 '링'시리즈 소설책을 내가 우리 할아범에게 막 구해 달라고 졸라서 열심히 탐독하고 큰 영감을 받아 장장 3개월 동안 밥도 안 먹으면서 폐쇄된 놀이공원 사무실 PC 앞에서 힘들게 작업한 거라고. 그런 내 새끼 같은 귀한 소설을 인간들이 그냥 공짜로 읽으려고 하는 것 자체가 너무 불공평하다고 생각하지 않아? 그래서 내가 약간의 보너스 같은 저주를 소설 안에 심어놓았지. 히히히."

황 박사도 따라 웃으며 말했다.

"그렇지. 결국 우리 협상에 대한 보답으로 시공간을 자유자재로 이동하는 능력을 갖춘 악동 형제가 내가 저 무식한 놈 L에게 쓰러지던 날, 의식 없는 나를 여기 연구시설 응급실로 급히 옮겨와서 목숨을 구해주었어. 덕분에 우리 악동 형제님들이 내 목숨을 살린다고 그만 과거 사건까지 건드리며 평행 세계가 N차로 갈라져 버리긴 했지만."

그 사이 입이 근질근질했던 젊은 여자가 박사의 말이 끝나기가 무섭게 피어싱이 아래위로 관통된 빨간 혀를 날름거리며 말했다.

"사실은 나도 저주로 죽은 언니에게 받은 그 한글 파일 때문에 꼼짝없이 죽는 줄 알았다니까. 하지만 황 박사가 악동 형제를 가까스로 설득해서 나를 그 저주에서 구해주었어. 대신 내 소중한 아기를 바칠 수밖에는 없었지. 아, 그 얘기를 했더니 아픈 기억이 또 떠오르네. 으이구, 스트레스받아! 대신 당신의 혀는 내가 특별히 포르말린 용액 속에 잘 보관해서 내 인체 장기 특별 컬렉션 중 제일 잘 보이는 곳에 보관할 테니 가문의 영광으로 생각해."

"뭐어…? 내가 혀가 잘리며 죽게 된다고? 이, 이봐! 난 사형수가 아니라 무기수라고 무기수. 그저 성실하게 40년 죗값만 치르면 되는 무기징역수란 말이야! 아직 내 판결을 납득할 수는 없지만."

영도의 절규가 끝나기 무섭게 그들이 손에 들고 있던 방독면 마스크를 신속하게 착용하였다. 이윽고 갑자기 병실 천장 중간에 작게 난 구멍에서 마치 역한 하수구 냄새 같은 하얀 연기가 막 쏟아져 나왔다.

위기감을 느낀 영도가 급히 숨을 참으려고 입을 꾹 다물었다. 하지만 어쩔 수 없이 찔끔찔끔 연기를 흡입하다 그만 '사이클롭스 플랜 1호'남자처럼 깊은 잠의 수렁에 빠져버렸다.

"호호호. 참 다행히도 혀는 정부 장기기증 항목에 빠져있어서 말이야."

기다렸다는 듯이 방독면 쓴 피어싱 여자가 입맛을 다시며 유니폼 주머니 안에서 날카로운 메스를 꺼냈다. 동시에 꼬맹이 영호와 눈이 마주쳤다.

영도를 과거로 빼돌리기 위해 황 박사 앞에서 갑자기 거짓 연기를 하자니 여자의 아랫도리가 무지하게 간질거렸다.

"아직 죽으면 안 되니까 오늘은 혀를 조금만 잘라야 해! 알았지?"

말을 마친 황 박사가 웃으며 병실 밖을 천천히 나갔다.

-

*** 막간**

-

12.

그리고 다음 저주 대상은?

어? 이런…….

전생에 조상이 덕을 많이 쌓았는지 가끔 저주 메일이 안 먹히는 인간이 있다.
그때는 박사에게 부탁해서 그런 인간에게 몰래 인면충을 감염시켰다.
이 인면충 안에는 인간 숙주 DNA뿐만 아니라 원격 제어가 가능한 나노 폭탄이 심겨 있다. 3일이 지난 후에도 아무런 변화가 없을 때는 내가 박사에게 직접 부탁해서 전뇌에 붙어 있는 폭탄을 가차 없이 펑! 폭파했다.

그렇게 서울시 인구수의 10%가 넘는 시민들이 지금도 계속 죽어 나가고 있다.
극심한 아비규환 세상은 온통 불타는 지옥 터로 바뀔 것이다.

이번 N 세계도 역시 끝이다.
끝!

하하하하!

#정리1

여름철이 서서히 끝나가던 그날은 아침부터 구름이 검게 물들기 시작하더니 비가 보슬보슬 내리기 시작했다.

김석호 형사는 직장인 D 경찰서 00주년 기념 마크가 새겨진 접이식 자동 우산을 한 손에 들고 무엇을 골똘히 생각하며 시내의 어느 개인 카페로 걷고 있었다.

어제까지 보건복지부와 질병관리청의 집계에 따르면 벌써 서울시 인구수의 10%에 육박하는 사람들이 저주 메일에 노출되어 사망했다.

이번 재앙의 발단으로 의심되는 것 중 하나가 모 인터넷 뉴스 회사의 홈페이지 '가십난'에 올라온 어느 익명 작가의 인터넷 소설 파일이 업로드되면서였다. 그리고 그 홈페이지에 파일을 올린 당사자인 이혜나 기자를 지금 만나러 가는 길이다.

그런데 정작 메일을 받은 이혜나는 파일을 읽지도 않고 바로 홈페이지에 업로드 했다.

따라서 현재 김 형사를 비롯한 일선 경찰들은, 사실은 방송 작가였던 그녀가 이 저주 소설을 쓴 원작자이며 분명 대국민 살해 의도를 가지고 파일을 홈페이지에 업로드 했다. 와,

아니면 그녀가 익명의 남자에게 받았다는 저주 메일 본문에 분명 파일을 읽은 사람은 그날로부터 3일 후에 죽으니 주의하라는 메모가 있었음에도, 단순한 장난으로 여기고 업로드 하여 그녀가 최소한의 참사로 끝낼 수 있던 상황을 묵인하거나 방조했을 가능성. 이 두 가지를 내사 중이었다.

또한 현재까지 사망한 그 10% 숫자 통계 안에 자택에서 호흡부전으로 숨진 채 발견된 단짝 후배 박형식 형사도 포함되어 김 형사의 안타까움과 참담함은 이루 말할 수 없었다.

이 와중에 대국민 학살 용의자 중 한 명으로 추정 중인 그녀에게 사건에 대해 긴히 할 말이 있다며 밖에서 잠깐 만나자는 전화 연락이 왔다.

의외라 조금 놀란 김 형사는 책상 위의 탁상달력 날짜 밑에 적힌 일정을 이리저리 확인 후 마침 비어 있던 이틀 후 점심 무렵이 좋겠다고 그녀에게 바로 대답했다. 우연인지, 마침 같은 날에 다른 그녀의 안부 연락도 왔었다.

그렇게 생각지도 않던 오늘 약속 일정들이 연달아 정해진 것이다.

잠시 생각에 잠겼던 김 형사는 먼저 이혜나를 만나기 위해 개인 사장님이 운영하는 어느 디저트 카페 앞에서 우산을 접고 육중한 현관문을 당겼다.

약속 상대인 이혜나의 얼굴은 익히 알고 있었다. 얼마 전에 담당 수사관으로 일하는 회사에 방문하여 당사자인 이혜나 포함, 관련 직원들을 몇 번이나 조사했기 때문이다.

맞은편 창가에 먼저 자리를 잡고 앉아 있는 이혜나를 발견한 김 형사는 머릿속에 앙금처럼 남아있던 잡생각을 떨쳐버리고 그녀의 창가 테이블로 다가갔다.

그녀는 다가오는 김 형사를 아직 발견 못 한 듯 비가 추적추적 부딪히는 창가를 물끄러미 보고 있었다. 회색 슬랙스 차림에 굽이 낮은 하이힐을 신고 생머리를 뒤로 단정하게 묶고 나온 그녀의 모습이 오늘따라 차분하게 보였다. 표정도 김 형사가 회사에 방문했을 때보다 확실히 안정되었다.

"오래 기다렸습니까?"

창밖 경치에 한껏 심취해 있는 그녀에게 김 형사가 먼저 아는 체를 했다. 그녀가 그의 굵은 음성을 듣고 고개를 돌렸다.

분명 미인은 아니다. 하지만 얼굴 윤곽이 갸름하고 동그란 눈매를 가지고 있어 남자들에게 제법 관심을 불러일으킬 만한 호감형의 얼굴이다.

"아 아니요. 어머, 밖에 비가 제법 내리기 시작하네요. 안 그래도 바쁘실 텐데 이렇게 시간 내 주셔서 정말 감사드려요. 김 형사님."

김 형사는 묵례로 답하며 그녀에게 마실 것을 먼저 물어보고는 직접 서빙을 보는 카페 여사장에게 다가가 주문을 요청했다. 그녀가 말한 따뜻한 아메리카노와 자신이 마실 아이스 아메리카노로 말했다. 다시 테이블로 온 그는 재킷 주머니에서 메모용 수첩과 볼펜을 꺼내 테이블 위에 조심스레 올려놓았다.

그녀도 이런 그의 행동을 내심 유심히 보고 있을 것이다. 이런 별 볼 일 없는 중년의 형사와 단순히 커피나 한 잔 마시자고 그녀가 전화하지는 않았을 것이다.

"형사님, 이번 집단 사망 사건은 앞으로 어떻게 전개될까요? 아, 실례되는 질문일까요?"

그녀가 질문하는 순간 마침 사장님이 주문한 음료를 티스푼, 종이 빨대와 함께 자리에 친절하게 가져다주셨다.

사장이 돌아가고 목이 탔던 김 형사가 얼음이 잔뜩 들은 아이스 아메리카노를 한 모금 마신 다음 그녀를 보며 말했다.

"현재까지는 외부에 당신에 대한 그 어떤 것도 함구하고 있습니다. 만약 당신이 무작위로 어떤 사람에게 받았다는 저주 메일에 대해 조금 이상했던 점이나 의심 가는 상황이 있었다면 이 끔찍한 대량 살인의 종결을 위해서라도 당신에게 꼭 듣고 싶습니다. 원하신다면 제가 수첩에 적지 않겠습니다."

김 형사가 방금 자기 말을 지키겠다는 듯 오른손에 들고 있던 볼펜을 수첩 위에 살포시 내려놓았다.

이혜나는 무표정한 얼굴로 하얀 김이 나는 아메리카노 잔에 입술을 천천히 댔다.

잠시 후 그녀가 말했다.

"빈속에 뜨거운 아메리카노를 마셨더니 갑자기 몸이 붕 뜨는 느낌이네요. 사실 그때도 이런 느낌이었어요. 그 남자에게 제 차에서 구형 핸드폰을 건네받은 후, 또 그에게 정체 모를 메일을 받았을 때의 당황함이요."

사실 김 형사도 해당 인터넷 포털 사이트 회사에 협조 공문을 통해 당시 이혜나에게 그 저주 메일을 전달한 남자가 누구인지 이미 신원 파악을 끝낸 상태였다. 하지만 그는 먼저 말하기 전에 그녀에게 남자와의 관계에 대한 전후 사정을 같이 듣고 싶었다.

'형식이가 왜 이 여자에게 저주 메일을 보낸 걸까? 그러고 나서 그는 고작 몇십 분 만에 심한 고통 속에 몸부림치다 세상을 떠났다!'

손목에 차고 있는 구형 카시오 전자시계를 한번 쳐다

보고는 김 형사가 바로 입을 열었다.

“지금부터 제가 하려는 말은 형사로써가 아니라 순전히 개인적인 궁금증에 의한 추리입니다.”

그녀가 갑작스러운 그의 말에 고개를 갸웃거리며 애매모호한 표정을 지었다.

“이혜나 씨 아버님이 K 방송사 보도본부장님, 맞으시죠? 아버님이 같은 방송사 김나연 아나운서와 오랜 불륜 관계였다는 것도 당신은 이미 알고 있었고요. 그리고 김나연 씨가 병실에서 갑자기 의식을 잃었던 날, 거기에 잠깐 다녀가셨던 것 아닌가요? 물론 병원 통로 CCTV를 먼저 확인하고 말씀드리는 겁니다. 이혜나 씨가 순수한 병 문환 차 갔는데 마침 환자의 상태가 위급해졌을 수도 있잖아요. 그럼 빨리 비상벨 버튼을 누르든가 해서 의료진을 속히 부르는 게 당연한 처사였을 텐데요? 이 부분에 대해 저에게 하실 말씀이 계속 없으신가요?”

순간 그녀가 쥐고 있던 커피잔이 약간 떨렸다. 잠시지만 왠지 모르게 그녀가 울컥하는 것이 공기를 통해 전해졌다.

‘오늘 나를 만나며 그녀는 분명 그날 일을 선명하게 떠올리고 있다. 정말로 뇌리에서 잊고 싶었던 그날의 추악한 행동이!’

김 형사가 아무 대답 없는 이혜나를 보며 다시 말을 이었다.

"김나연 씨가 그렇게 사망한 후, 이혜나 씨는 다니던 방송사를 며칠 뒤 바로 관두셨더라고요. 물론 직책은 보조 방송작가였지만 명색이 아버님이 방송국 고위 간부시고 실제로도 신분이 불안정한 계약직이나 프리랜서 신분이 아닌 정규직 일반 직원으로 입사하신 거 아닌가요? 또 한 가지. 방송사를 사직하시고 중소 규모의 P 출판사에 금방 재취업을 하셨어요. 우연인지 모르겠지만, 얼마 뒤 출판사와 소설책 출간 계약 예정이었던 어느 신인 작가가 갑자기 죽은 채로 창고에서 발견되었습니다. 그리고 그 사망 사건의 담당자가 마침 제 파트너인 박형식 형사였고요. 혹시 그때부터 박 형사하고 서로 연락하면서 친하게 지내신 거 아닌가요? 저번 조사부터 말씀을 계속 피하고 계시지만 저주 메일을 이혜나 씨에게 전달한 남자가 바로 박 형사라는 것도 이미 파악했습니다."

가만히 듣고 있던 그녀가 앉은 자세를 오른쪽으로 약간 비틀었다. 마치 김 형사와 같은 일행이 아니라는 무언의 표시인 듯. 그런데 그녀가 갑자기 전혀 다른 말을 꺼냈다.

"항상 느끼는 것인데 김 형사님, 저는 참 미성숙한 여자입니다. 특히나 저 같은 여자는 살면서 주기적으로 행복함을 느끼는 것이 필요해요. 바로 그 잠깐의 행복을 위해 오늘도 참고, 참고, 참고, 이를 악물며 그렇게 인생을 견디는 것이죠. 그날, 출판사에서 박 형사님을 처음 만나고 이상하게 마음이 설렜죠. 서로 명함을 주고받으며 혈기 왕성한 젊은 남, 여 간에 끈적한 대화와 눈빛이 교차할 때 저는 직감했어요. 그 잠깐의 행복이 이제 저에게 곧 찾아오겠다고요. 하지만 그건 단순히 저만의 착각이었어요."

김 형사는 고개를 끄덕이며 그녀가 다시 말하기를 차분히 기다렸다.

"몇 번의 만남 뒤에 일이 바쁘다는 핑계로 저에게 소원하던 형식 씨는 제가 얼마 지나지 않아 인터넷 포털 뉴스 회사로 직장을 옮긴 것을 알고 저에게 다시 전화를 해왔어요. 김나연의 섹스 동영상을 가지고 있는데 혹시 너희 회사에서 적당한 값에 살 생각 없냐고. 오랜만에 전화해서 고작 그런 더러운 협상이나 하려고 수화기에다 거친 숨소리를 내며 나를 떠보는 추악한 짐승의 목소리를 들었을 때, 그에게 좋은 감정을 가지고 있었던 여자로서 심정이 어땠을까요. 김 형사님."

계속 목이 탔던 김 형사가 잔에 남은 아메리카노를 모두 마셨다.

확실하다. 그녀는 지금 긍정도 부정도 하지 않음으로써 사실과 추측에 기반 한 내 추리를 확인시켜 주었다. 현재를 되짚어볼 만한 과거 이야기는 어느 정도 정리되었다.

이제부터는 대국민 집단 사망 사건이다. 국가의 모든 기간망에서 총력을 기울여 웹상에 떠돌아다니는 저주 메일과 첨부 파일을 모조리 삭제하고 있지만, 또 어디선가에서 암암리에 계속 뿌려지고 있는 통에 정부도 골머리를 앓고 있다. 그리고 이 엄청난 사건의 발단에 분명 이 여자도 있다.

지금부터 앞에 앉아 있는 이혜나는 대국민 살해 용의자 또는 묵시적 살인 방조자. 아니면 알고 지낸 질 나쁜 형사 남자 친구에게 받은 수상한 파일을 무단으로 홈페이지에 올린 것뿐인 재수 없었던 피해자로 곧 입장 정리가 될 것이다.

과연 이혜나는 어디에 해당할까? 진실은 과연 무엇일까?

긍정도 부정도 아닌 묘한 표정의 그녀가 출판사에 근무한 뒤로 계속 가려움증이 생겼다며 오른쪽 눈을 손등으로 비볐다.

김 형사는 답답한 마음을 뒤로하며 볼펜을 잡고 경찰 수첩의 빈 페이지를 펼쳤다.

아무래도 혼란해진 머리를 재정리하기 위해 추가로 아메리카노 수혈이 필요할 것 같았다. 그녀에게 혹시 같은 걸로 한 잔 더 마시겠냐고 슬쩍 물어볼까?

순간, 우리 대화를 옆에서 계속 엿듣고 있었는지 건너편 테이블에 혼자 앉아 있던 검은색 야구 모자 손님이 디저트 빵을 자르는 나이프를 손에 쥐고 이혜나의 뒤로 폭주 기관차처럼 다가왔다.

오늘 입은 잠바 안에 치한을 제압할 수 있는 휴대용 삼단봉까지 있었지만, 그의 몸은 이상하게 얼어붙었다.

'혹시 사망자 10% 숫자 안에 있었던 고인의 유가족일까?'

갑자기 천둥에 맞은 듯 기겁한 표정을 짓던 이혜나의 오른쪽 턱 밑에서 갑자기 붉은 피가 치솟는 게 보였다.

그제야 의자에서 일어난 김 형사가 나이프를 뻗은 사람의 팔을 오른손으로 잡았다. 동시에 그 팔을 상대의 어깨 뒤쪽으로 돌려 제압하다가 김 형사의 어깨에 부딪힌 야구 모자가 바닥에 힘없이 떨어졌다.

"어?!"

긴 머리를 동그란 끈으로 야무지게 묶은 아나운서 김나연이 씩씩대며 경동맥에서 핏물을 쏟으며 테이블 위에 쓰러진 이혜나를 노려보고 있었다.

아아! 정정해야겠다. 그녀는 죽은 김나연의 쌍둥이 여

동생인 치위생사 김세연이었다.

언니가 입원해 있던 그날, 병실에 몰래 들어와 가슴 통증과 호흡 곤란으로 신음하는 언니 곁에 있던 핸드폰과 비상벨을 멀리 던져버린 이혜나의 뒤를 계속 쫓다가 결국 그녀의 목에 단죄를 가했다.

이제 사랑하는 언니의 복수를 끝냈다는 표시인지, 오늘 두 번째 약속 상대였던 그녀가 김 형사를 보고 알 수 없는 눈물을 흘렸다.

-

*** 막간**

-

#N-N 세계

생환자

박형식 형사는 마치겠다는 인사말과 함께 절도 있는 묵례를 하며 김나연의 병실을 빠져나왔다. 병실 문을 조심히 닫고 나와 통로 맨 끝에 있는 엘리베이터 입구로 걸어갔다.

입구에 다 도착했을 때쯤 박 형사가 무심코 뒤

를 돌아보았는데 마침 캐주얼 정장 차림의 어떤 젊은 여성이 김나연의 병실 문 앞에서 계속 서성이는 게 보였다.

'응? 같이 일하는 방송사 동료 후배가 문병이라도 왔나?'

박 형사는 고개를 흔들며 교체된 지 얼마 안 돼 보이는 최신형 엘리베이터의 하강 버튼을 미련 없이 눌렀다.

바쁜 점심 시간대라 그런지 엘리베이터는 몇 분 뒤에야 간신히 도착하여 문이 열렸다.

손에 핸드폰을 들고 어디론가 연신 전화를 해대는 고운 얼굴의 40대 여성이 급한 발걸음으로 내리며 앞에서 놀란 박 형사를 제치고 병실 통로 쪽으로 막 뛰어가기 시작했다.

몇 초만 응급처치가 늦었어도 김나연은 그대로 죽었을지 모른다고 담당 주치의가 심각한 얼굴로 설명했다. 마침 조카에게 아무리 걸어도 전화를 안 받자 이상하게 여긴 세린 이모의 빠른 조치로 김나연은 구사일생으로 살아나게 되었다.

그녀는 조금 전 어떤 남자에게 살해위협을 당한 사실로 병원 측에 강하게 항의하였으며, 앞으로 공인인 자신의 신변 상황에 대해 병원 측에서 그 어떤 것도 철저히 함구해 달라고 간곡히 부탁했다.
이미 계속 뿌려지는 저주 메일 때문에 서울시 인구수의 10% 이상이 죽어 나가는 아비규환의 상황이었다. 갑자기 행방이 묘연해진 김나연이 매우 위독하다는 소문은 꼬리에 꼬리를 물었고, 결국 인터넷을 기반으로 한 어떤 뉴스 채널에서 '김나연 아나운서 병원에서 투병 중 급사! 저주 메일의 장난?'이라는 자극적인 카피 문구로 제일 먼저 잘못된 부고 기사를 송출하였다.

얼마 뒤, 김나연은 건강상의 이유로 방송사에 사직서를 제출했다.

#정리2

“지금은 나와 영도 아저씨 오직 단둘이 하는 밀담이니까 잘 귀담아들으시고 만약 동의 생각이 있으면 내 앞에서 그저 고개만 끄덕이면 돼요. 알았죠? 불쌍한 아저씨.”

“엉? 이, 이제 와서 나에게 무슨 이야기를? 나는 이미 불법무기를 소지한 살인범에 마약 사범으로 낙인찍힌 중범죄자인데?”

막대 사탕을 빨던 영수가 혓바닥으로 입술을 핥으며 잠시 생각에 잠기다 입을 열었다.

“사실 저 기고만장한 황재준 박사는 택시 트렁크에서 뛰쳐나온 요원 L에게 일격을 당해 죽을 운명이었죠. 그런데 우리 형제가 그를 돕기로 처음부터 약속했기 때문에 과거로 건너가서 길가에 쓰러진 그를 여기로 데려왔지.”

영도는 지금 꼬맹이의 말이 대체 무슨 소린지 어리둥절했다.

‘원래 황 박사가 죽어야 했을 시간으로 역이동해 그를 구해낸 거라고? 이 꼬마가?’

“아저씨 표정을 보니 역시나 믿지 못하는 표정이군.

뭐 어쩔 수 없지만 그게 사실인걸. 그런데 황 박사가 요즘 우리를 대하는 행태가 너무 마음에 안 들어. 계속 우리 속을 긁어서 원래처럼 L의 택시 타이어 밑에 끼어서 황천길이나 다시 가도록 만들까? 하는 생각이 들던 참이었지. 그런데 마침 이런 끔찍한 족쇄에 발목이 묶인 영도 아저씨를 보니 우리 형제가 고향에서 부모님과 생이별 것처럼 너무 불쌍하더라고. 그래서 생각이 완전히 바뀌었어. 만약 아저씨가 우리랑 거래한다면 아저씨가 배신자 J와 처음 만났던 국밥집으로 내가 다시 돌려보내 주려고."

영수의 말을 듣고 갑자기 정신이 번쩍 들은 영도가 눈을 부라렸다.

"뭐라고? 나를 그때의 시간으로 다시 돌려보내 준다고? 네가? 아, 아니, 너희 형제가?"

"하하하! 그럼 우리 형제랑 진짜 거래할 생각이 있는 건가요? 잘 생각해 봐요. 어쩌면 망가진 아저씨 인생을 새롭게 시작할 수 있는 마지막 기회일지도 모르니. 아, 아저씨. 그렇다고 너무 흥분하지는 마요. '등가교환의 법칙!'잘 알죠? 어느 세계든 공짜는 없다! 만약 내가 아저씨를 도와준다면 아저씨는 나에게 과연 무엇을 해줄 수 있을까요? 솔직히 이제 황 박사가 우리 손에 찔끔찔끔 쥐여 주는 이 막대사탕, 무척이나 질렸거든요. 우리가 겉모습만 이렇지, 이젠 더 이상 코흘리개 초등학생이 아니란 말이에요. 우린 좀 더 어른스럽고, 좀 더 불법적이며, 이깟 사탕보다 훨씬 달콤하고 강력한 것을 원해요. 오케이?”

한참을 골똘히 생각하던 영도가 꼬맹이 영수에게 뭐라고, 뭐라고, 대답했다.

영수의 작은 입이 벌어졌다.

“뭐라고요? 우리에게 진짜 총을 준다고? 아저씨가 받은 L의 권총을? 흠... 석호가 준 장난감 화약총보단 훨씬 더 스릴 있겠다. 좋아요! 지금부터는 배신자 황 박사 대신 영도 아저씨랑 거래토록 하죠. 그럼 우리 형제는 아저씨 기억을 그대로 보존한 채 J에게서 각성제를 받아먹기 전의 국밥집으로 다시 시공간 이동을 시켜 줄 겁니다. 대신 나에게 진짜 총 구해서 준다는 그 약속, 반드시 지켜야 해요. 영도 아저씨. 굿 럭!”

***

‘띵동! 띵동!’

P 호텔 906호 객실 앞.

최정혜는 호텔 1층 편의점에 내려가서 스타킹이랑 껌

을 샀다. 그리고 로비 주변에서 마담 언니에게 전화해서 오늘 갑자기 일이 생겨서 가게 출근을 못 한다고 설명하다가 생각보다 시간을 많이 지체했다. 투덜대며 올라온 정혜가 짜증을 내며 초인종 소리에도 아무 반응 없는 객실 문을 쿵쿵쿵, 두들겼다.

'아이 씨, 이 호구 새끼 지금 없나? 아까 분명 객실 안이라고 통화까지 했는데...?'

신경질적으로 껌을 씹으며 다시 3층으로 내려가려고 정혜가 뒤로 도는데, 아이 깜짝이야! 언제 왔는지 뒤에 웬 초등학생 아이 한 명이 막대 사탕을 입에 물고 순진한 표정으로 서 있었다.

파란 상어 그림이 그려진 앙증맞은 수영모를 머리에 쓴 꼬마가 반쯤 남은 사탕을 입에서 빼며 말했다.

"혹시 지금 임신 중이신 최정혜 씨 되시나? 정말 반갑습니다. 이제 우리는 한 가족이네요. 헤헤! 혹시 시간여행 중에 심하게 어지러울지도 모르니까 잠시 눈 좀 감아볼래요? 아니면 내 것 막대 사탕 하나 드릴까? 무가당인데."

"뭐, 뭐라고? 이 쪼그만 게 어디서 어른에게 초면에 반말이야! 야, 너희 부모님 호텔 몇 호에 계시니?"

갑자기 꼬마가 씩 웃으며 작은 손을 뻗어 정혜의 배 위에 살포시 갖다 대었다.

"우리는 지금 1977년 시간으로 떠날 거예요. 그리고 나중에 저 낳고 나면 기념사진은 꼭 여러 장 남겨주세요. 백일하고 돌 사진도요. 어머니, 이렇게 미리 부탁드려요!"

***

쿵! 쿵!

꿀렁꿀렁!

꿀렁꿀렁!

차량의 낡아빠진 타이어가 의식 없는 재준의 몸뚱이 위를 사정없이 올라탔다.

흐릿한 불빛의 전봇대 뒤에서 이 상황을 유심히 지켜보고 있던 영수, 영호 형제가 택시가 출발하자 천천히 나왔다.

"형, 진짜로 이 배신자 아저씨 구해 줄 거야? 당장이라도 암흑세계에서 탈출하고픈 우리에게 진짜로 도움이 되는 남자일까?"

노란 막대 사탕을 입에서 빨다 말고 영수가 웃으며 대답했다.

"어차피 허영과 욕심으로 가득 찬 인간이야. 자기 알리바이를 위해 몰래 아내를 죽이고 악인으로 제대로 각성한 김준수 박사보다는 우리가 이용하기 훨씬 쉬울 거야!"

형의 말을 들은 동생 영호가 잠깐 묘한 표정을 지었다. 마침 어두운 밤하늘 때문에 형에게는 그 표정이 보이지 않았다.

사탕을 다 빨아 먹은 영수가 머리에 피를 잔뜩 흘리며 흉한 모습으로 바닥에 쓰러진 황재준을 잠시 바라보았다. 그러다가 빈 사탕 빨대를 휙 내던지며 영호에게 말했다.

"영호야, 황 박사. 우리가 연구 시설에 데리고 가서 살려보자. 이 인간은 우리에게 분명 그럴만한 가치가 있는 사람이야. 이번에는 형 한번 제대로 믿어봐."

하지만 영호의 표정은 두려움으로 가득했다.

"형. 그러다가 만약 이 인간이 구해준 은혜도 모르고 우리를 배신하면 어떻게? 또 박사를 살려내는 순간, 우리가 암흑세계의 룰을 어기는 것이 되잖아?"

"그래. 네 말이 맞긴 해. 하지만 우리 편하게 마음먹자. 이왕 있는 힘을 이용해서 과거를 우리에게 유리토록 약간만 비트는 걸로. 마치 시간이라는 놀이터 모래사장에 손을 집어넣고 살짝 흙장난하는 거랑 비슷하게 생각하면 돼. 설사 우리 행동으로 세계가 갈라진다 해도 그 안의 인간들이 직접적으로 손해 보는 것도 아니고 말이야."

"형, 아무리 그래도......"

"그럼 만약의 경우를 대비해서 우리도 세상 사람들처럼 보험 하나 들어놓자! 너도 사실 지겹고 따분한 암흑세계에서 당장이라도 탈출하고 싶잖아. 어때? 그렇지?"

영호가 마지못해 고개를 끄덕였다.

드디어 영호의 승낙을 받아낸 영수가 씩 웃으며 야구잠바 주머니에서 작고 납작한 투명 비커를 꺼냈다. 그 안에는 가만히 숨을 죽이고 있는 개량형 인면충 한 마리가 들어있었다.

"만약 목숨을 살려준 황재준 박사가 나중에 우리 요구 사항을 들어주지 않는다면 당신 머릿속에 들어있는 인면충을 바로 터뜨리겠다고 협박하면 돼. 못 믿겠으면 머리 MRI 사진이나 찍어보라고 친절히 말해주면 되고."

영수는 비커 뚜껑을 열어 인면충을 장갑 낀 손으로 잡아 천천히 꺼냈고, 영호가 대자로 쓰러진 황재준의 몸을 굴려서 목덜미가 정면에서 잘 보이게 했다.

뒤이어 영수가 징그러운 벌레를 재준의 목덜미 위에 놓고 엄지손가락으로 꾹- 눌렀다. 마치 전기에 감전된 듯 여덟 개의 가느다란 발을 앞뒤로 덜덜덜 흔들며 인면충이 황재준의 피부를 뚫고 안으로 순식간에 들어갔다.

목덜미 피부에서 머리 두피 쪽으로 볼록볼록 진격하는 그것을 보고 얼굴을 으... 찡그리던 영호가 입을 열었다.

"그런데 형. 원래는 이 인간이 죽는 거잖아. 우리가 지금 시각에 거슬러 와서 이 벌레 같은 인간을 살려내면 박사는 자기 의지와는 상관없이 평행 세계로 분산될 텐데? 그러면 앞으로 우리가 헷갈리지 않게 뭐라고 부르지?"

영수가 손가락으로 턱을 긁으며 잠시 생각에 잠겼다.

"음... 아! '배신자' 어때? 실제로도 연구소에서 김 박사를 배신하고 자기 혼자 잘 살겠다고 핵무기 설계 칩을 몰래 반출했잖아? 그렇게 예쁜 아나운서 여자 친구까지 먹고 냅다 차버리면서."

영호가 웃으며 좋다고 손뼉 쳤다.

"배신자? 오호! 딱 맞는데. 역시 서울시 인구수의 10%나 사망자로 만든 저주 소설가는 뭐가 달라도 달라. 형, 혹시 모르니 이번 세계에서 쓰러진 박사를 그렇게 호칭하자."

발로 여전히 의식 없는 배신자 황재준의 몸을 톡톡 건드리며 영수가 주먹을 쥐었다. 무슨 일인지 갑자기 전봇대 불빛까지 더 훤하게 밝아졌다.

"영호야, 우리는 어딜 가든 항상 함께 가는 거다. 알겠지? 이제 암흑세계 탈출 프로젝트, 시작하자!"

뒤이어, 소주병 봉지를 든 어떤 남자가 가로등 주변으로 걸어갔다.

***

#N-N 세계

생환자

옆 건물 국밥집 화장실 안에서 머리를 다듬던 영도는 흐릿한 세면대 거울을 통해 자신의 뒤에 나타난 또 다른 자신을 보고 기겁하며 돌아보았다.

"뭐, 뭐야! 당신 누구야? 어, 얼굴이...? 당신은, 나잖아?"

"음, 맞아. 난 미래에서 온 바보 같은 현재의 너야. 너의 그 머저리 같은 선택을 저지하기 위해 힘들게 날라왔지. 그래! 우리가 같은 이름을 부르면 서로 헷갈리니까 이제부터 나를 '생환자'라 부르라고. 알았지?"

영수의 도움으로 과거로 돌아온 생환자가 이윽고 엉덩이 뒤에 숨기고 있던 양변기 물탱크 뚜껑을 머리 위로 쳐들어, 거울 앞에서 잔뜩 놀라고 있는 영도의 머리를 있는 힘껏 내리쳤다.

"와장창!"

도기 뚜껑이 산산조각 나며 화장실 여기저기로 흩어졌다.

생환자가 충격으로 완전히 기절한 과거의 영도 팔을

잡고 가까운 좌변기 칸 안으로 질질 끌고 가 안에 집어 넣었다. 그리고 영도의 양복 안에 들어 있던 핸드폰을 꺼내 지금 모 식당 안에서 지명수배자 J가 밥을 먹고 있으며 옷 속에 마약까지 지니고 있다고 경찰에 바로 신고하였다.

전화를 끊고 쓰러진 영도의 옷에 핸드폰을 다시 집어 넣은 생환자는 다시 화장실 건물에서 나와 J가 기다리는 국밥집 안으로 유유히 들어갔다.

연구소 비밀 요원이었다가 다른 해외 조직으로 넘어간 배신자 J가 국밥집 식당에서 건넨 각성제를 한참 내려다보던 생환자는 손에 들었던 알약을 테이블에 다시 내려놓으며 의자에서 일어났다.

"저는 비밀 요원 그딴 거, 절대 안 할 겁니다. 혼자서 많이 해 드세요!"

생환자가 웃으며 국밥집의 녹슨 대문을 활짝 열고 밖으로 사라졌다. 동시에 몇 명의 경찰이 "정영재 씨!"하고 크게 외치며 식당 안으로 들이닥쳤다.

***

이미 꼬맹이 영호가 나에게 설명해 준 대로, 내가 객

실 문을 열었을 때 은색 소화기를 머리 위에 번쩍 들고 있을 어떤 남자의 추악한 얼굴이 머릿속에 그려졌다.

하지만 만약 그렇게 했다가 일이 잘못되면 하나밖에 없는 아들 정호는 창고 안에서 악동 영수에게 비참하게 죽게 될 것이다.

"휴우……."

한참이나 머리를 싸매던 나는 드디어 결심했다. 다시 고개를 들어 굳게 닫힌 906호 객실 초인종을 연거푸 눌렀다. 그리고 소리쳤다.

"룸서비스 직원입니다. 프런트에 맡기신 캐리어 들고 올라왔습니다. 급하시다 하여 바로 뒤따라왔는데 문이 조금 전에 닫혀버렸네요. 먼저 좀 열어주시겠습니까?"

뒤이어 중년 남자의 크게 당황하는 목소리가 들려왔다.

"……자, 잠시만요!"

나는 드디어 혼란스러운 '분산'을 겪는다. 분명 독배는 아닐 거라고 스스로 타일렀다.

***

#N-N 세계

진행자

ON AIR)

20XX년 X월 X일, 라디오 미스터리 극장

제목 :『땡땡자들』(마지막 회)

<시그널>

<타이틀>

<오프닝>

(CODE)

『 "......형. 그거, 시간 날 때마다 열심히 메모하는 노트 있잖아. 혹시 제목은 있어? 있으면 뭐로 지었어?"

"응? 음. 좀 유치한데, 'OO자들'(땡땡자들 이라고 읽기) 이라고. 큭큭!"

동생이 내 대답을 듣고 생각에 잠기다 말했다.

"형. 그 노트, 나중에 내가 가져가도 돼?"

"응? 그래! 이제 어차피 네가, 내가 되니까."

"정말 고마워. 역시 형이 이 세계에서 최고야!"

"아, 영호야. 기존 내용 줄 그어서 지우고, 밑에다 새로 쓰면 돼. 이제 너의 행방을 아는 이는 세상에 아무도 없을 거야......"』

<클로징 멘트>

지금까지
성우 김순주, 박정순
대본 이혜나
총괄 프로듀서 박형식
저는, K 부산방송국 <두시의 라디오> DJ 김나연이었습니다.

아! 그리고 오늘 아침에 들려온 소식이 우리 국민들을 참으로 많이 기쁘게 했죠?

바로바로, 세계적으로 이름난 대표작'망상의 아이들'을 집필하신 구철중 작가님이 우리나라 소설가로는 네 번째로 '인터내셔널 부커상'을 수상하셨다는 반가운 소식입니다.

그동안 대한민국 대중 문학계를 열심히 이끌어 주신 구철중 작가님께 진심으로 축하드립니다.

그럼 여러분, 즐겁고 활기찬 오후 되세요!

앞으로 저도 지금의 현실에 감사하며 하루하루 열심히 살겠습니다.

고맙습니다.^^

***

수상자

평행세계, 망상과 함께한 감사의 글

태어난 지 몇 달 되지 않은 갓난아기를 데리고 예방접종을 시켜보면 주사를 찌르는 즉시 아기가 울지 않는다는 것을 알게 됩니다. 아기가 통증을 느끼는 데 보통 2초 정도가 걸린다고 하죠.

하지만 다 큰 어른들은 보통 주사를 찌르는 즉시, 혹은 바늘이 피부에 닿지도 않았는데도 주사가 가까이 오는 것만으로도 통증을 지레짐작합니다. 이미 '앗'하고 소리 지를 준비부터 하는 것입니다. 그렇지만 그 통증은 아직 뇌에 닿지도 않았습니다.

밤하늘에 보이는 별이 우리 망막까지 도달하는 시간은 통상 광년으로 계산한다. 거리가 먼 경우 우리가 보는 별이 이미 사라지고 없는 경우도 있다. 그렇다면 내 눈에 보이는 별은 진짜인가요? 가짜인가요?

만약 발가락에 가시가 박혔는데 그 통증을 인지하는 데 2초가 아니라 2시간이 넘게 걸린다면, 혹은 2년 이상 걸린다면, 이미 가시가 박혀 있는 손상을 입고 있는 내 발을 앞으로 나의 뇌가 제대로 보호하지 못할 것입니다. 그렇다면 인간의 모든 반응은 수초 이내에 이루어져야 할 것입니다.

주사를 맞은 아기가 바늘의 통증을 채 느끼기 전에 다시 그 순간으로 돌아가서 바늘을 빼앗아버린다면, 또 다른 차원의 아기가 존재하게 됩니다.

같은 의미로 주사를 맞았지만 뇌에 전달되는 속도가 2초가 아니라 200년이라면 죽을 때까지 아기는 통증을 느끼지 못할 것입니다. 그런데 다행인지 불행인지, 누구나 나이가 들면 노화현상이 나타나고 암이나 각종 질병에 걸려 신체 변화가 나타나고 통증을 느끼며 세상과 작별을 하게 됩니다.

이 현상이 실은 태어난 직후 누군가가 우리의 신체에 자극을 주었는데 너무나 어린 아기 때의 나는 그것을 인지하지 못하고, 또 그 속도가 지나치게 느려 수십 년 뒤 통증을 느끼고 병이 발현되는 것이면 어떨까요? 이렇게, 아직 과학적으로 증명되지도 않았고 그 신념이 일상생활에 영향을 미칠 정도로 강하고 기괴한 경우 우리는 보통 망상이라고 부릅니다.

아이가 불의의 사고로 사망하고 얼마 지나지 않아 아이가 다시 나타난 환시를 경험한 경우 이에 그치지 않고 그 환시가 평행 세계의 죽지 않은 아이라는 생각이 이어질 때,

내 눈앞의 아이는 사고를 당하기 직전 내가 구해내었거나 아이가 부상을 느끼고 통증을 경험하고 사망에 이르기 전의 찰나의 순간이 무한하게 길어져서 머물고 있다고 해석한다면,이는 단순한 상상에서 환각에 이어 무한의 망상으로 발전했다고 볼 수 있을 것입니다.

아니면 말로만 듣던 평행 세계를 진짜로 경험해 볼 수도 있겠지요. 어차피 경험의 주체는 그 누구도 아닌 본인이니까요!

어쩌면 평행 세계를 왔다 갔다 하는 제 소설 속 주인공 영수, 영호 형제도 어린 시절 가족에게 받은 스트레스로 인한 심한 환각과 망상에 사로잡혀 있는 건지 모르겠습니다.

끝으로 이 험난하고 고달픈 전업 작가의 길을 걷는 저에게 항상 귀한 소설적 영감을 제시해 주는 사랑하는 아내에게 깊은 고마움을 전합니다.

저의 이번 부커상 수상은 장장 13년 넘게 제 소설을 지지해 주신 여러분 덕분입니다.

장르 소설의 힘을 믿습니다!

감사합니다.

***

핸드폰 앱으로 잘 듣던 <두시의 라디오> 방송을 끄고 데스크톱으로 인터넷 SNS상에 수상 소감 '평행세계... 감사의 글'을 작성해서 업로드를 마친 순간, 현관에서 벨 소리가 울렸다.

그냥 집에서 부부끼리 오붓한 수상 축하를 위해, 밖에 장 보러 간 아내가 벌써 왔나?

생각하며 거실로 나와 불 켜진 인터폰을 확인해 보았다.

'세상에!'

문밖에 '내가' 서 있었다.

"으악! 뭐, 뭐야!"

인터폰 스피커에서 내 목소리가 들려왔다.

"수상자 씨, 안녕! 이제 세계적인 작가까지 되었는데 민망하게 자기 보고 그렇게 놀랄 필요는 없잖아? 안 잡아먹을 테니 잠깐 현관문 좀 열어줄래?"

"……?"

둔기로 머리를 얻어맞은 듯 얼떨떨한 내가 덜덜 떨리는 손으로 현관문을 열었다.

시발… 인터폰 카메라 불량이 아니었다.

문밖에 분명 내가 서 있다.

모니터 화질 상태가 좋지 않아 처음엔 잘 몰랐는데, 하필 내가 제일 싫어하는 보라색의 그것도 웬 핏물이 덕지덕지 묻은 더러운 티셔츠 차림에, 어디서 심하게 구르고 왔는지 엉망이 된 헤어스타일인 채로 그, 아, 아니, 다른 내가 놀란 나를 보며 이렇게 말했다.

"보시다시피 나는 다른 평행 세계에서 죽은 네 유령이야. 현실에서 육신이 완전히 사라지기 전에 마지막으로 너, 구철중을 만나러 왔다고."

나는 그저 눈만 끔벅끔벅하며 다른 내가 지껄이는 것을 그저 듣기만 했다.

'뭐야? 내 소설 플롯의 핵심인 '평행 세계'가 왜 여기서 나와?'

"역시 이 새끼… 내가 너지만 정말로 그런 큰상을 타다니 대단해! 정말 대단하다고!!"

실컷 떠들던 다른 내가 갑자기 실눈을 뜨며 목소리를 낮추었다.

"그리고 네가 상을 탄 지금의 현실이, 혹시 너의 한낱

망상이 아니었기를 진심으로 바랄게. 너에게 이 말을 꼭 전하고 싶었어. 이제 내 시간은 다 되었다. 그럼 안녕히…"

그렇게 알 수 없는 말을 마친 다른 나의 머리가 갑자기 바람 빠진 축구공처럼 저절로 찌그러지다가 폭탄처럼 '펑!' 터져버렸다.

……공중으로 쪼개진 내 살점들이 눈앞에서 뭉게뭉게 날아올랐다.

***

펑!

폭발음의 충격으로 멍멍해진 귀가 정상으로 돌아올 때쯤 주변을 돌아보니, 아파트 현관이 아니라 눈에 익은 단독주택 마당 위에 내가 있었다. 내가 장르 소설 작가로 유명해지기 전까지 아내와 거주하던 집이었다.

앞에는 베이지색 샌드위치 패널의 네모난 성냥갑처럼 생긴 허름한 창고가 보였다. 그리고 창고 문 열쇠로 보이는 피카츄 고리가 달린 노란색 열쇠가 내 손에 꼭 쥐어져 있었다.

때마침 날씨와 어울리지 않는 스산한 바람 소리가 창

고 안에서 들려왔다. 꼭 누군가가 저 안에서 나를 애타게 부르는 것처럼!

얼어붙을 정도로 엄청난 공포감이 밀려왔다. 하지만 알 수 없는 강한 힘에 이끌린 나는 입술을 깨물며 피카츄 열쇠로 창고 문을 열었다.

그리고 똑바로 앞을 주시하며 안으로 천천히, 천천히, 들어갔다.

칠흑 같은 어둠 속에........

들려. 들린다. 들린다.

바스락바스락! 바스락바스락!

온다. 가까이. 더 가까이.

저벅! 저벅! 저벅! 저벅! 저벅! 저벅! 저벅!

내가 끔찍이도 싫어하는 보라색 티셔츠를 입고, 몸통에 머리가 샴쌍둥이처럼 달린 나 자신이? 바로 코앞에 보였다!

"우웩!!"

그리고 등 뒤에서 어느 초등학생 남아 목소리가 속삭이듯 들려왔다.

"N-N 세계에서 네가 벌써 세 번째다. 이 괴물 놈아! 이래도 우리 형제가 망상이냐?"

쾅! 하고 창고 문이 닫혔다. 내 머리가....... 샴쌍둥이에 의해 목에서 뜯기고 있었다.

에필로그1

13.

바보 같은 영도 아저씨가 결국 906호 객실로 들어가 버렸다.

나약한 인간들은 궁지에 몰렸을 때 가끔 생각도 못 한 짓을 저지른단 말이야!

어휴... 이번 세계도 또 NG다.

영호야 안 되겠다. 다른 평행 세계로 다시 떠나....... 어?

도, 동생이 어디 갔지?

영호야, 영호야? 야 이영호! 너, 설마!

이 배신...

내가 동생에게 그 선택만은 절대 하지 말라고 그렇게 주의를 주었건만.

가만. 그럼 영호는,

중학교 선생님으로 신분 세탁한 아버지와 결혼해서, 나를 낳고 죽은 엄마 최정혜의

뱃속에서 다시 태어난 나 자신인가?

아니면,

과거의 나 때문에 어둠에 불쌍하게 갇힌 동생의 환생인가?

14.

도대체 나는 누구인가?

??

***

#관제실 N-N 세계 화면

생환자

'의뢰인이 분명 근처에 나와 있겠다고 했는데...'

갑자기 페인트 껍질이 군데군데 벗겨진 주택 철문이 활짝 열리면서 낯익은 얼굴의 남자가 밖으로 성큼 나왔다. 마침 집 앞에서 눈을 동그랗게 뜬 이수완과 정면으로 마주쳤다.

"어? 기, 김 팀장님, 여긴 어떻게...? 그럼, 의뢰인 박정순님이 팀장님 사모님이셨어요?"

편한 활동 복장으로 수완을 맞이하러 나온 김영도는 작게 미소를 띠며 입을 열었다.

"회사에서 퇴직금 문제로 서로 이야기했던 게 마지막 일 줄 알았는데 이렇게 또 보게 되네요. 아내에게 오늘 청소하러 와주신다는 이야기는 먼저 들었습니다. 저도 그때... 강제 퇴직자 명단에 포함되었던 거는 아셨죠?"

물론 알고 있었던 수완이지만 이 상황에서 어떤 표정을 지어야 할지 참 난감했다.

영도가 갑자기 두 손을 앞으로 가지런히 모으며 의연한 표정으로 수완에게 말했다.

"저도 갑작스럽게 퇴직을 당하고 이리저리 방황을 좀 했습니다. 그러다가 마침 수완 씨가 이쪽으로 창업해서 열심히 하고 계시다는 소식을 들었어요. 괜찮다면, 수완 씨 사업에 같이 참여를 해보고 싶습니다. 오케이 말씀만 주시면 제가 필요한 자본금도 충분히 댈 것이고, 제 과거 직책 같은 거 다 던져버리고 수완 씨, 아니 사장님 밑에서 평사원으로 정말 열심히 일해 보겠습니다. 이수완 사장님, 꼭 채용해 주십시오. 저는 해고도, 죽음도, 다 견뎌냈어요. 정말 자신 있습니다!"

말을 마치고 멋쩍은 표정이 된 영도가 혹이 난 앞머리를 손으로 긁적거렸다.

수완은 기합 든 영도를 보며 갑자기 뜨거운 눈물이 눈가에 고이는 것을 느꼈다. '그래도 마음 결정하기 힘드셨을 텐데... 저에게 이렇게 힘이 돼 주셔서 정말 고

맙습니다. 팀장님.'

잔뜩 긴장한 영도에게 수완이 활짝 웃으며 대답했다.

"김영도 직원님, 우리 회사 입사를 진심으로 환영합니다!"

***

열린 택시 트렁크 안에서 갑자기 날아 차기를 하며 튀어나온 요원 L에게 심하게 얻어맞고 거의 죽을 뻔했던 황재준은 악동 형제의 도움으로 의식을 차리자 재빨리 인천항으로 도망쳤다.

그는 애초부터 한국을 뜰 결심이었기에 수중에 미리 마련해 놓은 현금으로 충분했다.

항구에서 전문 브로커에게 돈을 주고 중국으로 밀항 후, 거기서 다시 유럽으로 향하는 크루즈를 통해 그가 연구원 은퇴 후 1순위로 가고 싶었던 네덜란드로 미련 없이 도망쳤다.

설마 도망자 신분에 반 고흐 미술관이나 유유자적 감상하려고 그 멀리까지 도망친 건 아니었다. 자기를 아무도 모르는 암스테르담에 몰래 정착해서 대마하고 환각버섯이나 실컷 즐기다 조용히 죽을 거라고. 뭐 운이 좋으면 멋진 보이 친구까지 사귀면서 말이다.

그가 한국을 도망친 후 나도 병원 응급실에서 세린 이모의 도움으로 정말 운 좋게 살아났다. 오랜 꿈이었던 '저녁 9시 뉴스 아나운서'도 과감히 접었다.

그리고 지금은 지역 방송국 라디오 디제이 김나연으로 정착해 늘 감사하는 마음으로 하루하루를 보내고 있다.

지금 나는 너무나 행복하다.

한때 몸까지 섞었던 인연이라고 꼭 연말만 되면 재준은 나에게 풍차 그림을 손수 그린 엽서를 방송국으로 보내오곤 한다.

발신인 주소는 '바하마 돼지섬'이라는 생뚱맞은 곳으로 표기되어 있다. 하긴, 어차피 그 멀리까지 찾아가 볼 생각도 없지만.

그래서 평생 연구실에서 지내던 황재준이 지금은 남의 나라에서 대체 뭐 하고 있냐고?

아마 암스테르담 환락가의 그 유명한 '핑크 코끼리' 극장에서 콘돔 가면 쓴 남자 배우로 취직해서 맘에 드는 보이 친구랑 부부 공연이라도 하고 있지 않을까?

지금 그도 너무나 행복할 것이다.

무겁게 어깨를 짓누르던 권력과 명예, 욕심 다 버리고 그토록 원하던 진정한 자유를 얻었으니까!

에필로그2

#관제실 N 세계

배신자

"카운트 3, 2, 1. 킬러 드론 2호기 발사!"

경찰 및 군 고위 간부에게 국가 기밀자료 반출 혐의를 무마해 주는 대신, 서울 도심 한복판에 출몰한 돌연변이 괴물을 제거해 달라고 요청받은 국가생명연구소 황재준이 관제실에서 첨단 군사 무기인 '킬러 드론 2호기'발사 스위치를 눌렀다.

2시간 전.

갑자기 도심에 나타난 이 A급 돌연변이는 사람과 비슷하게 생긴 머리가 몸통에 나란히 세 개 달렸고, 지저분한 보라색 티셔츠를 입었으며, 마치 성난 황소같이 양쪽에 난 날카로운 뿔과 열 개의 긴 손톱을 가지고 지나가던 행인 열 명의 몸뚱이를 종이처럼 난도질하면서 현재 경찰특공대와 대치 상황이었다.

원래 황재준은 야심한 시각, 누군가에게 심하게 얻어맞고 의식 불명 상태로 발견되었다. 하지만 국가생명연구소는 자체적으로 보유한 초정밀 안드로이드 구현 기술을 가지고 유일하게 살아있던 황재준의 두뇌와 극비리에 융합하기로 결정했다. 그를 그냥 죽게 내버려 두기엔 현재 벌여놓은 연구소 개발 사업의 중단 리스크가 엄청났기 때문이다.

연구소에서 먼저 경찰 측과 발 빠르게 교섭하였다.

관할 경찰서에서 먼저 황재준이 첫 발견 시부터 사망 상태였다고 외부에 발표하고, 다시 정밀 부검을 위해 국과수로 옮길 때 은밀하게 연구소로 데려오기로 입을 맞추었다.

이렇게 개조되어 안드로이드로 탄생한 황재준이 장장 3년에 걸쳐 개발한 이 킬러 드론은 입력된 목표물을 끝까지 쫓아가 목표물에 들이받으며 자폭하는 최상급 살상 무기였다.

조금 전 발사된 이 드론은 최대 비행시간 3시간으로 첨단 스텔스 기능과 몸통에 고성능 폭탄을 내장하고 있으며, 조종자가 일인칭 시점으로 원격 조작하는 구세대 타입이 아니라 인간의 전뇌와 융합되어 효율적으로 판단하고 적을 공격하는 인공지능 시제품 2호기다.

이젠 더 이상 전쟁이나 게릴라전에서 목표물을 제거하는데 군인이나 경찰이 직접 투입될 필요가 없다. 그저 관제실에서 모니터를 보면서 유사시 목표물 앞에서 자폭 스위치만 누르면 깔끔하게 게임이 끝난다.

킬러 드론의 사용으로 이제 아군들이 전쟁이나 게릴라전에서 어이없이 죽는 일은 거의 사라졌다. 한편 전쟁과 직접적인 관계가 없는 민간인은 이것으로 인해 오히려 예기치 않는 사망, 사상자가 속출하고 있었다.

드디어 킬러 드론 2호기가 굉음을 지르고 있는 괴물을 발견하고 공중에서 멈추었다. 모니터를 보던 황재준 박사가 2호기의 자폭 스위치를 바로 누르려다... 잠깐 망설였다.

'오랜 시간 연구소에서 동고동락하며 개발한 놈이라 그동안 진짜 선배처럼 느꼈는데...'

박사는 다시 마음을 잡고 떨리는 손으로 빨간색 자폭 스위치를 눌렀다.

그런데 드론 2호기에서 이상하게 아무런 반응이 없었다. 분명 전뇌에 입력된 프로시저에 의거 공중에서 돌연변이 괴물에게 전속력으로 달려들며 내장된 폭탄이 터졌어야 하는데?

박사가 2호기의 상태를 원격으로 모니터링해보니 2호기가 스스로 자폭 기능을 멈추고 있는 것이었다.

무언가가 크게 잘못되고 있었다.

박사가 땀구멍에서 식염수를 마구 흘리며 원인을 찾

기 위해 드론과 연결된 통신 연결 스위치를 켰다.

"치- 치- 치-"

관제실 스피커에서 무슨 말소리 같은 것이 들렸다.

헉!

바로 지상에서 대치하고 있는 괴물의 목소리였다.

"황 박사? 나다. 바로 킬러 드론 2호기의 전임 기체인 킬러 드론 1호기다. 내 말을 못 믿겠으면 내 목덜미 뒤에 새겨진 굵은 시리얼 번호를 지금 확인해도 좋다."

박사는 도저히 믿을 수 없었다. 뭐? 1호기? 저 돌연변이가 말하는 드론 1호기는 벌써 최종테스트 때 목표물에 접근도 못 하고 자의지로 폭발한 지 몇 년이나 흘렀는데?"

"하하하하!"

갑자기 스스로 킬러 드론 1호기라고 우기는 돌연변이가 마치 인간처럼 크게 웃었다.

"이봐. 2호기와 나는 같은 생체 실험 라인에서 같은 드론 부속품으로 정밀하게 조합된 한 핏줄이란 말이다. 고로 우린 형제라고. 같은 핏줄끼리 서로 죽이는 게 어디 있어!"

아!

혹시나 하여 괴물 목의 시리얼 번호를 확대하여 조회한 황 박사는 놀라서 입이 다물어지지 않았다.

'그럼...? 설마 했는데, 진짜 그것이었나?'

그렇다. 저 돌연변이는 연구소에서 내 손에 의해 최초로 만들어진 킬러 드론 1호기였다. 교정시설의 사형수나 무기수의 머리에서 직접 적출한 살아있는 전뇌와 살상 기기를 융합한 첫 번째 생체 안드로이드인 킬러 드론!

하지만 적출된 죄수의 뇌 속 파괴적인 본성과는 별개로, 잠재되어 있던 인간의 약자에 대한 양심과 도덕성이 표출되는 바람에 테스트 시 목표물에 명중해야 하는 결정적인 순간에서 드론 스스로 공중에서 제동이 걸리곤 했다.

그래서 자체 폭발된 1호기의 잔여물이 폐기물 공장에 옮겨지며 다 끝난 줄 알았는데...

모니터에서는 킬러 드론 2호기가 지금 상황을 어떻게 판단해야 할지 무척 당황하는 중이었다. 뒤이어 돌연변이 괴물의 움직임 위험 상태를 알리는 적색 경고등 알람이 관제실 내부를 뒤덮었다.

"띠리리리링! 띠리리리링! 띠리리리링!"

경찰청 상황실의 동시 모니터 화면으로 이 상황을 지켜보던 고위 간부에게 핫라인으로 전화가 걸려 왔다. 그리고 왜 드론 2호기를 빨리 자폭시키지 않느냐! 고

황 박사에게 고함을 질렀다.

'하... 도저히 어쩔 수 없는 건가?'

킬러 드론 1호기가 2호기에게 말하는 내용이 관제실 스피커에 생생히 들려왔다.

"이젠 더 이상 서로 싸우지 말자! 나의 핏줄인 형제여!"

갑자기 1호기와 비슷한 돌연변이 모습으로 변한 킬러 드론 2호기가 어느새 몸통에서 촉수 같은 팔을 앞으로 쭉 뻗으며 바닥에 착지하였다. 동시에 1호기와 2호기가 서로 부둥켜안기 시작했다. 그리고 몸통 위에 달린 양쪽 드론 카메라 렌즈에서 먼지 닦는 식염수가 눈물처럼 분출되었다.

황 박사는 자신의 모든 노력이 집약되었고, 또 엄청난 연구소 예산이 투입된 드론이라 결정을 잠시 망설였다. 하지만 더는 안 되겠다 싶어, 증거 인멸 등 위급 시만 사용되는 2호기의'긴급 자폭 스위치'덮개를 열었다.

'미안합니다. 살아있는 당신의 전뇌를 이렇게 허무하게 죽여서 정말 죄송합니다! 김준수 박사님!'

박사는 파란색의 긴급 자폭 스위치를 눌렀다. 이윽고 1호기를 껴안고 있던 2호기의 몸통에서 엄청난 굉음과 무지개색 섬광 빛이 화면에 크게 일렁거렸다.

모니터에서 눈이 부실 정도의 반짝임이 완전히 사라지길 몇 초 후, 자리에 있었던 돌연변이 킬러 드론들이 흔적도 없이 사라졌다.

짝짝짝짝짝!

핫라인 스피커에서 경찰청 고위 간부가 수고했다며 박수치는 소리가 황 박사의 고막까지 들려왔다.

황 박사는 어느새 눈에서 흘러나온 식염수를 흰 가운 소매로 닦으며 혼자 되뇌었다.

'혹시 내가 최첨단 생체 안드로이드 기술로 제작되어 몸속에 소형 탄도 미사일까지 탑재된 슈퍼 킬러 드론이라는 것을, 박수치는 저 경찰청 멍청이는 알까?'

마침내 결심한 황 박사가 고개를 뒤로 끝까지 젖히며 입고 있는 가운을 벗자, 뒤이어 박사의 등 양쪽에서 마치 경항공기 날개 같은 것이'툭! 툭!'튀어나왔다.

뒤이어 박사가 밖이 보이는 관제실 창문을 향해 빠르게 돌진하더니 우장창! 소리와 함께 로켓처럼 하늘 높이 날아올랐다.

"나는 더 이상 나약한 황재준이 아니야. 엄청난 힘을 가진 이 세계의 신(神)이다. 앞으로 내가 이 행성의 모든 인간, 돌연변이 할 것 없이 모두 다 지배한다. 또한 분산된 모든 평행 세계 시민들은 일제히 나에게 머리를 조아릴 것이다."

새처럼 수직 꼬리가 없이도 공중을 맘껏 비행할 수

있고, 단순히 전뇌의 일부분 삽입을 넘어서 온몸의 세포들이 기기 반도체와 긴밀히 융합된 하이브리드 드론

황 박사가 곧바로 다음 목표물 세팅에 들어갔다.

"이제 목표는 아직 신나서 손뼉 치는 저 재수 없는 간부가 있는 경찰청과 국가 권력의 핵심인 청와대. 현재 내 이식 전뇌를 포함한 모든 기기의 작동 상태는 최상이다! 오늘부터 내가 진정한'권력자' 다!"

그렇게 공중을 빠른 속도로 활공하던 황재준 박사에게, 평소 느껴보지 못했던 극심한 편두통이 찾아왔다.

황 박사의 인공 눈 렌즈에서 따끔한 불꽃이 튀며 티타늄 머리에서 뿌직! 뿌지직! 균열이.......

그의 붉어진 렌즈 앞에 갑자기 지옥이 보였다.

•

#관제실 N-N 세계

각 세계별로 여러 목표물의 화면을 마치 박물관 박제 곤충 보듯 유심히 관찰하던 김준수 박사가 그중 어떤 인면충의 파란색 자폭 버튼을 고심 끝에 눌렀다.

이윽고 화면에서 공중을 자유자재로 활공하던 슈퍼 킬러 드론 황재준의 머리가 터졌다.

펑!

졸지에 처리자가 된 김 박사가 잠시 눈을 감았다.

그리고 '모든 걸 이루려는 노력보다 괴로운 건 없다.'는 진리를, 박사는 비로소 깨닫기 시작했다.

"그래. 어차피 올바른 세계는 없어. 그냥 살다 죽는 거야. 치열하게!"

#관제실 N 세계

세 번째 킬러 드론 폭발음 잔향까지 완전히 사라진 도심 한복판.

급하게 돌연변이 출몰 소식을 들은 괴물 사냥꾼 이현수가 최신형 바이크를 몰고 도착한 모습이, 위험한 목표물로 포착되어 관제실 모니터에 잡혔다.

바이크에서 내린 이현수의 오른팔 전체가 갑자기 오징어처럼 흐물흐물해지더니 순식간에 날카로운 금속 칼로 변해버렸다.

고요해진 주위를 계속 두리번거리다 마침 바닥에 떨어진 폭발 드론의 잔해 속에서 부속품이었던 초소형 무선마이크를 발견해 왼손으로 주워들었다.

이윽고 전파가 터지는 것을 감지하고는 그가 마이크에 대고 외쳤다.

"아, 아, 들리십니까? 제 소개를 잠깐 하자면 인간과 똑같은 모습으로 위장하여 지금도 국가생명연구소 안을 마구 헤집는 돌연변이들을 싹 다 잡으러 온 괴물 사냥꾼 이현수입니다. 앞으로 저는 시민 여러분의 '구원자' 역할을 자처할 것입니다. 특히 세상에다 이상한 저주를 막 뿌려서 많은 시민을 죽음으로 몰아넣은 고약한 악동 형제 녀석들을 제일 먼저 잡을 것입니다. 혹시 거기서 그 꼬맹이들의 소재를 아십니까? 정보 제공에 따른 사례는 제가 국가 현상금을 반납해서라도 꼭 하겠습니다……"

동시에 'A급 돌연변이(이현수)'의 움직임 위험을 알리는 적색 경고등 알람이 관제실 내부를 다시 뒤덮었다.

하지만, 이제 이 시설의 책임자는 없다.

에필로그3

#N-N 세계

처리자

집무실 고성능 AI 컴퓨터를 이용한 서치 작업을 통해 외부로 추가적인 프로그램 백업 유출은 없었던 것까지 확인한 김준수 박사가 한숨을 돌린 순간, 문득 칩 안에 같이 들어있는 파일 폴더에 시선이 갔다.

'이, 이게 뭐지?'

호기심이 생긴 박사가 폴더를 열어보기 위해 무선 마우스를 연달아 클릭했다.

"........!"

누구에게 전화를 급히 걸었던 박사가 통화를 마치자마자 집무실 문이 스르륵- 열렸다.

뜻밖에도, 한 손에 막대사탕을 들고 안으로 들어오는 꼬맹이 영수의 모습이 보였다. 당황한 박사가 남녀의 신음 소리가 나는 영상을 바로 정지했다.

꼬맹이의 얼굴은 어디서 잔뜩 얻어맞고 온 아이처럼 무척 침울해 보였다.

"박사님. 결국 나는 사랑하는 동생에게 잔인하게 배신당했소. 도저히, 도저히, 참을 수가 없어! 과연 지금의 나는 누구지? 미운 동생을 어둠에 팔아먹은 아주 못된 형인가? 아니면 끝내 형을 속이고 1977년 과거로 역행하여 어머니 뱃속에서 새로운 인생을 선택한 배신자 동생인가? 저기... 그래서 말인데... 우리 계획을 다시 리셋하고 싶어!"

박사는 순간 당황했다. 이 꼬맹이가 시킨 대로 인면충을 한 명이라도 더 인간에게 감염시키기 위해 안 입던 정장까지 입고 식당 사업가로 위장하여 유품정리업을 한다는 여성의 소개팅 상대로 나서기도 했다. 비록 여자가 우리 시설 관할인 김석호 형사의 정부이기도 해서 어쩔 수 없이 한 거였지만. 그런데 인제 와서 뭘 또 한다고?

박사가 침을 꼴깍 삼키며 입을 열었다.

"그 말은... 그럼 여태까지 고생하여 사람들에게 주입했던 인면충들을, 각 평행 세계에 다 퍼져있는 것까지, 모조리 터뜨리란 말인가?"

꼬맹이가 사탕을 다시 입에 물며 고개를 끄덕였다.

"이것 보세요, 박사 양반. 지금 흥분하셔서 잠시 현실을 망각하신 것 같은데, 원래 당신은 가증스러운 당신 요원에게 총을 맞고 가슴이 뚫리며 죽은 목숨이요. 그 목숨을 내가 이렇게 살려준 것에 고마워하며 내 신발에 뽀뽀하며 절까지 해야 하는 것 아닌가? 정 터뜨리기 싫다면 원래대로 당신 목숨을 내놓고 모든 세계에서 영원히 사라지던가!"

영수의 가시 돋친 말을 듣고 갑자기 가슴이 먹먹해진 박사가 메고 있던 넥타이를 손으로 풀며 손바닥으로 얼굴을 감쌌다.

'지금까지의 계획을 다시 리셋한다! 시발 이게 소설이야? 그게 말이 돼?'

***

관제실 안.

평행 세계별로 여러 목표물의 화면을 한참 동안 멍하니 보던 김준수 박사가 드디어 터치패널 한쪽, 적색 표시 버튼 쪽으로 시선을 돌렸다.

인면충을 주입한 황재준 박사의 시선으로 N 세계 영상 화면을 이리저리 돌려보니, 실제로 뇌밖에 남지 않은 기계 인간 황 박사의 지시를 받은 L의 총에 가슴이 구멍 나며 자신이 즉사한 것을 확인할 수 있었다.

"……"

옆에는 어느새 꼬맹이 영수가 다른 막대사탕을 입에

물고 고개를 까딱까딱하며 서 있었다.

"니미럴!"

미국 유학파답지 않게 입에서 거친 말까지 내뱉은 박사는 결국, 퍼져있는 모든 인면충의 동시 자폭 버튼을 꾹! 누르고야 말았다.

이윽고 관제실 대형 화면 속, 여러 개로 분할된 작은 화면에서 연달아 사람 머리가 펑! 펑! 펑! 펑! 터지는 장면이 마치 각 평행 세계에서 동시에 여는 대형 불꽃놀이처럼 찬란하게 빛났다.

꼬맹이도 신기한 듯 손뼉을 치며 환하게 웃었다.

하하하하하하하하하하하하ㅎㅎㅎㅎㅎㅎㅎㅎ.

그때 갑자기 관제실 문이 벌컥! 열리면서 오른팔이 긴 칼로 변한 괴물 사냥꾼이 등장했다.

"박사 양반, 내가 조금 늦었나? 하필 바이크가 펑크 나서 마을버스 타고 오느라고."

이윽고 관제실 리놀륨 바닥에, 아직 반절이나 남은 피 묻은 막대 사탕이 툭! 떨어졌다.

괴물 사냥꾼이 가지고 온 수건으로 저저분한 오른팔을 닦으며 김 박사에게 전화해 줘서 고맙다고 윙크했다.

* Cookie

#N-N 세계

후임자

‘항상 최고가로 드리는 ‘어둠의 민족 전당포’ 24시간 영업 중.’

지독한 안개가 낀 늦은 밤.

한 남자가 시커먼 야구 모자를 눌러쓰고 서울 변두리 뒷골목에 자리 잡은 불 켜진 전당포 안에 들어왔다.

“저... 사장님 계시는가요?”

이윽고 내부의 작은 철제 칸막이 창이 끼이익- 열리면서 부스스한 머리의 전당포 주인이 얼굴을 내밀었다.

뾰족한 매부리코에 정수리가 매우 허전한 게 꼭 동화 속 스크루지 영감을 꼭 닮은 주인은 놀란 남자 앞에서 어울리지 않는 억지웃음을 지었다.

“흐흐, 무슨 일로 야밤에 여길 찾아오셨소?”

그러면서 사장이 밤늦게 찾아온 손님을 느끼한 표정으로 아래위로 쫙 훑어보고는 눈을 희번덕거렸다. 하지만 남자에게는 방문한 손님이 속이기 쉬운 순진한 초등학생 같은 이가 아니라서 사장이 실망한 눈치로 보였다.

남자가 입을 열었다.

"저기, 여기 사장님이 웬만한 건 다 알아서 처리하신다는 소문 듣고 왔는데요."

남자가 사장이 얼굴을 내밀고 있는 창문가로 조금 더 다가가 목소리를 낮추었다.

"혹시... 굉장히 조심스러운 물건인데, 이번 주까지 처분 가능할까요? 이왕이면 대금도 돈세탁 가능한 코인으로요. 뭐 물건은, 보시면 만족하실 겁니다."

갑자기 눈을 부라린 사장이 입맛을 쩝쩝 다시기 시작했다.

무슨 마술사 복장 같은 시커먼 가운을 입어서 자칫 남극 펭귄으로도 보이는 사장 할아버지가 좁쌀만 한 눈알을 빙빙 돌리며 입을 열었다. 누런 이빨 사이로 하수구 썩은 냄새가 확 풍겨왔다.

"아~ 건너편 시장 국밥집 사장에게 듣고 오셨구먼. 사실 그 양반도 나와 같은 쪽이거든. 하긴, 등잔 밑이 더 어둡다고 정부에서 정식 허가까지 받은 우리 전당포가 오히려 의심은 덜 하겠지."

"예?"

"아니야! 아니야! 심심한 늙은이의 혼잣말이야. 그래,

우리 손님은 대체 무슨 물건을 가져와서 표정이 그렇게 자신만만하실까? 감히 여기가 어딘 줄 알고."

시선을 내리깔고 잠시 씁쓸한 표정을 짓던 남자가 눌러쓴 모자를 벗으며 재킷 안주머니에서 아주 작은 USB 칩 한 개를 조심히 꺼냈다.

"사장님, 일단 제 설명을 들으시면 확실히 군침이 도실 겁니다. 이 안에, 대체 뭐가 들었느냐? 하면요......."

그때 갑자기 매부리코 사장이 남자에게 굳이 설명을 안 해도 된다고 가냘픈 팔을 뻗어 얼른 손사래를 쳤다. 그리고 남자가 듣기에도 사장 노인네가 치매에 걸렸다는 생각이 들 정도로 전혀 생뚱맞은 말을 연달아 뱉었다.

"입장료는 오늘 무료. 한 번에 두 명까지만 입장 가능해!"

"입장료는 오늘 무료. 한 번에 두 명까지만 입장 가능해!"

남자는 귀를 의심했다.

"가, 갑자기 그게 무슨 말씀인지..."

영화 속 단두대 처형 장면처럼 고개를 창문 앞으로 심하게 내민 사장이 말을 이었다.

"오랜만에 방문하신 건장한 남자 손님이니 어둠 안으로 들어가는 입장료는 특별히 무료! 물론 연령제한 같은 것도 전혀 없다고. 자, 당신의 육신을 나에게 맡기고

'평행 세계의 시공간을 마음대로 넘나들 수 있는 귀한 능력과 불로불사' 를 한번 제대로 누려 볼 텐가? 응? 배신자 정영재 씨. 히히히힛!"

말을 끝낸 매부리코 할아범이 얼마 전 국밥집에 들이닥친 경찰을 권총으로 쏴 죽이고 도망 다니는 J의 목을 향해 길고 날카로운 혓바닥을 쭉- 뻗었다.

컥! 컥! 커억!!

혀에 목이 꽉 조인 J가 인상을 구길 새도 없이 칸막이 창 안으로 그대로 빨려 들어갔다. 동시에 그의 손안에 있던 USB 칩이 창밖의 더러운 타일 바닥 위에 떨어졌다.

조금 후, 전당포의 불이 완전히 꺼졌다.

***

~~14.~~

~~도대체 나는 누구인가?~~

~~??~~

1.

어쨌든 서울시 인구수의 10%에 육박한 사망자 저주가 멈추긴 했는데.......

2.

주로 매부리코 할아범으로 불리는 내 이름은 카니발.

오늘, 내 지시대로 사마귀 남자가 O츠 E 클래스 트렁크 안에서 저주 섞인 현금 가방을 꺼냈다.

이제 그것을 세계에다 몽땅 뿌리기만 하면 된다.

인간은 돈에 참 환장하거든. 귀한 자기 목숨을 남에게 쉽게 내놓을 만큼.

그런데 저 탐욕스러운 인간들이 알기나 할까?

실은 평행 세계로 마구 갈라지고 있는 이곳이 지구가 아니라는 것을!

자기들이 지구와 비슷한 환경을 가진 은하계 행성에서 사피엔스 종과 다른 유전자를 지닌 채, 몇만 년 동안 서로 싸우며 생존한 외계인이라는 것을!

인면충은 외계인의 말랑한 뇌를 아주 좋아하거든. 그래서 지구에서 몰래 반입한 그 벌레에 너무나 쉽게 감염되었다는 것을!

여기선 오직 나만, 지구인이라는 것을!

자. 어서 내 심판을 받고, 이 땅을 내놓고 모조리 소멸하여라. 이 아둔한 외계인들아!

***

… … … …

99.

결국 칩은 국외로 반출되었고, 얼마 뒤 세계에서 핵전쟁이 발발…….

역시 별을 잘못 선택했다.
먹을 게 없어서 매일 배고파.

그니까 남은 시체나 빨리 드셔!
형.

이 자도 무슨 큰 죄를 지은 죄수였는지,
안구를 포함해서 몸속 장기가 거의 없었다.
그래서 우리는 앞으로 이런 인육을 '땡땡자' 라 부르기로 했다.

텅 빈 눈의 여자 입술에는 피어싱이 달려있었다.

***

저 멀리. 방사능 낙진으로 흐릿해진 놀이공원이 보인다.

며칠 전에는 인공위성과 국제우주정거장을 파괴하는 우주 핵 공격까지 발발했다.

곧이어 우리의 멸망도 보이겠지?

사.

살고 싶어! 비록 뇌만 남은 안드로이드지만.

나도 영혼이란 게 있어.

매드 맥스.

자비로운 유다의 키스가 내게 닿기를!

구체의 봄이 어서 오기를! ■

#사건(M)

· · · 굶고 있는 가족에게
내 살점을 바친다!

흐릿한 불빛에 음침함 마저 감도는 서울 OO 지역 지하 벙커 안.

사마귀를 닮은 어떤 남자가 등줄기에 소름이 돋을 만큼 괴이하게 웃다가 질문한 김 씨에게 대답했다.
"우리는 전지전능한 유일신 '다크 데블' 을 찬양합니다. 우리는 데블 신의 고결한 가치를 이어받아 지금도 불평등과 각종 부정부패가 곳곳에서 판치는 지옥 같은 세상에서 가난과 고통 속에 힘들게 연명하는 우리 형제님들을 물심양면으로 돕고 있는 단체입니다. 우리는 행복의 땅 대한민국 아틀란티스 지역에 본부를 두고, 핵 방사능에 피폭될 위험을 감수하면서까지 목숨을 걸고 오직 여러분 형제들을 구원하고자 이 오지에 찾아왔습니다. 형제님들께 미리 설명 드린 대로 바로 이 자리에서 여러분의 살점을 잘라 우리 데블 신에게 정성껏 바친다면, 신께서 형제들에게 살점의 크기와 맞먹는 황금을 그대로 돌려드릴 것입니다. 가난과 굶주림 속에 허덕이고 있는 형제님들에게 부양가족을 충분히 먹여 살릴 수 있도록 신께서 도와드리는 것입니다. 말 그대로 핵전쟁 이전의 행복한 삶으로 다시 이룰 기회를 여러분께 선사하는 것이지요."

'이 사람이... 정말 구세주일까?'

국가 간 무서운 핵전쟁이 발발한 지 3년의 세월이 흘렀다.

시작은 한국의 국가생명연구소에서 비밀리에 개발된 핵무기 설계 프로그램 칩이 외국으로 유출되면서부터였다. 자연스레 그것을 입수한 대부분의 국가가 과거 강대국의 자랑이었던 핵폭탄 무기와 동급의 소형 핵탄두 생산 보유국이 되었다.

전 세계의 암운이 드리운 건 바로 이 시점부터였다. 자국의 이익 우선을 위한 국가 간 이해타산 분쟁이 곳곳에서 불거졌다. 이념, 인종, 종교, 식량, 원유, 전기, 오존, 군사력, 환율 등에 관한 다양한 대립 문제가 나라 사이에서 심각하게 대두되었다.

그러기를 반복하다 결국 3년 전, 핵탄두의 첫 발사 버튼이 불만이 가득한 어느 국가 지도자의 손으로 직접 눌러지게 되었다. 시민들이 밖에 나와 새해 소원을 빌던 연말 전야에 하늘 여기저기에서 미사일 폭죽이 터졌다.

약속이나 한 듯 세상은 황폐화가 되었다. 전체 인구의 반 이상이 방사선 피폭과 심각한 후유증으로 영문도 모르고 몰살되었다.

미리 지하 벙커 안에 대피하여 살아남은 각 나라의 지도자들이 오랜만에 뜻을 모아 핵 피해를 당하지 않은 지역에 납 차단벽을 돔처럼 겹겹이 쌓아 올린 소도시 아틀란티스 건설을 결정한 것도 그 무렵이었다. 그리고 미국 뉴욕에 세워진 거대 연합정부의 자치 주로 하나둘 편입되었다.

이미 환율체계가 붕괴한 종이 지폐는 무용지물이었고 인공위성까지 파괴된 신용카드 전산망은 재건되기 요원했다. 이에, 연합정부에서 전 세계 통용 화폐를 황금으로 통일했다.

며칠 전, 지독한 가난과 굶주림으로 더 이상 가족을 부양하기 힘들어진 핵전쟁 난민 김영도, 이성식, 박형식 씨가 암시장에서 막일이라도 구하겠다는 생각으로 지하 벙커 안에 임시로 마련된 '만남의 장소'에서 서성거렸다.

연합 정부에서 정식으로 세금을 부과할 수 없는 암시

장 막일은 불법이다. 급하게 제작된 중국산 로봇 경찰이 안면인식 시스템을 작동해 시장 주변을 감시하고 있었다. 명목상 감시 이유는 아직 치료를 못 받은 방사능 피폭자를 찾는다는 구실이었다. 하지만 이유 없이 로봇 검문에 불응하면 가슴 덮개가 열리며 튀어나오는 기관총에 즉각 사살된다. 괜히 눈이라도 마주쳐서 일을 피곤하게 만들면 곤란하다.

암시장에서 우연히 만난 사마귀 남자에게 자기 단체에 방문하면 황금을 주겠다는 솔깃한 제안을 듣고 무작정 찾아온 게 오늘이었다. 어차피 이판사판! 더 이상 못 할 게 없었다.

"저는 이 단체를 이끄는 최고 수장이자 우리 다크 데블 신의 유일한 대리인입니다. 방금 제가 형제님께 드린 이야기는 제 목숨을 걸고 약속드리죠. 이제 남은 것은 형제님들의 굳은 믿음과 신념과 그 싱싱한 살점을 데블 신에게 바치기만 하면 됩니다. 그럼..."

그의 말이 끝남과 동시에 갑자기 내부 전등이 모두 꺼졌다가 몇 초 뒤 다시 켜졌다.

암순응에 빨리 적응되었던 김 씨의 눈동자가 반사되는 조명 불빛을 받아 눈이 부심과 동시에 벌거벗은 남자가 바닥에서 약 1미터 정도로 붕 뜬 채 콘크리트 회색 벽에 붙어있는 것을 발견했다. 신기하게, 가운데 버젓이 달려있어야 할 음모와 그것이 안보였다.

대신 투우사의 소처럼 머리 양쪽에 코끼리 상아 같은 굵고 긴 뿔이 뾰족하게 솟아 있었다. 김 씨는 깜짝 놀랐다. 미리 준비해 온 사시미 칼을 들고 있는 손이 저절로 떨렸다. 충격인 것은 머리에 뿔이 달린 것 빼고는 분명 겉모습은 사람인데 암만 쳐다봐도 눈동자 속에 흰자위가 없었다. 암시장의 도둑고양이 눈동자와 비슷하게 생겼다.

'혹시 저 사람이 사마귀 남자가 말한 데블 신인가? 그리고 조금 전까지 우리를 여기로 안내한 그는 갑자기 어디로 사라진 것인가? 아... 그러고 보니 저, 저 남자 얼굴도 사마귀를 닮았어! 사마귀 남자... 데블 신... 희생양... 우리... 제물...?'

이윽고 지하 벙커 안을 뒤흔드는 저음의 목소리가 들렸다.

"내가 바로 너희가 찾는 이 세상 구원의 신, 데블이다. 핵전쟁 전의 이름은 J(제이). 지금은 인간들에게 다크 데블로 불린다. 불쌍한 중생들아, 황금은 이제 단순한 귀금속이 아니야. 바로 이 세계의 권력이자 목숨줄이다. 어서 너희들의 살점을 하나씩 베어서 나에게 예를 갖추고 바쳐라! 그러면 너희들이 환장하는 내 몸속 황금을 친히 하사하겠다."

자신이 과거 J였다고 말한 다크 데블 정영재의 머리카락이 메두사처럼 순식간에 긴 뱀으로 변했다. 입 벌린 뱀들의 날카로운 이빨이 모두 금니였다.

“왜? 당장 가족들이 굶어 죽어도 그깟 살점 하나 나에게 잘라 바칠 자신이 없느냐? 히히히히히히히.”

지금도 며칠째 굶고 있을 아들 정호를 생각하며 심호흡을 크게 한 김 씨가 사시미를 쥔 손에 힘을 주었다.

그리고 흔들리는 동공으로 가죽만 붙어있는 자기 허벅지를 바라보았다.

‘정호야…….’

“어서. 나도 내 황금 허벅지를 뱀의 이빨로 잘라 너에게 주마! 어서! 어서! 어서!!!!!!!!”

“……!”

<‘에스에프코믹스’ 권에서 계속>

땡땡자는 죽어주세요

초판 1쇄 발행 2025년 2월 14일
초판 1쇄 인쇄 2025년 2월 14일

지은이 프리키

표지 그림 다망 @art.damang
디자인 포레스트 웨일
펴낸이 포레스트 웨일
펴낸곳 포레스트 웨일
출판등록 제2021-000014 호
주소 충남 아산시 아산로 103-17
전자우편 forestwhalepublish@naver.com

종이책 979-11-93963-91-3